HEYNE <

Das Buch

»Rosalba stieg an der nächsten Ortschaft aus und ließ sich den Weg zu einem nahe gelegenen Bauunternehmen zeigen. Dasselbe Spiel wiederholte sie an diesem Tag noch Dutzende Male. ›Mein Name ist Rosalba Mandelli, ich bin gelernte Maurerin aus der Lombardei ...‹ Weiter kam sie meistens nicht, bevor man sie wieder zum Ausgang begleitete, und das mit denselben Begründungen: ›Wir haben schlechte Erfahrungen mit Ausländern gemacht.‹, ›Frauen behindern nur die Arbeit auf der Baustelle.‹, ›Lernen Sie doch erst einmal unsere Landessprache, Fräulein, bevor Sie uns mit Anfragen belästigen.‹

Die Sonne näherte sich bereits dem Horizont, als Rosalba müde und mit hängenden Schultern aus dem Zug stieg und den Heimweg zu Antonios Haus in Angriff nahm. Lange Schatten streckten ihre Finger die Abhänge hinunter und hauchten dem Tal eisige Kälte ein.«

Die wirtschaftliche Lage in Italien der Siebzigerjahre ist schlecht. Rosalba beschließt als Maurerin in der Schweiz ihr Glück zu versuchen, um von dort aus das Bauunternehmen ihrer Familie in Italien zu unterstützen, das sie eines Tages übernehmen soll.

Doch die Vorurteile, mit denen sie in der Fremde zu kämpfen hat, lassen sie an ihrem Traum fast verzweifeln. Bis sie den Architekten Remo trifft, der bedingungslos an sie glaubt ...

Die Autorin

Ladina Bordoli wurde 1984 in der Schweiz geboren. Seit ihrer Ausbildung zur Fachfrau für Unternehmensführung arbeitet sie im elterlichen Bauunternehmen und führt eine eigene Werbetechnik-Firma. Ihre Leidenschaft gilt jedoch dem Schreiben, dem sie sich überwiegend am Wochenende und an den Feiertagen widmet. Sie lebt im Prättigau, einem kleinen Tal in den Schweizer Alpen.

LADINA BORDOLI

Das Bauwerk der Sehnsucht

Roman

Band 2 der Mandelli-Saga

WILHELM HEYNE VERLAG
MÜNCHEN

Sollte diese Publikation Links auf Webseiten Dritter enthalten,
so übernehmen wir für deren Inhalte keine Haftung,
da wir uns diese nicht zu eigen machen, sondern lediglich
auf deren Stand zum Zeitpunkt der Erstveröffentlichung verweisen.

MIX
Papier aus verantwortungsvollen Quellen
FSC
www.fsc.org
FSC® C083411

Penguin Random House Verlagsgruppe FSC® N001967

Originalausgabe 10/2021

in der Penguin Random House Verlagsgruppe GmbH,
Neumarkter Str. 28, 81673 München
Redaktion: Katja Bendels
Printed in Germany
Umschlaggestaltung: bürosüd, München, unter Verwendung von
© Trevillion Images / Joanna Czogala; Shutterstock / ZikG
Satz: Satzwerk Huber, Germering
Druck und Bindung: CPI books GmbH, Leck
ISBN: 978-3-42464-7

www.heyne.de

Prolog

Argegno, Norditalien
September 1969

Die weißen Kiesel knirschten unter Rosalbas Ledersandalen, als sie sich von den Erwachsenen entfernte. Ihre Gespräche drehten sich ja doch immer nur um dieselben schnarchlangweiligen Themen – Mode, Essen, irgendwelche Gebrechen, Erwachsenenskandale und natürlich die Kinder.

Ein warmer Wind spielte mit ihrem senfgelben Kleid, als sie neben dem kleinen Tempel zum Stehen kam. Mamma hatte ihr das Kleidungsstück extra zu ihrem heutigen Geburtstag genäht, nach einem Schnittmuster von Bisnonna Camilla, wie sie sagte. Rosalba hatte ihre Urgroßmutter, die zwei Jahre nach ihrer Geburt an einem Hirnschlag gestorben war, nie kennengelernt. Ihre Mutter Aurora sprach jedoch stets sehr liebevoll von ihr.

Eine Melodie summend drehte Rosalba sich gedankenversunken einmal um die eigene Achse, sodass sich der glockenförmige Faltenrock fächerartig aufbauschte. Abgelenkt durch eine Möwe, die laut kreischend auf das Wasser hinausflog, hielt sie inne und beobachtete den Flug des Tiers.

Der Comer See glitzerte im Sonnenlicht des nahen Mittags. Heute schmiegte er sich schläfrig zwischen die grün bewaldeten Bergkämme und die mit Häusern gesprenkelten Talsenken. Einige Segelboote pflügten durch das Wasser oder schaukelten nahe dem Ufer, wo sie geankert hatten. Hin und wieder drang lautes Lachen zu ihr hinauf, wenn die Bootsinsassen ins Wasser sprangen, um sich abzukühlen.

Das kuppelförmige Dach des kleinen Tempels wies exakt dasselbe Hellblau auf wie der See, wenn die Sonne ihn in ihre Strahlen hüllte. Rosalba legte den Kopf in den Nacken. Die letzten Wolken, die an hüpfende Schafe erinnerten, wurden soeben von der *Breva*, wie man hierzulande den milden Südwind nannte, weggefegt und machten einem makellos blauen Himmel Platz.

Ein Wäldchen aus locker angeordneten Bäumen versperrte die Sicht auf Rosalbas Zuhause, die Villa Domenica. Das sandfarbene Herrschaftshaus bestand aus zwei Haupthäusern, die leicht versetzt am Hang lagen. Die beiden Türme, die wie Fremdkörper aus den kasernenartigen Häuserblöcken hervorragten, wirkten beinahe orientalisch, und auch die unterhalb des Hauses liegende weitläufige Gartenanlage mit ihren moosüberwucherten Steinen, den knorrigen Bäumen und den verschiedenen Monumenten lenkten Rosalbas Gedanken stets in eine Welt voller Magie, Geheimnisse und Märchen.

Eine Berührung am Arm riss sie aus ihren Träumereien. Erschrocken wandte Rosalba sich um. Sie hatte die Schritte ihrer Cousine Arianna auf dem Kies gar nicht gehört.

»Los, komm schon, Geburtstagskind. Onkel Lorenzo sagt, der Grill ist fertig. Wir wollen bald essen!«, erklärte das drei Jahre jüngere Mädchen. Rosalba drehte sich um und sah zu ihrem Vater hinüber, der gerade beim Wenden einer *salsiccia,* einer schneckenförmigen Bratwurst, in einer grauen Rauchwolke verschwand und den unliebsamen Windwechsel mit hektischem Husten kommentierte. Mamma drückte ihm lachend einen Kuss auf die Wange, und Nonno Matteo, Rosalbas Großvater, schüttelte wie immer augenrollend den Kopf.

Rosalbas Blick wanderte weiter zu dem langen Holztisch, den Mamma und Lucilla, ihre Haushälterin, mit einem weißen Tischtuch bedeckt hatten. Bunte Servietten, farbige Glasperlen und die letzten Sommerblumen zierten den Mittagstisch. Das Summen und Schnattern der anwesenden Gäste wehte zu Rosalba herüber und entlockte ihr ein Lächeln. So viele Menschen waren gekommen, um ihren zehnten Geburtstag mit ihr zu feiern! Das bedeutete auch eine Menge Geschenke. Vorsichtig schielte sie zu dem im Schatten eines Baumes aufgebauten Gabentisch hinüber. Tatsächlich wimmelte es dort bereits von farbenfrohen Überraschungen in diversen Formen und Verpackungen.

Aus dem Augenwinkel bemerkte Rosalba zwei Gestalten, die sich ihnen über den Trampelpfad näherten, der durch das lichte Wäldchen zum Felsplateau mit dem Tempel führte. Sofort beschleunigte sich ihr Herzschlag vor Freude. Sie rannte den beiden entgegen und kam atemlos ein paar Schritte vor ihnen zum Stehen. Der Mann trug eine ziegelrote Stoffhose und ein beigefarbenes Kurzarmhemd mit Blumendruck. Schnauzer und Kopfhaar hatten bereits einiges von ihrem ursprünglichen Schwarz eingebüßt. Neben ihm, gleich einer Fee, lief Rosalbas Patentante. Das grellgrüne Kleid mit den hellen Punkten und den Taschen auf der Vorderseite passte perfekt zu den grasgrünen Schuhen der zierlichen Frau. Ihre schokoladenbraunen Haare waren gelegentlich von weißen Strähnen durchzogen, und genau wie bei Rosalba waren auch ihre Wangen und die Nase mit Sommersprossen übersät.

»Madrina Marisa!« Sie sprang auf ihre Patentante zu und schlang die Arme um deren Körpermitte. Marisa strich ihr über den Kopf und ging dann in die Knie, um Rosalba einen Kuss auf die Wange zu drücken.

»Alles Liebe zu deinem zehnten Geburtstag, Rosalba-Schatz! Lass dich ansehen. Du bist ja schon wieder ein Stück gewachsen! Seit ich dich das letzte Mal gesehen habe, bist du außerdem noch hübscher geworden!«

Rosalba lachte und versetzte ihrer Patentante einen liebevollen Stups mit der Schulter. »Aber Madrina, das ist doch erst drei Wochen her! Weißt du nicht mehr? Mamma und ich waren bei dir zum Tee und haben deine neuen Bilder bewundert.«

Madrina Marisa verzog in gespielter Verwirrung den Mund, zwinkerte dabei aber neckisch. »Aber ja, wenn du es sagst ... Trotzdem entwickelst du dich rasend schnell zu einer wunderschönen Dame!«

Rosalba liebte ihre Patentante, die überdies die beste Freundin ihrer Mutter Aurora war. Scheu warf sie einen Blick auf die Stofftasche, die Marisas Mann Alessandro in der Hand hielt.

»Herzlichen Glückwunsch zu deinem Geburtstag, Rosalba!« Alessandro reichte ihr die Hand und schenkte ihr ein warmes Lächeln. »Da ist, glaube ich, etwas für dich drin.« Er hob die Tasche hoch, die er bei sich trug.

»Das muss leider warten. Zuerst wird gegessen!« Mamma erschien neben ihnen, trat auf das Paar zu und umarmte die beiden. Küsschen wurden ausgetauscht, dann winkte Rosalbas Mutter die Neuankömmlinge zum Tisch. Die übrigen Gäste hatten sich bereits gesetzt. Lucilla schenkte den Erwachsenen Wein und Wasser, den Kindern Sirup ein.

Rosalba erhielt den Ehrenplatz an der Stirnseite der Geburtstagstafelrunde. Zu ihrer Linken saßen die Großeltern beider Seiten, rechts ihre Eltern, dicht gefolgt von Marisa, Alessandro und Tante Laura mit ihrem Mann Norberto und deren Tochter Arianna. Die untere Tischhälfte nahmen die Haushälterin und zwei Nachbarsfamilien ein, mit deren Kindern sich Rosalba oft nach der Schule zum Spielen traf.

Hungrig fielen alle über die *salsicce*, die *costine*, *bistecche* und diverse Beilagen her. Gelächter und gestenreiches Erzählen erfüllten die Lichtung rund um den Tempel.

»Sag, Aurora, wie läuft es denn mit deiner Baufirma? Bist du immer noch so kreativ?« Tante Laura beugte sich neugierig nach vorne, um ihre Schwägerin besser sehen zu können. Ihre Locken schimmerten rotbraun in der Mittagssonne.

Mamma tupfte sich den Mund mit einer gelben Serviette ab und nahm einen Schluck Wein.

»Gut! Ich kann mich nicht beklagen. Meine Gartenlandschaften sind mittlerweile sehr beliebt. Ich habe sogar einen Auftrag in Chiavenna ergattert, wer hätte das gedacht! Man merkt, dass nun die jüngere Generation nachgerückt ist. Die haben kein Problem mehr damit, dass ich als Frau eine Baufirma leite. Tatsächlich sind es gerade die Frauen, die meiner Beratung beispielsweise bei Umbauten vertrauen. Nicht zuletzt deshalb, weil ich ihnen auch eine

Arbeitsausführung ohne viel Schmutz und Chaos garantieren kann. Für solche Details fehlt meinen männlichen Kollegen oft das Verständnis.« Sie lachte und strich sich eine Locke, die sich aus ihrer Hochsteckfrisur gelöst hatte, aus dem Gesicht.

»Das klingt wunderbar! Ich freue mich sehr für dich.« Tante Lauras Miene nahm einen weichen Zug an. »Meinen Freunden jedenfalls hast du mit deinen Ideen zu ihrem Garten und dem Umbau der Ferienresidenz unheimlich viel Freude bereitet. Sie fühlen sich nach wie vor wie in einem Stein gewordenen Märchen.« Lachend legte sie den Kopf in den Nacken.

Nach dem Essen räumten Mamma, Lucilla und einige der anwesenden Frauen das Geschirr ab und ersetzten es durch ein frisches Gedeck. Dann wurde das Backwerk herbeigetragen, das ihre Mutter im Schatten des angrenzenden Wäldchens gelagert hatte.

Rosalba riss entzückt die Augen auf und klatschte aufgeregt in die Hände. Ein mit Kiwi, Erdbeeren und Bananen belegter Kuchen repräsentierte ihr Heimatland Italien, ein weiteres Kunstwerk wies den Schriftzug *Tanti auguri, Rosalba* auf, und die dritte Torte war mit Bauwerkzeug aus Marzipan verziert.

Ihre Mutter zündete die Kerzen an, die Rosalba unter dem Applaus der Anwesenden alle in einem Zug ausblies. Danach bat Mamma kurz um die Aufmerksamkeit der Gäste und erhob sich von ihrem Stuhl. Mit einem Lächeln und glänzenden Augen wandte sie sich Rosalba zu. Ihr Blick schweifte in die Ferne und blieb an dem kleinen Tempel mit dem hellblauen Dach hängen.

»Ich weiß, ich erwähne es jedes Jahr. Nun schon das zehnte Mal in Folge.« Sie schaute kurz auf ihre Finger, die auf dem Tisch lagen, und ihre Lippen bebten leicht. »Genau hier erlebte ich vor zehn Jahren in vielerlei Hinsicht die glücklichste Zeit meines Lebens.« Sie nahm Vaters Hand und sah ihn an. »Zumal hier, an diesem Ort, auf den Tag genau ein wahres Wunder seinen Anfang nahm. Rosalba, mein wertvollster Schatz, kündigte genau hier ihre Ankunft an. Ich erinnere mich noch an jedes Detail – das Wetter, die Düfte, den Gesang der Vögel, Nonno Danieles entsetztes Gesicht, als er erkannte, was da gerade geschah ...« Sie lachte. »Und dann schlüpfte mein Küken, meine weiße Rose, wunderschön von der ersten Minute an. Rosalba, wir lieben dich.«

Mamma drückte ihr einen Kuss auf die Stirn und strich sich verstohlen eine Träne aus den Augenwinkeln. Die Geburtstagsgäste klatschten, und einige von ihnen kämpften ebenfalls mit der Rührung. Lucilla schnitt die Torten auf und verteilte die Stücke.

Papa schloss Rosalba in seine Arme. »Ich bin stolz auf dich, mein Herz.«

»Darf ich jetzt die Geschenke auspacken?«, platzte es aus Rosalba heraus. Verlegen biss sie sich auf die Lippen, als sie den tadelnden Blick ihrer Mutter auffing.

Schließlich ließ diese sich jedoch erweichen und bedeutete ihr mit einer großzügigen Geste: »Gut, aber bring sie einzeln her, öffne sie in Ruhe und *con rispetto,* und so, dass wir dir alle dabei zusehen können.«

»In Ordnung!« Das musste man Rosalba nicht zweimal sagen. Aufgeregt sprang sie von ihrem Stuhl und rannte zum Tisch mit den Geschenken. An ihrer Unterlippe nagend, ließ sie den Blick über die bunte Ansammlung von

Präsenten schweifen. Welches sollte sie zuerst nehmen? Sie entschied sich für ein rotes mit gelben Punkten.

Es dauerte eine Stunde, bis sie alle Gaben mit der ihnen zustehenden Aufmerksamkeit geöffnet und betrachtet hatte. Während sie sich über Süßigkeiten, Spielsachen und Kleidungsstücke freute, sparte sie sich die außergewöhnlichen Geschenke bis zum Schluss auf. Dazu zählten traditionellerweise jenes von Madrina Marisa und das ihrer Eltern.

Ihre Patentante hatte ihr ein Bild für das Schlafzimmer gemalt. Darauf war eine Frau mit kastanienbraunem Haar zu sehen, die ein Märchenschloss baute. »Bin ich das, wenn ich groß bin?« Rosalba sah Madrina Marisa an. Diese verzog den Mund zu einem schelmischen Grinsen, das sich rasch über ihr gesamtes Gesicht ausbreitete. Sie sah aus, als würden selbst ihre Sommersprossen lachen.

»Aber natürlich. Du bist eine Mandelli. Das Bild trägt den Titel: *Träume groß*.«

Rosalba reckte das Kinn nach vorne und nickte energisch. »Ich bin wie meine Mamma. Das sagt Papa auch immer.«

»Ich weiß.« Madrina Marisa schenkte ihr ein feines Lächeln.

Schließlich holte Rosalba das Geschenk ihrer Eltern, das auch sogleich das letzte war, an den Tisch und packte es unter den neugierigen Blicken der Anwesenden aus.

Das auberginefarbene Papier raschelte unter ihren Fingern, als sie es behutsam löste und eine Holzschatulle hervorzog. Fragend schaute sie Papa und Mamma an, doch diese schmunzelten nur geheimnisvoll. Aufgeregt öffnete Rosalba die Metallscharniere und stieß augenblicklich einen entzückten Schrei aus.

»Eine Maurerkelle!« Sie hob das Werkzeug aus der Kiste und hielt es in die Sonne. Der Griff war aus hellem Holz angefertigt, und das Blatt bestand aus rostfreiem Stahl, auf dessen noch unberührter Oberfläche sich die Strahlen der Nachmittagssonne brachen.

»Da ist noch mehr drin, schau mal in dem kleinen Säckchen.« Ihre Mutter wies auf die Holzkiste. Sofort durchwühlte Rosalba den Inhalt derselben ein weiteres Mal und förderte tatsächlich ein kleines Säckchen aus schwarzem Samt zutage. Mit zittrigen Fingern öffnete sie die Schlaufen und griff hinein.

»Wie wunderschön! Das ... das ist dasselbe Schmuckstück, das auch du trägst, Mamma! Das Senkblei von ...« Verlegen brach sie ab. Sie wusste, dass das bei Familienzusammenkünften kein gutes Thema war. Die feucht glänzenden Augen ihrer Großeltern Armida und Daniele bestätigten ihr das.

Mamma jedoch legte ihr beruhigend die Hand auf den Unterarm. »Das Senkblei von Onkel Tommaso, der im Herzen immer bei uns ist. Die beiden Geschenke, die Papa und ich dir gegeben haben, enthalten eine Botschaft.« Sie hielt kurz inne und schaute Rosalba tief in die Augen.

»Dieses Präsent ist das Erbe der Mandellis. Du bist nun alt genug, es anzunehmen, zumal dies seit Jahren dein innigster Wunsch ist. Durch das Senkblei geht das Erbe an dich weiter. Die Maurerkelle steht für das Talent, das dir vererbt wurde und das nun reif ist, um ausgebildet zu werden. Noch ist es bloß ein Same. Eines Tages jedoch wird daraus eine Blume erwachsen.«

Tröpfchenweise drangen die Worte in Rosalbas Bewusstsein. »Heißt das, dass ich ...«

Ihre Mutter nickte und lächelte. Papa beantwortete ihre Frage mit einem Grinsen.

»Es bedeutet, dass du deine Mamma, soweit es die Schule und die körperliche Verfassung zulassen, hin und wieder auf die Baustelle begleiten darfst.«

»Juhuuu!« Rosalba sprang von ihrem Stuhl auf und stieß ihn dabei um. »Ich beginne meine Ausbildung zur *muratrice*! Ich habe euch ja gesagt, dass ich mir sonst nichts zum Geburtstag wünsche!« Sie drehte sich einmal im Kreis und gab einen weiteren Jubelruf von sich.

»Richtig. Das kam unmissverständlich rüber. Deinen Trotzkopf in Ehren, die Schule geht allerdings noch immer vor.« Mamma hob mahnend den Zeigefinger, und ihre Augenbrauen schoben sich, Strenge demonstrierend, zusammen.

»Jaja, ein bisschen geht sie vor, aber nicht mehr lange.«

Nonna Armida warf ihrer Mutter einen vielsagenden Blick zu, den Rosalba nicht ganz verstand. Mamma allerdings schien ihn sehr wohl zu verstehen, denn sie erklärte: »Ich weiß, du bist der Meinung, dass sie noch zu jung ist, Mamma. Aber mach dir keine Sorgen. Lorenzo und ich lassen sie keine schweren Arbeiten verrichten. Das war bei mir doch auch nicht der Fall, als ich Papa damals in den Schulferien begleiten durfte.«

Nonna Armida faltete ihre Serviette zusammen und legte sie auf den Tisch, bevor sie erklärte: »Du warst damals auch schon ein paar Jahre älter, meine Liebe. Aber weit mehr Sorgen als dieser Umstand bereitet mir eigentlich die Dickköpfigkeit dieses Kindes. So etwas habe ich in unserer Familie seit Nonna Camilla nicht mehr erlebt«, erklärte sie trocken.

Als Rosalba am Ende dieses Tages in ihrem Bett lag, schlug ihr Herz immer noch hektischer als sonst. Sie dachte an die zahlreichen wunderschönen Geschenke, die sie erhalten hatte. Madrina Marisas Bild thronte bereits an der Wand neben ihrem Bett, sodass sie es jeden Abend vor dem Schlafengehen als Letztes und jeden Morgen beim Aufwachen als Erstes sehen würde.

»Mamma ... bin ich dickköpfig?«, fragte sie, als ihre Mutter ihr einen Gutenachtkuss auf den Mund drückte und ihr die Haare aus der Stirn strich.

Mamma lachte leise, und ein warmes Schmunzeln erhellte ihre Gesichtszüge. »Aber nein, *amore*. Bisnonna Camilla war zweifellos stur. Du ... bist rebellisch, mein Kind. Das ist etwas anderes.« Sie seufzte und sah Rosalba einige Sekunden schweigend an. »Ich wünsche dir, dass du eines Tages einen Menschen kennenlernen darfst, der dir so ein treuer Schicksalsgefährte sein wird, wie Papa es mir war. Jemand, der dich von ganzem Herzen liebt und unterstützt. Ungeachtet der Tatsache, dass du deinen eigenen Weg gehen wirst. Denn das wirst du.«

Neugierig setzte sich Rosalba im Bett auf. »Wie meinst du das?« Sie liebte Geschichten über die gemeinsame Vergangenheit ihrer Eltern.

»Nun ... Papa lehrte mich, mein bis dahin weitgehend brachliegendes Talent zum Erblühen zu bringen. Dank seiner Hilfe konnte ich es einer breiten Öffentlichkeit zugänglich machen und mich beweisen.« Sie hob den Blick und starrte gedankenversunken in die Ferne, bevor sie ihn wieder auf Rosalba richtete und sie liebevoll ansah. »Mein Bauchgefühl sagt mir, dass du einmal einen ähnlichen Weg einschlagen wirst. Und glaub mir, mit einem Komplizen an deiner Seite ist es bedeutend lustiger.« Mit einem verschwörerischen Lächeln erhob sie sich von der Bettkante und ging zur Tür. Kurz bevor sie das Zimmer verließ, drehte sie sich jedoch noch einmal um.

»Träume groß, meine Rose.«

Dann verschwand sie im Flur und schloss die Schlafzimmertür hinter sich.

Kapitel 1

Argegno, Norditalien
Oktober 1978

Rosalba nahm eine Scheibe Brot, schöpfte eine Portion *carpaccio di bresaola* und beträufelte das Trockenfleisch mit Olivenöl und Balsamico.

Der Briefumschlag, der am Abend für sie in der Post gewesen war, lag neben ihr. Die Rückseite des Kuverts verriet, dass es sich bei dem Absender des Schreibens um Remo Albrecht handelte. Der junge Architekt, den Rosalba während ihres Praktikums in der Schweiz kennengelernt hatte, sandte ihr bereits den zweiten Brief seit ihrer Abreise vor wenigen Wochen. Natürlich hatte sie sein erstes Anschreiben umgehend beantwortet.

»Wie gefällt dir das Buch über Coco Chanel, das dir Madrina Marisa zum Geburtstag geschenkt hat?« Papa tupfte sich mit der Serviette die Lippen ab und schaute Rosalba mit hochgezogenen Augenbrauen und einem interessierten Lächeln an.

Aus ihren Gedanken hochgeschreckt, starrte sie ihn einige Sekunden lang schweigend an, ehe sie sich an seine Frage zu ihrem neunzehnten Geburtstag im September erinnerte.

»Sehr gut, es ist unglaublich inspirierend.« Sofort senkte sie den Blick und widmete sich erneut ihrem Essen. Sie war viel zu aufgewühlt, um sich mit ihren Eltern zu unterhalten. Immer wieder zuckten ihre Augen in Richtung der Nachricht. Gewaltsam riss sie sich los und versuchte, sich auf etwas anderes zu konzentrieren. Während ihr Vater von irgendwelchen ärgerlichen Auseinandersetzungen mit den Behörden und gegnerischen Advokaten erzählte, schaute sie zu den nach Norden gerichteten Fenstern hinaus, durch die nun das letzte matte Tageslicht hereinfiel. Vom Tisch aus war der etwas tiefer liegende Garten, das Meisterstück ihrer Mutter Aurora, leider nicht zu sehen. Man erkannte bloß den im Abendlicht glitzernden Teppich des Sees und die Bergketten am Horizont. Rosalbas Blick glitt zurück in den Essraum.

Wie eine Kuppel spannte sich die schon etwas in die Jahre gekommene bemalte Zimmerdecke über ihren Köpfen. Die einem wolkigen Himmel bei Sonnenuntergang nachempfundene Malerei ließ zahllose Pastelltöne von Blau bis Rosa harmonisch miteinander verschmelzen. Da Papa es nicht mochte, das Abendessen im Dämmerlicht einzunehmen, war der Kronleuchter, der über dem Tisch hing, bereits angezündet worden und tauchte den Raum in goldenes Licht. Massive lackierte Holzmöbel, deren Farbtöne an flüssigen Honig und geschmolzene Schokolade erinnerten, standen im Raum verteilt. Der Esstisch, der aufgrund seiner Ausmaße eher für rauschende Bankette gedacht war, bestand ebenfalls aus dunklem Holz. Die geschwungenen Beine verliehen ihm etwas Verspieltes. Der viel zu bunte orientalische Teppich, der während Rosalbas Kindertagen den Boden bedeckt hatte, war vor einigen Jahren in ein anderes Zimmer verlegt und durch ein altrosa Exemplar ersetzt worden, das besser zur Deckenmalerei passte. Ihre Mutter hatte sich nach jahrelangen Diskussionen endlich durchgesetzt. Das wertvolle Flechtwerk schmückte nun ein Gästezimmer in einer der oberen Etagen.

Obwohl Rosalba sich redlich bemühte, *alles* detailliert anzusehen, bloß nicht das ..., endete ihr Blickspaziergang ausgerechnet dort. Schon wieder.

Bei dem ungeöffneten Briefumschlag.

Was er wohl geschrieben hatte?

»Hattet ihr einen guten Arbeitstag?« Papa blickte sie und Mamma der Reihe nach an und hob fragend eine Augenbraue.

»Ja«, beantwortete ihre Mutter die Frage. »Wir haben heute mit dem Bau einer Natursteinmauer rund um den Froschteich einer Familie in Castiglione begonnen. Der Anfang ist uns gelungen, wie ich finde. Allerdings sieht unser Arbeitsvorrat bis zum Jahresende noch etwas spärlich aus. Ich hatte gehofft ...«

Ob er seine Reiseabsichten zwischenzeitlich durchdacht und festgelegt hatte?

»Rosalba?«

Sie fuhr erschrocken aus ihren Gedanken hoch und starrte ihren Vater an, als sehe sie ihn gerade zum ersten Mal. »Hm?«

Ein feines Schmunzeln zuckte um seine Mundwinkel und verlieh seinen Augen ein warmes Schimmern. »Ich fragte dich, ob *du* die Mauer beim Froschweiher geplant und kreiert hast oder ob es das Werk deiner Mutter war.«

Rosalba spürte Hitze aus dem Kragen ihrer Bluse ihren Hals hinaufwallen. »Das war meine Planung. Ich habe mich an der Optik einer Burgruine orientiert. Die Natursteinmauer ist ungleich hoch und mit Lücken versehen, so vermittelt sie den Eindruck, halb verwittert zu sein. Der Wunsch der Kundin war etwas Dekoratives, das die Frösche jedoch nicht einsperrt oder in ihrem natürlichen Dasein einschränkt. Offenbar mögen die Tiere es, im Sommer auf solchen losen Steinformationen zu sitzen und die Sonne zu genießen.«

Gottlob schwang die Tür in diesem Moment auf, und Lucilla trug die Pasta herein. *Penne aglio e olio.* Sofort schöpfte sich Rosalba einen Teller Teigwaren und gab vor, sich auf das Essen zu konzentrieren.

Doch als sie nach der Gabel griff, um eine Penna aufzuspießen, zuckte ihr Blick unwillkürlich ein weiteres Mal zu dem ungeöffneten Brief.

Remo besaß eine ungewöhnlich geschwungene, sinnliche Handschrift. *Rosalba Mandelli* ... Auf dem Briefumschlag sah es aus wie der Beginn eines mittelalterlichen Gedichtes. Märchenhaft und romantisch.

Hastig widmete sich Rosalba wieder den Speisen auf ihrem Teller und aß weiter. Nach dem Hauptgang blieb sie, wie es ihr die Erziehung ihrer Eltern nahegelegt hatte, am Tisch sitzen, bis alle fertig gegessen hatten. Doch zu ihrem Entsetzen musste sie feststellen, dass ihr Vater gemächlich nach den Wassermelonenstücken griff und sich ihre Mutter einige Trauben in den Mund schob. Ein Kribbeln und Jucken zuckte durch ihre Beine, und sie spürte, dass sie anfing zu schwitzen. Warum bloß musste es an Werktagen auch noch einen Nachtisch geben?

»Na los, geh in dein Zimmer und lies den Brief. Du machst mich nervös. Mamma und ich werden uns noch etwas unterhalten, in Ruhe einige Früchte essen und den Tag ausklingen lassen.« Papa schenkte ihr ein Lächeln und wedelte mit der Hand in Richtung der Tür.

Erlöst schob Rosalba den Stuhl zurück, griff nach dem Briefumschlag und verließ eilig den Raum. Immer zwei Stufen auf einmal nehmend, stieg sie die weiße Steintreppe mit dem roten Samtteppich hinauf in ihr Zimmer, wo sie die Tür hinter sich schloss und erleichtert ausatmete.

Dieser Raum war ihr Refugium, ihr Rückzugsort seit Kindertagen. Er umfasste die Ausmaße einer kleinen Wohnung und blickte hinaus auf die Zufahrt der Villa und die kleine geteerte Straße, die sich durch eine lockere Anordnung von Pinien, Korkeichen und Buchsbäumen den sanften Abhang hinunter in Richtung Argegno schlängelte. Jeden Abend tauchte die Sonne das Zimmer in goldenes Licht, ehe sie hinter dem Horizont verschwand.

War dieser lang gezogene Raum früher in Schlaf- und Spielbereich unterteilt gewesen, so füllte nun eine Sitzecke mit Salontisch die ehemalige Spielecke. Seit Rosalbas Kindheit beherrschte ihre Lieblingsfarbe ihr Reich: Ein dunkles Himbeerrot mischte sich in den schweren Vorhängen mit Goldstickereien. Sessel und Sofa waren mit einem himbeerrot-weiß gestreiften Stoff bezogen, und selbst die Bettwäsche war nach Möglichkeit in derselben Farbe gehalten. Kombiniert mit den dunkelbraunen Holzmöbeln, strahlte der Raum eine Mischung aus fruchtiger Frische und schokoladiger Behaglichkeit aus.

Ein Kamin, der sich gleich neben der Polstersitzgruppe befand, spendete Rosalba und ihren Freunden im Winter Wärme und Gemütlichkeit. Halb abgebrannte Kerzen und Kinderfotos verteilten sich über den Kaminsims. An der Wand neben dem Schlafplatz hing immer noch das Bild, das Madrina Marisa ihr zum zehnten Geburtstag geschenkt hatte. *Träume groß*, hatte sie auf dessen Rückseite geschrieben.

Rosalba warf sich auf das Bett und starrte die filigrane Schrift auf dem Briefumschlag eine geschlagene Minute lang an. Endlich öffnete sie den Brief mit zittrigen Fingern und trockenem Mund.

Liebe Rosalba,

herzlichen Dank für Deine interessante Briefantwort. Es freut mich außerordentlich, Post von Dir zu erhalten. Das Haus des Scheichs aus Dubai ist immer noch nicht fertig, hat er doch fast täglich neue Einfälle und Wünsche. Mein ehemaliger Ausbilder beschäftigt mich also weiterhin als Freiberufler, um den anspruchsvollen Stammkunden zufriedenzustellen. Zwischenzeitlich sind wir damit beschäftigt, ihm ein Wellnessgewölbe in der Optik eines Weinkellers zu erstellen. Gerade in den letzten Tagen ist mir daher bewusst geworden, wie sehr Deine italienischen Ideen an dieser Stelle fehlen. Bestimmt hättest Du als Grotto-Kennerin ein besonderes Auge für die Ästhetik eines solchen Raums. Natürlich ist mir Antonio stets eine wertvolle Stütze, doch schätze ich das Unkonventionelle an Deinen Visionen, die sich doch oft von meinen und Antonios unterschieden. Jedenfalls, wenn unser Blaublüter so weitermacht, läuft er der bekannten Lady Winchester noch den Rang ab. An Geld und Zeit mangelt es ihm jedenfalls nicht.

Bestimmt fragst Du Dich, wie es nun um meine Studienreise bestellt ist. Nun, ich habe in der Zwischenzeit tatsächlich eine Entscheidung getroffen. Ich unternehme in den Wintermonaten eine Reise nach Italien. Anfang des neuen Jahres starte ich. Es würde mich natürlich freuen, wenn wir uns im Zuge meiner Recherchen einmal sehen könnten. Gerne würde ich außerdem die Firma Deiner Mutter kennenlernen und mir einige Eurer Werke ansehen. Aus Deinen faszinierenden Erzählungen schließe ich, dass sie beeindruckend sein müssen. Sollte ein Treffen nicht möglich sein, bin ich natürlich auch nicht böse. Italien hat genug Architektonisches zu bieten, um mich zu unterhalten und zu inspirieren.

Nun wünsche ich Dir eine schöne und erfolgreiche Zeit und hoffe, bald wieder von Dir und Deinem Baualltag zu hören.

Herzliche Grüße aus dem Prättigau
Remo

Rosalba faltete den Brief zusammen und legte ihn sich auf die Brust, während sie dem Pochen ihres Herzens lauschte. Die Dämmerung drängte in ihr Zimmer und zwang sie, die Nachttischlampe anzuknipsen. Dann las sie Remos Zeilen noch mal, und danach gleich noch ein weiteres Mal, wobei sie jedes seiner Worte betrachtete wie die Noten einer fremden Melodie. Schließlich erhob sie sich und schlurfte ins Badezimmer, das an das andere Ende ihres Zimmers angrenzte.

Nachdem sich Rosalba gewaschen und das Nachthemd angezogen hatte, las sie Remos Brief ein weiteres Mal.

Dann faltete sie ihn sorgfältig zusammen, legte ihn auf ihren Nachttisch und kroch ins Bett. Doch an Schlaf war nicht zu denken.

Wie sage ich es Mamma und Papa?, dachte sie, und dieser Gedanke hielt sie noch bis weit nach Mitternacht davon ab, Ruhe zu finden.

Am nächsten Morgen fühlte sich Rosalba entsprechend wie von einem Stein überrollt. Mit schweren Gliedern schlurfte sie ins Bad und betrachtete sich im ovalen Spiegel über dem Waschbecken. Mit seinem verschnörkelten Metallrahmen erinnerte er an Schneewittchens Exemplar aus dem gleichnamigen Märchen. Nur dass die in der Reflexion abgebildete Person an diesem Morgen nicht besonders hübsch anzusehen war, wie Rosalba selbst fand. Ihre rotbraunen, glatten Haare glänzten heute nicht, sondern hingen ihr ebenso müde über die Schultern, wie sie sich fühlte. Ein Hauch Violett überschattete ihre Tränensäcke. Ihre dunklen Augen starrten ihr matt und erschöpft entgegen. Seufzend spritzte Rosalba sich kaltes Wasser ins Gesicht und ging zum Schminktisch hinüber. Das weiß lackierte Holztischchen mit den geschwungenen Beinen hatte vier Schubladen und einen Spiegel mit zwei aufklappbaren Flügeln. Rosalba setzte sich auf den dazu passenden Hocker und griff nach ihren Schminkutensilien. Geübt deckte sie die Augenringe ab, tuschte die Wimpern und betonte ihre Lider sowie die vollen Lippen mit einem Hauch Farbe. Zufrieden grinste sie ihrem Spiegelbild zu.

»Schon besser«, murmelte sie, ging zurück ins Zimmer und zog sich an. Rosalba nähte ihre Arbeitskleidung, aber auch jene für die Freizeit, sofern es ihr die Zeit erlaubte, selbst, so wie es schon ihre Urgroßmutter, Bisnonna Camilla, und ihre Mutter getan hatten. Heute trug Rosalba eine schlichte dunkelgrüne Hemdbluse und dazu eine robuste, feminin geschnittene Arbeitshose. Die Haare flocht sie zu einem Zopf, der ihr bis zur Mitte des Rückens hinabreichte. Zum Schluss streifte sie sich noch das Senkblei-Amulett über, das sie wie ihre Mutter täglich trug.

Nach einem letzten Kontrollblick in den Spiegel trat sie schließlich auf den Flur hinaus und ging mit entschlossenen Schritten ins Speisezimmer, wo Lucilla ihnen wie jeden Morgen ein herrliches Frühstück aus *caffè*, Früchten und Brioche zubereitet hatte.

Obwohl Rosalba sich redlich Mühe gab, sich nichts anmerken zu lassen, blieb Mammas Blick länger an ihr hängen, als dies sonst der Fall war. Papa hob nur kurz den Kopf von der Tageszeitung, grüßte sie und widmete sich dann wieder dem Weltgeschehen.

Draußen herrschte graues Zwielicht, bald schon würde die Sonne aufgehen. Der Kronleuchter tauchte den Raum in goldenes Licht.

Rosalba setzte sich und goss sich einen Espresso ein. Ihr Magen grummelte, weshalb sie sich ausnahmsweise zwei Brioches gönnte.

»Geht es heute mit dem Froschteich weiter?«, fragte sie, um das Gespräch gleich vorneweg auf ein unverfängliches Terrain zu lenken.

»Ja, ich gehe davon aus, dass wir diese Arbeit gegen Abend abschließen können. Danach widmen wir uns einer Mauer der Gemeinde Cerano, die vor dem Wintereinbruch repariert werden muss. Selbst wenn es nur wenig Schnee gibt, wird die Feuchtigkeit die bröckeligen Fugen weiter ausschwemmen, und Teile der Natursteinmauer könnten herunterfallen.«

»Dann essen wir bei Nonna Armida und Nonno Daniele zu Mittag? Ich würde sie gerne wieder einmal sehen.« Rosalba nahm einen Schluck ihres Espressos und tupfte einige Krümel vom Tisch auf.

»Das ist selbstverständlich Pflicht, wenn wir quasi vor ihrer Haustür arbeiten. Alles andere hätte einen Familienskandal zur Folge. Ich nehme an, du spekulierst darauf, dass Nonna Armida dein Lieblingsessen kocht.« Ihre Mutter zwinkerte ihr schmunzelnd zu.

Rosalba grinste. »Das ist natürlich mit ein Grund, warum ich mich gerne selbst einlade. Denkst du, sie macht *Spaghetti Carbonara alla bisnonna Camilla* für mich?«

»Ich müsste mich stark täuschen, wenn dem nicht so wäre. Was ich gerne esse, ist seit neunzehn Jahren ohnehin nicht mehr gefragt«, erklärte ihre Mutter lächelnd.

Papa legte die Zeitung beiseite und beugte sich zum Fußboden hinunter. »Guten Morgen Belinda! Hat Lucilla dir nicht genug Futter gegeben, meine Hübsche?« Mit einem Satz sprang die Birmakatze auf seinen Schoß und schnupperte an der Brioche, die er noch nicht angerührt hatte.

»Sie ist eindeutig verfressener als ihre Vorgängerin Amira, so viel steht fest«, kommentierte Mamma die Tatsache, dass die Katzendame innerhalb weniger Sekunden die Hälfte des Gebäcks verschlungen hatte und Papa sie mit einem verträumten Lächeln gewähren ließ. Dann warf sie einen Blick auf ihre Armbanduhr und erhob sich. »Rosalba und ich müssen aufbrechen.«

Rosalbas Vater setzte die Katze auf den Stuhl neben sich und stand auf. Mit einem Seufzen legte er die Arme um

Mamma, zog sie an sich und drückte ihr einen Kuss auf die Stirn. Dann trat er zu Rosalba, nahm ihr Gesicht in die Hände und hauchte ihr einen Kuss auf die Nase.

»Habt einen schönen Tag, *amori*. Meiner wird bestimmt weniger befriedigend werden, wenn ich mir den Terminkalender so ansehe. Umso mehr freue ich mich jetzt schon auf unser gemeinsames Abendessen.«

Zwanzig Minuten später fuhren sie mit der Vespa des Baubetriebs in Richtung Castiglione. Rosalba saß wie immer auf dem Mitfahrersitz, und ihre Mutter lenkte das Gefährt. Die Sonne stieg soeben über den Horizont. Goldene Finger kletterten über die Berggipfel und ergossen sich über die grün bewaldeten Abhänge talwärts. Ein kühler Wind, der Vorbote des Winters, zerrte an ihren Haaren und prickelte auf der Wange. Dankbar, an eine warme Jacke gedacht zu haben, versteckte sich Rosalba hinter dem Rücken ihrer Mutter vor dem beißenden Fahrtwind. Die Laubbäume, die ihren Weg nach Castiglione säumten, präsentierten sich in imposanten Herbstgewändern. Rot, Orange und Gelb buhlten mit dem letzten Grün um die Wette. Obwohl schönes Wetter vorhergesagt war, wies der Himmel über ihnen noch ein milchiges Blau auf, das stellenweise von einigen Wolken durchzogen war.

Nach nur zehn Minuten Fahrt erreichten sie den Werkhof des Baubetriebs. Wie Rosalba auf alten Fotos von Nonno Daniele gesehen hatte, hatte sich das Bild, das sich ihnen jeden Morgen bot, seit damals kaum verändert. Noch immer befand sich im angrenzenden Gebäude eine Autowerkstatt, die genau wie der Baubetrieb ihrer Mutter mittlerweile in dritter Generation geführt wurde. Fassade und Aufmachung der Firma Mandelli hatten sich modernisiert, und mittlerweile fand es auch niemand mehr befremdlich, dass die überschaubare Bauunternehmung von zwei Frauen betrieben wurde und der Senior in Pension gegangen war. Das lag jedoch nicht daran, dass das ländliche Castiglione progressiver gewesen wäre als andere Dörfer. Die Bewohner hatten sich im Laufe der Jahre einfach an die Mandelli-Frauen und ihre Eigenwilligkeit gewöhnt.

Schweigend öffneten Rosalba und ihre Mutter die Tür zum Werkhof, luden Material auf die Ladebrücke der Piaggio und fuhren los, um die Mauer rund um den Froschteich fertigzustellen.

Eine Stunde lang arbeiteten sie schweigend nebeneinander. Plötzlich legte Mamma das Werkzeug nieder und sah Rosalba an. »Was ist los mit dir? Du bist sehr unkonzentriert. Sieh mal, die Steine passen überhaupt nicht. Und wolltest du die Mauer nicht verwittert aussehen lassen?«

Entsetzt starrte Rosalba auf die Arbeit, die sie verrichtet hatte. Ihre Mutter lag absolut richtig, das Resultat der letzten Stunde war eine vollkommene Katastrophe.

»Mamma, ich muss dir etwas sagen«, platzte es aus ihr heraus, und ihre Mutter nickte, als habe sie so etwas schon geahnt.

»Es hat mit dem Brief aus der Schweiz zu tun, nicht wahr?« Sie hob fragend eine Augenbraue.

Rosalba bejahte durch eine stumme Geste und spürte, wie ihre Wangen glühten.

»Der Brief war von Remo Albrecht, dem Schweizer *architetto*. Ich habe euch ja erzählt, dass er eine Studienreise nach Italien machen möchte. Nun ...« Sie schluckte, ihr Mund war plötzlich staubtrocken. »Das wäre jetzt der

Fall. Er möchte diesen Winter durch unser Land reisen und sich hier ein paar Bauwerke und Firmen ansehen. Natürlich hofft er, auch unsere Unternehmung und ihr Wirken näher kennenzulernen.« Sie hielt den Atem an und musterte das Gesicht ihrer Mutter.

»Verständlich. Möchtest du ihm anbieten, ein oder zwei Tage bei uns zu wohnen, wenn er in der Gegend ist?«

Rosalba atmete erleichtert aus. »Genau das wollte ich dich fragen. Denkst du, Papa hat etwas dagegen? Ich meine, alles andere wäre schlicht und ergreifend unhöflich. Wir haben ja mehr als genug Platz. Bestimmt möchte er sich außerdem den Heidegarten der Villa Domenica ansehen, von dem ich ihm schon so viel erzählt habe.«

Ihre Mutter nickte und griff wieder nach dem Steinmetzwerkzeug. »Ich frage ihn heute Abend, gehe aber davon aus, dass er zustimmt. Du weißt ja, wie großzügig er anderen Menschen gegenüber stets ist.«

Rosalba war allerdings noch nicht fertig. Sie nagte so lange an ihren Fingernägeln, bis Mamma erneut von der Arbeit aufblickte. »Was ist denn noch? Ich sehe es dir doch an?«

»Na ja, möglicherweise bleibt er länger als nur zwei Tage. Letzten Sommer in der Schweiz sagte er etwas von zwei Wochen ...« Sie brach ab und sah zu Boden. Trotzdem spürte sie, wie ihre Mutter sie mit einem bohrenden Blick musterte.

»Was ist eigentlich aus dir und Luigi geworden? Ich habe ihn seit deiner Rückkehr aus der Schweiz im September nicht mehr gesehen.«

»Wir haben uns getrennt. Unsere Vorstellungen über das Leben und die Zukunft waren einfach nicht vereinbar.«

Rosalba nahm einen Stein und konzentrierte sich auf die Anbringung desselben.

»Hm. Er schien mir ein anständiger Bursche zu sein. Ich mochte ihn.« Ihre Mutter wandte sich ebenfalls wieder der Arbeit zu.

Kapitel 2

Rosalba lenkte den blutroten Alfa Romeo Giulietta, eine Neuanschaffung ihres Vaters, auf den Busparkplatz in Chiavenna. Die Turmuhr der Dorfkirche schlug soeben zwölf. Es erfüllte sie mit besonderem Stolz, dass Papa ihr sein heißgeliebtes Fahrzeug an diesem Sonntag zur alleinigen Nutzung überlassen hatte. Schließlich hätte er auch darauf bestehen können, sie zu begleiten. Rosalba hatte schon geglaubt, sich verhört zu haben, als er von sich aus vorgeschlagen hatte, sie solle ihren Schweizer Gast doch mit der Giulietta abholen. Allein. Mammas Gesichtsausdruck nach zu urteilen, war sie mit Papas Vorschlag allerdings nicht allzu glücklich gewesen.

Rosalba grinste.

Zu ihrem Glück wurde soeben eine Parklücke frei. Wenige Minuten später stieg sie aus dem Auto, knöpfte sich den Wintermantel zu und kontrollierte kurz ihre Frisur in der Spiegelung des Fensters. Ihr Blick glitt suchend über den Busbahnhof. Der Autobus aus der Schweiz war noch nicht da. Gut möglich, dass er mit einiger Verspätung kam, wenn man bedachte, dass in den Bergen bereits mehrere Meter Schnee lagen.

Unruhig strich Rosalba die Hände an ihrem Mantel ab und trat von einem Bein auf das andere. Wie würde es wohl sein, Remo nach knapp vier Monaten wiederzusehen? Betrachtete er seinen Besuch in Italien wirklich nüchtern als Studienreise und interessierte sich bloß für die Baukunst des Landes, oder ... Ihr Herzschlag beschleunigte sich. Auf jeden Fall war es nur eine Frage des Anstands gewesen, ihm ihre Gastfreundschaft anzubieten, oder? Erneut wischte Rosalba sich die feuchten Handflächen an ihrem Mantel ab.

Endlich nahm das Warten ein Ende. Ein Überlandbus näherte sich dem Parkplatz. Rosalbas Puls beschleunigte sich. Als das Fahrzeug zum Stehen kam, entdeckte sie an einer der Scheiben eine fröhlich winkende Silhouette.

Als sich die Türen des Busses öffneten, sprang Remo bereits an dritter Stelle aus dem Gefährt. Er trug dunkle Jeans, darüber einen in verschiedenen Blautönen gemusterten, eng anliegenden Strickpullover mit V-Ausschnitt und eine gefütterte Jeansjacke. Die Stoffreisetasche lässig über die Schultern geworfen und mit einem erfreuten Glitzern in den azurblauen Augen, näherte er sich Rosalba. Ein Windstoß zerzauste seine kurzen aschblonden Haare.

»Remo!« Sie trat aufgeregt auf ihn zu, zögerte dann jedoch. Von ihrem vergangenen Aufenthalt in der Schweiz wusste sie, dass die Schweizer viel reservierter waren und auf Körperkontakt unter Umständen mit Befremden reagierten. Zumal Rosalba Remo bisher nur als Auftraggeber und aus seinen Briefen kannte. War das nahe genug, um ...?

»Rosalba!« Mit einem strahlenden Lächeln trat er auf sie zu und schloss sie in seine Arme. Zaghaft erwiderte sie die Geste. Wärme breitete sich in ihr aus, als sie das Spiel von Remos Muskeln unter ihren Fingerspitzen spürte. Der Duft nach Olivenseife, vermischt mit dem Pfefferminz eines Kaugummis stieg ihr in die Nase. Sie schmunzelte und hätte die Wärme seiner Umarmung am liebsten weit länger genossen, als angemessen war.

»Du siehst noch genauso aus, wie ich dich in Erinnerung habe. Unglaublich, dass unser Treffen tatsächlich geklappt hat«, sagte er in überraschend gutem Italienisch, strich sich über den golden schimmernden Dreitagebart und steckte eine Hand in die Hosentasche; mit der anderen hielt er immer noch sein Gepäck. Aus seinem Mund klang Rosalbas Muttersprache ein wenig exotisch, aber gerade deshalb sehr charmant.

»Du hast geübt«, lobte Rosalba seine Italienischkenntnisse erfreut.

Er nickte und grinste. Schließlich schaute er sie fragend an. »Wohin als Nächstes? Nehmen wir die Bahn oder einen weiteren Bus?«

Rosalba schüttelte den Kopf und wies mit dem Daumen hinter sich. »Ich werde dich höchstpersönlich mit dem Augapfel meines Vaters zu uns nach Hause chauffieren. Wenn das nicht italienische Gastfreundschaft vom Feinsten ist, dann weiß ich auch nicht mehr«, scherzte sie und grinste.

Remo folgte ihrem Blick und schmunzelte. »Das ist tatsächlich eine angenehme Überraschung und ein toller Service. Den nehme ich selbstverständlich gerne an.«

Sie setzten sich in Bewegung. Rosalba ging voran und zeigte ihm den Wagen.

»Wow! Ich bin beeindruckt. Dein Vater hat einen guten Geschmack.« Neugierig umrundete Remo die Giulietta und ließ die Finger über den Lack gleiten. Immer wieder murmelte er etwas vor sich hin und nickte zustimmend.

Rosalba lenkte den Wagen vom Parkplatz und hinaus aus der Stadt. Die Straße schlängelte sich entlang des Lago di Mezzola und über die Brücke, die diesen mit dem weitaus größeren Comer See verband. Zahlreiche kleinere Ortschaften säumten nun ihren Weg, während sie sich Argegno, ihrem Ziel, näherten. Die meisten von ihnen waren ehemalige Fischerdörfchen. Selbst heute sah man in den grauen Morgenstunden oder bei Anbruch der Abenddämmerung noch zahlreiche Einheimische, die ihre Ruten nach den im Comer See beheimateten *agoni* und verschiedenen Forellenarten auswarfen.

»Es ist wunderschön hier«, schwärmte Remo. »Die Architektur ist tatsächlich vollkommen anders als in der Schweiz. Diese sanften Erd- und Pastelltöne der Fassaden und die vielen Natursteinmauern passen perfekt zur Umgebung. Und die Dächer sehen tatsächlich noch immer ähnlich aus wie bei den Römern!« Staunend ließ er den Blick aus dem Fenster schweifen.

»Du solltest die Gegend hier im Frühling oder im Sommer sehen, wenn grüne Baumalleen das Seeufer säumen und es von Booten auf dem *lago* nur so wimmelt. Dann sind die Straßen voller Leben und die Abende wieder lang und in ein herrliches goldenes Licht getaucht. Die Farben der Häuser scheinen zu dieser Zeit viel kräftiger.« Rosalba drehte den Kopf und lächelte Remo an.

»Dann werde ich wohl irgendwann noch mal in der warmen Jahreszeit herkommen müssen.«

»Das musst du unbedingt.« Sie nickte und betrachtete das eher trostlose Bild, das ihnen die winterliche Landschaft bot. Die Äste der Bäume ragten nackt und knorrig einem milchig grauen Himmel entgegen. Ein bissiger Nordwind fegte durch die Gassen der Häuser und zerrte an den Haaren der wenigen Passanten. Mit hochgezogenen Schultern eilten sie über die Straße. Die Sonne, die im Januar ohnehin nur schwach schien, verbarg sich hinter schmutzigen Wolken. Gelegentlich fiel in dieser Gegend ein Hauch Schnee, blieb jedoch selten liegen, was die vorherrschenden Farben noch trostloser erscheinen ließ.

Nach anderthalb Stunden Fahrt erreichten sie endlich Argegno. Rosalba lenkte den Wagen von der Hauptstraße weg und manövrierte ihn zielsicher durch die engen Gassen und den kurzen Abhang hinauf zur Villa Domenica, ihrem Zuhause. Vor dem schmiedeeisernen Tor hielt sie an und hupte. Kurz darauf schwang das Tor auf.

»Wahnsinn! Du hast nie erwähnt, dass du in einem Schloss wohnst!« Remo verrenkte den Kopf, als sie vor dem Haupteingang anhielten. Er stieg aus dem Auto und musterte die zwei miteinander verbundenen, versetzt am Hang stehenden Häuserblöcke aus verschiedenen Winkeln. Rosalba, die zwischenzeitlich ebenfalls ausgestiegen war, folgte Remos Blick. Auf den fremden Betrachter musste das Anwesen wahrlich beeindruckend wirken. Gigantische Bogenfenster im Erdgeschoss erlaubten den Blick in einen lichtdurchfluteten Saal, der allerdings nur für Feste und Feierlichkeiten benutzt wurde. Die hohe sandfarbene Hausfassade mit dem Efeu, das sich an ihr empor zum terrakottafarbenen Dach rankte, gab dem Gebäude den Anschein, als hätte es ein bärtiges Gesicht. Buschige Sträucher und knorrige Bäume schmiegten sich zu beiden Seiten an die Hausfassade, und vom See her drang das leise Glucksen und Rauschen der Wellen zu ihnen herauf und mischte sich mit dem Zwitschern der Vögel.

»Ich sagte doch, dass ich ein angenehmes Zuhause habe.« Rosalba grinste.

»Ah, wie ich sehe, ist unser Gast angekommen.« Ihr Vater erschien in einer cremeweißen Stoffhose, einem bordeauxroten Feinstrickpullover und einer grauen Baskenmütze auf den dunkel gelockten Haaren in der Haustür und lächelte zu ihnen herab. Gemächlichen Schrittes kam er die Treppe herunter und stellte sich Remo vor.

»Lorenzo Baroni, gerne einfach Lorenzo. *Benvenuto* in Italien! Es gibt weiß Gott schönere Monate als den feuchtkalten Januar für einen Besuch in dieser Gegend, aber ich hoffe, der Aufenthalt bei uns gestaltet sich trotzdem angenehm.«

»Daran habe ich keine Zweifel. Remo, freut mich.« Rosalbas Begleiter reichte ihrem Vater die Hand und schüttelte sie kräftig. In diesem Moment erschien auch ihre Mutter vor der Eingangstür. Sie trug einen Faltenrock mit Tartanmuster in Gelb, Weiß und Blau, kombiniert mit einem dunkelblauen Strickpullover mit verspieltem Rüschenkragen. Die widerspenstigen Locken hatte sie sich hochgesteckt. Stilsicher wie immer schritt sie elegant die Treppe hinunter und reichte Remo die Hand.

»So kommt doch rein, hier draußen holen wir uns noch eine Erkältung. Ich habe uns Tee, *caffè* und Gebäck im Kaminzimmer bereitgestellt.« Mit einer einladenden Geste in Richtung des Hauses wandte sie sich um und ging voran.

Die drei anderen folgten ihr in ein großzügiges Foyer, von dem aus rechts eine weiße Steintreppe, die mit einem roten Samtteppich bespannt war, in die oberen Etagen des Hauses hinaufführte. Mit schweren Goldrahmen versehene

Gemälde zierten die Wände, und ein Kronleuchter tauchte den Raum in ein helles, warmes Licht.

Staunend blieb Remo stehen und sah sich um. Bodenlange Wandspiegel vermittelten dem Besucher den Eindruck, als würden unzählige Gänge vom Eingangsbereich abzweigen. Rosalba lächelte, als sie seine staunend aufgerissenen Augen sah.

Sie bogen in einen lang gezogenen Flur ein. Skulpturen säumten ihren Weg, und weiche Teppiche dämpften stellenweise ihre Schritte auf dem glänzenden Steinboden. Das im Süden des Hauses gelegene Kaminzimmer wurde vorwiegend in den kargen Wintermonaten oder an kühlen, vom Gewitter bringenden Nordwind heimgesuchten Sommerabenden benutzt. Seine Lage sorgte dafür, dass man auch an den düsteren Tagen noch einen matten Sonnenstrahl abbekam. Vom Fenster sah man direkt auf den sich südwärts ausdehnenden See und die braungrünen Hügelketten, die ihn umgaben. Vereinzelt blitzten die hellen Punkte von Häusern in Erd- und Pastellfarben an den Abhängen auf. Auf diese Distanz konnte man die Dörfer jedoch nur erahnen.

Passend zu seinem Verwendungszweck beherrschten herbstliche und winterliche Farben den Wohnraum. Der mannshohe Kamin in der rechten Ecke bestand aus dunkelbraunem Marmor mit Holzstruktur. Die Sessel und Sofas waren mit cremeweißen Stoffen bezogen, und Vorhänge und Teppiche wiesen verschiedene Nuancen von Altrosa auf. In Erwartung des ausländischen Gastes hatte die Haushälterin den Kamin offenbar schon angezündet. Die Flammen fraßen sich in die dürren Holzscheite, knackten und sprühten gelegentlich Funken. Wohlige Wärme breitete sich im Raum aus. Auf dem dunklen Salontisch in der Mitte der Sitzgarnitur warteten bereits Porzellantassen, zwei Kannen, eine Wasserkaraffe mit Gläsern und ein Tablett mit Cantuccini und Biscotti.

Nachdem sich alle gesetzt und Rosalbas Eltern zuerst den Gast und dann Rosalba und sich selbst bedient hatten, herrschte kurzes Schweigen. Rosalba rechnete es ihren Eltern hoch an, dass sie Remo nicht gleich mit Tausenden von Fragen löcherten, auch wenn diese ihnen zweifellos auf der Zunge brannten. Stattdessen überließen sie es ihr und ihrem Gast, die Initiative zu ergreifen.

»Euer Heim ist beeindruckend«, erklärte Remo. »Auch wenn ich bisher ja bloß einen Teil davon gesehen habe. Ist das dein Werk, Aurora? Ich meine die Restauration? Das Gebäude selbst schätze ich von der Architektur her nicht als neuzeitlich ein.« Remo wandte sich interessiert an Mamma. Diese strich sich mit einem Lächeln eine Locke aus der Stirn.

»Lorenzos Villa ist tatsächlich bereits seit Generationen im Besitz seiner Familie. Ein altehrwürdiges Bauwerk, wenn man so will. Ich habe zwar einige Innenausbauarbeiten übernommen, doch der größte Teil davon fiel nicht in meinen Tätigkeitsbereich. Mein Beitrag zu diesem Anwesen und zugleich die Krönung meiner bisherigen Arbeiten ist die Gartenlandschaft.«

»Ich werde dir morgen alles zeigen!«, platzte Rosalba aufgeregt dazwischen. »Das Amphitheater, den Tempel, den Springbrunnen und vieles mehr. Mamma hat mir alles darüber erzählt. Ich kenne ihre ersten Skizzen und sogar all die Ideen, die am Ende nicht umgesetzt wurden.«

Remo wandte sich ihr mit einem Lächeln zu. »Liebend gern. Ich platze vor Neugierde. Bisher kenne ich das Werk nur aus deinen Erzählungen, und selbst da schien es mir schon wahnsinnig imposant.«

»Was meine Frau damals erschaffen hat, ist wahrlich faszinierend, heute ebenso wie damals. Ich spreche nicht nur vom Garten, sondern auch von unserer wunderbaren Tochter.« Papa nahm Mammas Hand in seine und hauchte ihr einen Kuss darauf.

Eine leichte Röte färbte die Wangen ihrer Mutter. In diesem Moment sah sie um Jahre jünger aus, und Rosalba erkannte für einen kurzen Augenblick die jugendliche Aurora, die sie bisher nur auf Fotos gesehen hatte.

»Wenn ihr es mir erlaubt, würde ich gerne alles dokumentieren und fotografieren. Wäre das in Ordnung? Obwohl ich den Garten noch nicht besichtigt habe, glaube ich, dass einige meiner Kunden für derartige Ideen offen wären. Ich würde mich daher gerne inspirieren lassen.« Remo nahm einen Schluck von seinem Espresso.

»Aber natürlich, gern. Mach so viele Fotos und Notizen, wie du brauchst.« Mamma lächelte, und Stolz glomm in ihren dunklen Augen auf.

Kapitel 3

Am nächsten Morgen wachte Rosalba schon früh auf. Gähnend reckte sie sich und setzte sich im Bett auf. Das Abendessen mit Remo und ihren Eltern war gemütlich verlaufen. Papa hatte die Unterhaltung auf sein Kerngebiet gelenkt und Remo nach dem Schweizer Justizsystem ausgefragt. Dieser wiederum interessierte sich sehr für Papas Alltag – und natürlich für dessen Vorliebe für schöne Autos.

Mit einem zufriedenen Seufzer erhob sich Rosalba und schlurfte ins Bad. Während sie sich Wasser ins Gesicht spritzte, dachte sie über den anstehenden Tag nach. Sie plante, Remo den Garten und anschließend den Baubetrieb und das Haus der Colombos in Castiglione zu zeigen, das eine so bedeutende Rolle in der Geschichte ihrer Familie gespielt hatte.

Angepasst an die winterlichen Temperaturen trug Rosalba eine hochgeschnittene, eng anliegende Stoffhose in Olivgrün und dazu einen weißen Feinstrickpullover mit grünen Stickereien, der sich ebenfalls wie eine zweite Haut an ihre muskulöse Silhouette schmiegte. Sie betupfte sich mit dem nach Rosen duftenden Parfüm, das ihr Tante Laura zum Geburtstag geschenkt hatte. Ein letzter Kontrollblick in den Spiegel ließ sie zufrieden nicken. Dezentes Make-up betonte ihre vollen Lippen und die dunklen Augen mit den langen Wimpern, und die Haare fielen ihr in einem schimmernden Vorhang über den Rücken.

Sie suchte den Ostflügel auf, in dem Remo einquartiert worden war. Seltsamerweise hatte sich in der gesamten Villa nur am anderen Ende des Gebäudes ein Zimmer für ihren Gast finden lassen. Jedenfalls hatte Lucilla dies behauptet.

Vor Remos Zimmertür blieb Rosalba stehen und zählte von zehn rückwärts, um ihren plötzlich beschleunigten Herzschlag zu beruhigen und dreimal tief durchzuatmen. Dann klopfte sie.

»*Buongiorno*. Bist du wach? Lust auf Frühstück?«

Noch bevor sie die Hand sinken ließ, wurde die Tür aufgerissen, und ein breit lächelnder Remo stand vollständig angezogen und frisiert im Türrahmen. Zu einer blauen, leicht verwaschenen Jeans trug er ein weißes Freizeithemd, das von der Farbe seiner Turnschuhe aufgegriffen wurde. Dazu hielt er eine braune, gefütterte Lederjacke auf dem Arm.

»Guten Morgen. Und ob ich hungrig bin!« Er schloss die Tür hinter sich und folgte ihr in den Speisesaal. Da es Montag war und nur noch zwei Gedecke auf dem Tisch standen, ging Rosalba davon aus, dass ihr Vater bereits in der Kanzlei und ihre Mutter im Baubetrieb war.

»Cappuccino oder Espresso und Brioche«, erklärte Rosalba mit einer entschuldigenden Geste. »Nicht so reichhaltig wie euer Frühstück in der Schweiz, aber für uns reicht es.«

Nach dem Essen zogen sie sich Jacken, Schals und Gummistiefel an, da die Temperatur trotz des blauen Himmels im Januar nicht über acht Grad kletterte.

Während sie gemeinsam die Treppe in den Garten hinabstiegen, kramte Remo nach seiner Leica-Fotokamera.

»Warte.« Er knipste einige Bilder aus ihrer erhöhten Position, ehe er nickte und sie weitergingen.

Die Wiese, ein braungrüner Teppich, schmatzte bei jedem ihrer Schritte.

»Letzte Woche gab es etwas Schnee«, erklärte Rosalba.

Sie näherten sich dem Wäldchen, hinter dem versteckt die Sehenswürdigkeiten des Parks lagen. Hier gabelte sich der Pfad.

»Das Amphitheater ist uns am nächsten. Starten wir doch dort. Es ist zugleich auch das größte Bauwerk.« Rosalba duckte sich unter einem Zweig hindurch und nahm den Trampelpfad, der nach links abbog. Trockene Äste, die der Herbstwind von den Bäumen gefegt hatte, knackten unter ihren Stiefeln. Vögel trillerten ihre Weisen auf den blätterlosen Baumkronen, und gelegentlich raschelte es im Unterholz. »Im Frühjahr bestellt Papa immer einen Gärtner, der das Areal pflegt. Bevor er das Haus von seinen Eltern übernommen hat, muss es hier ausgesehen haben wie bei Dornröschen. Alles war komplett zugewachsen. Mamma hat aus dem Dschungel ein ›geordnetes Chaos‹ gemacht, wie sie es stets nennt. Dem gesamten Park liegt eine geometrische Struktur, *un triangolo,* zugrunde. Die Ecken des Dreiecks sind thematisch miteinander verbunden und haben einen ähnlichen Ursprung. Anstatt der Natur Einhalt zu gebieten, hat meine Mutter sie kanalisiert, das heißt, manchen Dingen wird zwar hin und wieder ein ordentlicher Haarschnitt verpasst, aber ihre Natürlichkeit bleibt erhalten.« Sie blieb kurz stehen und wies auf die Mauer, die ihren Weg säumte und bei einer Steinbank endete.

»Siehst du? Als die Trockensteinmauer vor zwanzig Jahren erstellt wurde, war sie nackt. Zwischenzeitlich wachsen hier viele Moose und kleinere Pflanzen. Hin und wieder wird sie ein wenig gesäubert, damit die schönen Gewächse, die auch Blumen bilden, nicht vom Unkraut verdrängt werden. Die Steinbank hingegen ist für Schlingpflanzen und andere Schmarotzer tabu.«

Rosalba wollte gerade weiterlaufen, als sie bemerkte, dass ihr Remo gar nicht folgte. Konzentriert ging er in die Knie und fotografierte die überwucherte Natursteinmauer und die Sitzgelegenheit, deren Stein feucht schimmerte. Sie beobachtete ihn dabei, wie er das Gerät mit seinen sehnigen, kräftigen Händen geschickt bediente. Schließlich erhob er sich mit einem Grinsen und bedeutete ihr, den Rundgang fortzusetzen.

Nach einer Weile erreichten sie das Herzstück von Mammas Schaffen, das Amphitheater. Natürlich war der Bau nicht mit dem Kolosseum oder ähnlichen Bauten, durch die er inspiriert war, zu vergleichen. Dennoch bot das Rundtheater geschätzt fünfzig Menschen Platz.

»Die Steine der Sitztreppe stammen allesamt aus dem Fluss Telo«, erklärte Rosalba. »Er fließt aus dem Intelvi-Tal in den Comer See und teilt Argegno in der Mitte. Die Steine sind Sinnbild für die Dualität, die Zweiteilung aller Dinge in der Natur. Tag und Nacht, Sommer und Winter, Gut und Böse ... Mann und Frau. Im Gegensatz zu dem Fluss, der das Dorf teilt, soll dieses *teatro* ein Ort der Begegnung sein, der alle Unterschiede und Gegensätze überwindet.«

Rosalba lief die vier Stufen hinunter und sah sich um. Genau wie ihre Mutter es einst in ihrer Vorstellung gesehen und skizziert hatte, standen schlanke, hochgewachsene Bäume wie Wächter im Kreis um das Amphitheater herum.

»›Die Bäume stellen die Pförtner des Theaters dar. In seinem Inneren sind die Gesetze der Polarität aufgehoben, es gibt Musik, Geschichten, Platz für Träume. Draußen ist die Welt, wie sie ist – ein Ort ewiger Spannung.‹ Das waren die Worte meiner Mutter. Sie stehen auf ihren handgeschriebenen Skizzen.«

Remo starrte sie mit leicht geöffnetem Mund an und ließ den Blick bewundernd über die Steinstufen und die Anordnung der Vegetation ringsherum gleiten.

»Das hat deine Mutter vor zwanzig Jahren erschaffen? Ich meine ... diese Vision, diese Kreativität ... das ist bahnbrechend. Sie muss eine faszinierende Frau sein.«

Rosalba nickte. »Das ist sie. Sie sagt, Bauen ist für sie wie *una melodia*. Nur wenn jeder Ton oder Bestandteil harmonisch klingt, ist es ein schönes Lied. Bereits als Kind lehrte sie mich, mit dem Herzen, dem Verstand und mit meinen Händen hinzuhören, bis ich eine melodische Tonfolge vernahm. Erst dann waren wir mit unserem Werk zufrieden.«

Remo musterte sie, ein geheimnisvolles Lächeln auf den Lippen. »Das klingt ... revolutionär. Mir ist noch nie jemand begegnet, der einen derart ungewöhnlichen Blickwinkel auf diese Materie hat.«

Rosalba grinste. »Gewöhne dich besser daran. Ich bin die Tochter meiner Mutter mit der Eigensinnigkeit meiner Urgroßmutter Camilla.«

Remo legte den Kopf schief und musterte sie mit spöttisch blitzenden Augen und einem Schmunzeln auf den Lippen. »Daran muss ich mich nicht mehr gewöhnen, das ist mir längst aufgefallen. Um genau zu sein, bei einer unserer ersten Begegnungen in meiner Heimat.«

Rosalba lachte. »Ich weiß, da habe ich den Mund ziemlich voll genommen.«

»Aber du hattest vollkommen recht mit dem, was du bemängelt hast«, gab Remo zu.

»Weshalb ich mich für meine Worte auch nicht entschuldigt habe.« Sie zwinkerte ihm zu und lief die Stufen des Amphitheaters wieder hinauf. »Los, komm, wir haben noch weitere Sehenswürdigkeiten vor uns. Als Nächstes besichtigen wir den Springbrunnen mit den Nymphen.«

Sie folgten einem der verschlungenen Trampelpfade und erreichten schließlich den aus weißem Stein gefertigten Nymphenbrunnen.

»Der Brunnen der Reinheit«, stellte Rosalba das Bauwerk vor. »Die Farbe des Steins unterstreicht die Unschuld der Naturgeister. Wir Menschen sind es, die die Heiligkeit der Natur zerstören, ihr selbst ist ein solches Verhalten völlig fremd.«

»Erneut eine wunderschöne Symbolik.« Remo umrundete den Springbrunnen und fotografierte ihn aus verschiedenen Blickwinkeln.

»Die im Dreieck angeordneten Zentren des Gartens, so meinte meine Mutter, bilden Kopf, Herz und Geist der Grünanlage. Welches der drei welchen Aspekt verkörpert, kann man so nicht sagen. Sie alle vereinen die drei Ebenen auf ihre eigene Weise in sich, wenn auch anders. Man könnte ein ganzes Buch darüber schreiben, was Mamma alles in diesen Park gepackt hat. Einiges davon hat sie bei der Garteneinweihung damals einem breiten Publikum zugänglich gemacht. Anderes wiederum lässt sich nur in ihren Notizen finden, und manche Aspekte geistern immer noch wie Seifenblasen in ihrem Bewusstsein herum und fanden nie den Weg aufs Papier.« Rosalba zuckte mit den Schultern. »Willst du noch den Tempel sehen?«

Remo nickte. »Sehr gerne.«

Schweigend liefen sie nebeneinander her, jeder in seine eigenen Gedanken versunken. Schließlich erreichten sie den kleinen Tempel, der wie ein Leuchtturm auf den See hinausblickte.

»Das ist der Ort, mit dem ich emotional am engsten verbunden bin«, erklärte Rosalba. »Hier setzten bei meiner Mutter vor mehr als neunzehn Jahren die Wehen ein. Sie war gerade dabei, den Tempel zu bauen. Seither feiern wir hier, wenn es das Wetter zulässt, jeden meiner Geburtstage.« Sie traten näher an das Bauwerk heran. »Das blaue Dach greift die Farbe des Sees bei Sonnenschein auf. Die drei Stufen, die auf das Tempelpodest führen, verkörpern die Dreifaltigkeit. Sie findet sich nicht nur in der Religion, sondern auch im Menschen selbst, und natürlich in der Geometrie und zahlreichen anderen Dingen. Eine magische Zahl.«

»Unglaublich beeindruckend, das …« Der Rest von Remos Worten ging im Grummeln seines Magens unter.

Rosalba grinste und warf einen Blick auf ihre Armbanduhr. »Ich auch. Lass uns zurückkehren. Bestimmt hat Papa Romana, die Köchin, angewiesen, uns eine Mahlzeit zuzubereiten. Am Nachmittag können wir den Baubetrieb und ein spezielles Werk meiner Mutter ansehen, wenn du magst. Dann lernst du den Ursprung der verrückten Mandelli-Frauen kennen.«

Sie lief los, und Remo folgte ihr.

»Welcher Teil in dir ist denn von deinem Vater? Die Intuition, die Sturheit und das handwerkliche Talent stammen gemäß deiner Erzählung von der Seite deiner Mutter. Die Mandelli-Gene also. Welches ist das Baroni-Erbgut?«

Rosalba blieb abrupt stehen. Remo wäre beinahe in sie hineingerannt. »Es gibt in mir keine Baroni-DNA. Manche Aspekte in mir verstehe ich nicht, da ich ihre Herkunft nicht kenne. Und die Menschen, die davon wissen, möchten nicht darüber sprechen. Lorenzo war immer mein Vater, und er wird es bis ans Ende meiner Tage bleiben. Selbst wenn ich physisch nichts von ihm geerbt habe, so sind mein Charakter, mein Herz und mein Geist nachhaltig durch ihn geformt. Prägung geschieht durch Sippe. Und auf die bin ich unendlich stolz.«

Kapitel 4

Remo leckte sich die Lippen und strich nervös mit den Händen über das Steuerrad und den Schaltknüppel der Giulietta. »Bist du sicher, dass ich fahren soll? Ich meine …«

»Du hast doch gehört, was Vater durch Lucilla ausrichten ließ: *Lass den Jungen ruhig auch mal ans Steuer.*«

Ein raues Lachen, das ängstlich und ungläubig zugleich klang, entwich Remo. Kopfschüttelnd drehte er den Zündschlüssel und startete den Motor. »Hoffentlich bereut er seine Entscheidung nicht im Nachhinein.«

Rosalba legte lachend den Kopf in den Nacken. »Er ist ein guter Menschenkenner. Wenn er dir sein Auto anvertraut, sieht er in dir einen soliden Autofahrer. Punkt.«

Remo manövrierte den Wagen vorsichtig durch die Gassen Argegnos und hinaus auf die Landstraße, die nach Castiglione und weiter nach Cerano führte.

Ein hartnäckiger Wind zerrte trotz des sonnigen Wetters an den Baumkronen. Kahl reckten sie ihre knorrigen Finger himmelwärts. Schroffe Felsen und leicht schneebedeckte Abhänge säumten die Asphaltstraße zur Rechten, während es links stufenartig bergab ging. Über der Straße standen, mal dichter, mal in lockerer Streuung, Wohnhäuser. Nach zehn Minuten passierten sie die ersten Häuser Castigliones mit ihren erdfarbenen Fassadenanstrichen oder Natursteinmauern. In der Nähe des Dorfzentrums bat Rosalba Remo, langsamer zu fahren.

»Hier ist es.« Sie wies mit dem Finger auf den Werkhof der Baufirma, den man von außen kaum als solchen erkannte. In einer großen, unscheinbaren Halle befanden sich das Material- und Kleingerätelager sowie die bescheidene Werkstatt. Ein geschlossener Unterstand diente der Piaggio Ape und der Vespa, den beiden Betriebsfahrzeugen, als Garage.

»Wir sollten einmal darüber nachdenken, den Firmensitz mit Metalllettern zu kennzeichnen«, murmelte Rosalba mehr zu sich selbst.

Remo lenkte den Wagen auf den Vorplatz und stellte den Motor ab. Sie stiegen aus und betraten die Halle. Aus dem Büro drang Mammas Stimme zu ihnen heraus. Offenbar telefonierte sie.

»Das ist unser bescheidenes Reich.« Rosalba drehte sich einmal um die eigene Achse und beobachtete Remo, der den Blick über die Regale mit den Werkzeugen und dem Material schweifen ließ. Der Geruch nach Steinstaub, Sand, Gips, Eisen und Holz lag in der Luft.

»Sieht genauso aus, wie ich es mir vorgestellt habe. Rustikal und gewissenhaft.«

In diesem Moment tauchte Mamma zwischen den mit Maurerkellen, Reibbrettern, Maurerschnüren, Senkblei, Gerüstmaterial und Mörtelmischer vollgestopften Regalen auf.

»Hallo ihr beiden.« Sie lehnte sich an die Werkbank an der linken Wand und verschränkte die Arme vor der Brust. Ein leichtes Lächeln lag auf ihren Lippen. »Ich habe gerade einen kleinen Auftrag zur Sanierung eines Kellers erhalten. Eine ideale Winterarbeit. Lange wird sie uns allerdings nicht beschäftigt halten.« Sogleich wich der zufriedene Ausdruck in ihrem Gesicht einer leisen Wehmut. Sie schob die Augenbrauen zusammen, seufzte und sah kurz zu Boden. Als sie den Blick wieder hob, fragte sie: »Und ihr? Habt ihr euch den *giardino* angeschaut? Was steht heute Nachmittag noch auf eurem Plan?«

Remo sah Rosalba mit leuchtenden Augen an und wandte sich dann ihrer Mutter zu. »Ja, Rosalba hat mir den Garten gezeigt, den du gestaltet hast ... ein Kunstwerk. Sehr tiefgründig und voller Symbole. Deine Tochter scheint darüber fast ebenso viel zu wissen wie du. Talente, wie ihr sie besitzt, fehlen uns in der Schweiz vollkommen.«

Stille erfüllte den Raum.

»Das kann ich mir vorstellen«, erwiderte Mamma mit einem milden Lächeln.

»Ich möchte Remo nachher noch die Sanierungsarbeiten und den Umbau bei den Colombos zeigen, wenn wir schon in Castiglione sind. Dein Gesellenstück gewissermaßen«, sagte Rosalba. »Mich interessiert, was Remo dazu sagt, und ob die Schweizer ihre Gebäude auf dieselbe Art und mit derselben Technik sanieren. Immerhin haben sie mit einem weit harscheren Klima zu kämpfen als wir hier.«

»Nun ja, ich bin Architekt ... bei bautechnischen Detailfragen kann ich dir nicht allzu viel Auskunft geben. Da müsstest du schon einen waschechten Schweizer Bauunternehmer um Rat fragen. Schließlich belehren die mich oft genug, dass meine Vorstellungen in der Praxis angeblich nicht umsetzbar sind.« Remo grinste, sah Rosalba an und rollte die Augen in gespielter Entrüstung. Sie erwiderte seinen Blick schmunzelnd und sah dann in das nachdenkliche Gesicht ihrer Mutter.

»Ja, also ... ich schätze, wir machen uns jetzt auf den Weg. Ein Ausflug nach Pellio Intelvi zur Chiesa San Giorgio und ein Besuch bei den Großeltern ist für morgen geplant. Remo möchte sich unbedingt deinen ersten Heidegarten ansehen, Mamma. Die kleine Schwester des Parks bei uns zu Hause, wenn man so will.«

Mamma stieß sich von der Werkbank ab. »Na dann viel Spaß euch beiden, wir sehen uns beim Abendessen wieder.«

Rosalba und Remo verabschiedeten sich und stiegen wieder ins Auto. Rosalba lotste Remo durch die schmalen Straßen Castigliones, bis sie zu einer Weggabelung kamen.

»Das hier möchte ich dir zeigen. Das Gebäude direkt neben der Apotheke, mit dem Friseursalon im Parterre.« Rosalba wies auf ein Haus, dessen Fassade aus Natursteinmauern und rosa verputzten Flächen bestand. Die beiden kleinen Metallbalkone waren mit leeren Blumentöpfen und anderem Unrat gefüllt, die abgeschossenen braunen Fensterläden mehrheitlich geschlossen.

Remo parkte die Giulietta auf dem Gehsteig gegenüber, und sie stiegen aus. Ehrfürchtig legte Rosalba den Kopf in den Nacken und ließ den Blick über die Häuserfront vor ihnen schweifen. Das Colombo-Heim stieß zwischenzeitlich kaum mehr aus der Masse der anderen Häuser heraus, weil auch diese renoviert worden waren. Damals jedoch war es anders gewesen. Gedankenversunken griff sie nach dem Senkblei um ihren Hals.

»Optisch ist das Haus nichts Besonderes«, erklärte sie Remo, als dieser seine Leica hervorholte. »Der Grund, warum ich es dir zeigen wollte, ist ein anderer.«

Rosalba schwieg und versuchte, sich jenen schicksalhaften Tag vorzustellen.

Als ahnte er, dass er gerade im Begriff stand, Teil einer sehr persönlichen Geschichte zu werden, ließ Remo den Blick stumm über ihr Gesicht gleiten und wartete.

»Das ist der Ort, an dem alles endete und zugleich begann. Hier stürzte mein Onkel Tommaso, den ich nie kennengelernt habe, mit zweiundzwanzig Jahren aufgrund eines morschen Baugerüsts in die Tiefe. Er war als Erbe des Bauunternehmens vorgesehen gewesen, und sein Unfalltod zog meinen Großeltern förmlich den Boden unter den Füßen weg. Nonno Daniele verfiel in eine schwere Depression und war nicht mehr in der Lage zu arbeiten.« Rosalba machte eine Pause und zog sich fröstelnd den Wintermantel ein wenig enger um den Körper. Sie kannte die Ereignisse bloß aus den Erzählungen ihrer Mutter. Der Schmerz, der sich dabei jedoch jedes Mal in deren Augen zeigte, war beredt genug, um sich vorstellen zu können, wie es für die Hinterbliebenen gewesen sein musste.

»Und dann hat deine Mutter die Geschicke des Baubetriebs selbst in die Hand genommen«, vervollständigte Remo ihre Erzählung.

»Du hast mir gut zugehört, als ich diesen Umstand bei meinem Besuch in der Schweiz erwähnt habe«, staunte Rosalba, ließ den Blick über seine Gesichtszüge gleiten und lächelte. Wärme breitete sich in ihrem Herzen aus, das plötzlich ein wenig schneller schlug. »Tatsächlich ist es meiner Mutter jedoch erst nach zahlreichen missglückten Versuchen gelungen, sich ausgerechnet an diesem Objekt, das mit so vielen schmerzhaften Erinnerungen verbunden ist, als *muratrice* mit eigener Handschrift zu beweisen. Sie schlug den Colombos ein zur damaligen Zeit sehr ungewöhnliches Treppenhaus aus weißen Wänden und cremefarbenem Stein vor und verschaffte sich auf diese Weise mit ihren femininen Ideen zum ersten Mal Respekt.«

Remo erwiderte ihr Lächeln mit einem zaghaften Grinsen. »Ich höre dir immer sehr genau zu, Rosalba. Du bist eine begabte Erzählerin und überdies eine sehr interessante Frau.« Er ließ den Satz einige Sekunden wirken, während er ihrem Blick standhielt. Schließlich zeigte er auf das Haus und fragte: »Denkst du, wir können uns das Treppenhaus kurz ansehen?«

Rosalba zuckte mit den Schultern. »Ich denke schon. Die Haustür ist bestimmt offen. Versuchen wir es.« Gemeinsam überquerten sie die Straße. Remo griff nach der wuchtigen Holzeingangstür und hielt sie Rosalba mit einer angedeuteten Verbeugung auf. Schmunzelnd zwängte sie sich an ihm vorbei ins Innere und streifte dabei seinen Arm. Ein wohliges Kribbeln kroch ihre Wirbelsäule entlang.

»Wunderschön. Die hellen Farben machen einen enormen Unterschied in dem engen Treppenschacht. Man spürt die weibliche Note. Ich bin beeindruckt. Das hier ist mein Fachgebiet, und ich kann das Extravagante durchaus vom Gewöhnlichen unterscheiden.«

Rosalba stand dicht neben Remo und hielt den Kopf in den Nacken gelegt. Mattes Kunstlicht erhellte das Treppenhaus, das trotz der Tatsache, dass es kein Fenster gab, frisch und luftig wirkte.

»Manchmal sind Ende und Anfang so nah beisammen. Niemand hätte damit gerechnet, dass die Ideen meiner Mutter ausgerechnet bei den Colombos Anklang finden würden. Sie kannten Onkel Tommaso und waren meiner Mutter gegenüber anfangs sehr skeptisch eingestellt.«

Remo sah sie von der Seite an, und ein breites Grinsen verzog seine Mundwinkel. »Tja, mir erging es wohl nicht viel anders als diesem Ehepaar hier, als ich dich zum ersten Mal in Antonios Begleitung traf.«

Rosalba verfiel in lautes Lachen. »Das war nicht gerade mein Tag. Ich hatte schlecht geschlafen und fühlte mich übermüdet. An solchen Tagen habe ich mein Temperament nicht unter Kontrolle und bin furchtbar direkt. Antonio war entsetzt über das, was ich dir an den Kopf geworfen habe.«

Remo senkte den Blick, steckte die Hände in die Hosentaschen und murmelte: »Aber gerade das hat mich so an dir fasziniert. Abgesehen davon hattest du recht. Meine Ideen waren zu stur und zu schweizerisch.« Er hob den Kopf und sah sie lange an. Dann gab er sich einen Ruck und hielt ihr die Tür nach draußen auf.

Der Nachmittag neigte sich dem Ende zu, und die Sonne näherte sich bereits dem Horizont, als sie zur Villa Domenica zurückkehrten. Da ihnen bis zum Abendessen noch ein wenig Zeit blieb, beschlossen sie, sich ins Kaminzimmer zu setzen und ein Brettspiel zu spielen.

»*Eile mit Weile*, immer eine gute Wahl«, kommentierte Remo Rosalbas Vorschlag, während sie in einer Kommode nach dem Spielbrett suchte.

»Eines meiner Lieblingsspiele. Meine Familie hat unendlich viele zusätzliche Regeln erschaffen. Wenn wir alle zusammen spielen, kann das bisweilen ziemlich laut werden.« Sie lachte.

Jeder von ihnen wählte eine Farbe, dann ging es los. Schon nach kurzer Zeit nahm das Spiel an Fahrt auf und entwickelte eine eigene Dynamik.

»*Ma che* ... aber was machst du denn, Remo?!«, stieß Rosalba in gespielter Entrüstung aus und warf die Hände in die Luft.

Er zwinkerte ihr schelmisch zu, während er ihrer Figur einen Schubs versetzte. »Ich sende dich nach Hause, meine Liebe. Zum vierten Mal in Folge, was bedeutet, dass deine Helden alle wieder von vorne anfangen müssen. Du scheinst Pech im Spiel zu haben ...« Er sah sie an.

In diesem Moment erschien Mamma im Türrahmen. Rosalba und Remo verstummten und wandten sich ihr höflich zu.

»Da seid ihr ja. Ich habe euch überall gesucht. In einer halben Stunde gibt es Abendessen.« Sie ließ den Blick neugierig zwischen ihnen beiden hin und her schweifen. »Also dann, bis später.«

Remo und Rosalba beendeten die Spielrunde noch, dann machten sie sich auf den Weg zum Speisezimmer. Rosalbas Eltern saßen bereits am gedeckten Tisch, im goldenen Licht des Kronleuchters. Eine Teekanne und eine Wasserkaraffe standen in der Mitte der Tafel, und Mamma wärmte sich bereits die Hände an einer Tasse.

Kaum hatten sie sich gesetzt, trug Lucilla auch schon die Vorspeise auf, eine Karottensuppe. Eine Weile aßen sie schweigend, wobei Rosalba immer wieder den forschenden Blick ihrer Mutter abwechselnd auf sich und auf Remo ruhen sah. Gelegentlich schien es, als wollte Mamma etwas sagen, entschiede sich dann aber doch dagegen.

Bevor das seltsame Schweigen zu schwer wurde, fragte Papa: »Welche Art von Architektur fasziniert dich, Remo, was ist dein Spezialgebiet? Die Baukunst ist ja ein uraltes, weitläufiges Gebiet, dominiert von verschiedenen Stilrichtungen und sich stetig neu entwickelnden Kunstrichtungen.« Er griff nach seiner Serviette und tupfte sich den Mund ab, ohne Remo dabei aus den Augen zu lassen.

»Du hast völlig recht. Mein Beruf reicht bis weit in die Vergangenheit zurück. Darunter gibt es zahlreiche faszinierende historische Bauten, die die Zeiten mühelos überdauert haben.« Ein Husten zwang Remo, kurz zu unterbrechen und einen Schluck Wasser zu trinken.

»Das sagt meine Frau auch immer. Sie ist fasziniert von antiken Bauwerken, und von der *geometria*, die allem zugrunde liegt. Ist es nicht so, Liebling?« Papa musterte Mamma mit einem sanften Lächeln. Er verstand es wie kein Zweiter, Brücken zwischen den Menschen zu schlagen.

»Daher also dieser wunderschöne Garten mit seinen antiken Elementen. Wie kam es zu dieser Leidenschaft?« Neugierig beugte sich Remo nach vorne, um Mammas Meinung zu hören. Dabei spannte sein Pullover an den Schultern und rutschte an der Hüfte etwas nach oben.

»Nun, das war schon immer so. Bereits als junges Mädchen interessierte ich mich sehr für die großen Bauwerke dieses Planeten – den Taj Mahal, die Pyramiden, römische Kultstätten, *tutto questo*. Also habe ich versucht, die Eleganz und Erhabenheit dieser Bauten in meine Kreationen einfließen zu lassen. Diese Faszination ist ein Teil von mir.«

Remo setzte sich kerzengerade auf, straffte den Rücken und beugte sich erneut leicht nach vorne. Mit roten Wangen erklärte er: »Ganz genau das ist es, was ich auch versuche. Ich nehme verschiedene Zutaten und mische daraus ein eigenes Rezept. Architektur ist ähnlich wie die Herstellung eines Parfüms. Das über die Jahrhunderte erworbene

Wissen und die Würde dieser alten Bauwerke bilden die …« Er brach ab und sah Rosalba ratlos an, während er nach dem korrekten italienischen Begriff suchte.

Sie überlegte kurz, während er ihr beschrieb, was er meinte. »Basisnote?«

Lächelnd klatschte Remo in die Hände. »Korrekt. Die alten Bauten bilden also die Basisnote, das Fundament. Die Herz- oder Mittelnote ist für mich das Zeitgenössische, die Einflüsse, die aktuell modern sind. Den Abschluss bildet die Kopfnote, die zuerst wahrnehmbar ist, aber schnell vergeht. Das ist das Visionäre, das Neue. Davon braucht man nur wenig, sonst überfordert man die Leute. Ein perfektes Bauwerk ist meiner Meinung nach also eine Kombination aus Vergangenheit, Gegenwart und Zukunft. Jeder Architekt mischt die Anteile anders. So entstehen eigene Stile …« Er schwieg und senkte den Blick. »Entschuldigung, ich wollte nicht so viel plappern.« Verlegen griff er nach seinem fast leeren Glas. Rosalba goss ihm sofort etwas Wasser aus der Karaffe nach und begegnete dabei erneut dem stummen Blick ihrer Mutter.

Dann wandte sich Mamma wieder Remo zu. »Deine Kopfnote ist das Fremde.« Mamma musterte ihn eingehend und mit undurchschaubarem Gesichtsausdruck. Aus ihren Worten ließ sich nicht erschließen, worauf sich diese Aussage bezog.

Der junge Architekt hob erstaunt die buschigen Augenbrauen. »Genau das ist es, was zwischen den Zeilen meiner Erzählung steht. Du verstehst mich.«

»Natürlich tue ich das. Ich bin selbst eine Schöpfernatur. Meine Kopfnote ist das Feminine. Als ich in deinem Alter war, war es allen *fremd*.«

Mammas Blick wanderte weiter zu Rosalba. Die erwiderte ihn schweigend. Keine von ihnen beiden wandte die Augen ab. Eine stumme Zwiesprache, die in Rosalba ein seltsam ungutes Gefühl zurückließ.

»Das ist bestimmt ein Alleinstellungsmerkmal – dem Bau Weiblichkeit zu verleihen?« Remo schien die knisternde Spannung, die plötzlich in der Luft lag, nicht zu bemerken. Oder versuchte er, sie zu überspielen?

Endlich zog ihre Mutter die Aufmerksamkeit von Rosalba ab und richtete sie wieder auf ihren Gast. »Das war es einmal. Mein Talent hat sich in den vergangenen rund zwanzig Jahren bewährt und mir durch Mund-zu-Mund-Propaganda zahlreiche Aufträge beschert. Langsam besitzen jedoch alle, die es sich leisten können, ein Bauwerk aus meiner Hand. Und von den Menschen hier in der Umgebung kann ich nicht überleben. Viele von ihnen leben in sehr bescheidenen Verhältnissen in den Häusern ihrer Eltern oder Großeltern. Sie reparieren nur das Nötigste, und das meist eigenhändig, soweit sie es können, und haben nicht die finanziellen Mittel, darüber hinaus noch mehr zu bauen.« Mamma schwieg einen Moment, bevor sie fortfuhr. Eines ihrer Augenlider und ein Mundwinkel zuckten kaum merklich. »Ich brauche frischen Wind und neue Einflüsse, um weiter bestehen zu können. Deshalb habe ich meine Tochter in die Schweiz geschickt, damit sie eine andere Sichtweise gewinnt und möglicherweise mit neuen Visionen zurückkehrt.« Sie musterte Rosalba und Remo über den Rand ihrer Teetasse hinweg, hinter der sie sich zu verstecken schien.

»Hm ...« Remo setzte eine betroffene Miene auf und strich sich über die Bartstoppeln. »In der Schweiz ist euer Talent sehr gefragt, da bin ich mir absolut sicher. Ihr ergänzt unsere Fertigkeiten auf perfekte Weise, insbesondere was die femininen Ideen anbelangt. Das kennen wir überhaupt nicht.«

»Ich stelle es mir eher andersherum vor. Wir möchten ein Stück der Schweiz in unsere Bauten einfließen lassen, um uns hier erneut von den Mitbewerbern absetzen zu können. Ihr setzt andere handwerkliche Techniken ein, die manche unserer Probleme lösen könnten. Indem wir eure Arbeitsweise in unsere integrieren, wäre es uns möglich, dem geneigten Kunden ein solideres Bauwerk anzubieten. Die Gründlichkeit, mit der ihr Schweizer eure Arbeit verrichtet, fehlt uns in vielerlei Hinsicht. Dafür legen wir mehr Wert auf Ästhetik. Ich verweise dabei auf die zahlreichen Natursteinmauern.« Sie fegte einige Krumen vom Tisch.

»Rosalba könnte vielleicht ein weiteres Praktikum in der Schweiz absolvieren«, schlug Remo vor. »Bei einem anderen Bauunternehmer als ihrem Verwandten Antonio, damit sie die Schweizer Bauweise besser kennenlernt. Ich unterstütze sie dabei gerne, sofern es mir möglich ist.«

Bevor irgendjemand etwas dazu sagen konnte, erschien Lucilla, um das leere Geschirr wegzutragen. Schweigen erfüllte den Raum. Als die Angestellte gegangen war, wandte sich Rosalba zaghaft an ihre Mutter.

»Ich finde das eine sehr gute Idee, Mamma. In meinem letzten Praktikum hatte ich bloß Einblick in Antonios Arbeit und die Gepflogenheiten der Schweiz. Mir fehlen jedoch die Kenntnisse der einheimischen Art zu bauen. Was sagt ihr dazu?« Das Herz klopfte ihr bis zum Hals, während sie aufgeregt zwischen ihren Eltern hin und her schaute. Quälend langsam verstrichen die Sekunden, in denen Mamma und Papa vielsagende Blicke austauschten.

»Eine solide und vor allem vielseitige Ausbildung wird dir bestimmt nicht schaden, Kind. Das Leben ist Lernen«, erklärte Papa wie immer diplomatisch.

Mamma griff nach ihrer Teetasse und fuhr mit dem Zeigefinger den Tassenrand nach. Dann hob sie den Blick und sah Rosalba ernst an. »Ich kann dich im Betrieb unmöglich noch einmal so lange entbehren, Rosalba.«

Die Worte hingen schwer in der Luft. Rosalba versuchte, sich ihre Enttäuschung nicht anmerken zu lassen.

»Kürzlich hast du dich noch darüber beklagt, dass die Arbeitsvorräte für den Frühling so spärlich sind. Unter Umständen fällt es gar nicht auf, wenn ich ein paar Monate weg bin«, argumentierte sie.

Mamma sah sie mit zusammengepressten Lippen an. »Du kennst meine Firma gut genug und weißt genau, dass man die meisten Arbeiten nicht alleine verrichten kann. Fremde Arbeitskräfte nützen mir nichts – zu kompliziert, zu teuer.« Ihr Tonfall war nun deutlich schärfer geworden.

Rosalba schluckte. Doch dann kam ihr eine Idee: »Was ist mit Nonno Daniele? Er ist zwar im Ruhestand, aber noch sehr aktiv. Anstatt dass er aus Langeweile täglich Nonna Armidas Garten umgräbt, könnte er dir ein wenig zur Hand gehen, oder nicht? Es handelt sich ja nur um ein paar Monate ... Meine Ausbildung ist essenziell. Sagt Papa auch.« Sofort spürte Rosalba die Leichtigkeit der Hoffnung in sich aufkeimen. Doch zu früh.

»Ich denke, ich habe mich deutlich genug ausgedrückt.« Und mit diesen Worten wandte Mamma ihre Aufmerksamkeit Lucilla zu, die soeben den Hauptgang, *pizzoccheri*, auftrug.

Kapitel 5

Auch am nächsten Tag überließ Rosalba Remo das Steuer. Dieses Mal nahm er die Schlüssel der Giulietta mit einem freudigen Grinsen entgegen und setzte sich mit geschmeidigen Bewegungen ins Auto.

»Bereit?«, fragte er und startete den Motor. Rosalba nickte und konnte sich ein Grinsen ebenfalls nicht verkneifen. Mit routinierten Bewegungen lenkte Remo unter Rosalbas Anweisungen den Wagen über Argegno und Castiglione nach Pellio Intelvi, ihrem heutigen Ausflugsziel.

Hinter Castiglione wurde das Gelände flacher, und die Straße schlängelte sich durch kleine Dörfer, vorbei an privaten Weinbergen und kleinen Wäldern. Die Häuser im Dorfkern von Pellio waren so nah an die Straße herangebaut, dass man glaubte, durch eine schattige Schlucht zu fahren. Vorsichtig lenkte Remo den Wagen über die schmale Hauptstraße und stellte ihn am Dorfrand ab. Das restliche Stück des Wegs zur Pfarrei von San Giorgio, die etwas außerhalb des Dorfes lag, mussten sie zu Fuß zurücklegen, da bloß ein Kopfsteinpflasterweg dorthin führte. Das Gotteshaus war zu allen Seiten von weitläufigen Weiden umgeben, die im Sommer in einem saftigen Grün leuchteten, gesprenkelt mit den bunten Blüten der Bergblumen. Jetzt bedeckte sie eine feine Schicht Schnee.

Rosalba beobachtete Remo dabei, wie er seine Leica auspackte, den Kopf in den Nacken legte und die Heiligenstatue fotografierte, die auf dem Glockenturm der Kirche thronte. Mit langsamen Schritten ging er weiter und machte noch ein paar Bilder des gemauerten Torbogens mit dem schmiedeeisernen Tor sowie des Eingangs zum Friedhof, der ebenfalls mit einem Metalltor zwischen zwei Steinsäulen von der Außenwelt abgegrenzt war. Rosalba genoss es, ihm dabei zuzusehen, wie er gemächlich und mit dem Blick des Künstlers, der die Schönheit jedes Details zu sehen vermochte, vor dem Gotteshaus auf und ab lief. Flink und geübt bediente er die Kamera. Gelegentlich ging er in die Hocke, um einen anderen Winkel zu finden. Ein leichter Wind zerzauste ihm die aschblonden Haare ...

»Ist etwas?« Remo hatte seine Leica umgehängt und schaute Rosalba an, die unter seinen Worten zusammenzuckte. Ihr war gar nicht aufgefallen, dass er aufgehört hatte zu fotografieren.

Lächelnd schüttelte sie den Kopf und senkte den Blick. Sie spürte, wie ihre Wangen warm wurden. »Nichts. Ich war bloß in Gedanken versunken. Wollen wir weitergehen?« Sie lief zum Friedhofstor und öffnete es. Ein Quietschen drang durch die Stille, die sie umgab. Zielsicher ging Rosalba auf den Heidegarten zu, den ihre Mamma hier auf Wunsch von Papas Onkel, Padre Giudici, erstellt hatte.

»Hier sind sich meine Eltern zum ersten Mal begegnet. Es dauerte jedoch noch einige Jahre, bis das Schicksal ihre Herzen endgültig zusammenführte«, begann Rosalba. »Padre Giudici wollte auf dem Friedhof eine Brücke zwischen dem Jenseits und dem Diesseits schlagen und den

Ort weniger trostlos machen. Mamma schlug daraufhin eine Oase in Form eines Heidegartens vor, der zur Einkehr einlud und die Nähe zu den Verstorbenen ermöglichte. So entstand dieser Zufluchtsort in Form einer Spirale aus überwucherten Natursteinmauern. Ein Kiesweg führt ins Zentrum dieses Schneckengebildes.« Rosalba wies auf den gut sichtbaren runden Steintisch, aus dessen Mitte im Sommer ein Springbrunnen plätscherte. Sie folgte Remo schweigend, während er den mit Schnee und Kieseln bedeckten Weg entlanglief und Fotos von den Mauern machte, die im Sommer mit Wildblumen, Kräutern und Ranken überwuchert waren. Schließlich blieb er vor dem Springbrunnen stehen.

»Wie ging die Geschichte weiter?«, wollte Remo wissen und richtete die Linse seiner Kamera direkt auf Rosalba.

Verlegen senkte sie den Blick und winkte ab. »Lass das.«

»Zu spät«, ein schelmisches Grinsen verzog Remos Mundwinkel. »Du passt so wunderbar hierher, in diesen Garten, der sich nichts vorschreiben lässt und sich nicht die Mühe macht, anders zu sein, als er ist. Ursprünglich, verwildert und ... zauberhaft.« Es klang, als habe er ein anderes Wort verwenden wollen, sich jedoch kurzerhand für dieses entschieden.

»Die Geschichte endete damit, dass sich Papa einige Jahre später an Mamma und ihr Werk erinnerte und sie bat, ihm einen ähnlichen Heidegarten anzulegen.«

»Ich wette, er hat sich bereits hier in deine Mutter verliebt. Es dauerte bloß noch eine Weile, bis er den Mut hatte, es wahrzuhaben und ihr seine Gefühle zu gestehen«, mutmaßte Remo und fuhr mit den Fingern über die rauen Blätter einiger immergrüner Büsche.

»Es war etwas komplizierter«, gestand Rosalba. »Meine Mutter war verlobt und heiratete einen anderen.« Niemand in der Familie redete gern darüber, auch sie nicht.

»Was deinen Vater als Mann von Ehre auszeichnet. Er hat gewartet. Trotzdem bin ich sicher, dass er sich in sie verliebt hat. Genau hier.« Er sah sie an. Seine blauen Augen glitzerten, und ein winziges, beinahe zärtliches Lächeln spielte auf seinen Lippen. Rosalba erwiderte seinen Blick und spürte, wie die Wärme ihren Hals hinaufkroch.

»Lass uns zurückgehen«, sagte sie schließlich und machte sich auf den Weg zurück zum Eingang der Spirale. Remo folgte ihr mit langsamen, ruhigen Schritten.

Kurz bevor sie das Tor passierten, fiel Rosalba noch etwas ein. »Warte, vom vorderen Teil des Friedhofs hat man eine wundervolle Aussicht auf den Lago di Lugano. Los komm, das möchte ich dir zeigen!« Rosalba winkte Remo zu sich und ging voran. Nachdem sie sich versichert hatte, dass niemand sie beobachtete, kletterte sie auf die niedrige Steinmauer, die den Friedhof umgab. Remo tat es ihr gleich und sah in die Ferne. Fasziniert nahm er seine Leica und knipste einige Fotos. Dabei streifte sein Arm Rosalbas, und ein warmer Schauer fuhr durch ihren Körper. Sie schloss die Augen und sog den kühlen Januarwind in ihre Lunge ein.

Nach zehn Minuten machten sie sich auf den Rückweg zum Auto und fuhren in Richtung Castiglione, wo sie eine Kleinigkeit zu Mittag aßen. Danach fuhren sie weiter nach Cerano, um Rosalbas Großeltern einen Besuch abzustatten. Rosalba wollte Remo die Möglichkeit geben, sich mit ihrem Großvater zu unterhalten. Bestimmt interessierte es ihn, was Nonno Daniele aus der Vergangenheit zu berichten wusste, insbesondere, da sich ja bereits dessen Vater, Bisnonno Tommaso, dem Bauen verschrieben hatte.

Nachdem sie die Giulietta auf dem öffentlichen Parkplatz neben der Kirche von San Tommaso abgestellt hatten, machten sie sich auf, den Rest des Weges zu Fuß zu bestreiten. Ein schmaler Feldweg führte vom Dorf hinaus zum lang gestreckten Landhaus der Mandellis. Mit seinem sandfarbenen Verputz und den grünen Fensterläden fügte es sich harmonisch in die Landschaft ein. Jetzt im Winter wirkte das Anwesen wie ausgestorben. Die Terrasse, die man von den Zimmern der ersten Etage aus betreten konnte, blickte einsam hinaus auf die braunweißen matschigen Wiesen. Auch der Kastanienbaum, der genau vor dem Fenster zu Mammas ehemaligem Mädchenzimmer stand, streckte nur sein dunkles Gerippe himmelwärts. Auf dem Innenhof, der im Sommer von Laubbäumen überschattet wurde, lagen die abgefallenen Blätter der knorrigen Riesen. Rauch stieg aus dem Kamin auf.

»Mein Urgroßvater Bisnonno Tommaso hat dieses Haus mit seinen eigenen Händen erbaut. Es ist keine Augenweide, und im Inneren sieht es aus wie auf einem indischen Basar, aber« – Rosalba hob hilflos die Schultern – »ich liebe es.«

»Es ist authentisch und deshalb sehr charmant.« Remo kniff die Augen zusammen und ließ den Blick über das Gebäude schweifen. »Auch wenn es nicht mein persönlicher Stil ist, so mag ich chaotische Bauten. Ein Bauwerk verrät sehr viel über seine Erbauer. Deinem Urgroßvater war ein stabiles Zuhause mit genügend Platz wichtig. Er war stolz auf sein Eigenheim mit dem prachtvollen Umschwung. Optik spielte bei seinem Vorhaben keine große Rolle. Das

Innere des Gebäudes kenne ich nicht, aber ich gehe davon aus, dass er einfach alles an Material verwendete, was er gerade zu einem fairen Preis erwerben konnte. Ein Haus in dieser Größe verlangt nach Kompromissen, es sei denn, man verfügt über genügend Kleingeld.« Remo schmunzelte und gab ein vergnügtes Schnauben von sich.

»Das tat er definitiv nicht. Was Bisnonno Tommaso nicht selbst erbauen konnte, konnte er sich vermutlich gar nicht leisten«, pflichtete Rosalba ihm bei.

»Genau dieser Umstand macht das Haus aber umso wertvoller. Da stecken sehr viel Leidenschaft, harte Arbeit und Schweiß drin. Mir gefällt es. Es ist eigenwillig und verschroben in seinem Stilmix, aber faszinierend.« Remo schoss mehrere Fotos von dem Gebäude.

Rosalba klingelte. Nach einigen Sekunden wurde die Tür aufgerissen, und Nonna Armida erschien, die Lesebrille auf der Nase, an der Tür. Ihre mehrheitlich weißen Haare trug sie seit ein paar Jahren kurz und zu Dauerwellen frisiert. Beim Anblick ihrer Enkelin hellten sich ihre Gesichtszüge sofort auf.

»Rosalba, Kind! Was für eine Überraschung! Ich war gerade dabei, mich über neue Bratenrezepte zu informieren. Komm doch rein ...«

Zwischenzeitlich war auch Remo, der Rosalba ein wenig langsamer gefolgt war, angekommen und gesellte sich zu ihnen. »Remo Albrecht«, stellte er sich höflich vor. »Ich bin Architekt und auf Studienreise. Rosalba und ihre Familie sind so nett, mir für ein paar Tage Unterkunft zu gewähren.« Er reichte Armida die Hand.

»Ich wusste gar nicht, dass ihr Gäste habt?« Neugierig musterte Nonna Armida Remo von Kopf bis Fuß.

»Remo kommt aus der Schweiz. Ich habe ihn bei meinem Praktikum letztes Jahr kennengelernt und ihm von unserer Firma berichtet«, erklärte Rosalba.

Armida trat zur Seite und machte eine einladende Handbewegung. »Das klingt interessant. Bitte tretet ein, draußen ist es kalt.« Sie rieb sich fröstelnd die Arme. »Geht doch schon mal ins Wohnzimmer, ich koche uns *caffè* und wecke Nonno Daniele. Sein Mittagsschlaf müsste ohnehin bald beendet sein. Er wird sich freuen, dich zu sehen, Liebes.« Sie strich Rosalba zärtlich über den Kopf, als sei diese immer noch ein dreijähriges Kind.

Rosalba führte Remo in die Stube ihrer Großeltern. Grinsend verzog sie den Mund und rollte die Augen. »Siehst du, was ich meine? Hier sieht es aus wie im vergangenen Jahrhundert. Die schweren Holzmöbel, die kitschigen Teppiche und geblümten Polsterbezüge stammen noch von Bisnonna Camilla. Großmutter hat es nach ihrem Tod nicht übers Herz gebracht, irgendetwas zu verändern. Sie sagt, sie hätten einfach zu viele Jahre zusammen in diesem Haus gewohnt, da wäre es gerade so, als wolle man die Erinnerung an Bisnonna Camilla eliminieren. Also beließen sie alles beim Alten.«

Rosalba schlenderte durch den Raum und blieb vor einem Foto stehen.

»Das ist Mammas Bruder. Die Familie hat seinen Tod bis heute nicht überwunden.« Schweigend betrachteten sie Onkel Tommasos Foto. »Es ist seltsam zu wissen, dass er kaum älter wurde als ich«, sagte Rosalba nachdenklich. »Manchmal frage ich mich, wie er wohl ausgesehen hätte, wäre er jetzt in Mammas Alter. Vermutlich wäre er mein Patenonkel geworden.« Gedankenverloren griff sie nach dem Schmuckanhänger mit dem Senkblei an ihrem Hals.

In diesem Moment erschien Nonna Armida mit einem Tablett in der Tür, dicht gefolgt von einem verschlafen blinzelnden Nonno Daniele, den sie offensichtlich aus den Federn geholt hatte. Verdutzt kratzte er sich die krausen weißen Haare, die ihm wie ein Heiligenschein vom Kopf abstanden. Rosalba umarmte ihn und stellte ihm Remo vor. Dann setzten sie sich und ließen sich Espresso und Gebäck reichen.

»Sie sind also Architekt ... Was treibt Sie in unsere Gegend?«, fragte Nonno Daniele interessiert.

»Ich mache gerade eine Studienreise, um die Bauweise hier in dieser Gegend zu analysieren. Ich möchte die Einflüsse für meine Arbeit nutzen und einen eigenen Stil entwickeln.«

»Hier bei uns? Wäre Rom da nicht viel interessanter gewesen? Oder steht das als nächstes Etappenziel auf Ihrem Plan?«

Remo schüttelte lachend den Kopf. »Der Grund, warum ich hier bin, ist natürlich Rosalba. Ich interessiere mich besonders für ihre und die Arbeit ihrer Mutter. Weitere Reiseziele sind nicht geplant. Ich kehre nächste Woche in die Schweiz zurück.«

Langes Schweigen.

»Mhm.« Nonno Daniele griff nach seinem Espresso und schüttete Zucker hinein. Ziemlich viel Zucker.

»Und wie gefällt Ihnen die Arbeit der beiden Frauen bislang?«, versuchte Nonna Armida die Konversation wieder in Gang zu bringen.

»Ich finde sie über alle Maßen faszinierend! Bis jetzt haben wir zwar erst den Heidegarten der Villa Domenica, den bei der Pfarrei San Giorgio in Pellio und das ... wie heißt es noch im Italienischen?« Remo sah Rosalba Hilfe suchend an.

»Treppenhaus?«, schlug sie vor.

Er lächelte. »Genau, danke. Das Treppenhaus der Colombos angesehen, aber ... was ich da an Ideen, Visionen und Handwerkskunst gesehen habe, übertrifft alles, was ich bisher kannte. Von Rosalbas Talent konnte ich mich, zumindest ansatzweise, ja bereits in der Schweiz überzeugen. Sie besitzt das Auge und Feingespür ihrer virtuosen Mutter, kein Zweifel.«

»Ja, sie hat eine großartige Zukunft vor sich, unsere Rosalba. Das Auslandspraktikum sollte ihre Ausbildung verfeinern und ihre künftige Position auf dem Markt stärken. So jedenfalls sagt unsere Tochter Aurora.« Nonno Daniele stellte die Espressotasse wieder auf den Unterteller und griff nach einem Cantuccino.

»Ich denke darüber nach, meine Weiterbildung in der Schweiz dieses Jahr vielleicht fortzusetzen, indem ich einige Monate für eine Schweizer Firma, und nicht nur für Antonio, arbeite«, sagte Rosalba vorsichtig.

Ihre Großeltern wechselten verwirrte Blicke.

»Weiß das deine Mutter? Ich mag mich erinnern, dass die Monate ohne dich letztes Jahr für sie sehr anspruchsvoll waren. Wie sie sagte, hat sie die Situation völlig unterschätzt, zumal es ihr finanziell nicht möglich war, temporäre Arbeitskräfte hinzuzuziehen.« Großmutter legte die Stirn in Falten und kräuselte die Augenbrauen.

Rosalba senkte den Blick und nahm einen Keks. »Ich habe es bereits angesprochen. Sie fürchtet natürlich genau das. Aber ... ich dachte mir, ob es wohl eine Idee wäre, dass …« Sie brach ab und spürte, wie Hitze in ihren Wangen explodierte. Eigentlich war sie bloß hergekommen, um Remo das Haus ihrer Vorfahren zu zeigen und ihn den Großeltern vorzustellen, und nicht um ausgerechnet dieses heikle Thema anzuschneiden. »Nun, ich habe mich gefragt, ob du, Nonno, ihr vielleicht hin und wieder zur Hand gehen könntest, bis ich zurück bin? Papa meint auch, dass mir ein weiterer Auslandsaufenthalt nicht schaden würde.«

»Dein Vater ist ein liebevoller und guter Mensch, aber es steht nicht in seiner Macht, über die Geschicke der Firma zu entscheiden. Das ist das Hoheitsgebiet deiner Mutter, und was sie will und erlaubt, ist maßgebend.« Nonna Armidas Worte nahmen einen schneidenden Ton an. Immer wieder wanderte ihr Blick zu Remo und wieder zurück zu Rosalba. Ein finsterer Zug legte sich über ihr Gesicht.

»Natürlich könnte ich ihr helfen … im Rahmen meiner Möglichkeiten, versteht sich.«

Großmutters Kopf schnellte zur Seite, und sie starrte ihren Mann fassungslos an. Nonno Daniele zuckte gleichgültig die Schultern. »Ich bin ohnehin viel zu dick geworden, seit ich im Ruhestand bin.«

»O danke, Nonno! Ich werde es Mamma sagen. Das wird sie milde stimmen, so hoffe ich.« Rosalba erhob sich und drückte ihrem Großvater einen Kuss auf die Wange.

Nonna Armida presste die Lippen zusammen und schwieg. Es war offensichtlich, dass sie die Meinung ihres Ehemanns nicht teilte. Warum dem so war, konnte Rosalba nicht erahnen. Möglicherweise wollte sie ihn lieber für sich haben und ihn mit Gartenarbeit beschäftigen? So jedenfalls hatte es sich die vergangenen Sommer über zugetragen.

Rosalba beschloss, sich da nicht einzumischen. Diese Diskussion ging sie nichts an.

»Ich würde Remo gerne noch das Haus mit all seinen unterschiedlichen Zimmern zeigen.«

Nonna Armida und Nonno Daniele machten gleichzeitig eine einladende Geste. »Nur zu. Lasst euch Zeit.«

Rosalba führte ihren Gast in die obere Etage des Landhauses und zeigte ihm die verschiedenen Schlafzimmer. Einzig vor dem Raum ihres verstorbenen Onkels, den sie nie kennengelernt hatte, blieb sie stehen.

»Da dürfen wir nicht rein. Es ist ein heiliger Ort. Alles soll noch immer so aussehen wie damals, als er starb. Meine Großeltern wollen nicht, dass man hineingeht.«

»Kein Problem. Ich denke, ich habe auch bereits genug verschiedene Fliesen gesehen«, scherzte Remo und sprach den Umstand an, dass jedes Zimmer einen anderen Steinboden und somit eine komplett andere Optik besaß.

Nach dem Rundgang begaben sie sich wieder zur Eingangshalle und riefen nach Nonna Armida und Nonno Daniele, um sich zu verabschieden.

»Es hat mich sehr gefreut, Ihre Bekanntschaft zu machen. Herzlichen Dank für die Gastfreundschaft. Sie haben ein wunderbares und äußerst charmantes Heim.« Remo schüttelte Rosalbas Großeltern förmlich die Hand.

»Wir beabsichtigen, es Rosalba zu ihrem zwanzigsten Geburtstag im September zu vererben.«

Nonno Danieles Worten folgte Schweigen. Entschuldigend wandte er sich seiner Frau zu. »Oje, hätte das eine Überraschung werden sollen? Ich dachte, sie weiß es bereits. Lorenzo meinte doch, man muss sich früh genug um den Rechtskram kümmern. War das nicht kürzlich bei einem Sonntagsessen?« Seine Stimme wurde immer leiser, und er zog den Kopf ein.

Großmutter zeigte sich jedoch, was dieses Thema anging, nicht streitsüchtig. »Es war tatsächlich an einem Sonntag vor zwei Wochen, allerdings verbrachte Rosalba diesen mit Freunden, weshalb du nun glatt die Überraschung ruiniert hast. Aber unsere Enkeltochter ist ja gottlob kein kleines Kind mehr und wird diesen Umstand mit Fassung tragen.« Sie lächelte, was Rosalba seltsam vorkam. Normalerweise hätte Nonna ihren Mann nun zurechtgewiesen und sich furchtbar über seine ungeschickte Art geärgert. Nicht so heute.

»Das ist aber ein sehr schönes und liebevolles Geschenk«, lobte Remo die Idee der Großeltern.

»In der Tat. Und vor allem ist es eine bedeutungsvolle Geste. Sie sehen, die Mandellis sind eine Sippe mit Tradition und Werten. Rosalba ist die einzige Blüte unserer Erblinie. Sie trägt also viel Verantwortung, und da ist es nur selbstverständlich, wenn wir sie mit dem Wenigen, was wir geben können, unterstützen.« Nonna Armidas Blick bohrte sich in Remos, wobei sie weiterhin freundlich lächelte.

Bevor die Konversation noch seltsamere Wendungen nehmen konnte, schaltete sich Rosalba dazwischen. »Nun sollten wir aber den Heimweg antreten, sonst sind wir zu spät zum Abendessen.«

Remo verabschiedete sich nochmals und trat dann nach draußen. Rosalba wollte ihm folgen, doch ihre Großmutter hielt sie zurück.

»Mach nicht denselben Fehler wie deine Mutter.« Nonna Armidas Hand wog bleischwer auf Rosalbas Schulter.

»Was meinst du damit?« Rosalba wusste tatsächlich nicht, was Nonna Armida ansprach. Ihr Leben wies überhaupt keine Parallelen zu dem ihrer Mutter auf.

»Wenn wir jung sind, lügen unsere Herzen manchmal. Dieser charmante Schweizer hat dir mit seiner Exotik den Kopf verdreht, das verstehe ich. Deshalb solltest du aber nicht alles, was dir Sicherheit und ein Zuhause gibt, in den Wind schlagen. Er versteht deine Kultur zu wenig, um dir das geben zu können, was du brauchst. Verschenke dein Herz nicht zu leichtsinnig, mein Kind. Das wird dich nur ins Unglück stürzen. Genau wie damals deine Mamma.«

Sie blickten sich noch einige Sekunden lang an, dann löste sich Rosalba lächelnd und verabschiedete sich von ihrer Großmutter.

Kapitel 6

Rosalba kämmte sich die Haare, frisierte sie zu einem Seitenscheitel und strich sie sich hinter die Ohren. Ein Blick in den Spiegel ließ sie grinsen. Das kurze schwarze Kleid mit den langen Puffärmeln, kombiniert mit High Heels und goldenen Leggins im Metalliclook war für einen Samstagabend mit Freunden und Pizza einfach perfekt. Passend dazu hatte sie einen goldfarben schimmernden Lidschatten und einen Lippenstift in Himbeerrot gewählt.

Aufgeregt trat sie auf den Flur und lief hinunter in die Eingangshalle, wo sie auf Remo warten wollte. Zu ihrem Erstaunen stand er bereits, die Hände in den Hosentaschen, in der Raummitte und bestaunte eines der dort hängenden Gemälde. Er trug einen beigefarbenen Anzug mit einem tannengrünen Hemd und glänzenden Lederschuhen.

»Hallo.« Etwas Besseres fiel ihr zur Begrüßung tatsächlich nicht ein. Erstaunt drehte sich Remo um und ließ den Blick über ihre Gestalt streifen.

»Gut siehst du aus.«

»Danke, du auch.« Zu ihrem eigenen Entsetzen spürte Rosalba, dass sie leicht errötete. Verlegen wandte sie sich ab und griff nach ihrem Mantel, der an der Garderobe neben der Eingangstür hing. »Los, lass uns gehen, mein Magen grummelt bereits!«

Remo hielt ihr grinsend die Haustür auf und deutete eine Verbeugung an. »Bitte sehr.«

Lachend schüttelte Rosalba den Kopf und trat ins Freie. Kälte schlug ihr entgegen und prickelte auf ihren Wangen. Das kam ihr allerdings gerade gelegen, weil sie sich ohnehin ein wenig überhitzt fühlte.

Den kurzen Weg zum Restaurant, in dem sie sich mit Rosalbas Freunden verabredet hatten, nahmen sie zu Fuß in Angriff. Auf diese Weise war es ihnen auch erlaubt, sich zum Essen ein Glas Wein zu gönnen.

Die Pizzeria *Telo*, die sich direkt am Ufer des in den See mündenden gleichnamigen Flusses befand, war ein unter Einheimischen oft frequentiertes Lokal. Über dem Bergmassiv, das am gegenüberliegenden Ufer der riesigen pechschwarzen Wasserfläche in den Himmel ragte, thronte ein bleicher Mond. Sein Licht zauberte eine silbern glitzernde Spur auf die sonst unsichtbaren Wellen. Die Dörfer am jenseitigen Seeufer leuchteten wie bunte Sterne an den finsteren Abhängen. Ihre Lichtkegel warfen grüne, rote, gelbe und orangefarbene Strahlen auf die Oberfläche. Das Geräusch des stetig am Ufer leckenden Wassers drang an Rosalbas Ohren.

Sie erklomm die drei Stufen, die zum Eingang des hellbeleuchteten Restaurants führten, und trat, dicht gefolgt von Remo, ein. Warme, rauchgeschwängerte Luft schlug ihr entgegen. Das Klirren von Besteck und Gläsern sowie das angeregte Geplauder zahlreicher Gäste brachen wie eine Flutwelle über sie herein. Anders als in den italienischen Restaurants im Ausland war in dieser Pizzeria nicht alles mit den Landesfarben verunstaltet und zugekleistert. Es gab auch keine karierten Tischdecken, sondern weiße mit

Stickmustern. Die Wände waren abwechselnd in Orange und Dottergelb gestrichen. Ein bogenförmiger Durchgang aus Natursteinmauern führte zu den Waschräumen und in die Küche. Die linke Raumseite nahmen verglaste Balkontüren ein, die auf die Terrasse mit Seeblick hinausführten. In dieser Jahreszeit war der Außenbereich der Pizzeria jedoch geschlossen. An der rechten Seite des Raums zog sich eine Bar die gesamte Wand entlang. Dahinter befand sich die obligatorische Spiegelwand mit Glasregalen und Spirituosen. Davor thronte eine wuchtige *Cimbali*-Kaffeemaschine aus Chromstahl.

Rosalba hob die Hand, als sie ihre beiden besten Freundinnen und deren Partner an einem Tisch in der hinteren Ecke des Lokals entdeckte. Sofort reckten diese neugierig die Hälse und versuchten, einen ersten Blick auf den Fremden an ihrer Seite zu erhaschen. Als Rosalba und Remo näher kamen, erhob sich das Vierergespann und stellte sich Remo vor.

Albertina und Rocco. Catarina und Alfredo.

»Herzlich willkommen in der wunderschönen Lombardei! Wie gefällt es dir?« Der dunkelhaarige Rocco, der für einen Italiener überdurchschnittlich hochgewachsen und muskulös war, beugte sich Remo interessiert entgegen.

»Danke, es ist weit spannender, als ich es mir erträumt habe. Ich mag die …« Remo stockte kurz und schaute Rosalba Hilfe suchend an. Nachdem sie ihm die fehlenden Worte ins Italienische übersetzt hatte, fuhr er in seinen Erklärungen fort. »… die Sorglosigkeit der Menschen, ihre Lebensfreude und die Tradition. Das alles sieht man auch anhand der interessanten Architektur – Altes, vermischt mit Neuem, Farben und dennoch einfache Konturen. Mir gefällt es, wie die Leute hier Vorhandenes einfach nutzen, statt alles neu und perfekt machen zu wollen. Das ist ein Ansatz, der uns pedantischen Schweizern vollkommen fehlt, weshalb unsere Mauern auch aussehen wie von einem Roboter gemacht ...«

Allgemeines Gelächter kommentierte seine Aussage.

Albertina und Catarina warfen Rosalba einen mehrdeutigen Blick zu. Remo gefiel ihnen, daran bestand kein Zweifel.

Endlich kam die Bedienung, und sie bestellten Pizza und Wein.

»Rosalba weiß, wie man wunderschöne Natursteinmauern baut«, griff Rocco die Konversation wieder auf, nachdem sie die Bestellung aufgegeben hatten.

Remo wandte sich ihr zu und schenkte ihr ein breites Lächeln. »Aus diesem Grund habe ich ihr vorgeschlagen, nächstes Jahr noch mal in die Schweiz zu kommen. Ihr Talent und ihre Ideen sind bei uns sehr gefragt. Im Austausch dazu wäre bestimmt manche Firma bereit, ihr Einblick in unsere Techniken zu gewähren, sodass auch sie etwas mitnehmen kann.«

»Ja, was spricht eigentlich dagegen? Hätte ich mit meinen nicht vorhandenen Fähigkeiten die Möglichkeit, in der Schweiz zu arbeiten, müsste ich nicht zweimal darüber nachdenken. Die Löhne sind hoch, im Vergleich zu hier gibt es genug Arbeit, und bezahlt wird man auch termingerecht.« Catarinas üppige Rundungen und ihre dunklen Locken bebten, während sie ihre Worte mit aufgeregtem Händefuchteln untermalte.

»Schwieriges Thema, meine Lieben ...« Rosalba fuhr mit den Fingern über die Stickerei der Tischdecke.

Doch bevor sie Näheres dazu sagen konnte, wurden die Getränke serviert. Rocco erhob sich und übernahm die Rolle des Gastgebers, indem er den Inhalt der Weinkaraffe gleichmäßig auf ihre Gläser verteilte und allen Wasser einschenkte.

»Ich schätze, wir brauchen noch eine weitere Karaffe.« Er winkte dem Kellner und bedeutete ihm mit einem Zeichen auf den leeren Behälter, dass sie Nachschub wünschten.

»*Cin cin! Salute!*« Gläser klirrten, danach folgte das obligate Schweigen, während jeder an seinem Kelch nippte und den Inhalt kostete.

»Warum ist das ein schwieriges Thema?«, fragte Albertina, die sich als einzige in ihrem Trio an eine modische, auftoupierte Kurzhaarfrisur in Wasserstoffblond gewagt hatte, und griff damit Rosalbas Andeutung auf. »Du warst doch letztes Jahr auch schon in der Schweiz, und es war ein voller Erfolg.« Das kaum sichtbare Aufblitzen in ihren Augen und das leichte Zucken ihrer Mundwinkel deuteten darauf hin, dass ihre Aussage auch noch eine Botschaft zwischen den Zeilen verbarg. Rosalba verkniff sich ein Grinsen und antwortete nur auf die Sachbotschaft.

»Meine Mutter ist skeptisch. Sie möchte mich nicht noch mal für eine Saison entbehren. Großvater hat sich bereit erklärt, für mich einzuspringen und somit zumindest die Spitzen abzudecken, aber auch das hat Mamma nicht überzeugt.« Rosalba griff nach ihrem Wein und nahm einen kräftigen Schluck.

Albertina legte sich nachdenklich die zierliche Hand auf die Stirn. Dabei klimperten die zahlreichen Schmuckarmreife an ihrem Handgelenk wie kleine Glöckchen. »Also, damit ich das richtig verstehe: Deine Mutter sendet dich ins

Ausland, um zu lernen, und so du nun erneut das Gleiche tun willst, ist das etwas vollkommen anderes?«

Rosalba wackelte mit dem Kopf. »Irgendwie so, ja.«

»Du solltest das tun, was sich für dich gut anfühlt, Rosalba. Schließlich ist es dein Leben und nicht das deiner Mutter.« Albertina lehnte sich in ihrem Stuhl zurück und nahm einen Schluck Wein. Catarina nickte zustimmend.

»So einfach ist das nicht. Wir haben einen Betrieb, ein Familienerbe. Das bringt große Verantwortung mit sich. Ich habe die Freiheit, mich keinem *capo* beugen zu müssen und meine Visionen ausleben zu können, dafür aber bin ich dem Klan verpflichtet. So ist das nun mal. Ich habe mich für diesen Weg entschieden, wollte immer in die Fußstapfen meiner Mutter treten. Im Gegensatz zu mir besitzt sie weit mehr Lebenserfahrung. Wenn sie der Meinung ist, dass es der Firma schadet, wenn ich erneut monatelang weg bin, dann sagt sie dies aus gutem Grund.«

»Vielleicht fürchtet deine Mamma, dir könnte es in der Schweiz besser gefallen als hier, und du würdest auswandern wie ihr Cousin Antonio.« Es war das erste Mal, dass sich der braunhaarige Alfredo an diesem Abend zu Wort meldete.

»Möglicherweise.« Rosalba zuckte mit den Schultern und spürte ein seltsames Gefühl in sich aufsteigen. Alle starrten sie an, und es dauerte einige Sekunden, bis erneut jemand wagte, etwas zu fragen. Machte sie so ein komisches Gesicht, oder woran lag es?

»Und? Sind ihre Sorgen denn begründet?« Alfredos Worte kamen zögerlich über seine Lippen.

Wut stieg in Rosalba auf. Sie war über die Heftigkeit ihrer Gefühle selbst erstaunt und konnte diese nicht zuordnen.

»Natürlich nicht! Meine Heimat und meine Zukunft sind hier!«

Die anderen schwiegen.

»Hm ... schwieriges Thema«, bemerkte Albertina schließlich, und Rosalba war froh, dass in diesem Moment ihre Pizzas serviert wurden.

Nach dem Essen wurde es im Lokal zunehmend geselliger. Der Wirt, ein fülliger Endfünfziger mit schütterem Haar, spendierte allen Anwesenden einen *amaro*, einen Bitterschnaps, aus eigener Produktion und verkündete mit dröhnender Stimme: »Liebe Gäste, diese Signora dort stammt aus dem Jahr 1940 und ist in der heutigen Zeit eine echte Rarität. Trotz ihrer altmodischen Aufmachung singt sie immer noch wie eine Nachtigall. Meine Tochter Carmela bestückt sie laufend mit den neusten Hits aus dem Radio.« Sein fleischiger Zeigefinger wies auf die knallbunte Jukebox in der Mitte des Lokals. »Keine Scheu, meine Lieben, sie trällert euch jeden Wunsch vom Herzen – kostenlos, weil heute Samstag ist!« Mit gutem Beispiel vorangehend, watschelte er zu dem Gerät, kratzte sich auf der Halbglatze und wählte schließlich »Mamma Leone«. »Und nun tanzt!« Er klatschte in die Hände und drehte sich einmal um die eigene Achse, wobei er laut und falsch mitsang.

Einige der Anwesenden erhoben sich daraufhin tatsächlich von ihren Plätzen und tanzten eng umschlungen.

Als das Lied verklungen war, stand Catarina von ihrem Stuhl auf. »Remo, hör gut zu, ich verrate dir jetzt mal etwas.« Sie lief zur Jukebox hinüber, fand nach einigem Suchen das Lied ihrer Wahl und startete es. Energischen Schrittes kam sie zurück an ihren Tisch und grinste.

»Rosalbas Lieblingslied. Du bist der Einzige von uns, der es nicht kennt.«

Rosalba schloss die Augen, als die ersten Töne von Kate Bushs »Wuthering Heights« erklangen, und wiegte sich im Takt des Liedes hin und her. »Es ist so verträumt und leidenschaftlich, so schmerzhaft. Ich liebe dieses Lied. Man spürt förmlich den Wind der sturmgepeitschten Höhen, die besungen werden«, sagte sie mehr zu sich selbst, als an ihre Freunde gewandt.

»Ich persönlich bin ja eher der Bonny-M.-Typ, aber unsere weiße Rose ist unbelehrbar. Sie mag es sehnsüchtig.« Catarina hob in gespielter Verzweiflung die Hände und setzte einen zerknirschten Gesichtsausdruck auf.

»Ein schöner Roman.« Remo sagte es ganz beiläufig, doch sogleich starrten ihn fünf Augenpaare fassungslos an.

»Du liest ... Literatur?« Albertina machte aus ihrer Bestürzung keinen Hehl.

Remo lachte und schüttelte den Kopf. »Ich bin kein Bücherwurm. Ich kenne die Geschichte zufällig aus der Büchersammlung meiner Schwester. Als Kind konnte ich abends nie einschlafen. Da man mich aber, wie es sich damals gehörte, immer gleich nach dem Abendessen ins Bett steckte, begann ich Larissas Romane zu lesen. Unter der Bettdecke und mit der Taschenlampe.« Er legte den Kopf in den Nacken und lachte, als er in die konsternierten Gesichter der Anwesenden sah.

»Ihr seid wirklich unheimlich, ihr zwei.« Catarina deutete mit dem Zeigefinger abwechslungsweise auf Rosalba und Remo und schob die Augenbrauen zusammen.

»In Italien müssen die Kinder nie so früh schlafen gehen. Da sieht man jetzt, wo die Schweizer Präzision hinführt. Lesende Sprösslinge und Mauern, die aussehen wie von einem Roboter gebaut«, scherzte Rocco, und alle lachten.

Einige Grappas und Espressos später machten sie sich zum Aufbruch bereit. Albertina streckte sich und schlang die Arme um ihren Freund. Catarina und Alfredo küssten sich. Rosalba senkte den Blick und begutachtete eingehend ihre Schuhe.

Es war bereits gegen zwei Uhr in der Früh, als sie sich von ihren Kameraden verabschiedeten.

»Hoffentlich sehen wir dich bald wieder einmal!« Rocco drückte Remo die Hand und klopfte ihm freundschaftlich auf die Schulter.

Dieser lachte verlegen, wackelte mit dem Kopf und meinte: »Wer weiß, was die Zukunft bringt. Vielleicht das nächste Mal in der Schweiz?«

Alfredo wies mit dem Finger auf ihn und setzte einen gespielt ernsten Gesichtsausdruck auf: »Pass auf, was du sagst. Wir könnten dich beim Wort nehmen und Asyl beantragen!« Sofort zwinkerte er und lachte.

Albertina umarmte Rosalba und hielt sie länger als nötig an sich gedrückt. Dann schob sie sie ein wenig von sich weg, nahm ihr Gesicht in beide Hände und sah sie mehrere Sekunden lang an. »Das wird nicht einfach. Dein Leben, eine sturmgepeitschte Höhe, fürchte ich.«

Catarina drückte Rosalba zwei Küsschen auf die Wangen und flüsterte: »Anbetungswürdig! Er sieht aus wie Terence Hill! Zum Niederknien!«

Rosalba und Remo winkten den beiden Paaren zum Abschied zu, als diese in den nächtlichen Gassen Argegnos verschwanden, und machten sich dann ebenfalls auf den

Heimweg. Über ihnen glitzerten die Sterne wie Diamantstaub am Firmament.

»Das war ein sehr schöner Abend. Du hast wundervolle Freunde. Ich wünschte, du könntest meine auch bald kennenlernen.« Remo betrachtete sie von der Seite. Sein Arm streifte unabsichtlich den ihren und sandte einen Schauer durch ihren Körper.

Plötzlich blieb sie stehen und sah ihn an. »Ich weiß nicht, ob das möglich sein wird. Ich bin hier verwurzelt. Wenn meine Familie einem erneuten Praktikum dermaßen skeptisch gegenübersteht, weiß ich nicht, ob ich mich über ihre Gefühle hinwegsetzen kann.«

»Obwohl du die Sturheit deiner Urgroßmutter Camilla geerbt hast, wie es heißt?« Remo verzog den Mund zu einem spöttischen Grinsen.

»Das habe ich wohl. Dennoch ist die Familie in Italien heilig. Starrköpfigkeit hin oder her.«

»Du musst dich ja nicht gleich entscheiden. Vielleicht glätten sich die Wogen auch wieder. Lass deiner Mutter Zeit. Du hast sie möglicherweise auch einfach vor den Kopf gestoßen, weil du sie so unerwartet mit dem Thema konfrontiert hast. Das kenne ich von meinen Eltern. Sie werden älter und unflexibler. Manchmal brauchen sie einfach mehr Zeit, um sich an einen Gedanken oder eine Veränderung zu gewöhnen.«

Rosalba nickte. Er hatte recht. Möglicherweise nahm alles eine gute Wende, wenn man den Themen Zeit ließ, sich zu entfalten.

Nach einem kurzen Fußmarsch erreichten sie die Villa Domenica. Das mit Kletterpflanzen bedeckte bärtige Gesicht der Hausfassade wurde vom fahlen Mondlicht erhellt.

Hinter den Fenstern, die wie Augen auf sie hinabstarrten, herrschte Dunkelheit. Die Bewohner des Anwesens schliefen offenbar schon alle.

Bis auf eine. Maunzend tauchte Belinda, die Birmakatze, neben ihnen aus dem nächtlichen Zwielicht auf und strich Rosalba um die Beine. Die nachtaktive Samtpfote machte durch ihre messerscharfen Schreie deutlich, dass es an der Zeit für einen Snack war.

»Los, geh zu deinem Fressnapf in der Küche, da gibt es bestimmt noch etwas«, sagte Rosalba an die Katze gewandt, schloss die Tür auf und ließ sie hinein.

Auf dem oberen Treppenabsatz blieb Rosalba noch einmal stehen und schaute Remo an. Hier trennten sich ihre Wege. Sein Zimmer befand sich am anderen Ende des weitläufigen Wohnhauses.

»Gute Nacht, Remo.« Sie bewegte sich nicht und hielt den Atem an.

»Schlaf gut, Rosalba. Danke für den wunderschönen Abend, und dafür, dass du mich in deinen engsten Kreis eingeladen hast.« Remo trat einen Schritt auf sie zu und hauchte ihr einen Kuss auf die Wange. Die Stoppeln seines Bartes kitzelten sie dabei. Dann wandte er sich ab und verschwand im Halbdunkel des angrenzenden Flurs.

Kapitel 7

Das Wetter passte perfekt zu Rosalbas Stimmung. Dicke Wolken bedeckten den Himmel über Argegno und legten sich wie undurchdringliche Rauchschwaden um die Bergwipfel. Nebel kauerte in den Talsenken, und einige der höher gelegenen Bergspitzen waren mit einer feinen Schicht Schnee gepudert. Dunkel und bedrohlich breitete sich der See vor der Villa Domenica aus. Vereinzelt zierte Schaum die Kronen der Wellen. Ein stürmischer Wind zerrte an den kahlen Ästen der Bäume und fegte heulend um die Hausecken. An Wintertagen wie diesen verließ niemand freiwillig das Haus. Dennoch stand Rosalba genau das bevor.

Während Remo seine Koffer die Treppe vor dem Hauseingang hinunterschleppte, ging sie voran und öffnete ihm den Kofferraum der Giulietta. Ihre Eltern standen mit verschränkten Armen vor der Haustür. Nachdem das Gepäck sicher verstaut war, kehrten Remo und Rosalba noch einmal zu ihnen zurück.

»Gute Reise, ich hoffe, es hat dir bei uns gefallen und du kannst einige Eindrücke mit nach Hause nehmen«, sagte ihre Mutter.

»Gute Heimfahrt. Sollte es dich wieder einmal in Richtung Süden ziehen, unsere Tür steht dir jederzeit offen.« Papa drückte Remos Hand mit einem aufmunternden Lächeln.

Nach dem Abschied stiegen sie ein, und Rosalba startete den Motor. Die Bäume des lichten Wäldchens, durch das sie hindurchfuhren, säumten die Straße als finstere Schatten. Traurigkeit schnürte Rosalba die Kehle zu. Da auch Remo nicht zum Plaudern aufgelegt schien, schwiegen sie beide während der gesamten Fahrt nach Chiavenna. Gelegentlich wagte Rosalba einen scheuen Seitenblick zu ihm hinüber, doch er hielt den Blick gedankenverloren aus dem Fenster auf die vorbeiziehende Landschaft gerichtet, gerade so, als nehme er bewusst davon Abschied.

Noch nie war Rosalba der Weg durch die ehemaligen Fischerdörfchen des Comer Sees dermaßen trostlos vorgekommen wie jetzt. Die Wolkendecke erdrückte sie mit ihrer geballten Düsternis. Keine Menschenseele war zu sehen.

Nach neunzig Minuten erreichten sie den Verkehrsknotenpunkt Chiavenna im Norden der Lombardei. Rosalba lenkte den Wagen zum Busbahnhof.

Der Motor erstarb, und schweres Schweigen erfüllte das Wageninnere. Rosalba dachte an den fröhlichen und aufregenden Moment zurück, als sie Remo vor zwei Wochen abgeholt und umarmt hatte. Damals hatte es sich so angefühlt, als läge ihr die gesamte Welt zu Füßen, als breitete sich das Leben wie ein roter Teppich vor ihr aus.

All das neigte sich nun dem Ende zu.

»Da drüben wartet dein Bus bereits. Vielleicht möchtest du dir einen schönen Fensterplatz aussuchen, bevor es andere tun.« Rosalba wies mit dem Finger auf das Fahrzeug.

»Das ist eine gute Idee.« Remo öffnete die Tür und umrundete das Auto. Rosalba stieg ebenfalls aus und half ihm dabei, den Koffer aus dem Heck der Giulietta zu hieven.

Dann kam der unausweichliche Moment.

Schweigend starrten beide auf ihre Schuhe. Der Wind zerzauste ihnen die Haare, von weit her drangen das Hupen der Autos und der einsame Schrei eines Vogels an ihre Ohren.

»Leb wohl, Rosalba.« Sie spürte Remos raue Hand an ihrer Wange und hob den Blick. Seine blauen Augen erinnerten an einen stürmischen Ozean. Aufgewühlt, zerrissen, von Dunkelheit überschattet. »Werden wir uns wiedersehen?«, fragte er mit heiserer Stimme.

»Ich weiß es nicht ... *Arrivederci*, Remo.« Sie berührte seine Hand. Die Wärme seiner Finger in ihren fühlte sich tröstend an.

Plötzlich trat er einen Schritt vor, nahm ihr Gesicht in beide Hände und küsste sie. Rosalba schloss die Augen, damit sich die Berührung seiner Lippen bis in alle Ewigkeit in ihr Gedächtnis einbrennen konnte. Es schien, als hielte die Welt den Atem an und stoppte den Lauf der Dinge für diesen einen flüchtigen Moment.

Doch er verstrich, wie alles Vergängliche.

Sie lösten sich voneinander. Remo wandte sich ab, strich sich verräterisch mit dem Handrücken über die Augen und lief zum Bus. Fünfzehn Minuten später fuhr er davon. Rosalba sah ihn nicht mehr winken.

Als die roten Rücklichter des Busses an der nächsten Kreuzung verschwanden, kehrte sie wie in Trance zum Auto zurück. Sie setzte sich hinters Steuer und starrte mit leerem Blick vor sich hin.

Dann brachen die Dämme. Ein hemmungsloses Schluchzen schüttelte sie, und Tränen rannen über ihre Wangen. Nachdem sie sich einigermaßen beruhigt hatte, fuhr sie mit brennenden Augen los. Das Herz schlug schmerzhaft gegen ihre Rippen.

Es war, als lenkte ihr Körper den Wagen, ohne dass ihr Geist überhaupt anwesend wäre. Kurz nach Mittag erreichte sie ihr Zuhause und parkte die Giulietta im Unterstand vor der Villa.

»Da bist du ja, Schatz! Ist alles gut gegangen?«, fragte Papa, als sie ins Foyer trat. »Es gibt gleich Mittagessen, wir haben extra auf dich gewartet.«

Rosalba zwang sich zu einem Lächeln. »Ich bin zwar nicht besonders hungrig heute, aber etwas Warmes wird mir guttun. Danke, dass ihr gewartet habt.« Sofort senkte sie den Blick, damit ihr Vater nicht sehen konnte, wie sehr der Schmerz sie innerlich zerriss.

»Hat alles geklappt?«, erkundigte sich Mamma, als Rosalba zusammen mit Papa das Speisezimmer betrat.

Rosalba schaute sie kurz an, lächelte und nickte. Dann setzte sie sich und starrte auf ihren leeren Teller. Als Lucilla eine leichte Minestrone und etwas Brot auftrug, konzentrierte sie sich sofort auf ihr Essen. Der bloße Gedanken daran schnürte ihr jedoch augenblicklich die Kehle zu. Unauffällig stocherte sie in der Suppe herum und nahm einige Löffel davon. Gottlob sagte niemand ein Wort, als Lucilla den noch fast vollen Teller abräumte und gleich darauf *ossobuco*, Kalbshaxe mit Polenta, als Hauptgang servierte. Hin und wieder spürte Rosalba den forschenden Blick ihrer Eltern auf sich ruhen. Rücksichtsvoll wie sie waren, ließen sie sie jedoch in Ruhe und sprachen über ihre Arbeit, die Politik und einen Bekannten, der an Demenz erkrankt war.

Nach dem Essen verabschiedete sich Rosalba mit einem matten Lächeln bei ihren Eltern. »Ich muss mich etwas hinlegen, ich fühle mich nicht besonders wohl.«

Ihre Mutter schob besorgt die Augenbrauen zusammen. »Ich schicke Lucilla mit einem Krug Tee vorbei. Melde dich, wenn du sonst noch etwas brauchst.«

Rosalba nickte und verließ den Raum. In ihrem Zimmer legte sie »Wuthering Heights« auf den Plattenspieler und ließ sich auf ihr Bett sinken. Als sich die Dämmerung in ihr himbeerrotes Refugium schlich, klopfte es an der Tür.

»Ich habe keinen Hunger.« Sie drehte sich um und spürte ein Brennen in den Augenwinkeln. Er fehlte. Sie hätte nicht gedacht, dass es sich so entsetzlich anfühlen würde.

»Okay, gut. Ich lasse dir Tee und einige belegte Brote bringen, falls du später doch noch etwas Appetit haben solltest«, drang Mammas Murmeln durch die Tür zu ihr.

»Das ist lieb, vielen Dank, Mamma.« Rosalba brachte es nicht über sich, mit ihr über ihren Kummer zu sprechen. Vermutlich war das auch gar nicht nötig, ahnte diese doch ohnehin, was sie quälte.

Bereits zwei Wochen nach Remos Abreise erreichte Rosalba ein Brief aus der Schweiz. Sie war gerade mit ihrer Mutter von der Arbeit zurückgekehrt, die derzeit leider mehrheitlich aus der Erstellung des Inventars und administrativen Dingen bestand. Mit zittrigen Fingern und angehaltenem Atem fischte sie den neutralen Umschlag, dessen filigrane Schrift sie unter Tausenden wiedererkannt hätte, aus dem Poststapel. Sie spürte den Blick ihrer Mutter im Rücken.

»Es gibt gleich Abendessen«, sagte diese.

»Ich möchte mich bloß kurz umziehen, es dauert nicht lange«, antwortete Rosalba und vermied es, ihre Mutter dabei anzusehen.

Immer zwei Stufen auf einmal nehmend, hastete Rosalba in die erste Etage und verschanzte sich in ihrem Zimmer, wo sie sich bäuchlings aufs Bett legte. Aufgeregt nestelte sie an dem Briefumschlag, fischte vorsichtig den Brief aus dem zerfetzten Kuvert und entfaltete ihn.

Liebe Rosalba,

ich hoffe, dass es Dir und Deiner Familie gut geht. Obwohl es erst eine Woche her ist, seit ich Italien verlassen habe, kommt es mir vor wie eine Ewigkeit. Die Erinnerungen an unsere gemeinsame Zeit fühlen sich nach wie vor unendlich lebendig an. Es war nicht einfach zu gehen. Dank Eurer Warmherzigkeit und Gastfreundschaft fühlte ich mich in der Villa Domenica und in Argegno direkt zu Hause. Natürlich hätte ich Dir und Deiner Mutter auch gerne einmal bei Eurer täglichen Arbeit über die Schultern geschaut, das war aber so früh im Jahr nicht möglich. Ich habe daher ernsthaft darüber nachgedacht, Italien in den wärmeren Monaten einen weiteren Besuch abzustatten. Leider dürfte sich das jedoch schwierig, wenn nicht gar unmöglich gestalten. Wie Du weißt, habe ich mich erst vor Kurzem selbstständig gemacht und kann es mir im Augenblick nicht leisten, während der Bausaison für längere Zeit Urlaub zu machen. Als Spross einer Unternehmerfamilie sind Dir die Tücken und die Verantwortung, die einem eine eigene Firma aufbürdet, ja bestens bekannt. Ich habe die Hoffnung trotzdem noch nicht aufgegeben, Dich dieses Jahr vielleicht noch einmal im Prättigau begrüßen zu dürfen. Möglicherweise lässt sich Deine Mutter doch noch erweichen, und ihr findet mithilfe Deines Großvaters eine gute Lösung, um Dir diese Reise ein weiteres Mal zu ermöglichen.

Du fehlst mir.
Alles Liebe,
Remo

Rosalba las den Brief noch weitere fünf Male, dann legte sie ihn auf den Nachttisch und erhob sich. Aufgewühlt und in Gedanken versunken ging sie nach unten ins Speisezimmer.

Ihr Vater blätterte in einigen Akten aus der Kanzlei, und ihre Mutter skizzierte etwas auf einem Block. Bei ihrem Eintreten hoben beide die Köpfe und räumten die Sachen weg.

»Da bist du ja endlich, Schatz. Ich sterbe vor Hunger. Sieh nur, Romana hat uns heute dein Lieblingsessen gezaubert, *Spaghetti Carbonara.*« Papa schenkte ihr ein Lächeln und machte sich gleich daran, ihren Teller zu füllen. Entschuldigend fügte er noch an: »Die Vorspeise, den gemischten Salat, haben Mamma und ich schon gegessen. Wir haben dir etwas zur Seite getan.« Ihr Vater zeigte auf einen Salatteller neben ihrem Gedeck und wollte weiterschöpfen.

»Nicht so viel Spaghetti bitte ... ich bin nicht besonders hungrig.« Rosalba wich seinem Blick aus.

»Das sagst du seit Tagen. Du bist so filigran wie ein Vögelchen. Wie willst du denn so die Bausaison in wenigen Monaten starten?«

Rosalba ließ Papas besorgte Worte unkommentiert und schnupperte an der Mahlzeit. Es duftete köstlich. Aus Anstand der Köchin gegenüber zwang sie sich, ihren Teller leer zu essen.

»Neue Aufträge in Sicht?«, erkundigte sich ihr Vater bei ihrer Mutter, während er mit ruhigen Bewegungen die Nudeln auf die Gabel drehte.

Mamma schüttelte den Kopf. »Das wird ein hartes Jahr. Ich habe mir die Zukunft meiner Firma wahrlich anders vorgestellt. Vielleicht sollte ich mich auf ein anderes Gebiet spezialisieren, die Sanierung von Kirchen oder so. Der Staat lässt die religiösen Institutionen nicht verlumpen, also ist da mit einem dauerhaften Markt zu rechnen. Zu schade, dass dein lieber Onkel, Padre Giudici, nicht mehr lebt. Aber ich könnte mich mal mit seinem Nachfolger in Verbindung setzen. Bestimmt ist auch er gut vernetzt in der Branche.«

Papa lächelte und strich ihr liebevoll mit der Hand über die Wange. »Das ist eine wunderbare Idee, Auri, *tesoro*. Siehst du, jedes Mal, wenn du glaubst, verzagen zu müssen, belohnt dich dein kreativer Geist mit neuen Einfällen. Ich bin ...« Rührung erstickte seine Stimme, er räusperte sich, »... immer wieder ... sehr stolz auf dich.«

Ein warmes Glitzern erhellte die dunkelbraunen Augen ihrer Mutter. Jede Anspannung und Strenge wich aus ihrem Gesicht, und sie lächelte Papa an.

Rosalbas Herz zog sich bei diesem Anblick ein wenig zusammen. Nicht aus Neid, sondern aus Schmerz. Sie konnte sich an keinen Mann in ihrem Leben erinnern, der sie je so angesehen oder für den sie jemals dieses glückselige Lächeln aufgebracht hätte.

Bis auf einen.

»Ich reise dieses Jahr erneut in die Schweiz.« Rosalba legte das Besteck nieder und schaute ihre Eltern an. Das Herz schlug ihr bis zum Hals, und das Blut rauschte in ihren Ohren.

Absolute Stille folgte ihren Worten.

Enttäuschung und Furcht spiegelten sich in den Augen ihrer Mutter.

»Mach nicht denselben Fehler wie ich«, war alles, was sie sagte.

»Ich verstehe nicht, was du damit meinst. Wie kann die Erweiterung der eigenen Fähigkeiten falsch sein?« Rosalba verwarf verärgert die Hände. »Du sagst doch selbst, dass es hier in Argegno nicht genug Arbeit gibt.«

»Ich habe den Eindruck, dass es dir nur vordergründig um deine Ausbildung geht und der wahre Grund für deine Reisepläne Remo heißt. Auch ich glaubte einmal, verliebt zu sein. Für diesen Mann habe ich nicht nur mich selbst, sondern kurzzeitig auch mein Talent und mein Erbe aufgegeben. Alles bloß, um ihm zu gefallen.« Mamma sah Rosalba mit beredtem Blick an. Die wusste, worauf sie anspielte. Auf ein Thema, über das in ihrer Familie niemand gerne sprach – Rosalbas leiblichen Vater.

»Ich bin nicht du, Mamma«, antwortete sie daher nur knapp, und ihre Stimme nahm einen scharfen Ton an. Mamma seufzte und strich die Stoffserviette neben ihrem Teller glatt. Ihre Mundwinkel zuckten, und in ihren Augen schimmerten Tränen.

»Du wirst nicht zurückkehren. Ich weiß es. Aber die Schweiz wird dir kein Zuhause und keine Zukunft bieten. Für dieses Land wirst du immer eine Fremde bleiben, *una straniera*. Hast du die politischen Debatten der letzten Jahre mitverfolgt? Die Schweizer rebellieren gegen die Einwanderer, sie fühlen sich bedroht. Sie werden es dir noch schwerer machen als meinem Cousin Antonio damals. Weil du eine Frau bist. Die Schweizer sind viel konservativer als wir, sie werden mit dir hart ins Gericht gehen. Hier wird man dich akzeptieren, weil ich dir bereits eine Existenz aufgebaut habe. Warum ist dir die Verlockung jenseits der Grenze plötzlich so viel wichtiger als das, was ich dir hier mit viel Herzblut aufgebaut habe?«

»Mamma, es besteht kein Grund, das Ganze dermaßen zu dramatisieren. Ich gehe für einige Monate ins Ausland, um mich weiterzubilden. So einfach ist das. Weder habe ich einen Pakt mit dem Teufel unterschrieben, noch naht die Apokalypse.« Rosalbas Stimme klang lauter als beabsichtigt, und sie spürte Hitze in sich aufsteigen.

Mit bebenden Lippen stand Mamma von ihrem Platz auf und wollte den Raum verlassen. Rosalba schob ihren Stuhl ebenfalls aufgebracht zurück und erhob sich.

»Aber, aber, meine Damen.« Ihr Vater hob beschwichtigend die Hände und lächelte versöhnlich. »Lasst uns das doch bei anderer Gelegenheit und in Ruhe diskutieren. Bis dahin haben sich die Gemüter etwas beruhigt, und wir können wie vernünftige erwachsene Menschen miteinander sprechen.«

Mamma ignorierte ihn und starrte Rosalba aus geröteten Augen an. »Du wirst dich noch an meine Worte erinnern.« Und mit dieser leise gesprochenen Prophezeiung ging sie zurück zum Tisch und setzte sich wieder zu ihrem Mann.

»Ich werde dir beweisen, dass du falschliegst!«, rief Rosalba und stapfte wütend aus dem Zimmer.

Niemand konnte in die Zukunft blicken und wissen, was sie von einem Menschen verlangte. Auch Mamma nicht. Das war vollkommen absurd.

Eine eiserne Faust presste Rosalbas Herz zusammen, als sie ihr himbeerrotes Zimmer betrat und die Tür hinter sich schloss. Doch langsam, kaum merklich, schlichen sich Zweifel in ihr Bewusstsein.

Was, wenn ihre Mutter recht hatte?

Kapitel 8

Rosalba hob die Hand ein letztes Mal zum Abschied. Ihre Mutter weinte immer noch und lehnte sich an die Schulter ihres Vaters. Dieser winkte ihr mit einem aufmunternden Lächeln. Als der Reisebus auf die Hauptstraße bog, verschwanden ihre Eltern aus dem Sichtfeld. All das hatte Rosalba schon einmal erlebt, vor ziemlich genau einem Jahr, als sie ebenfalls im März zu ihrem ersten Praktikum ins Ausland aufgebrochen war. Dennoch empfand sie es dieses Mal vollkommen anders. Die freudige Anspannung fehlte und wurde von Zweifeln überschattet. Hatte sie sich letztes Jahr auf einer Mission geglaubt, so fühlte sie sich dieses Mal wie eine Verräterin, wie jemand, der blind und selbstsüchtig der eigenen Sehnsucht folgte. Das war allerdings überhaupt nicht ihre Absicht. Die Befürchtungen ihrer Mutter waren völlig unangebracht.

Rosalba seufzte und schaute aus dem Fenster. Die letzten Häuser Chiavennas zogen an ihr vorbei, und der Busfahrer manövrierte das Fahrzeug in die verwinkelten Gassen der angrenzenden Dörfer. Nach einer halben Stunde erreichten sie den Grenzübergang in Castasegna. Danach hatten sie bereits Schweizer Boden unter den Füßen. Die Fahrt zu ihrem Ziel würde trotzdem noch drei bis vier Stunden dauern – je nach Verkehrsaufkommen.

Wäre Rosalba nach Amerika ausgewandert wie ihre unbekannten Vorfahren mütterlicherseits, hätte sie das Elend und die leisen Vorwürfe ihrer Mutter nachvollziehen können. So aber schien ihr das Ganze reichlich übertrieben. Im September würde sie schon wieder in einem Fahrzeug in die entgegengesetzte Richtung sitzen und ihre Eltern auf dem Busparkplatz in Chiavenna in die Arme schließen.

Wie bereits bei ihrer ersten Reise in die Schweiz, blätterte Rosalba während der Busfahrt in einem Reiseführer. Das Büchlein erklärte ihr die Besonderheiten der Landschaft um sie herum und wartete auch mit ein paar historischen Details zu den jeweiligen Abschnitten auf.

Die Strecke vom Bergell bis nach Maloja führte durch stille Bergdörfer, vorbei an sattgrünen Bergwiesen und durch dichte Wälder. Im Hintergrund erklommen die Gipfel der Alpen die Szenerie und reckten sich in einen mit Wolken gesprenkelten Himmel. Gelegentlich passierten sie eine verlassene Rundholz- oder Steinhütte, die den lokalen Bauern vermutlich als Lager für Material oder Heu diente. Rechts, von der Straße aus kaum sichtbar, erblickte Rosalba die Krone der Albigna-Staumauer, die sich hoch über ihren Köpfen von einer Talseite zur anderen spannte. Das 1959 erbaute Bollwerk strahlte etwas Mächtiges und Bedrohliches aus. Rosalba versuchte sich vorzustellen, wie es wohl aussah, wenn ein solcher Damm eines Tages brach und die reißerische Flut ungebremst ins Tal donnerte.

In engen, steil ansteigenden Kurven erklomm der Bus den Malojapass. Oben angekommen, fühlte sich Rosalba plötzlich wie in eine völlig andere Welt katapultiert. Vor ihr breitete sich eine liebliche, flache Landschaft aus. Am Ende des kleinen Ortes Maloja reichte das Ufer des Silsersees direkt bis an die Straße. Einige Ruderbote waren an einem Steg vertäut und schaukelten in der sanften Strömung des Gewässers. Dicht an die Felsen gepresst schlängelte sich der Bus nun an der Uferlinie des von bewaldeten Bergketten eingekesselten Sees entlang, bevor er den Julierpass in Angriff nahm. Mitten in dieser urtümlichen, weißen Wildnis zeichneten sich die Umrisse eines Bergsees ab. Abhänge mit kargen Geröllhalden und schneebedeckten Borstgrasweiden säumten den Abstieg auf der anderen Seite des Scheitelpunktes. Hin und wieder entdeckte Rosalba einen Steinbock zwischen den Felsen. Vorbei an einem Speichersee führte der Weg sie nun schrittweise wieder der Zivilisation entgegen. Nach einer Weile erreichten sie schließlich die Autobahn, die sie in die Kantonshauptstadt Chur brachte. Die Alpenstadt galt als die älteste Stadt der Schweiz, wie Rosalba ihrem Reiseführer entnahm.

Als sie sich dem Ziel ihrer Reise näherten, beschleunigte sich Rosalbas Puls. Wie würde das erste Aufeinandertreffen nach zwei Monaten mit Remo ausfallen? Sollten sie sich küssen, oder war das zu früh? Der Abschiedskuss in Chiavenna bedeutete ja nicht, dass sie bereits ein Paar waren.

Dieses Mal war es nämlich nicht ihr Verwandter Antonio, der sie am Busbahnhof abholen würde, sondern Remo, dem sie ihre Reisedaten in einem letzten Brief mitgeteilt hatte. Antonio, der Cousin ihrer Mutter, bei dem Rosalba während ihres letzten Aufenthalts gewohnt und gearbeitet hatte, war ebenfalls über ihre Ankunft unterrichtet und hatte ihr erneut angeboten, bei ihm zu wohnen. Natürlich würde Rosalba ihm für Kost und Logis etwas bezahlen, sollte sie, wie geplant, bei einer Schweizer Firma eine Anstellung finden.

Die Stadt Chur erinnerte Rosalba auch diesmal wieder aufgrund ihrer Architektur an einen Zinnsoldaten. Optisch betrachtet, war die Siedlung eine paradoxe Mischung aus Disziplin und Verspieltheit. Auch hier wiesen die Gebäude der Altstadt gelegentlich warme Farbtöne auf, die sich von Orange über Ocker bis Moosgrün bewegten. Die rudimentäre Kindlichkeit war wohl aber vergangenen Zeiten geschuldet. Insgesamt strahlten die neuzeitliche Anordnung der Häuserfronten sowie die penibel gepflegten Parks mit den getrimmten Bäumen Beherrschtheit aus. Baufällige Häuser, überquellende Mülleimer oder Obdachlose suchte man ebenso vergeblich wie traditionelle italienische Steindächer. Niemand überquerte die Straße bei Rot, und kein einziges Auto hupte, wenn es sich nicht um einen absoluten Notfall handelte. Die Stadtbewohner hasteten mit gesenkten Köpfen über die Bürgersteige, als seien sie permanent in Eile und wollten jeglichen Kontakt mit ihren Mitmenschen vermeiden.

Der Bus bog in Richtung Bahnhof ab. Rosalba packte ihre Sachen zusammen und trommelte mit den Fingern auf ihren Oberschenkel. Mit zusammengekniffenen Augen suchte sie den Parkplatz nach einem blonden Haarschopf ab.

Als der Autobus anhielt, musste sie ihre Ungeduld noch eine Weile zügeln. Der Fensterplatz bedeutete, dass sie warten musste, bis ihr Sitznachbar ausgestiegen war. Endlich stieg sie die Stufen hinunter und atmete die frische Luft ein.

Schweizer Luft.

»Rosalba!« Remo winkte und lief auf sie zu. Er trug eine bordeauxrote Stoffhose, einen karamellfarbenen Feinstrickpullover und eine schwarze Kunstlederjacke mit Stoffbund darüber.

Ohne zu zögern, schloss er sie in seine kräftigen Arme. Genießerisch sog Rosalba seinen Duft nach Olivenseife und Leder in sich auf. Nach einigen Sekunden schob Remo sie ein wenig von sich weg, ohne sie dabei jedoch loszulassen. Mit einem warmen Glitzern in den tiefblauen Augen musterte er sie. Ein feines Lächeln zog seine Mundwinkel nach oben.

»Ein bisschen zerbrechlich bist du geworden, aber sonst bist du so wunderschön wie immer.« Er zwinkerte und griff nach ihrem Koffer.

»Du hast dich auch nicht sehr verändert. Nur ein wenig müde wirkst du«, sagte Rosalba ehrlich, weil ihr die dunklen Ringe unter seinen Augen aufgefallen waren.

»Ach.« Remo winkte ab. »Das ist jedes Jahr so im ersten Quartal. Die meisten meiner Kunden wollen, sobald es das Wetter zulässt, mit dem Bauen loslegen, was bedeutet, dass wir Architekten gerade jetzt am meisten zu tun haben. Du weißt ja, in dieser Gegend bleibt uns nicht besonders viel Zeit, bevor sich der Winter schon wieder anmeldet.« Mit einem Lächeln deutete er auf ein orangefarbenes Auto. »Keine Giulietta, sondern ein deutsches Modell. Volkswagen Golf.«

»Damit kann ich leben.« Rosalba grinste. »Die Farbe gefällt mir!« Sie umrundete das Fahrzeug, während Remo ihr Gepäck im Kofferraum verstaute.

»Mir auch. Das Auto ist neu. Meine alte Klapperkiste hätte es im Januar nicht mehr über die Pässe in den Süden geschafft, weshalb ich mit dem Bus zu euch gekommen bin. Dieser wendige Flitzer hier ist allerdings wie gemacht für kurvenreiche Straßen, sollte ich je wieder eine Studienreise in deine Heimat machen.« Er lachte heiser und senkte gleichzeitig verlegen den Blick.

Nachdem sie eingestiegen waren, manövrierte Remo den Wagen routiniert aus der Stadt hinaus auf die Autobahn. Wie schon bei ihrer letzten Anreise führte der Weg Rosalba nach einer Weile durch einen Tunnel, der das Prättigau vom Churer Rheintal trennte. Auf der anderen Seite erwartete sie eine vollkommen andere Welt. Bestach das Rheintal mit flachen, windgepeitschten Feldern, so wirkte das Tal zwischen Landquart und Davos dagegen wie eine beengende Schlucht. Zu beiden Seiten der Straße ragten mächtige, dicht bewaldete Bergmassive himmelwärts. Auf dem Talboden, der vom Fluss Landquart beansprucht wurde, blieb kaum Platz für Siedlungen. Die meisten Dörfer befanden sich auf den Schuttkegeln oder Abhängen der zwei Talseiten. Am Horizont strebten die Spitzen der Alpen mit ihren Hüten aus ewigem Schnee den Wolken entgegen. Einmal mehr stellte Rosalba fest, dass Antonio nicht übertrieben hatte, als er die geografische Ähnlichkeit dieses Ortes mit dem Intelvi-Tal ihrer Heimat verglichen hatte.

Es war früher Nachmittag, und einige Dörfer lagen bereits im Schatten der umliegenden Berge. So auch Grüsch, das Ziel ihrer Reise und der Wohnort von Rosalbas Verwandten. Remos Zuhause befand sich weiter hinten in den verschlungenen Eingeweiden des Alpentals, auf halbem Weg nach Davos.

Grüsch lag auf dem Schuttkegelrücken eines Baches. Neben dem Bahnhof der beschaulichen Ortschaft thronte der imposante Turm einer Mühle, deren Ursprünge angeblich bis ins sechzehnte Jahrhundert zurückreichten. Enge, verwinkelte Gassen führten von der Hauptstraße weg in den eigentlichen Dorfkern.

Das Heim der Mandellis war ein würfelförmiges Einfamilienhaus mit sandfarbenem Fassadenanstrich und braungrauen Fensterläden. Es stand an der Landstraße, ein wenig abseits des Dorfkerns. Hinter dem Haus und an der Ostfassade boten je ein Balkon von der ersten Etage aus eine Alternative zu dem ebenerdigen Sitzplatz, von dem aus fünf Steinstufen in den Garten führten. Ein gepflegter Rasen, Büsche und Laubbäume umgaben das frei stehende Gebäude an drei Seiten.

Remo stellte den Wagen ab, und die beiden liefen zum Eingang, der sich direkt an der Hauptstraße befand. Offenbar erwartete man ihre Ankunft bereits, denn kaum hatten sie geklingelt, wurde auch schon die Tür aufgerissen, und Antonios Töchter, die achtzehnjährige Armanda und die zwei Jahre jüngere Erika, standen im Türrahmen.

Die beiden Mädchen wiesen keinerlei äußerliche Ähnlichkeit miteinander auf. Die exotische Verbindung der Gene ihrer Eltern drückte sich in den jungen Frauen genau entgegengesetzt aus. Armanda besaß die wasserblauen Augen und die weizenblonden Haare ihrer Mutter, war hingegen ihrem Vater mit der etwas markanten Mandelli-Nase und den vollen Lippen wie aus dem Gesicht geschnitten. Erika wiederum hatte die hellbraune Iris und die schwarzen glatten Haare Antonios geerbt, kombiniert mit den feenhaften Gesichtszügen Elisas.

»Rosalba, *cara*! Da bist du ja endlich! Wir warten schon seit Stunden!« Armanda stürmte auf sie zu und schloss sie in die Arme. Die zurückhaltendere Erika wartete brav, bis der Überfall ihrer Schwester vorbei war, dann umarmte auch sie Rosalba mit einem freudigen Lächeln auf den Lippen. Der Lärm hatte auch die Eltern herbeigerufen, und so erschienen nun auch Antonio und Elisa in der Tür.

»*Benvenuta*, Rosalba!« Antonio drückte ihr zwei Küsse auf die Wangen.

»Kommt doch rein. Remo, bestimmt hast du Lust auf einen Nachmittagssnack und einen Kaffee?« Elisa begrüßte sie, anders als ihr Verwandter, mit drei Küsschen. Zwischen den Schweizer und den italienischen Umgangsformen zeigten sich bereits bei solchen Kleinigkeiten Unterschiede, wie Rosalba sich mit einem Schmunzeln erinnerte.

Remo willigte ein, zog die Schuhe aus und betrat das Haus der Mandellis.

Das Innere des achteinhalb Zimmer großen Heims stand in krassem Gegensatz zu seinem biederen und etwas langweiligen Äußeren. Häkeldecken, Kerzen, Farbfotos und Trockenblumen zierten die schweren Holzmöbel im Eingang. Überall saßen Puppen mit Porzellangesichtern und kunstvollen Kleidern – auf dem Treppenabsatz, in einem hölzernen Leiterwagen neben einer der Kommoden, auf dem Sofa im Wohnzimmer und selbst auf der Fensterbank hinter dem Esstisch. Rosalba hatte Elisas Puppensammlung bereits bei ihrem letzten Besuch bewundert. Eine honigfarbene Holztreppe wand sich in die obere Etage, wo die Schlafzimmer, wie sie sich erinnerte, mit Holz in derselben Farbe ausgekleidet waren. Das verlieh den Räumen Behaglichkeit und Wärme. Küche und Bäder waren mit weißen Möbeln und hellen Fliesen bestückt, sodass sie Reinheit und Moderne ausstrahlten.

Das Esszimmer war an einer Seite weiß verputzt, die andere Wand sowie die gesamte Decke des Innenraums jedoch mit rotbraunem Holz verkleidet. Die Eckbank hinter dem Esstisch sowie die dazugehörigen Holzstühle bestanden ebenfalls aus demselben Material. Grünweiß gemusterte Vorhänge und ein grauweiß melierter Linoleumboden verliehen dem Speisezimmer einen lebendigen Anstrich. Es duftete nach frisch gebrautem Kaffee und Tee sowie nach Süßgebäck.

Elisa und die Mädchen hatten den Tisch bereits für die Ankömmlinge gedeckt.

»O, da läuft mir gleich das Wasser im Mund zusammen! Stammt das alles aus deiner Bäckerei, Elisa?« Rosalba ließ den Blick über die vollen Platten gleiten. Ihr Magen grummelte verräterisch. Sie hielt sich die Hand auf den Bauch. »Ich habe seit dem Frühstück zu Hause in Argegno bloß ein kleines *panino* gegessen.«

Sie setzten sich, und Antonios Frau schenkte Kaffee und Tee ein.

»Hefeschnecke, Nussgipfel, Nusstorte oder Totenbeinli?« Armanda reichte Rosalba das Tablett mit dem Gebäck zur Auswahl.

»*Madonna*, am liebsten alles! Aber ich bin ja noch einige Zeit hier, um es in Ruhe anzugehen!«, scherzte diese und griff nach einer Hefeschnecke. »Hm, köstlich!« Sie schloss genießerisch die Augen.

»Wie war die Reise?« Antonio nippte an einem Tee und schaute sie neugierig an.

Erst jetzt fiel Rosalba auf, dass er sich seit ihrem letzten Besuch verändert hatte. Antonios Silhouette war merklich schlanker geworden, und die Kinnlinie markanter. Unter den Augen lagen dunkle Schatten. Noch im vergangenen Jahr hatte er sich über ein altersbedingtes Bäuchlein beklagt, dass er, wie er selbst meinte, wohl den Backkünsten seiner

Frau verdankte. Offenbar war ihm nun eine Umstellung der Ernährungsgewohnheiten gelungen.

Bei der Frage ihres Verwandten legte sich ein Schatten über Rosalbas Gemüt. »Die Fahrt war toll, landschaftlich sehr imposant, wie beim ersten Mal. Nur der Abschied fiel dieses Mal etwas dramatisch aus.« Sie hatte Antonio bisher noch nicht von den Differenzen im Hause Mandelli-Baroni in Argegno erzählt. Möglicherweise wäre er sonst in einen Interessenskonflikt geraten und hätte ihr davon abgeraten herzukommen.

»Wie das?« Er beugte sich nach vorne und legte die Stirn in Falten.

»Na ja, Mamma hat meinen Auslandsaufenthalt dieses Mal nicht befürwortet. Sie ist der Meinung, dass die Firma mich nicht entbehren kann. Nonno Daniele hat sich bereit erklärt, bei Bedarf für mich einzuspringen. Natürlich war Mamma mit dieser Lösung nicht sehr glücklich. Großvater wird schließlich auch nicht jünger.« Rosalba zuckte mit den Schultern. Das schlechte Gewissen nagte an ihr. Sie fürchtete das Urteil ihres Verwandten bezüglich der Angelegenheit. Zu ihrem Erstaunen reagierte Antonio jedoch ganz anders als erwartet. Er seufzte und lehnte sich, die Augen in die Ferne gerichtet, auf seinem Stuhl zurück.

»Ich weiß, wie du dich fühlst. Nach wie vor wird es in unserer Heimat nicht gerne gesehen, wenn jemand in die Fremde zieht. Mir hat man damals Verrat vorgeworfen, obwohl ich jeden Winter nach Hause zurückgekehrt bin. Schlimmer wurde es eigentlich nur noch, als ich beschloss, mein Leben mit Elisa in der Schweiz zu verbringen. Meine Familie hat die abenteuerlichsten Begründungen vorgebracht, um mir mein Fehlverhalten vorzuwerfen und mir ein schlechtes Gewissen zu machen – was ihnen auch gelang. Mein Vater ging sogar so weit, mir jedes Jahr bei meiner Rückkehr eine neue Anstellung bei einem lokalen oder regionalen Bauunternehmen zu vermitteln.« Mitgefühl spiegelte sich in Antonios Blick. »Das war keine einfache Zeit.« Ein Hustenanfall hinderte ihn daran weiterzusprechen. Hastig nahm er einen Schluck Tee.

Besorgt musterte Rosalba Antonio und wartete, bis sich sein Husten beruhigt hatte, bevor sie sagte: »*Grazie mille*, du hast keine Ahnung, wie sehr mir deine Worte gerade helfen.« Ein Gefühl der Geborgenheit breitete sich in ihrem Herzen aus.

Antonio sah Rosalba an, und ein feines, wissendes Lächeln umspielte seine Mundwinkel. »Meine italienischen Freunde hier halfen mir damals, in der Schweiz Fuß zu fassen und in dieser neuen Kultur klarzukommen. Sie lehrten mich, wie man sich von seiner Familie emanzipierte, ohne dabei seine Wurzeln zu verlieren.« Er strich ihr verständnisvoll mit der Hand über den Arm.

»Ich möchte ja gar nicht auswandern und habe es auch immer so gesagt. Dennoch steht Mamma meinem Aufenthalt dieses Mal sehr skeptisch gegenüber.«

»Viele von uns kamen das erste Mal bloß der Neugierde halber hierher, nicht um zu bleiben. Vermutlich fürchtet deine Mamma einfach, dass du dem Charme der Fremde erliegst, wie so viele vor dir. Ich kann Auroras Angst verstehen. Trotzdem bin ich mir sicher, dass sie die Monate deiner Abwesenheit wesentlich finsterer prophezeit hat, als dies tatsächlich der Fall sein wird. Meine Cousine ist eine Kämpfernatur, sie wird die Zeit ohne dich genauso überstehen, wie sie in der Vergangenheit weit Schlimmeres durchgestanden hat. Glaub mir.«

»Danke, Antonio.« Dankbar drückte Rosalba seine Hand. Mit neu erwachtem Appetit genehmigte sie sich noch ein Gebäck und kostete den Kaffee, den Elisa gebraut hatte.

Nach einer Stunde erhob sich Remo. »Ich schätze, ich muss dann mal nach Hause ...« Seine blauen Augen suchten Rosalbas Blick, und sie spürte Wärme in sich aufsteigen.

»Ich bringe dich zur Tür«, bot sie an und stand auf, bevor sonst jemand auf die Idee kam. Tatsächlich verabschiedeten sich die Mandellis taktvoll mit einem förmlichen Gruß und erhobener Hand von Remo.

Im Halbdunkel des Flurs blieb Rosalba unschlüssig vor der Haustür stehen. Sie schob die Hände in die Gesäßtaschen ihrer Stoffhose, senkte den Blick und schaute Remo dann wieder an. »Dann äh ... hören wir wieder voneinander?« Es klang unsicherer, als sie es beabsichtigt hatte.

Ein feines Lächeln erhellte Remos Züge. »Natürlich. Komm erst einmal in Ruhe an. Ich melde mich, ja?« Er trat näher und strich ihr eine Haarsträhne hinters Ohr. Seine Augen glänzten dunkel im schummrigen Licht des Flurs. Nach kurzem Zögern gab er sich einen Ruck und umarmte sie. »Erhol dich gut von der Reise.« Er hauchte ihr einen flüchtigen Kuss auf die Wange, dann ging er nach draußen.

»Danke ... dass du mich abgeholt hast«, murmelte Rosalba viel zu spät und schalt sich für ihr unhöfliches Verhalten innerlich einen Idioten. Ihr Herz schlug jedoch so hektisch, dass es ihr kaum möglich war, einen klaren Gedanken zu fassen. Ihre Wange kribbelte noch immer von der flüchtigen Berührung seiner Lippen und dem sanften Kratzen der Bartstoppeln.

Rosalba sah ihm nach, bis er ins Auto gestiegen und davongefahren war. Dann seufzte sie tief und legte sich die kühle Hand auf die Stirn. Remo hatte vollkommen recht. Es gab zuerst Wichtigeres zu erledigen, als sich um das zu kümmern, was sie beide verband. Schließlich war Rosalba aus einem bestimmten Grund in die Schweiz gekommen: Sie wollte sich auf die Suche nach einer Anstellung machen.

Nach dem Abendessen rief sie in Argegno an, um ihren Eltern zu berichten, dass sie gut in der Schweiz angekommen war. Wie zu erwarten, ging Papa ans Telefon.

»Rosalba, *amore*, wie schön, von dir zu hören! Hast du die Reise gut überstanden?«

»Alles bestens. Ich bin gut angekommen und herzlich willkommen geheißen worden. Wir haben bis jetzt geredet, gekocht und gemütlich gegessen. Fast wie *in Italia*.«

»Deine Mutter wird sich freuen, das zu hören. Sie liebt dich von ganzem Herzen. Das weißt du, nicht wahr?«

Einige Sekunden lang herrschte Schweigen.

»Ich weiß, Papa.«

Rosalba biss sich auf die Lippen und fuhr mit dem Finger das Muster der Häkeldecke nach, auf der das Telefon stand. Nach einer Weile, in der sie beide nichts sagten, holte sie tief Luft. »Also, schlaf gut, Papa. Ich sende Mamma einen *bacione* und eine feste Umarmung. Und ich melde mich wieder, wenn es Neuigkeiten gibt.«

»Erhol dich gut von der Reise, Liebes. Wir freuen uns, bald wieder von dir zu hören.«

Nachdem sie aufgelegt hatte, blieb Rosalba noch einen Moment lang vor dem Telefon stehen und starrte nachdenklich zu Boden. Mit einem Seufzer ging sie schließlich ins Wohnzimmer zurück, um Antonio, Elisa und den

Mädchen eine gute Nacht zu wünschen und sich endlich zum Auspacken auf ihr Zimmer zurückzuziehen.

Nachdem sie die Zimmertür hinter sich geschlossen hatte, stahl sich ein zufriedenes Lächeln auf ihr Gesicht. Es war noch alles genauso, wie sie es in Erinnerung hatte. Decke und Wände waren mit honigfarbenem Holz verkleidet, der Boden mit einem steinfarbenen Teppich ausgelegt. Eine schmale Tür führte auf einen Holzbalkon mit Blick in den Garten. Gegenüber dem robusten Holzbett befand sich ein Lavabo mit einem weißen Badezimmermöbel und einem runden Spiegel.

Müde, aber glücklich packte Rosalba die Kleidung aus dem Koffer und verstaute sie im Einbauschrank neben dem Bett. Nachdem sie sich den Schmutz der Reise aus dem Gesicht gewaschen und die Zähne geputzt hatte, kroch sie ins Bett. Der Duft frisch gewaschener Laken hüllte sie ein und entlockte ihr einen wohligen Seufzer.

Kapitel 9

Ein tiefblauer Himmel spannte sich von einer Talseite zur anderen und wurde in der Nähe der Bergspitzen von dicken, bauschigen Wolken gesäumt. Drei Tage waren vergangen, seit Remo Rosalba in Chur am Busbahnhof abgeholt hatte. Als Rosalba das Zimmerfenster öffnete, um etwas frische Luft hereinzulassen, prickelte es auf ihrer Wange. Auf den Wiesen links und rechts des Bahngleises, das in der Nähe von Antonios Haus verlief, lag Bodennebel. Die scheuen Sonnenstrahlen würden ihn erst im Laufe des Vormittags vollends vertreiben.

Rosalba schlüpfte in einen Bleistiftrock mit Bluse und dazu passendem Blazer, wusch sich das Gesicht und schminkte sich dezent. Dann stieg sie die Treppe hinunter ins Esszimmer, um kurz einen Espresso zu trinken und ein Hörnchen aus Elisas Bäckerei zu essen. Das reichhaltige Frühstück, wie es die Schweizer zu sich nahmen, war ihr völlig fremd. Brot mit Butter und Konfitüre, Käse, Joghurt und manchmal sogar Fleisch ... so etwas aß man in Italien an heißen Sommertagen anstelle eines Mittagessens.

Seit Rosalbas Ankunft hatten Remo und Antonio einige Anrufe bei einheimischen Bauunternehmen getätigt und ihr erste Kontakte vermittelt, die sie nun aufsuchen wollte. Bestückt mit einem Stapel handgeschriebener Lebensläufe wartete sie auf Armanda, die sie im oberen Stockwerk rumoren hörte. Die ältere von Antonios Töchtern hatte sich den Tag freigenommen, um Rosalba bei der Arbeitssuche zu begleiten und notfalls für sie zu übersetzen. Obwohl Rosalba während ihres vergangenen Aufenthalts in der Schweiz ein wenig Deutsch gelernt hatte, traute sie sich ein Vorstellungsgespräch ohne Hilfe noch nicht zu. Natürlich beherrschten auch viele Menschen in dieser Region aufgrund der Nähe zu Italien Rosalbas Muttersprache, aber darauf wollte sie sich nicht verlassen.

»Danke, dass du mich heute begleitest.« Rosalba schenkte Armanda ein Lächeln, als diese auf dem Treppenabsatz in der ersten Etage erschien.

»Das mache ich doch gern. Ich bin ehrlich gesagt kein bisschen traurig, der Arztpraxis und meinem griesgrämigen Lehrmeister für einen Tag zu entfliehen.« Sie rollte die Augen und grinste. »Wollen wir? Ich habe bereits vor einer halben Stunde gefrühstückt.« Armanda kam die Treppe hinunter und schulterte ihre Umhängetasche.

Rosalba nickte, streifte sich einen leichten Mantel über und öffnete die Haustür.

Nach einem viertelstündigen Fußmarsch erreichten sie den Bahnhof. Der Zug der Rhätischen Bahn fuhr gerade ein und kam mit quietschenden Bremsen zum Stehen.

Sie suchten sich einen Platz in dem mit grünen Sitzplätzen gekennzeichneten Nichtraucherabteil. Rosalba sah aus dem Fenster. Die Bahnlinie führte parallel zur Hauptstraße über eine Ebene mit Äckern, Weiden und baufälligen Holzställen. Die Fahrt dauerte nur wenige Minuten. Eine krächzende Stimme aus dem Lautsprecher kündigte die nächste Haltestelle an, an der sie bereits wieder aussteigen mussten.

Der Baubetrieb in Schiers, bei dem Remo Rosalba die Möglichkeit zum Vorsprechen organisiert hatte, befand sich ungefähr zehn Minuten vom Bahnhof entfernt und machte mit seinen zwei Garagen einen mittelgroßen Eindruck. Mehrere Mitarbeiter waren dabei, Fahrzeuge mit Material und Werkzeug zu beladen. Rosalba sah sich neugierig auf dem Firmengelände um. »Dieser Betrieb ist doppelt so groß wie unserer in Castiglione, schätze ich.«

»Guten Tag, die Damen.« Die Männer hielten in ihrer Arbeit inne. »Können wir euch helfen?«

Der Älteste der Gruppe, den Rosalba so um die fünfzig schätzte, kam auf sie zu, während die anderen neugierig die Hälse reckten und sich grinsend in die Seite boxten.

»Wir möchten gerne zu Herrn Caviezel, ist er da?« Armanda übernahm das Sprechen. Mit einem Kopfnicken bedeutete ihnen der Mann, ihm zu folgen. Er öffnete die Tür der einen Garage, die ins Werkhofinnere führte, und zeigte nach vorn. »Das Büro des Chefs ist da hinten. Beim letzten Regal links. Kann nicht übersehen werden.« Mit diesen Worten drehte er sich wieder um und ging nach draußen.

Wie ihnen geheißen wurde, liefen Armanda und Rosalba zwischen den langen Regalreihen hindurch und standen schließlich vor einer Glastür. Abgestandener Zigarettenrauch empfing sie beim Eintreten. Ein Herr mit schütterem grauem Haar saß an einem Schreibtisch am Fenster. Obwohl er sie aus den Augenwinkeln sah und mit absoluter Sicherheit gehört hatte, ignorierte er sie. Armanda räusperte sich vernehmlich.

»Guten Tag, Herr Caviezel. Remo Albrecht hat mit Ihnen betreffend meiner Bekannten, die Arbeit sucht, gesprochen.

Er meinte, Rosalba Mandelli dürfe sich bei Gelegenheit einmal bei Ihnen vorstellen.« Armanda wies auf Rosalba und trat nun etwas in den Hintergrund.

Mit einem Knirschen und Quietschen drehte sich der Angesprochene auf seinem schmutzigen Bürostuhl um und musterte sie von oben bis unten aus zusammengekniffenen Augen. Dabei machte er keine Anstalten, sich zu erheben.

»Warum möchte sie unbedingt auf dem Bau arbeiten?«, fragte er schließlich. »Sie sieht nicht gerade aus wie jemand, der das körperlich überhaupt durchstehen würde. Wäre eine Anstellung als Putzfrau da nicht sinnvoller? Und warum reden Sie für sie? Spricht die Frau kein Deutsch, oder was?« Er strich sich mit den schwieligen Fingern durch die fettigen Haarsträhnen, die er, um die Glatze zu kaschieren, von einem Ohr zum anderen gekämmt hatte. Der Pullover spannte sich über seinen Wohlstandsbauch und wies auf der Brust Flecken auf, die vermutlich vom Essen herrührten.

»Rosalba ist gelernte Maurerin«, erklärte Armanda ruhig. »Obwohl sie aus Italien stammt, besitzt sie durchaus Grundkenntnisse in Deutsch. Sie hat bereits eine Saison bei meinem Vater Antonio Mandelli gearbeitet und ist in ihrer Heimat Mitinhaberin einer eigenen ...«

»Der Tschingg aus Grüsch? Ihr gehört zu ihm? Das hat Remo natürlich nicht erwähnt, als er mich angerufen und irgendwas von einer lernwilligen Hilfsarbeiterin erzählt hat.« Er grummelte irgendetwas Unverständliches vor sich hin. Schließlich knurrte er: »Ich bin dem Jungen noch einen Gefallen schuldig. Also, von mir aus kann sie am Montag anfangen. Acht Franken die Stunde. Wir brauchen noch jemanden, der mir das Büro und die Werkstatt putzt.« Er griff nach seiner Zigarettenpackung und fischte eine Kippe heraus, die er umständlich anzündete.

Armanda starrte ihn fassungslos an. »Meine Verwandte ist weder Hilfsarbeiterin noch Putzfrau, sondern gelernte Maurerin mit einem besonderen Talent für Natursteinmauerwerk. Hier ist ihr Lebenslauf.« Sie reichte ihm eines von Rosalbas handgeschriebenen Blättern, das er mit einem Handwedeln von sich wies.

Ein Hustenanfall schüttelte Herrn Caviezel, als er an seinem Glimmstängel zog. Während er hummerrot anlief, presste er zwischen den Zähnen hervor: »Das sagen sie alle, diese Tschinggen. Am Ende muss man froh sein, wenn sie auf der Baustelle einen Besen von einer Schaufel unterscheiden können. Also, wie gesagt, als Putze kann ich sie einstellen, was anderes ist nicht drin.« Hustend und spuckend drehte er sich auf dem Stuhl um und wühlte in dem Blätterstapel vor ihm.

Nach drei Sekunden des Nicht-beachtet-Werdens fasste Rosalba Armanda sanft am Arm und bedeutete ihr mit einer Kopfbewegung, zu gehen. »Nein danke. Ich bin *muratrice*, und dabei bleibe ich.«

Schweigend verließen sie den Baubetrieb.

Als sie nebeneinander herliefen, seufzte Armanda und legte Rosalba eine Hand auf die Schulter. »Wir dürfen uns jetzt nicht entmutigen lassen. Ich habe auch nicht erwartet, dass es gleich beim ersten Versuch klappt.«

»Was sind Tschinggen?«, fragte Rosalba.

Eine leichte Röte kroch Armandas Wangen hoch. »Das ist ein Schimpfwort für die Italiener, die jedes Jahr in die Schweiz kommen, um hier zu arbeiten.«

»Nennen sie euch auch so?«

»Nicht mehr, aber es hat lange gedauert, bis die Menschen akzeptiert haben, dass meine Mutter einen Ausländer geheiratet hat. Ich hatte es immer ein wenig leichter, weil man mir die südländischen Gene nicht ansieht, aber Erika kämpft gelegentlich mit Vorurteilen. Immer noch.«

Rosalba und Armanda besuchten noch ein weiteres Bauunternehmen in Schiers und eins in einem Nachbardorf, doch auch dort erhielten sie nur Absagen. Ein Patron gestand, dass er Antonio gerne bei der Unterbringung seiner Verwandten geholfen hätte, die Sprachbarriere aber unterschätzt habe. Sein Zwei-Mann-Betrieb wäre überfordert damit, Rosalba zu beschäftigen. Bei der zweiten Firma hatten sich noch weitere Bewerber für eine Anstellung in der kommenden Saison gemeldet. Darunter auch ein Schweizer, dem man natürlich den Vorzug gegeben hatte.

Ein weiteres Mal zurück im Zug ließ sich Rosalba erschöpft auf einen Sitz fallen und seufzte. Sie konnte ihre Enttäuschung nicht länger verbergen. »Ich habe es mir einfacher vorgestellt. War wohl etwas naiv«, murmelte sie. Armanda seufzte, wusste jedoch auch keinen Rat. Auch sie wirkte niedergeschlagen. Gedankenversunken starrte Rosalba aus dem Fenster. Diesen Aspekt der Schweiz hatte sie bei ihrem letzten Aufenthalt nicht mitbekommen. An Antonios Seite hatte sie dieselbe Wertschätzung genossen wie er, auch wenn man über ihre Anwesenheit hin und wieder die Stirn gerunzelt hatte. Rosalba hatte nie darüber nachgedacht, dass die Akzeptanz, die man ihr und ihrem Talent entgegengebracht hatte, womöglich allein am Schutz ihres Verwandten gelegen hatte.

Der Lautsprecher kündigte die nächste Haltestelle an.

»Das ist Küblis, unser nächster Halt. Komm! Wir geben nicht auf!« Armanda schenkte Rosalba ein aufmunterndes Lächeln.

Nach einem kurzen Mittagessen und fünf Minuten Fußmarsch standen sie erneut vor einem Baubetrieb. Das Gebäude, das, der noch sauberen weißen Fassade nach zu schließen, offenbar ein Neubau war, erinnerte an eine Mischung aus Schule und Kaserne. Die gesamte Seite des lang gezogenen, zweistöckigen Baus war in der ersten Etage mit froschgrün umrahmten Fenstern versehen. Im Erdgeschoss reihte sich eine Garage an die andere. Eine Treppe führte zu einer überdachten, ebenfalls froschgrünen Eingangstür.

Zu Rosalbas Freude befanden sie sich beim Eintreten in einem Empfangsbereich, der von einer Dame besetzt war. Derzeit bediente sie noch das Telefon, weshalb sie und Armanda sich auf zwei Stühle setzten, die an der Wand neben einem kleinen Tisch standen. Allem Anschein nach empfing man hier öfters Besuch und wollte diesen nicht stehend warten lassen. Das leise Trällern eines Radios wehte aus dem Hintergrund zu ihnen herüber. An den Fenstern standen diverse Zimmerpflanzen, die dem Raum Wohnlichkeit verliehen.

Endlich beendete die Dame mit den schulterlangen braunen Haaren das Telefonat und wandte sich ihnen mit einem freundlichen Lächeln zu. »Sie sind bestimmt die Italienerin, die sich um eine Stelle bewerben möchte?«

Armanda und Rosalba erhoben sich sofort. »Ganz genau«, bestätigte Rosalba.

Die Empfangsmitarbeiterin stand auf und stöckelte zu einer Tür, hinter der sie kurz verschwand. Eine Minute später kehrte sie zurück und bedeutete ihnen einzutreten.

»Der Chef empfängt Sie nun.«

Ein blonder hochgewachsener Mann stand am Fenster und drehte ihnen den Rücken zu. Er trug Jeans und einen gestrickten Pullover. Als sie die Tür hinter sich schlossen, wandte er sich um. Rosalba schätzte ihn auf etwa vierzig, obwohl ihn der Schnurrbart etwas älter erscheinen ließ. Dunkle Augen musterten sie interessiert.

»Bitte sehr, nehmen Sie Platz. Zehner mein Name.« Er schüttelte ihnen die Hand, wies auf zwei Metallstühle mit Kunstlederpolster vor seinem hölzernen Schreibpult und setzte sich in den Sessel dahinter. »Wie ich hörte, sind Sie auf der Suche nach einer Anstellung. Antonio hat mich diesbezüglich kontaktiert und um ein Vorstellungsgespräch gebeten.«

»Vielen Dank, dass Sie Zeit haben, Herr Zehner«, sagte Rosalba. Dieses Mal wollte sie beweisen, dass sie durchaus in der Lage war, auch selbst einige Sätze in der Landessprache von sich zu geben.

Armanda schob dem Geschäftsführer Rosalbas Lebenslauf hin. »Ich bin Antonio und Elisa Mandellis Tochter, und das ist unsere Verwandte Rosalba. Sie ist gelernte Maurerin und außerdem Mitinhaberin einer eigenen Baufirma in Italien. Letztes Jahr hat sie bereits eine Saison lang bei meinem Vater gearbeitet. Nun ist sie auf der Suche nach einer Stelle in einem Schweizer Unternehmen, um ihre Fachkenntnisse zu erweitern. Ihr Spezialgebiet ist das Natursteinmauerwerk.«

Der Bauunternehmer trommelte mit den Fingern auf die Tischplatte, lehnte sich dann in seinem Ledersessel zurück und musterte sie beide eingehend. »Das hat Ihr Vater bereits angedeutet, weshalb ich mir schon mal einige Gedanken dazu gemacht habe. Nun, ich könnte mir da eine Variante vorstellen.«

Rosalbas Herz setzte vor Freude gleich einen Schlag aus, und ihr Puls beschleunigte sich daraufhin merklich. Sofort straffte sie die Schultern und schaute dem Bauunternehmer erwartungsvoll in die Augen.

»Ja?« Auch Armanda hob erstaunt die Augenbrauen und tauschte kurz einen aufgeregten Blick mit Rosalba.

»Ich müsste mich natürlich zuerst von Frau ...«, er brach ab und sah Rosalba fragend an.

»Mandelli, Rosalba Mandelli«, half sie ihm mit dem Namen.

»... danke. Also, um mir ein Bild zu machen, müsste ich mich natürlich zuerst einmal von Frau Mandellis Fähigkeiten überzeugen. Deshalb biete ich Ihnen an, Sie vorerst als Lehrling zu beschäftigen. Dann sehen wir weiter.« Herr Zehner strich sich die Haare aus der Stirn und zupfte die Ecken seines Schnurrbarts zurecht. Dann beugte er sich nach vorne und starrte Rosalba und Armanda fragend an.

Rosalba räusperte sich. In einer Mischung aus Deutsch und Italienisch erklärte sie: »*Fantastico!* Ich bin eine gute *muratrice*, aber ich bin vor allem in die Schweiz gekommen, um zu lernen. Ich kann gleich anfangen. *Domani mattina?*« Sie unterstrich ihre Worte mit einem strahlenden Lächeln, das der Bauunternehmer augenblicklich erwiderte.

»Selbstverständlich kann ich Ihnen in der Anfangsphase nicht den Lohn einer Hilfskraft oder gar eines ausgebildeten Maurers bezahlen. Dazu kommt leider noch die Sprachbarriere. Vermutlich werden Sie mehr Betreuung benötigen als ein gewöhnlicher Auszubildender, der sein erstes Lehrjahr antritt. Ich kann Ihnen also nicht den vollen Lohn eines Lehrlings geben, was Sie bestimmt verstehen. Wären Sie mit 400 Schweizer Franken einverstanden? Unsere Jüngsten verdienen normalerweise 500 Schweizer Franken.«

Rosalba kannte sich mit der Landeswährung nicht aus. Bei ihrem letzten Aufenthalt hatte Antonio sie nicht entlohnt, sondern kostenlos bei sich wohnen und essen lassen. Verunsichert blickte sie daher Armanda an. Diese hob ratlos die Augenbrauen.

»Ich bin im zweiten Lehrjahr und verdiene weniger als die Lehrlinge auf dem Bau. Gemessen an der Sprachbarriere scheint mir das Angebot fair.«

Okay. Rosalba nickte. »*Allora*, ich nehme Ihren Vorschlag sehr gerne an, Herr Zehner. Wann und wo soll ich anfangen?«

Herr Zehner klatschte in die Hände. Ein breites Grinsen zeigte sich unter seinem Schnurrbart.

»Sehr schön, ich freue mich! Ich bin übrigens Marcel. Auf dem Bau duzen wir uns, da sind wir nicht besonders kompliziert. Morgen um sieben Uhr hier im Werkhof.« Er reichte Rosalba zur Bekräftigung die Hand.

»Rosalba, *piacere*.« Sie erhob sich zeitgleich mit Armanda vom Stuhl.

Marcel Zehner begleitete sie zum Ausgang und wandte sich der Frau am Empfang zu. »Sandra, bitte bereite alles für einen Neueintritt vor. Rosalba arbeitet ab morgen bei uns. Als Maurerlehrling.« Er schob seiner Mitarbeiterin Rosalbas Lebenslauf über die Theke hinweg zu. »Hier sind ihre Daten.«

Die Büromitarbeiterin hob erstaunt die Augenbrauen, maß Rosalba mit kritischem Blick, sagte jedoch kein

Wort. Sie nickte nur und notierte sich etwas auf einen Zettel.

»Gut, dann wäre das auch geklärt.« Marcel schlug euphorisch mit der flachen Hand auf den Tresen und verabschiedete sich.

»Erhol dich gut, morgen wird es ernst.« Er zwinkerte Rosalba freundschaftlich zu und ging zurück in sein Büro.

Als sie wieder im Zug saßen, sagte Rosalba mit einem erleichterten Seufzer und einem Lächeln auf den Lippen: »Nach all den enttäuschenden Absagen ist Marcel Zehners Vorschlag ein Licht am Horizont. Ich freue mich, dass mir jemand eine Chance gibt. Es erstaunt mich bloß, dass er nicht mehr über mich und meine Fähigkeiten wissen wollte, bevor er mich einstellt. Aber das kann ich ihm ja alles ab morgen beweisen.«

Armanda sah sie einige Sekunden nachdenklich an, ehe sie das Lächeln augenzwinkernd erwiderte. »Ich hatte auch erwartet, dass dir Zehner Löcher in den Bauch fragt, weil du eine Frau bist. Viele trauen einer Frau die Arbeiten eines Maurers gar nicht zu.«

Rosalba zuckte mit den Schultern und lachte trocken. »Wie auch immer, eine Anstellung zu finden ist in meiner Position kein Wunschkonzert. Ich bin dankbar, überhaupt etwas zu haben.«

Als sie am späten Nachmittag heimkehrten, wartete Elisa bereits auf die jungen Frauen.

»Wie war euer Tag?« Sie trocknete sich die Hände an der Schürze ab.

»Durchzogen, aber mit glücklichem Ende: Rosalba hat eine Anstellung bei der Zehner Bauunternehmung in

Küblis. Marcel Zehner hat ihr erst mal eine Stelle als Lehrling angeboten, aber ich bin sicher, dass es Rosalba gelingen wird, ihn von ihren Fähigkeiten zu überzeugen, sodass er ihr möglicherweise sogar eine Anstellung als Maurerin gibt.«

»Was für ein Glück du hast!« Elisa umarmte sie, doch bevor sie weiterreden konnten, schrillte das Telefon. Armanda, die gleich neben dem Apparat stand, hob ab und meldete sich mit ihrem Namen.

»Ja? Ja ... sie ist da, warte, ich rufe sie.« Sie winkte Rosalba hektisch zu sich und hielt dann mit der Hand die Sprechmuschel zu. »Es ist Remo Albrecht, er fragt nach dir.«

Hitze pulsierte in Rosalbas Wangen, als sie mit feuchten Händen nach dem Hörer griff.

»Komm, Armanda, hilf mir in der Küche mit dem Abendessen.« Elisa komplementierte ihre Tochter in den angrenzenden Raum und schloss die Tür hinter ihnen.

Rosalba atmete tief durch. »Ja? Rosalba am Apparat?«

»Hier ist Remo, hallo! Wie geht es dir? Wie liefen die Vorstellungsgespräche? Hast du irgendwo eine Zusage erhalten?«

»Absolut. Stell dir vor, ich habe heute sogar direkt eine Anstellung bei der Zehner Bauunternehmung gefunden. Der Lohn ist nicht gerade hoch, aber er sollte reichen, um Antonio und Elisa für Kost und Logis zu entschädigen.« In knappen Worten erzählte Rosalba Remo von ihrem Tag, der anfänglich gar nicht so gut gestartet war und dann so grandios geendet hatte.

»Wunderbar, das freut mich für dich!« Remos Stimme nahm einen weichen Klang an. »Ich kenne Marcel Zehner vom Gewerbeverein und habe gelegentlich bei Bauprojekten mit ihm zu tun. Antonio kennt ihn allerdings etwas besser, weil er viel für oder mit ihm arbeitet. In seiner Firma hast du gute Chancen, etwas zu lernen, weil er eine gewisse Größe und Bandbreite an Arbeiten hat.«

»Das klingt nach einem richtigen Glücksgriff«, fasste Rosalba seine Ausführungen zusammen. »Das wäre jedenfalls großartig.«

»Also, warum ich anrufe«, fuhr Remo fort. »Abgesehen natürlich davon, dass ich wissen wollte, wie es dir geht: Ich plane am kommenden Samstag ein Abendessen mit ein paar Freunden. Ich koche. Vielleicht hast du Lust, auch zu kommen und sie kennenzulernen?«

»*Magnifico!* Sehr, sehr gerne, Remo. Was hältst du davon, wenn ich dir beim Kochen helfe? Wenn du magst, könnten wir sogar etwas Italienisches kochen?« Sie hörte das Blut in ihren Ohren rauschen, während sie mit angehaltenem Atem auf seine Antwort wartete.

»Das ist eine hervorragende Idee. Meine Freunde hatten noch nie das Vergnügen, eine authentische lombardische Küche zu genießen. Darüber würden sie sich bestimmt freuen. Und ich auch! Wollen wir uns bereits am Samstagmittag treffen, damit uns genug Zeit bleibt, den Einkauf zu erledigen und alles vorzubereiten, bis die Gäste eintreffen?«

»*D'accordo!*«

Mit einem leisen Lächeln legte Rosalba den Hörer auf die Gabel.

Kapitel 10

Obwohl sie kaum geschlafen hatte, klingelte der Wecker Rosalba um halb sechs Uhr in der Früh schon wieder aus dem Bett. Sie streckte sich und gähnte. Schlaftrunken schlurfte sie zum Fenster und schob die Vorhänge zur Seite. Noch lag die Welt vor ihrem Zimmerfenster im Zwielicht, und Bodennebel waberte über den Wiesen.

Da es um diese Jahreszeit in den Morgenstunden noch eisig kalt war, kleidete sich Rosalba warm. Sie zog sich eine verwaschene Jeans und einen abgewetzten, gestreiften Pullover an. Die Haare flocht sie zu einem Zopf. Dazu betonte sie die Augen mit Mascara und einem beigefarbenen Lidschatten.

Zwanzig Minuten später saß sie im Esszimmer vor ihrem Espresso und nagte an einem Nussgipfel, den Elisa aus dem Geschäft mitgebracht hatte. Antonios Frau brachte jeden Abend eine Auswahl an nicht verkauften Backwaren mit nach Hause, die die Familie dann im Laufe des folgenden Tages verspeiste. »Sie sind zwar nicht mehr taufrisch, aber immer noch genießbar. Ich tue mich schwer damit, sie einfach an die Schweine zu verfüttern oder wegzuwerfen«, hatte sie Rosalba erklärt. Mit dieser Einstellung lag Elisa vollkommen richtig. Ihre Kreationen schmeckten auch einen Tag später noch hervorragend.

Geschirrklappern drang aus der Küche zu ihr herüber.

»*Buongiorno.*« Antonio erschien im Türrahmen zum Esszimmer. Auch er trug eine Espressotasse und einen Teller mit Gebäck in der Hand. Er und Rosalba waren um diese Uhrzeit die Einzigen, die bereits wach waren. Da Elisa einen Bäcker eingestellt hatte, reichte es, wenn sie gegen sieben Uhr vor Ort war, um die Regale einzuräumen und das Geschäft um halb acht zu öffnen. Die Mädchen hatten mit ihren Berufen als Arztgehilfin und Köchin ohnehin andere Arbeitszeiten.

Antonio setzte sich zu Rosalba an den Tisch. In kameradschaftlichem Schweigen verspeisten sie ihr Frühstück und tranken ihren Espresso. Um viertel nach sechs machte sich Rosalba schließlich auf den Weg zum Bahnhof, damit sie pünktlich zu ihrer neuen Arbeit erschien. Die Morgenluft prickelte auf ihren Wangen, und ein kühler Wind zerrte einige Haarsträhnen aus ihrer Frisur. Noch immer verbarg sich die Sonne hinter den Berggipfeln im Osten. Ein dämmriges Grau beherrschte die Atmosphäre.

Fünf Minuten nach ihrer Ankunft am Bahnhof erschien auch schon der rote Zug der Rhätischen Bahn. Rosalba war nicht die Einzige, die zur Arbeit musste. Gemeinsam mit ihr stiegen noch zahlreiche weitere Passagiere ein.

Als sie in Küblis ankam, war es Viertel vor sieben. Nach einem kurzen Fußmarsch erreichte sie den weiß-grünen Kasernenbau der Zehner Bauunternehmung. Marcel, der Inhaber, war gerade dabei, seinen Mitarbeitern Zettel zu verteilen und Anweisungen zu geben. Während einige von ihnen die Fahrzeuge mit Material und Werkzeug beluden, brausten andere bereits davon. Zwei Gabelstapler rumpelten über den Werkhof, und der Kran quietschte bei jeder Drehung.

Der fassungslose Blick und der leicht geöffnete Mund eines Angestellten verrieten Rosalbas Ankunft. Noch bevor sie Marcel Zehner erreicht hatte, wandte dieser sich um. Ein Lächeln erhellte seine Gesichtszüge. Sofort kam er auf sie zugelaufen und schüttelte ihr die Hand.

»Rosalba«, grüßte er sie, »herzlich willkommen!« Und an den Bauarbeiter, mit dem er sich eben noch unterhalten hatte, gewandt, erklärte er: »Also, Romano, das wär alles. An die Arbeit.«

»Komm mit.« Marcel legte ihr die Hand auf die Schulter und führte sie mit sanftem Nachdruck zum Büroeingang. »Ich muss noch kurz ein paar Telefonate erledigen, danach geht es los.«

Rosalba folgte ihm verwirrt und schaute den sich entfernenden Arbeiterbussen hinterher. »Sollte ich nicht mit ihnen auf die Baustelle fahren?«

Marcel lachte und zwinkerte ihr belustigt zu. »Alles der Reihe nach. Das ist dein erster Tag. Ich möchte dich nicht überfordern. Um schöne Frauen kümmere ich mich lieber persönlich.«

Gemeinsam betraten sie den Empfangsbereich und gingen dann weiter zu seinem Büro. Rosalba grüßte die Mitarbeiterin mit erhobener Hand und einem Lächeln.

»Setz dich bitte kurz.« Ihr neuer Chef legte ihr die Hand auf den Rücken, schob sie zu einem Stuhl und schloss die Bürotür hinter ihnen.

Entschlossen griff er nach dem Telefonhörer und wählte eine Nummer. »Hier ist Marcel Zehner, guten Morgen Andreas. Ich melde mich betreffend der Lieferung des neuen Baggers. Das Geld ist auf eurem Konto. Wann bringt ihr mir denn das Schmuckstück?« Er nickte einige Male zufrieden, dann legte er auf, warf Rosalba ein großspuriges Grinsen zu und gab die nächste Nummer ein.

Während ihr Chef seine Telefonate tätigte, ließ Rosalba den Blick durch sein Büro gleiten.

Auf dem Boden neben dem Schreibtisch stapelten sich Fachzeitschriften, und an der Wand hinter Rosalba standen zwei vollgestopfte Aktenschränke, auf denen sich lose Blätter und Kuverts neben einem Familienfoto mit Frau und Kindern und Modelle von Baumaschinen tummelten. Die Schreibunterlage war der einzige freie Fleck auf Zehners Pult. Ein Aschenbecher mit Büroklammern, verschiedene Bleistifte, Geodreiecke, ein Lineal sowie aufgeschlagene Bücher lagen ohne System auf dem Möbel verteilt. An der linken Wand hing die Werbeuhr irgendeines Lieferanten, wie Rosalba anhand der abgebildeten Ziegelsteine erriet. Daneben hatte Marcel einen Kalender mit nackten Frauen aufgehängt, die sich mit Werkzeug in Pose setzten.

Allmählich wurde Rosalba ungeduldig. Warum führte Marcel dermaßen wichtige Telefonate über betriebsinterne Dinge in ihrer Gegenwart? Hätte er Rosalba nicht auch bei der Empfangsdame warten lassen können? Bestimmt hätten sie unter Frauen rasch ein Gesprächsthema gefunden.

Endlich legte er auf und lächelte Rosalba zu. »Ich bin fertig. Chef zu sein ist kein einfacher Job. Wenn man nicht alles selber macht, klappt es nicht.« Sie nickte bloß anstandshalber und warf einen scheuen Blick auf ihre Armbanduhr. Beinahe eine Stunde war schon vergangen, ohne dass sie auch nur einen Handstreich gearbeitet hatte. In der Erwartung, dass sie nun endlich losfuhren, erhob sie sich und zupfte ihren Pullover zurecht.

Marcel bedeutete ihr, ihm zu folgen. Er riss die Bürotür auf und lief zur Ausgangstür, die auf den Werkhof führte. Galant hielt er sie für Rosalba auf und deutete schmunzelnd eine altmodische Verbeugung an.

»Dass wir auf dem Bau arbeiten, heißt nicht, dass wir keine Manieren haben.«

Zwischenzeitlich wusste Rosalba nicht mehr, wie sie auf dieses ständige Grinsen reagieren sollte. Höflich lächelnd lief sie an ihm vorbei.

Marcel führte sie zu seinem Firmenauto, einem froschgrünen Mazda.

»Brauche ich kein Werkzeug?«, fragte Rosalba beim Einsteigen.

»Noch nicht.« Ihr Chef schnallte sich an und lenkte den Wagen auf die Hauptstraße.

Normalerweise hätte Rosalba um diese Uhrzeit bereits ein Stück Natursteinmauer fertiggestellt. Nicht so heute. Sie war es gewohnt, die Dinge beim Namen zu nennen, also beschloss sie, Marcel auf die sonderbaren Umstände anzusprechen. Möglicherweise hatte er sie und Armanda bei dem gestrigen Vorstellungsgespräch auch falsch verstanden. Sie fasste all ihren Mut zusammen und versuchte, ihre Bedenken in einer Mischung aus Deutsch und Italienisch zu äußern.

»Marcel?«, begann sie.

»Ja?« Er wandte kurz den Kopf in ihre Richtung, bevor er sich wieder auf die Straße konzentrierte.

»Es ist nicht das erste Mal, dass ich auf einer Baustelle arbeite. Ich habe in Italien eine Lehre als *muratrice* gemacht und auch schon in der Schweiz gearbeitet. Zu Hause haben meine Mutter und ich eine eigene Firma.« Rosalba machte eine Pause, holte kurz Luft und musterte ihren Chef von der Seite. Da er keine Reaktion zeigte, fügte sie noch an: »Ich weiß, ich muss noch viel lernen, aber du kannst mich mit den Männern auf die Baustelle schicken, *senza problemi*. Setz mich einfach bei der nächsten Baustelle ab. Ich möchte nützlich sein und meinen ... Lohn, heißt es Lohn?« Zehner nickte. »... verdienen.« Nun war sie es, die ihre Worte mit einem Schmunzeln kommentierte.

Marcel reagierte nicht. Als hätte er sie entweder nicht gehört oder nicht verstanden, fuhr er von einer Baustelle zur nächsten, wobei er jedes Mal Gründe vorbrachte, warum er Rosalba gerade auf dieser Baustelle nicht arbeiten lassen konnte. Stattdessen prahlte er mit der gewaltigen Umsatzsumme der Bauten und den prestigeträchtigen Bauherren, die er zu seiner Kundschaft zählen durfte.

Der Vormittag verstrich, ohne dass Rosalba auch nur eine Maurerkelle in der Hand gehalten hätte.

Schließlich warf Marcel einen Blick auf die Uhr und erklärte: »Zeit fürs Mittagessen, bestimmt bist du hungrig.« Ohne ihre Antwort abzuwarten, stieg er in den froschgrünen Mazda und wartete, bis sie es ihm gleichtat. Rosalba kam sich vor wie ein unmündiges Kind, das mit seinem Papa auf Besichtigungstour war. Langsam wurde sie wütend. Sie war eine Mandelli, sie wusste, wie man hart anpackte. Was der ganze Zirkus an diesem Morgen bezwecken sollte, verstand sie nicht.

Zielsicher lenkte ihr Chef den Firmenwagen von der letzten Baustelle weg auf die Hauptstraße und fuhr in Richtung Klosters. Vor einem Gebäude im Landhausstil mit üppiger Blumendekoration parkte er den Wagen.

»Bitte sehr, nach dir.« Er hielt ihr die Tür auf.

Im Inneren des Restaurants empfing sie eine ruhige, von sanfter Hintergrundmusik durchdrungene Atmosphäre. Tische mit weißen Tischtüchern und Blumengestecken füllten den Raum. Schwere, gebrannte Holzbalken trugen die Decke und vermittelten dem Besucher den Eindruck, sich in einer Almhütte zu befinden. Eine freundlich lächelnde Dame, die in eine traditionelle Tracht gekleidet war, empfing sie.

»Ein Tisch für zwei zum Mittagessen?«

Marcel nickte und ließ sich einen Zweiertisch am Fenster mit Blick auf die von Passanten belebte Straße geben.

»Ich dachte mir, dass du, wenn ich dich schon zum Essen einlade, bestimmt gerne etwas aus der traditionellen Schweizer Küche kosten möchtest. Nicht jedes Gasthaus bietet Menüs mit originalen Rezepten an. Hier ist dies der Fall, die Adresse ist im gesamten Tal bekannt.«

»Du brauchst mich nicht einzuladen. Die anderen Arbeiter bezahlen ihr Essen doch auch selbst, *no*?« Rosalba schwitzte und stülpte die Ärmel ihres Pullovers bis zu den Ellenbogen ein.

Marcel legte den Kopf schief und stützte dann mit einem Lächeln das Kinn auf den Händen ab. Nachdenklich ließ er den Blick über ihre Gesichtszüge streifen.

»Rosalba, ich bin der Chef. Wenn ich sage, dass ich dein Essen spendiere, dann hat das schon seine Richtigkeit. Es ist eine Form von Wertschätzung meinerseits. Abgesehen davon kannst du dir dieses Lokal von deinem Lehrlingslohn gar nicht leisten. Es wäre also unfair, wenn ich dich deinen Teil bezahlen ließe.«

Als die Bedienung kam, bestellte er eigenmächtig zwei Gerichte, deren Namen Rosalba weder schon mal gehört hatte, noch in der Lage war, sie sich zu merken. Unmut flammte in ihr auf. Sie war durchaus in der Lage, selbst etwas auszusuchen, das ihr schmeckte. Erneut kam sie sich vor wie ein Kind. Dieses Phänomen hatte sie in der Vergangenheit schon öfters beobachtet. Weil sie die Landessprache manchmal fehlerhaft und mit Akzent sprach, klang das in den Ohren der Einheimischen oft niedlich, was dazu führte, dass man sie unterschätzte, anstatt sie ernst zu nehmen.

»Rosalba ...« Die Art und Weise, wie er ihren Namen aussprach und sie dabei ansah, ließ sie frösteln. »Erzähl mir etwas mehr über dich. Wir hatten bisher noch keine Gelegenheit, uns näher kennenzulernen. Ich begegne bei meinen Angestellten gerne Menschen und nicht Nummern.«

Sie zuckte mit den Schultern. »Das Wichtigste habe ich schon gesagt: Ich bin eine gelernte *muratrice* mit einer eigenen Firma in Italien. Ich weiß nicht, was du sonst noch wissen möchtest.«

»Hast du Familie? Kinder?« Er hob fragend die Augenbrauen und griff nach einem Stück Brot.

Sie schüttelte den Kopf.

»Wie das? Ist Italien nicht ein sehr konservatives, katholisches Land? Die meisten Frauen in deinem Alter sind doch sicher verheiratet, oder nicht?«

Sie zuckte erneut mit den Schultern. »Im Süden vielleicht. Der Norden ist moderner.«

Scherzend hob er den Zeigefinger. »Bestimmt fürchten sich die Männer vor Frauen wie dir. Du bist unkonventionell, selbstbewusst ... das ist manchen möglicherweise zu ... leidenschaftlich.« Das letzte Wort dehnte er bewusst und musterte sie dabei, um ihre Reaktion zu beobachten. Rosalba bemühte sich um einen gleichgültigen Blick. Schweigend griff auch sie nach einem Stück Brot.

»Verstehe mich nicht falsch, das war nicht als Beleidigung gemeint. Im Gegenteil. Mich faszinieren starke Frauen, aber unter den Schweizerinnen trifft man sie kaum. Vielen von ihnen fehlt ... die Glut.« Er zwinkerte.

»Mag sein. Was machen wir nach dem Essen?« Seinem Blick ausweichend, wechselte Rosalba das Thema. Gottlob brachte die Bedienung in diesem Augenblick das Essen.

»Geschnetzeltes und Rösti, ein stets beliebter Klassiker«, erklärte ihr Marcel das Gericht, das er für sie bestellt hatte. Sein Teller dagegen war mit grünen Krautwickeln und einer Kraftbrühe mit Sahne gefüllt. »Capuns«, kommentierte er ihren fragenden Gesichtsausdruck. »In Mangoldblätter gewickelte Teigrollen mit Trockenfleischstückchen.« Er griff nach dem Besteck und schnitt sich ein mundgerechtes Stück zurecht.

»Nach dem Essen versuchen wir, dich an einem Ort unterzubringen.«

Rosalba ließ seine Worte unkommentiert, weshalb sie den Rest der Mahlzeit in Schweigen verbrachten. Immer wieder spürte sie Marcels Blick auf sich ruhen, doch sie gab vor, sich auf ihren Teller konzentrieren zu müssen.

Gegen halb zwei brachen sie endlich auf und fuhren tatsächlich zu einer Baustelle. Doch erneut wiederholte sich das Schauspiel vom Vormittag. Während Rosalba dazu verdammt war, am Rande des Platzes zu warten, besuchte Marcel seine Mitarbeiter. Und stets kam er mit derselben vernichtenden Nachricht zurück: Die aktuellen Tagesarbeiten ließen es nicht zu, einen Lehrling einzuführen.

Gegen Abend kehrten sie zum Werkhof zurück, ohne dass Rosalba auch nur einen Finger gekrümmt hatte. Frust nagte an ihr. Die Vorfreude und die Aufregung, endlich auf einer fremden Baustelle zu stehen, waren verpufft.

»Komm doch noch rasch mit in mein Büro, damit wir den Arbeitstag gemeinsam abschließen können.« Marcel ging voran und trat durch die grüne Tür ins Gebäude. Rosalba bemühte sich nicht einmal mehr, ihr Befremden aus ihrem Gesicht zu verbannen. Ihr Chef schien dies jedoch geflissentlich zu ignorieren.

Mit einem Seufzen ließ er sich in den Ledersessel hinter seinem Schreibtisch fallen und bot Rosalba den Platz gegenüber an. Genau wie am Morgen. Er strich sich die Haare aus der Stirn und zupfte seinen Schnurrbart zurecht.

»Ah ... was für ein Tag. Ich bin zu absolut nichts gekommen, aber das wusste ich ja. Eine persönliche Einführung verlangt stets Opfer, wenn man es gemächlich und korrekt angehen will.«

Rosalba sah ihn an. Hatte er ihr wirklich nicht zugehört, als sie ihm gesagt hatte, dass sie keine Einführung brauchte? »Soll ich morgen etwas früher zur Arbeit kommen, damit ich den anderen beim Aufladen des Werkzeugs und des Materials helfen kann?«, bot sie an.

»Aber nein! So schnell werfen wir dich noch nicht ins kalte Wasser. Sonst hätte ich dich als Zuarbeiter einstellen und dir einen entsprechenden Leistungslohn bezahlen können. Dann würdest du allerdings absolut nichts lernen. Morgen versuche ich, für dich eine Einführung mit persönlicher Betreuung durch einen Maurerpolier und einen für dich zuständigen Baustellenpaten zu organisieren.« Zehner schenkte ihr ein gönnerhaftes Lächeln.

»Das klingt gut.« Rosalba seufzte innerlich und hoffte, dass er seine Ankündigung auch wirklich wahr machte. Möglicherweise hatte es sich ja doch gelohnt, den Kauz und sein Geschwätz einen Tag lang zu ertragen.

»Ach, bevor ich es vergesse: Hast du heute Abend schon was vor? Ich würde dich zum Abschluss des Tages gerne zum Essen einladen.« Marcel hob den Blick und sah sie erneut mit diesem unheimlichen, durchdringenden Blick an, wie er es schon den gesamten Tag über getan hatte.

Rosalba war von der Frage dermaßen überrumpelt, dass ihr die Worte im Hals stecken blieben. Hitze schoss ihr ins Gesicht. »Ich ... ähm ... heute geht es nicht.«

»Und an einem anderen Abend diese Woche? Sieh mal, ich habe das Gefühl, dass wir uns sehr gut verstehen würden. Wir sind aus demselben Holz geschnitzt, du und ich. Unsere Passion ist das Bauen. Ich bin noch nie einer Frau von deinem Kaliber begegnet. Du faszinierst mich, offen gestanden.«

Rosalba schluckte leer und wich seinem Blick aus. »Das ehrt mich, aber ... was ist mit deiner Frau und den Kindern? Du bist *sposato, no?*« Es war nicht wirklich als Frage gemeint.

Schnaubend faltete Zehner die Hände vor sich auf dem Schreibtisch und starrte Rosalba an. »Meine Frau lässt mich verhungern, wenn du verstehst, was ich meine. Dafür verprasst sie mein hart erarbeitetes Geld. Ich bin Karin nichts schuldig. Mach dir keine Sorgen, ich bin ihr überdies reichlich egal.«

»Ich bin keine ... wie nennt ihr das ... *amante?*« Rosalba presste den Mund zusammen und verschränkte die Arme vor der Brust.

Marcel schüttelte eilig den Kopf. »O, für mich wärst du weit mehr als das, Rosalba. Ich respektiere deine Leidenschaft für das Bauen. Das würde ich dir natürlich nicht nehmen.«

»Ich möchte einfach nur arbeiten. Nichts anderes.« Sie sah ihn an, ohne eine Miene zu verziehen.

Marcel musterte sie schweigend. Seine braunen Augen wurden dabei eine Nuance dunkler, und ein Muskel zuckte an seinem Kiefer.

»Überleg es dir in Ruhe, Rosalba. Zusammen können wir einiges erreichen. Du könntest meine rechte Hand werden. Wir wären eine starke Allianz. Ungewöhnlich und schön anzusehen.« Mit diesen Worten wandte er sich einem Stapel Blätter auf seinem Schreibtisch zu und beachtete Rosalba nicht weiter.

»Danke, Marcel, aber die Arbeit als einfache *muratrice* reicht mir«, erklärte Rosalba ruhig. Sie erhob sich und ging zur Tür. »Ich wünsche dir einen schönen Abend und ... danke, dass du mir diese Chance gibst.« Es kostete Rosalba einiges an Überwindung, sich zu bedanken.

Kapitel 11

Der Wecker klingelte dieses Mal eine halbe Stunde früher als am Vortag. Obwohl ihr Chef nicht verlangt hatte, dass sie vor sieben Uhr zur Arbeit erschien, beschloss Rosalba, genau dies zu tun und sich einfach ohne Anweisung nützlich zu machen. Vielleicht bemühte er sich dann eher, einen Platz auf der Baustelle für sie zu finden.

Wie zuvor entschied sie sich für ein schlichtes, arbeitstaugliches Tenue. Sie flocht sich die Haare und schminkte sich dezent, bevor sie sich unten im Esszimmer einen Espresso und ein Gebäck gönnte.

»Du bist aber früh heute«, begrüßte Antonio sie erstaunt, als er die Treppe hinunterkam und sie schon an der Haustür stehen sah.

Rosalba nickte entschlossen und verabschiedete sich von ihrem Verwandten. Energischen Schrittes lief sie zum Bahnhof. Wolken bedeckten den Himmel wie ein grauer Betondeckel. Die Nacht war noch nicht einmal dem Zwielicht gewichen, sondern lastete dunkel und schwer auf den Feldern und Häusern. Die Straßenlaternen waren noch nicht ausgeschaltet worden, und in einzelnen Fenstern brannte Licht und fiel kegelförmig auf den Asphalt. Gemeinsam mit Rosalba eilten zahlreiche Leute mit eingezogenen Köpfen durch die morgendliche Dämmerung der Bahn entgegen.

Ein eisiger Wind fegte um die Häuserecken und zerrte ein paar Haarsträhnen aus ihrem Zopf.

Sie zog sich die Jacke enger um den Leib und unterdrückte ein Zähneklappern. Endlich fuhr die Rhätische Bahn ein.

Als sie Küblis um halb sieben erreichte, herrschte auf dem Werkhof bereits reges Treiben. Im Licht der Außenscheinwerfer wimmelte es auf dem Vorplatz des Gebäudes wie in einem Ameisenhaufen. Gabelstapler luden Bretter und Rohre auf den Lastwagen, Säcke, Kessel und Kleinmaterial wurden in die Transporter verladen, und der Werkhofkran ließ große Gitternetze durch die Luft schweben.

Rosalba trat auf einen rundlichen Mann um die fünfzig zu, in dem sie einen Gruppenführer vermutete, weil er den anderen mit lauter Stimme und herrischen Bewegungen Anweisungen gab, während er auf seinem Klemmbrett herumkritzelte.

»*Buongiorno*, ich bin Rosalba, die Neue.« Sie hielt ihm höflich die Hand hin. Seinem verwirrten Blick entnahm sie, dass er von ihrer Anstellung keine Kenntnis hatte. »Ich bin der neue Lehrling. In Italien habe ich aber *muratrice* gelernt.« Ein Lächeln sollte ihre motivierte Einstellung zum Ausdruck bringen.

Der Mann mit dem grau melierten Haar und dem leichten Doppelkinn starrte sie fassungslos an. »Wir beschäftigen hier keine Weiber. Wäre ja das Allerneuste. Muss ein Missverständnis sein.«

Sie schüttelte vehement den Kopf. »Nein. Ich war gestern auch hier und den ganzen Tag mit Marcel Zehner unterwegs. Heute soll ich das erste Mal auf eine Baustelle. Wobei kann ich helfen?« Motiviert schob sie die Ärmel ihrer Jacke etwas zurück.

Der bullige Fünfziger legte den Kopf in den Nacken und gab ein boshaftes Lachen von sich. Dann hob er die Hand und bedeutete ihr zu warten. »Ich rufe Marcel. Keine Ahnung, was das soll. Einen Augenblick bitte, gnädige Frau.« Den letzten Teil des Satzes würzte er mit einem spöttischen Grinsen.

Die Arme vor der Brust verschränkt, blieb Rosalba stehen und wartete. Zu ihrer Erleichterung tauchte der Gruppenführer kurze Zeit später mit Marcel im Schlepptau wieder auf. Rosalba hob die Hand zum Gruß.

»Guten Morgen! Ich wollte mithelfen, aber man glaubt mir nicht, dass ich hier arbeite.« Sie grinste und strich sich eine lose Haarsträhne aus dem Gesicht.

Der Mann musterte seinen Chef mit einem mehrdeutigen Blick und zog fragend die Augenbrauen hoch. Offenbar hielt er das alles für einen Scherz.

Rosalba wollte auf ihren Arbeitgeber zugehen, um ihm die Hand zu reichen, hielt jedoch mitten in der Bewegung inne, als sie den kalten Ausdruck in seinen Augen und den harten Zug um seinen Mund sah.

»Frau Mandelli, gestern haben Sie mir mitgeteilt, dass Sie kein Interesse haben, in meiner Firma zu arbeiten. Ich verstehe also nicht, was Sie hier tun. Ihr Verhalten wirft tatsächlich Fragen auf, und Sie behindern meine Mitarbeiter bei den Vorbereitungen.«

Fassungslos starrte Rosalba Marcel an und suchte nach einem scherzhaften Glitzern in den dunklen Augen. Hatte sie ihn womöglich falsch verstanden? Warum siezte er sie wie eine Fremde?

Sie wollte gerade Luft holen, um etwas zu erwidern, doch er schnitt ihr mit einer herrischen Bewegung das Wort ab.

»Es reicht jetzt. Ich meine es ernst. Frauen haben hier nichts zu suchen, das ist zu gefährlich. Dazu kommt: Ausländer, die die Landessprache nicht vernünftig beherrschen, können nicht eingesetzt werden. Man kann Ihnen ja nicht mal Ihre Aufgaben richtig erklären.«

Als sie ihn immer noch konsterniert anstarrte und versuchte, das irrwitzige Schauspiel einzuordnen, kam er näher und beugte sich zu ihr herab. »Sie. Nicht. Hier. Arbeiten. *Capisce?*«

Mit einer wütenden Geste strich er sich die Haare aus dem Gesicht und zupfte seinen Schnurrbart zurecht. Der Mann musste komplett von Sinnen sein.

Empört über so viel Dreistigkeit trat Rosalba einen Schritt zurück.

»Ich bin nicht taub oder dumm, *Marcel*. Mein Deutsch ist gut genug, ich verstehe, was hier passiert. Du denkst vielleicht, Italien ist *conservativa* und *cattolica*. Aber bei uns gilt das Wort eines Mannes. Es sei denn, er ist kein echter Mann.«

Sie hob das Kinn und warf ihm einen glühenden Blick zu, in den sie jede Form der Verachtung legte, die sie aufbringen konnte. Er erwiderte ihren Blick kalt.

»Soweit ich weiß, hatten wir nie einen schriftlichen Vertrag. Es muss sich also um ein Missverständnis handeln. Die Sprachbarriere, vermute ich mal.« Ein böses Funkeln belebte seine Augen. An der Schläfe pochte eine Ader.

»Wie ich schon sagte: Ich habe verstanden. Ein Mann, eine Lüge.« Mit diesen Worten machte Rosalba auf dem Absatz kehrt und marschierte davon.

Während sie zum Bahnhof lief, spürte Rosalba, wie Wut und verletzter Stolz ihr die Tränen in die Augen trieben. Der gespielt charmante Bauunternehmer hatte sie von Anfang an reingelegt! Energisch wischte sie die Tränen mit dem Ärmel ihrer Jacke fort.

Als der Zug Richtung Klosters und Davos in den Bahnhof einfuhr, hatte sie sich so weit beruhigt, dass sie wieder ruhig und klar denken konnte. Marcel Zehner hatte ihr übel mitgespielt, aber so einfach würde sie sich nicht unterkriegen lassen. Rosalba atmete tief durch und beschloss, den angebrochenen Tag aktiv zu nutzen. Anstatt den Zug nach Hause zu nehmen, würde sie in die entgegengesetzte Richtung fahren und an den größeren Haltestellen aussteigen, nach Bauunternehmen fragen und sich dort vorstellen. Zwar hatte sie weder ihren Lebenslauf, noch Armanda als zuverlässige Übersetzerin dabei, doch irgendwie würde sie das schon hinkriegen. Schließlich würde sie nichts erreichen, wenn sie sich jetzt heulend in ihr Zimmer bei Antonio und Elisa einschloss. Die Rebellen-Gene ihrer verstorbenen Bisnonna Camilla ließen das nicht zu.

Mit erhobenem Kopf stieg sie also in der nächsten Ortschaft aus und ließ sich den Weg zu einem nahe gelegenen Bauunternehmen zeigen. Dasselbe Spiel wiederholte sie an diesem Tag noch Dutzende Male.

Mein Name ist Rosalba Mandelli, ich bin gelernte Maurerin aus der Lombardei … Weiter kam sie meistens nicht, bevor man sie erneut zum Ausgang begleitete, und das mit immer denselben scheinheiligen Begründungen:

»Wir haben schlechte Erfahrungen mit Ausländern gemacht.«

»Frauen behindern nur die Arbeit auf der Baustelle.«

»Wenn ihr Tschinggen zu eitel seid, um unsere Sprache korrekt zu sprechen, können wir euch auch nicht helfen.«

»Probearbeiten? Wozu denn? Für so einen Schwachsinn haben wir weder Zeit noch Geld.«

»Lernen Sie doch zuerst mal einen anständigen und Ihrem Geschlecht angemessenen Beruf sowie unsere Landessprache, Fräulein, bevor Sie uns mit Anfragen belästigen.«

Die Sonne näherte sich bereits dem Horizont, als Rosalba müde und mit hängenden Schultern aus dem Zug stieg und den Heimweg zu Antonios Haus in Angriff nahm. Lange Schatten streckten ihre Finger die Abhänge hinunter und hauchten dem Tal eisige Kälte ein.

Eine eiserne Faust presste Rosalbas Herz zusammen und erschwerte ihr das Atmen. Ihre Rücken- und Nackenmuskulatur war steif und schmerzte, als hätte sie jemand geprügelt.

»Hallo!«, rief sie, als sie das Haus betrat. Gerade wollte sie die Treppe ins obere Stockwerk nehmen und sich einen Augenblick verkriechen, als Elisa und die Mädchen mit geröteten Wangen und aufgeregt hochgezogenen Augenbrauen in der Tür zum Wohnzimmer erschienen.

»Und? Warst du heute endlich auf der Baustelle? Hast du es den Jungs gezeigt?« Armanda unterstrich ihre Worte mit einer lebhaften Gestik, doch Erika, die sofort spürte, dass etwas nicht stimmte, legte ihr die Hand auf den Arm, um das Herumfuchteln zu unterbinden.

»Ich glaube, Rosalba braucht einen Moment für sich.« Hellbraune, sensible Augen musterten sie.

Rosalba nickte knapp, wandte den Blick ab und stieg die Treppe hinauf, die bei jedem ihrer Schritte knarzte.

Als es Zeit zum Abendessen war, nahm Rosalba wortlos auf der Eckbank neben Armanda und Erika Platz. Die wenigen Gespräche über das Essen und den vergangenen Tag erstarben augenblicklich, als Antonio sie ansah und mitten im Satz abbrach.

»Rosalba, *cara*, was ist los?« Besorgt strich er ihr mit der Hand über den Unterarm.

»Zehner hat mich einfach auf die Straße gestellt.« Die Worte verließen ihren Mund als monotoner Tatsachenbericht, der klang, als habe ihn ein gefühlloser Roboter ausgesprochen.

»Was?! Wie geht denn das?« Antonio legte das Besteck nieder und starrte sie entsetzt an.

Sie zuckte mit den Schultern. Taubheit lähmte sie, sodass es ihr schwerfiel, überhaupt zu reden. »Er hat mich heute Morgen vom Werkhof gejagt, als ich beim Aufladen helfen wollte. Er sagt, wir haben keinen Vertrag, und ich bin nicht angestellt. Das alles ist angeblich ein ... Missverständnis.« Sie presste die Lippen zusammen und starrte auf die Tischplatte. Tapfer blinzelte sie das Brennen aus ihren Augenwinkeln.

»Aber ich war doch dabei, als er dir den Job angeboten hat! Als Lehrling!« Armanda warf empört die Hände in die Luft und schüttelte echauffiert den Kopf. Ihre Wangen glühten, und die blauen Augen sprühten förmlich Funken.

»Das hat er, ja. Aber es gibt keinen schriftlichen Vertrag. Er behauptet, ich habe ihn falsch verstanden. Weil ich so schlecht Deutsch spreche.« Sie zuckte resigniert mit den Schultern.

Armanda schlug mit der Faust auf den Tisch, dass das Geschirr schepperte. »Dieser Schweinepriester! Wieso ändert er einfach seine Meinung? Zuerst kutschiert er dich einen vollen Tag lang durch die Gegend, gibt dir nicht einmal die Möglichkeit, deine Fähigkeiten zu beweisen, und nun lässt er dich fallen wie eine heiße Kartoffel! Was soll das?«

»Vermutlich hat er sie angebaggert, und sie ist nicht darauf eingegangen. Wenn man diese platten Avancen ablehnt, schlägt einem als Rache sofort Fremdenhass und Sexismus entgegen.« Alle wandten sich entsetzt der sonst eher wortkargen Erika zu.

»Wie meinst du das, Liebes?« Elisa musterte ihre Tochter verwirrt. Diese zuckte ebenso resigniert die Schultern, wie es Rosalba getan hatte.

»So etwas erlebe ich oft. Aufgrund meines südländischen Aussehens fühlen sich manche Männer offenbar dazu berufen, mir den Hof zu machen. Wenn ich ihnen dann höflich mitteile, dass ich nicht interessiert bin, schlägt die Freundlichkeit in Hass und Beleidigungen um.« Erika nahm einen Schluck Tee aus ihrer Tasse.

Elisa starrte ihre Tochter noch immer mit halboffenem Mund an, als hörte sie das zum ersten Mal. »Du hast nie etwas gesagt, Schatz. Was ... was sagen sie denn?«, fragte sie mit zitternden Lippen.

Erika hob ruckartig den Kopf. »Tschinggen-Schlampe. Arrogante Tschinggen-Brut, um nur zwei Beispiele zu nennen. Warum hätte ich euch das erzählen sollen? Ihr hättet euch nur unnötig gesorgt. Mein Beitrag sollte nicht für allgemeines Entsetzen beim Abendessen sorgen, sondern mein Verständnis und Mitgefühl für Rosalba ausdrücken.«

Elisa erblich bei den Worten ihrer Tochter, dann wandte sie den Kopf und sah Rosalba an.

»Stimmt das?«

Die nickte stumm. »Zehner hat mich zum Mittagessen eingeladen und wollte sich auch am Abend mit mir treffen.« Sie seufzte. »Ich habe es natürlich abgelehnt. Als ich dann heute Morgen auf den Werkhof kam, hat er mich beleidigt und weggeschickt. Ich habe es hingenommen und bin gegangen. Und weil ich nicht aufgeben wollte, bin ich den ganzen Tag von einer Firma zur nächsten gefahren und habe mich weiter beworben.« Sie senkte den Blick.

»Und?« Armanda hob fragend die Augenbrauen.

Rosalba schüttelte den Kopf. »Nichts. Ich musste mir zahlreiche rassistische und sexistische *commenti* anhören. Ah!« Sie warf wütend die Hände in die Luft. »Und jetzt bin ich eine unerwünschte, arbeitslose Fremde.«

»Das ... ist wirklich furchtbar.« Antonio musterte sie mit einem betrübten Blick. »Ich habe mich in Marcel Zehner wohl getäuscht. Das hätte ich ihm wirklich nicht zugetraut. Soll ich ihn anrufen und die Sache klären?«

Rosalba schüttelte vehement den Kopf. »Bitte nicht, das wäre mir sehr unangenehm. Danke trotzdem.«

»Entschuldigt, wenn ich die Diskussion hier kurz unterbreche, aber der Schinken und der Kartoffelbrei werden kalt«, meldete sich Elisa kleinlaut zu Wort und verzog entschuldigend den Mund.

»Ja, lassen wir das gute Essen nicht kalt werden. Das ist es nicht wert!« Rosalba erhob sich, nahm den Deckel vom ersten Topf und schöpfte den anderen Familienmitgliedern Kartoffelpüree.

Während des gesamten Abendessens sprach niemand mehr ein Wort. Erst als sie mit vollem Bauch und leerem Teller am Tisch saßen, räusperte sich Antonio mit einem rasselnden Hüsteln.

»Was hältst du davon, wenn du wieder bei mir anfängst, Rosalba? Ich konnte dich letztes Jahr sehr gut gebrauchen.«

Rosalba sah ihren Verwandten eine Weile lang nachdenklich an. »Das ist lieb von dir, Antonio, aber dieses Angebot kann ich nicht annehmen. Ich habe dir von Anfang an versprochen, dass ich mich um Arbeit kümmern und euch für eure Gastfreundschaft etwas bezahlen würde. Ich kann nicht von dir verlangen, dass du mich beschäftigst, damit ich kostenlos hier wohnen und essen kann. Wenn die Saison schlecht läuft, hast du nicht einmal genug Aufträge für uns beide. Es wäre mir nicht recht, wenn du dich für mich aufopferst. Im schlimmsten Fall kehre ich einfach nach Italien zurück, meine Mutter wäre bestimmt nicht traurig.«

Bei dem bloßen Gedanken daran, ihr Abenteuer dermaßen schnell und unrühmlich abbrechen zu müssen, zog sich Rosalbas Magen zusammen. Dazu kam, dass sie sich schwer damit tat, ihrer Mutter gegenüber einzugestehen, dass diese mit ihren Befürchtungen richtiggelegen hatte und die Reise in die Schweiz eine schlechte Idee gewesen war. Aber das war sie nicht, oder? Rosalba dachte an Remo, und sofort breiteten sich Wärme und Sehnsucht in ihr aus. Nein, sie konnte jetzt unmöglich nach Argegno zurückkehren, ausgeschlossen.

Antonio schüttelte den Kopf. »Aber nein, ich würde es dir sagen, wenn es nicht geht. Mein Geschäft ist bescheiden, ich könnte es mir gar nicht leisten, dich einfach aus Mitleid zu beschäftigen. Tatsächlich werde ich gerade mit Anfragen überhäuft. Im Moment könnte ich deine Hilfe also sehr gut gebrauchen, auch wenn ich dir nicht versprechen kann, dass es sich in drei Monaten immer noch so verhält. Aber ...« Er machte eine Pause und setzte einen zerknirschten Gesichtsausdruck auf. »Ich kann dir nicht garantieren, dass wir Marcel Zehner nicht über den Weg laufen. Es kommt oft vor, dass ich als Subunternehmer für ihn arbeite oder der Architekt mich direkt als Handwerker für Spezialarbeiten auf einer Zehner-Baustelle engagiert. Daher kannte ich ihn ja schließlich.«

Rosalba ließ seine Worte einen Augenblick wirken und dachte nach. Als sie seufzte, sahen die anderen sie gespannt an. Es war das erste Mal, dass sich die zähflüssige Schwere und der Schmerz in Rosalbas Innerem lichteten. Rebellion kribbelte in ihren Adern, als sie eine gerade Haltung einnahm und ihren Verwandten mit glühendem Blick ansah.

»Mit Vergnügen, Antonio! Und was Zehner anbelangt ... viel eher sollte er sich fürchten, *mir* zu begegnen!«, verkündete Rosalba und schlug mit der flachen Hand auf den Tisch.

Ein Lächeln erhellte Antonios Gesichtszüge, die in dem fahlen Licht der Deckenlampe eingefallen wirkten. »Natürlich. Du kannst gleich morgen zum Dienst antreten, wenn du dich dazu in der Lage fühlst. *Va bene?*«

Ein breites Grinsen zog Rosalbas Mundwinkel nach oben.

»Was denkst du denn? Ich bin schließlich eine Mandelli. Wir treffen uns pünktlich zu unserem morgendlichen *caffè* in der Küche. Zeigen wir den Schweizern, wie man richtig baut!«

Antonio zwinkerte ihr zu, wurde aber von Armandas emotionalem Wirbelsturm überfahren.

»Jawohl! *Viva l'Italia!*« Und mit einem Blick in das konsternierte Gesicht ihrer Mutter: »Und natürlich auch die Schweiz.«

Kapitel 12

Obwohl Remo in der nächsten Ortschaft, in Saas, wohnte, traf Rosalba sich mit ihm in Klosters, um dort im Supermarkt einzukaufen. Als der Zug in den Bahnhof einfuhr und mit quietschenden Bremsen zum Stehen kam, sah sie ihn bereits warten. Sie winkte ihm im Vorbeifahren zu, doch er erkannte sie nicht.

Beim Aussteigen rief Rosalba seinen Namen. Sofort schnellte Remos Kopf zur Seite, und ein freudiges Lächeln zog seine Mundwinkel nach oben. Mit wenigen Schritten war er bei ihr und umarmte sie. Rosalba schloss genießerisch die Augen und sog seinen herben Duft ein.

»Hast du schon eine Idee, was wir kochen wollen?«, fragte er, während sie zum Lebensmittelladen liefen. Dabei blitzte das Blau seiner Iris neugierig auf.

Rosalba nickte. »Die habe ich. Zur Vorspeise servieren wir eine Suppe mit Karotten, Eiern, Safran, Thymian und Käse, danach *ossobuco alla milanese*, aber nach dem Rezept meiner Urgroßmutter, und zum Dessert *budino alla vaniglia e caramello.* Ich glaube, das nennt ihr bei euch Karamellpudding.« Rosalba musterte ihn von der Seite her. »Was denkst du?«

»Klingt hervorragend!« Remo bedeutete ihr, der Straße zu folgen. »Und wie war deine erste Woche bei Zehner? Seit unserem Telefonat habe ich viel an dich gedacht, und daran, wie es dir wohl ergangen ist.«

Das Thema ließ Rosalbas Stimmung augenblicklich in den Keller sinken. Vermutlich sah man es ihrer Mimik an, denn er fragte bestürzt: »Haben sie dich schlecht behandelt?«

Rosalba schnaubte und konnte den Anflug von Verbitterung nicht gänzlich aus ihrer Stimme verbannen. »So weit kam es gar nicht. Zehner hat mich bereits am zweiten Tag kommentarlos auf die Straße gestellt und behauptet, wir hätten uns falsch verstanden.«

Remo blieb wie angewurzelt stehen und starrte sie mit offenem Mund an. »Unfassbar. Was ist denn passiert? Ich meine, ich kenne Marcel. Er ist charmant, gut ausgebildet, setzt sich leidenschaftlich für die Branche ein, besetzt zahlreiche Ämter ...« Er musterte sie fragend.

»Ich denke, dass ich ihn in seiner Männlichkeit verletzt habe, weil ich es abgelehnt habe, privaten Kontakt zu ihm zu pflegen.«

Remo riss entsetzt die Augen auf. »Du nimmst mich auf den Arm, oder? Marcel ist verheiratet und hat zwei kleine Kinder.«

»Es stimmt. Ich glaube, er dachte, ich bin *stupida.*« Sie warf wütend die Hände in die Luft. »Er hat mich behandelt wie ein Kind und gleichzeitig behauptet, er würde mich zu seiner Partnerin machen. Dabei wollte er nur eine *amante*!« Rosalba seufzte und ließ die Hände fallen.

Betroffenheit zeigte sich nun in Remos Mimik. »Das ist grauenhaft, Rosalba. Ich schäme mich für meinen Landsmann. Glaub mir, meine Freunde freuen sich, dich und deine Kultur kennenzulernen. Jeder Einzelne von ihnen neidet mir meinen wunderschönen Kurztrip ins Intelvi-Tal vom Januar. Marcels Verhalten ist pietätlos und unprofessionell. Vielleicht spreche ich ihn einmal darauf an.« Er setzte sich wieder in Bewegung.

Rosalba legte ihm hastig eine Hand auf den Unterarm. »Nein, bitte nicht. Antonio arbeitet manchmal mit ihm zusammen, ich möchte Zehner nicht wütend machen und Antonio Ärger bereiten. Das ist es nicht wert. Ich werde von jetzt an für Antonio arbeiten, wie letzten Sommer. Wenn ihm die Aufträge ausgehen, kehre ich früher nach Italien zurück.«

Remo nickte, doch ein Schatten legte sich über seine Gesichtszüge. »Gut. Das verstehe ich. Ich hoffe jedenfalls, dass du dem Idioten nicht noch mal über den Weg läufst, damit du deine Ruhe hast.«

»Ja, das hoffe ich auch.« Rosalba nickte.

Endlich erreichten sie ihr Ziel, den Lebensmittelladen. Rosalba diktierte Remo, was sie für das Menü alles benötigten, und er füllte den Einkaufswagen.

Plötzlich trat eine Frau zu ihnen.

»Remo, hallo!« Die Frau lächelte erfreut. Sie hatte kinnlange schwarze Haare und dunkelbraune Augen. Rosalba schätze sie etwas älter als sich selbst.

»Daniela! Auch beim Wochenendeinkauf?«, erwiderte Remo ihren Gruß mit einem höflichen Lächeln, und Rosalba tat es ihm gleich. Erst jetzt schien die Bekannte zu bemerken, dass Rosalba zu Remo gehörte.

»Ja, wie du wohl auch ...« Ihr Blick schweifte fragend über Rosalbas Gestalt.

Remo reagierte sofort. Er legte Rosalba den Arm über die Schulter und zog sie näher zu sich heran. »Entschuldige, das ist Rosalba, eine Freundin aus Italien. Und das ist Daniela. Sie hat mit mir die Grundschule besucht und arbeitet auf dem Bauamt der Gemeindeverwaltung Klosters.«

»*Piacere.*« Rosalba reichte der Dunkelhaarigen die Hand. Diese erwiderte die Begrüßung mit einem Lächeln, das ihre Augen nie erreichte. Sofort wandte sie den Blick von Rosalba ab und schaute wieder Remo an. Ein roter Schimmer färbte ihre Wangen.

»Deine Anfrage ist auf meinem Tisch gelandet. Vielleicht hast du kommende Woche kurz Zeit vorbeizukommen, damit wir alles in Ruhe besprechen können? Falls es für dich besser passt, natürlich auch gerne bei einem Mittagessen.« Daniela legte den Kopf schief und schob sich eine Haarsträhne hinter die Ohren.

»Ich bin Dienstagvormittag ohnehin für einen Kundentermin in der Gegend und könnte gegen zehn kurz bei dir vorbeischauen. Ginge das?« Remo lächelte und verschränkte die Arme vor der Brust.

»Wie du möchtest ... ich bin im Büro.« Enttäuschung schwang in Danielas Stimme mit. »Dann ... wünsche ich dir noch ein schönes Wochenende.« Sie nickte Rosalba zum Abschied kurz zu und wandte sich dann ab.

Eine halbe Stunde später verließen Rosalba und Remo das Lebensmittelgeschäft mit mehreren vollgepackten Einkaufstüten. Sie stiegen in Remos orangefarbenen Golf und nahmen den kurzen Weg nach Saas in Angriff.

Die Bergketten zu beiden Talseiten bildeten am Horizont ein dicht bewaldetes V. Im Dunst der Ferne zeichneten sich die Umrisse weiterer Alpengipfel ab, deren Spitzen weiß in den blauen Himmel ragten. Nebelschwaden kauerten in den Seitentälern und den Vertiefungen der Abhänge. Die

Straße selbst wurde von braungrünen Wiesen und Bauernhöfen gesäumt.

Das Ortsbild von Saas entsprach der typischen Mischung, die man bei Schweizer Siedlungen auf dem Land antraf: Alte, von der Sonne dunkel gebrannte Holzhäuser mit bunten Fensterläden wechselten sich mit Neubauten ab, deren weiße Fassaden im Sonnenlicht leuchteten. Praktisch jedes Haus war mit einem großzügigen, mit Rasen und Büschen ausgestatteten, eingezäunten Garten versehen.

Remos Wohnung befand sich in einem Mehrfamilienhaus etwas unterhalb der Hauptstraße. Sie trugen die Einkäufe in den Aufzug. Rosalba war unheimlich gespannt, wie sein Zuhause aussah. Erstaunt riss sie die Augen auf, als er ihr die Tür öffnete und sie einen von Sonnenlicht durchfluteten Raum mit großzügiger Fensterfont und Balkon betrat. Ein gemauerter Kamin verlieh dem Wohnzimmer eine nostalgische und heimelige Atmosphäre. Karamellfarbene Holzmöbel schmiegten sich an die cremeweißen Wände. Stoffsessel und ein Sofa in verblichenem Moosgrün standen ordentlich drapiert um einen Salontisch mit staksigen, dünnen Holzbeinen herum.

Weiße Vorhänge mit Quadraten in verschiedenen Grünschattierungen flankierten die Fenster und Türen, die auf den Balkon führten. Die Decke über ihrem Kopf bestand ebenso aus hellem Holz wie die Küchentheke, die Eckbank und die dazu passenden Stühle. Bunt gemusterte Teppiche, die jedoch die Farbe Grün immer wieder dezent aufgriffen, bedeckten den Großteil des sandfarbenen Holzbodens. Im Eingangsbereich der Wohnung stand ein weißer Schirmständer mit verspielten Drahtbeinen und daneben eine schwarz-gold gestreifte Kommode mit denselben hohen, schlanken Beinen wie der Salontisch. Darüber hing ein rechteckiger Spiegel, der an den Ecken bereits erblindete.

»Die Wohnung ist ja riesig!« Rosalba drehte sich einmal um die eigene Achse und entdeckte noch weitere Türen, die vom Hauptraum in angrenzende Zimmer abzweigten.

»Ich bin ganz glücklich damit«, scherzte Remo und zwinkerte ihr belustigt zu. Er trug die Einkäufe in die nach vorne hin offene, durch eine Theke abgegrenzte Küche.

»Offenbar kochst du gerne«, vermutete Rosalba, als sie die Ausmaße der Kochecke mit den zahlreichen Schränken und dem mannshohen Kühlschrank erblickte.

»Freunde einzuladen und zu bekochen ist tatsächlich ein Hobby von mir.«

»Und das hier?« Rosalba betrachtete die überall im Raum verteilten Miniaturmodelle von äußerst eigenwilligen Häusern. Remo hatte aus Plastikbehältern, Holzresten, Draht, Gips, Karton und Steinen Gebilde erschaffen, die sie in dieser Kombination noch nie gesehen hatte. Remo trat neben sie und nahm eines der Objekte in die Hand.

»Wie ich deiner Mutter bereits erklärt habe, folge ich beim Bauen dem Konzept eines Parfüms: Basis-, Herz- und Kopfnote entsprechen hier der Vergangenheit, der Gegenwart und dem Visionären. Gerade beim Neuen, dem Zukünftigen, möchte ich die Einflüsse fremder Kulturen mit einfließen lassen. Deshalb kam ich nach Italien. Das hier ist beispielsweise ein Haus, das außen wie ein altes römisches Domus aussieht, innen jedoch ganz modern ausgebaut ist. Als Dach habe ich eine Pyramide aus Glas gewählt.« Er lief weiter und griff nach einem sperrigen Holzgebilde. »Das Trojanische Pferd, neu aufgesetzt: eckig, mit zeitgemäßem Innenleben, Glasfronten, einer Loggia mit Holzgeländer – und selbstverständlich motorisiert.« Ein vergnügtes Schmunzeln verzog seine Mundwinkel, als er Rosalbas ungläubigen Gesichtsausdruck sah.

»Wie du weißt, haben wir Mandellis auch eine Passion für das Archaische.« Die Parallelen wurden ihr erst jetzt vollends bewusst, obwohl Remo genau das bereits bei seinem Besuch in Argegno angedeutet hatte. In diesem Augenblick erinnerte sich Rosalba wieder an die Worte ihrer Freundin Catarina.

Ihr seid wirklich unheimlich, ihr zwei.

»Warum sehen deine Häuser dann immer so schweizerisch aus? Deine Ideen sind so ...« – sie suchte nach den richtigen Worten – »*brillanti e ... bizarre!*«, Rosalba hob fragend den Blick, während sie das Trojanische Pferd genauer anschaute.

Das Blau von Remos Augen wurde eine Nuance dunkler. Er legte das Modell zurück, steckte die Hände in die Hosentaschen und seufzte: »Virtuos und eigenwillig. Ja, vielleicht sind sie das. Aber ich bin noch jung, und mein Stil muss erst noch reifen. Noch erhalte ich mehrheitlich standardisierte Aufträge. Für den Anfang ist das auch gar nicht schlecht, ich darf mich nicht beklagen. Eines Tages jedoch möchte ich meinen Vorstellungen eine konkrete Form geben. Aber das dauert wohl noch eine Weile. Bisher habe ich mich nicht an die Verwirklichung gewagt. Deine offene Kritik letzten Sommer hat mich allerdings daran erinnert, dass ich mein Ziel nicht aus den Augen verlieren sollte, bloß weil es anders bequemer ist ...« Er verschränkte die Arme vor der Brust und senkte kurz den Blick. Als er wieder hoch sah, lächelte er. »Los, lass uns die Einkäufe einräumen, sonst wird alles warm!«

Rosalba half ihm dabei, alles auszuladen und im Kühlfach zu verstauen. Schweigend reichte sie ihm die Karotten.

Er nahm sie, doch statt sie wegzuräumen, drehte er die Möhren ein wenig verlegen in den Händen. Schließlich sagte er: »Ich hoffe sehr, dass es noch viele Samstage wie diesen gibt.« Er sah auf, und sein Blick wanderte forschend über ihr Gesicht.

Die Erinnerung an ihren Kuss in Chiavenna flammte in Rosalba auf. Seine Worte ließen sie leicht erröten. Mit einem zaghaften Lächeln antwortete sie: »Das hoffe ich auch sehr, Remo.« Sie griff in die Einkaufstasche, stellte eine Flasche Rotwein auf die Küchentheke und fügte nachdenklich hinzu: »Aber das hängt von Antonio ab. Wenn er keine Arbeit mehr für mich hat, muss ich wieder zurück nach Italien. Offenbar bin ich die Sache viel zu naiv angegangen. Ich habe mir die Suche nach Arbeit in der Schweiz einfacher vorgestellt. Meine Freude und mein ...« Sie suchte nach dem richtigen Wort auf Deutsch und beschrieb Remo, was sie meinte.

»Enthusiasmus«, half er ihr.

»... mein Enthusiasmus sind leider nicht erwidert worden.« Sie schaute zu Boden, um ihre verletzten Gefühle zu verbergen. Der Rausschmiss bei Marcel Zehner brannte immer noch.

Plötzlich spürte sie eine Hand an ihrer Wange. Warmer Atem strich über ihr Gesicht. Als sie aufschaute, stand Remo direkt vor ihr.

»Manche Menschen verkennen dich eben, Rosalba, aber andere beneiden dich. Du bist zu außergewöhnlich, um ignoriert, zu leidenschaftlich, um nicht gehört zu werden. Sieh es als Kompliment. Ich bin überzeugt, dass du deinen

Weg auch ohne diese Menschen gehen wirst. Du brauchst sie nicht.«

Sanft berührten seine Lippen ihren Mund.

Zaghaft erwiderte sie den Kuss.

Erst nach einer Weile lösten sie sich wieder aus der Umarmung des anderen.

»Lass uns kochen, sonst sitzen meine Freunde am Ende noch vor leeren Tellern.« Remo zwinkerte ihr belustigt zu und strich ihr eine Haarsträhne hinters Ohr. »Du bist wunderschön, weiße Rose.«

»Du bist auch ganz ansehnlich«, scherzte Rosalba und griff nach einem Holzbrett und einem Messer. *Und über alle Maßen faszinierend.*

Gegen fünf Uhr klingelte es an der Tür.

Renato und Paula trugen Jeans und Pullover. Während Paulas dunkle Locken in voluminös frisiertem Schwung vom Kopf abstanden, hatte Renato die glatten blonden Haare zu einem Seitenscheitel gekämmt. Die beiden reichten Rosalba höflich die Hand, was sich für diese immer noch befremdlich anfühlte. In Italien umarmte man sich bei solch informellen Treffen.

Noch bevor das Paar sich auf das Sofa setzen und mit einem Aperitif bedient werden konnte, klingelte es erneut, und Myrtha und Johannes, das zweite Pärchen des Abends, standen vor der Tür.

»Dann bin ich wohl wieder einmal der Blindgänger an diesem Samstagabend«, scherzte der rothaarige Nino, als auch er wenige Minuten später eintraf und einen Blick in die Runde warf. »Ein Nest von Schwerverliebten.« Lässig fuhr er sich mit der Hand durch seine zurückgekämmten Haare.

Rosalba warf Remo einen unsicheren Blick zu. Bisher hatten sie noch keine Gelegenheit gehabt zu klären, was genau die beiden eigentlich waren. Freunde? Oder mehr?

»Leider hat sich meine mir Zugemutete letzte Woche verabschiedet. Aber da sie ohnehin kaum etwas gegessen hätte, spielt das wohl keine Rolle«, erklärte Nino sein alleiniges Auftauchen reuelos und mit einem schelmischen Grinsen.

Myrtha verzog ihren herzförmigen Mund und zuckte mit der Stupsnase. Theatralisch warf sie sich eine hellblonde Haarsträhne aus dem Gesicht. »Kläre uns auf, Nino. Ist sie dieses Mal länger als zwei Wochen geblieben? Bei unserem letzten Essen jedenfalls hatte ich nicht das Vergnügen, sie kennenzulernen.«

Johannes grinste schelmisch. »Du musst ihr nicht antworten, Kumpel, sie ist bloß immer noch sauer, weil du ihre Freundin so schnell wieder abserviert hast.« Er legte Myrtha den Arm um die Schulter, zog sie an sich und drückte ihr grinsend einen Kuss auf den Mund.

»Du hättest sie auch nicht ausgehalten, Myrtha. Lilly furzt wie ein Brauereipferd, aber das konnte ich schließlich nicht wissen, als ich mich auf sie eingelassen habe. War ja keine Etikette dran.«

Lautes Gelächter kommentierte seine Worte, nur Myrtha verzog das Gesicht. Mit mahnend erhobenem Zeigefinger sagte sie: »Das ist nicht fair, Nino. Ich weiß genau, dass du Lilly einfach überdrüssig warst, weil du Frischfleisch wolltest. Als ob du immer gut riechen würdest. Ich denke da bloß an den Ball am Stephanstag ... beziehungsweise an den Brunch am folgenden Morgen bei uns. Deine Ausdünstungen haben die gesamte Wohnung verpestet!«

Paulas schadenfrohes Kichern übertönte das Lachen der übrigen um einige Dezibel.

»So, das reicht jetzt. Benehmt euch gefälligst, sonst muss ich mich vor meinem Gast noch für euch schämen«, schalt Remo seine Freunde grinsend und stellte Wein und Salznüsse auf den Tisch. »Der heutige Abend steht im Zeichen Italiens, insbesondere der Lombardei. Die Rezepte stammen übrigens aus Rosalbas Familie.«

»Das klingt spannend, ich liebe italienische Gerichte – noch dazu, wenn sie authentisch gekocht sind. Das ist bestimmt nicht zu vergleichen mit den Menüs in der lokalen Pizzeria.« Myrtha rieb sich freudig die Hände.

Rosalba grinste. »Wir backen zu Hause auch Pizza, aber eigentlich stammt die aus Süditalien.«

In der Zwischenzeit hatte Remo den Wein auf sieben Gläser verteilt, und sie prosteten sich zu.

»Remo hat uns alles von seinem Kurztrip nach Norditalien erzählt. Die Gegend, wo du herkommst, soll wunderschön sein. Wie gefällt es dir hier bei uns?« Paula neigte sich interessiert nach vorne und nippte an ihrem Wein.

Rosalba wechselte einen Blick mit Remo und fühlte, wie sie leicht errötete. »Die Landschaft hier erinnert mich an meine Heimat, das Val d'Intelvi. Aber die Menschen sind ... *diversi.*« Sie schluckte und kostete ihren Wein, um den plötzlich trockenen Mund zu befeuchten.

Remos Freunde hingen wie gebannt an ihren Lippen. Die Aufmerksamkeit war ihr etwas unangenehm.

»Rosalba hatte keine besonders gute Woche«, erklärte Remo daher und schob sich einige Salznüsse in den Mund.

Betroffenheit zeigte sich in den Gesichtern der anderen.

»Will heißen?« Nino hob fragend eine Augenbraue.

Rosalba erzählte mit Remos Hilfe in knappen Worten, was sich bei der Zehner Bauunternehmung ereignet hatte.

»Auch keins der anderen Unternehmen war bereit, sie anzustellen«, ergänzte Remo Rosalbas Erzählung. »Dabei beginnt gerade die Bausaison. Alle suchen fähige Arbeitskräfte. Rosalba ist talentierter als mancher männliche Kollege und besitzt zusätzlich einen ausgeprägten Sinn für die Ästhetik am Bau. Dennoch will ihr niemand eine Chance geben. Weil sie eine Frau ist. Und keine Schweizerin.«

Die anderen sahen sie bestürzt an.

»Und was hast du jetzt vor?«, fragte Paula.

»Ich arbeite bei meinem Verwandten«, erklärte Rosalba. »Aber er hat nur eine kleine Baufirma. Wenn er nicht mehr genug Arbeit für mich hat, muss ich wieder nach Hause.«

Vorsichtig wagte sie einen Blick zu Remo. Der schwieg und nahm einen Schluck Wein. Keiner der anderen sagte etwas.

Schließlich erhob sich Remo aus seinem Sessel. »Wollen wir essen? Ich bin am Verhungern.«

»Unbedingt!« Myrtha stand ebenfalls auf und zog Johannes mit sich. Die übrigen folgten ihnen zum Tisch.

Rosalbas Menü traf in jedem Bereich den Geschmack ihrer Gäste.

»Wann sagtest du, ist die nächste Einladung?« Nino hielt sich den vollen Bauch. »Die Lombardei hat bestimmt mehr als drei Gänge zu bieten, oder?«

Remo grinste und schaute Rosalba mit liebevollem Blick an. »Siehst du, ich wusste, dass sie dein Essen lieben würden.«

Nach einer Runde Kaffee oder Espresso und einem Verdauungsschnaps, den Remo stehen ließ, erhoben sich die fünf Gäste und machten sich daran, sich zu verabschieden.

Zu Rosalbas Erstaunen umarmten sie nun alle innig.

Auch Paula nahm Rosalba fest in den Arm und sagte: »Es hat mich sehr betroffen gemacht zu hören, wie feindselig und herablassend man dich hier bei uns behandelt hat. Ich bin Grundschullehrerin und werde mich dafür einsetzen, bei meinen Kindern die Akzeptanz von Fremden und unkonventionellen Ideen zu fördern. Vielleicht komme ich ja mal auf dich zu und bitte dich um einen Gastauftritt bei mir in der Klasse. Hättest du Lust? Je eher die Kleinen wissen, was Toleranz und Offenheit bedeutet, umso mehr darf man auf eine progressivere Zukunft hoffen.« Paula schenkte Rosalba ein aufmunterndes Lächeln.

Rosalba erwiderte es. »Vielen Dank! Ich besuche gerne einmal deinen Unterricht.«

Myrtha und die Jungs wünschten ihr alles Gute und versprachen ihr, sie und Antonio in ihrem Bekanntenkreis anzupreisen, was das Zeug hielt, damit Antonio genügend Aufträge bekam, um Rosalba weiter bei sich arbeiten zu lassen. Rosalba schätzte ihren guten Willen, bezweifelte jedoch, dass diese Aktion eine große Veränderung bewirkte. Antonio war bereits etabliert und brauchte keine Starthilfe mehr. Und selbst wenn Rosalba wie geplant bis kurz vor ihrem Geburtstag im September bei ihrem Verwandten arbeiten konnte, hatte sie dennoch ihr primäres Ziel nicht erreicht. Ihr Fachwissen mit dem Schweizer Blickwinkel zu ergänzen, würde ihr weiterhin verwehrt bleiben. Und umso unglaubwürdiger würde sie in der Folge bei ihrer Mutter dastehen. Mammas Meinung nach hätte Rosalba die Zeit besser genutzt, um sich in ihrer Heimat auf dem kränkelnden Markt neu zu etablieren, anstatt ein weiteres Mal den Laufburschen in der Schweiz zu mimen. Was, wenn sie damit recht gehabt hatte? In diesem Moment beschlich Rosalba das Gefühl, nicht ganz ehrlich mit sich selbst zu sein. War sie wirklich bloß ihrer Karriere wegen in der Schweiz? Eilig schob sie den nagenden Gedanken beiseite.

Als die Gruppe im Treppenhaus verschwand und die Tür ins Schloss fiel, kehrte Stille in Remos Wohnung ein.

Rosalba seufzte und strich sich die feuchten Handflächen an der Hose ab. »Ich schätze, dass ich mich jetzt auch auf den Heimweg machen sollte. Wann fährt das nächste Postauto nach Küblis zur Bahnstation?«

Remo musterte sie eingehend. »Es fährt kein Bus mehr um diese Zeit.« Er steckte die Hände in die Gesäßtaschen seiner Jeans. »Soll ich dich nach Hause fahren? Ich habe nicht viel getrunken.«

»Wenn es dir nichts ausmacht ... gerne.« Sie nagte an ihrer Unterlippe und erwiderte seinen Blick, der sie gefangen hielt. Ihre Worte fühlten sich an wie eine dreiste Lüge und widersprachen allem, was sie innerlich gerade empfand.

»Doch, es macht mir etwas aus. Du wirst mir fehlen. Wenn es jedoch dein ausdrücklicher Wunsch ist, bringe ich dich selbstverständlich nach Hause.«

»Ist es nicht«, flüsterte sie und schluckte.

Langsam trat Remo auf sie zu und strich ihr über die Wange. »Dann bleib hier.«

»Wirklich?«

Er nickte und küsste sie. Zuerst zögerlich, dann immer fordernder, bevor er sanft ihre Hand nahm und sie ins Schlafzimmer führte.

Kapitel 13

Der Frühling reichte dem Sommer freundschaftlich die Hand. Aus den braunen Wiesen wurden bunte Blumenteppiche und saftige Weiden. Die Sonne spendete dem Prättigau mit jeder Woche mehr ihrer Aufmerksamkeit, sodass die letzten Ausläufer des Winters bald dahinschmolzen.

Rosalbas Alltag bestand aus einer abwechslungsreichen Mischung an Bauarbeiten. Verschiedene Baustellen forderten ihr Talent und erweiterten ihren persönlichen Erfahrungsschatz. Die freie Zeit verbrachte sie mit Antonio und dessen Familie und natürlich mit Remo. Bei dem Gedanken an ihren Geliebten breitete sich ein warmes Kribbeln in ihrem Körper aus. Wenn sie beisammen waren, erschufen sie ein eigenes Universum. Sie teilten nicht nur ihre Leidenschaft und Liebe füreinander, sondern auch das fachliche Interesse. Rosalba liebte es, in Remos Armen aufzuwachen. Sein Duft, sein heiseres Lachen, das nachdenkliche Glimmen seiner blauen Augen ... all das erfüllte sie mit einem bisher nicht gekannten stillen Glück. Während ihres Aufenthaltes in der Schweiz hatte sie ihr Lieblingslied »Wuthering Heights« beinahe vergessen. Ihre innere namenlose Sehnsucht kam bei Remo endlich zur Ruhe. Immer wieder hörte sie in sich hinein, ob sich das

Heimweh wohl bald melden würde. Doch die Stimme schwieg.

Viel eher glaubte sie zu hören: »Ich bin zu Hause.«

Rosalba half Antonio dabei, das Material von der Ladebrücke des Pick-ups zu laden, bevor sie sich an die Arbeit machten. Knapp über zwanzig Grad hatten die Wetterkundigen für diesen Tag Ende Juni prophezeit. Ein sattes Grün überzog die Berghänge rund um Klosters wie ein Teppich. Am Horizont küssten gigantische steinerne Bergspitzen den tiefblauen Himmel. Ihre weißen Schneemützen hoben sich rebellisch vom Rest der Landschaft ab.

Die Villa, die vor ihnen himmelwärts strebte, war ein zweistöckiges Wohnhaus, das an eine überdimensionale Almhütte erinnerte – dunkel gebranntes Altholz, kombiniert mit einer weißen Fassade. Die Geländer der Balkone stellten ein separates, mit Holzornamenten versehenes Kunstwerk dar. Voluminöse Büsche und Tannen umzingelten das Anwesen wie Wachposten und schirmten den Garten vor neugierigen Blicken ab. Eine imposante Rundbogentür aus Holz, die ebenfalls mit Schnitzereien verziert war, führte ins Innere des Chalets. Die Bauherrschaft, vermögende Zentralschweizer, benötigten für ihr Feriendomizil eine zweite Garage, da nun auch die Kinder im fahrtüchtigen Alter waren. Passend zum Haus sollte auch der Autounterstand eine Symbiose zwischen warmen und kalten Materialien bilden. Schwere Holztüren, die an die Pforten eines Kuhstalls erinnerten, wurden mit einem Anbau aus Natursteinmauerwerk kombiniert. Dabei scheuten die Auftraggeber keine Kosten. Wichtiger war ihnen, wie ihr Architekt Harry Holzer Antonio und Rosalba erklärt hatte, dass das fertige Werk nach ordentlicher Handwerkskunst aussah und einer anspruchsvollen Ästhetik genügte.

Rosalba wandte den Kopf und beobachtete Antonio, der Steine in Form klopfte, wobei er immer wieder an seiner Kippe zog. Es war bald Mittag, und der Schweiß rann ihm in Strömen über das Gesicht. Während er sich bückte, zeichneten sich die Rippen unter seinem eng anliegenden T-Shirt ab, und die Wirbel stachen wie nussgroße Höcker hervor. Röchelnd sog er den Atem ein, wischte sich die Schweißperlen aus den Augen und streckte sich.

»Die Anstrengung und die drückende Wärme machen mich fertig. Stört es dich, wenn ich mich kurz hinsetze?«

Rosalba schüttelte den Kopf.

Ihr Verwandter ließ sich umständlich und mit einem lauten Stöhnen auf einem Stein nieder und griff nach seiner Wasserflasche. Während er trank, fuhr Rosalba mit dem Bau der Natursteinmauer fort.

Nach einer Viertelstunde erhob sich Antonio ächzend und streckte sich. »Ich fürchte, dass ich langsam alt werde, Rosalba.« Er lachte krächzend, verfiel dann aber in einen trockenen Hustenanfall und rang rasselnd nach Luft.

»Du mutest dir einfach zu viel zu. Gönn dir doch eine Pause und lass den Husten mal von einem Arzt untersuchen. Ich kann dich hier vertreten. Niemand wird sich daran stören.«

Ihr Verwandter verzog den Mund. »Davon versucht Elisa mich auch schon seit Monaten zu überzeugen.« Er griff nach dem Steinmetzwerkzeug und bearbeitete die gelieferten Felsbrocken. »Wir sind mit dem Unterstand gut im Zeitplan. Wenn es für dich wirklich kein Problem ist, nehme ich mir morgen einmal frei und gehe zum *dottore*.«

Mechanisch griff er in die Brusttasche seines Hemdes und fischte die nächste Zigarette daraus hervor.

Den Rest des Tages widmeten sie sich schweigend ihrem Werk, das Zeile um Zeile himmelwärts wuchs. Als der Stand der Sonne den nahenden Feierabend ankündigte, erklärte Antonio: »Wir beenden noch diese Reihe, dann waschen wir unser Werkzeug und machen uns auf den Heimweg.« Er schlug die letzten Steine in Form, damit sie an der Mauer angebracht werden konnten.

In diesem Augenblick näherte sich ihnen ein froschgrüner Mazda.

»O nein«, entfuhr es Rosalba, als sie Marcel Zehners Firmenauto erkannte. Das Schicksal hatte sie bislang beschützt und dafür gesorgt, dass sie ihm nicht wieder über den Weg gelaufen war. Jetzt wurde sie doch noch mit ihrem Albtraum konfrontiert.

Antonio blickte auf. »Sieh an, sieh an«, murmelte er. »Der Architekt hat mir gestern erzählt, dass die Familie neben dem Autounterstand wohl auch im Gebäudeinneren noch ausgedehnte Umbauarbeiten wünscht. Wie es scheint, wird Zehner die wohl übernehmen. Aber mach dir keine Sorgen, Rosalba, ich bin bei dir. Er kann dir absolut nichts anhaben.«

Zehner parkte das Fahrzeug im Schatten einer Tanne. Beim Aussteigen setzte er sich eine Sonnenbrille auf und starrte geradewegs in ihre Richtung. Dann beugte er sich erneut ins Innere des Autos und förderte ein Klemmbrett und Schreibwerkzeug zutage. Gemächlich schlenderte er auf Rosalba und Antonio zu, ein mehrdeutiges Lächeln auf den Lippen.

Zwei Meter vor ihnen blieb er stehen und drehte die Spitzen seines Schnurrbarts zwischen Daumen und Zeigefinger.

»Guten Abend.« Es klang, als läge ihm noch mehr auf der Zunge, das er sich jedoch verkniff. Die Gläser seiner verspiegelten Sonnenbrille waren auf Antonio gerichtet, Rosalba ignorierte er.

»*Ciao* Marcel.« Antonio strich die schmutzigen Handflächen an seiner Hose ab und reichte dem Bauunternehmer die Hand zur Begrüßung.

»Bauwetter, was?« Zehner wies mit dem Zeigefinger in den tiefblauen Himmel.

»Absolut perfekt, wenn auch sehr drückend. Ich bin in letzter Zeit etwas hitzeempfindlich geworden«, klagte Rosalbas Verwandter.

»Mhm.« Zehner nickte. »Meine Leute werden mehrheitlich drinnen arbeiten, was die Stimmung auch nicht unbedingt hebt.«

»Auch verständlich«, bemühte sich Antonio, Anteilnahme zu zeigen. Als sich ein unangenehmes Schweigen auszubreiten drohte und der Bauunternehmer trotzdem keine Anstalten machte weiterzugehen, fragte Antonio: »Kann ich dir bei irgendwas behilflich sein?«

»Deshalb bin ich hier, offen gestanden.« Zehner rückte die Sonnenbrille zurecht, vermied es jedoch immer noch, in Rosalbas Richtung zu blicken.

»Die Hausherrin und ihre Tochter wünschen offenbar im Zuge der Umbauarbeiten im Hausinneren einen gemauerten Kamin und sonst noch was, das sie selbst nicht definieren können. Allerdings soll es etwas Ausgefallenes sein. So ein Kunst-Schnickschnack halt. Du weißt ja, wie diese reichen Leute sind.« Bei seinem letzten Satz senkte er die Stimme zu einem verschwörerischen Flüstern und neigte den Kopf nach vorne. Sein Blick zuckte kurz zur Hausfassade und strich über die Reihe mit Fenstern, die aber alle geschlossen waren. »Harry hat mich für diese Arbeiten an dich verwiesen. Wäre es dir möglich, uns beide morgen zu einem Besprechungstermin mit der Bauherrschaft zu begleiten? Aber ich warne dich lieber vor: Ein fauchender Drache ist ein zahmes Haustier gegen die zwei Damen ...«

Antonio wechselte einen Blick mit Rosalba. Aus seinem geplanten freien Tag und dem Arztbesuch würde wohl nichts werden. »Selbstverständlich komme ich mit. Ich bin wie üblich ab sieben Uhr auf der Baustelle und kann jederzeit an dem Termin teilnehmen.«

Zehner nickte. »Besten Dank. Dann werde ich mal versuchen, die Frauen für einen Morgentermin zu motivieren. Bis dann also.« Er wandte sich ab und lief zum Haupteingang des Gebäudes.

»Du kannst nach dem Gesprächstermin trotzdem zum Arzt gehen, Antonio. Ich komme mit der Mauer bestens alleine klar. Auf jeden Fall nimmst du dir übermorgen frei.« Rosalba musterte die erschöpften Gesichtszüge ihres Verwandten, aber der winkte bloß ab. »Das sehen wir noch. Möglicherweise muss man mit dem Kamin ziemlich schnell loslegen. Meistens ist solche Kundschaft sehr ungeduldig. Vor diesem Hintergrund liegt der freie Tag wahrscheinlich nicht drin. Man muss die Arbeit nehmen, wie sie kommt. So ist das in der Selbstständigkeit.« Er lächelte.

»Darüber reden wir noch, wenn wir sehen, wie sich das Ganze gestaltet.« Rosalba blieb hartnäckig.

Sie reinigten ihr Werkzeug und sorgten für Ordnung auf der Baustelle, bevor sie ihre Sachen nahmen und sich auf den Heimweg machten. In Saas ließ Antonio Rosalba aussteigen. Sie winkte ihm zum Abschied noch zu und machte sich auf den Weg zu Remos Haus.

»Hallo?«

Sobald die Wohnungstür hinter Rosalba ins Schloss fiel, streckte Remo den Kopf um die Ecke. Ein breites Lächeln erhellte seine Gesichtszüge. Er lief zu ihr, schloss sie in die Arme und hob sie hoch. »Hallo Liebling, ich freue mich schon den ganzen Tag darauf, dich heute zu sehen!« Er drückte ihr einen Kuss auf den Mund und legte seine Wange an ihre, wobei seine Bartstoppeln sie piksten. Rosalba kicherte, weil die Berührung sie kitzelte.

»Hast du Hunger? Ich habe eingekauft und hoffe, damit deinen Geschmack getroffen zu haben.« Mit fragendem Gesichtsausdruck strich Remo die Hände an seiner Jeans ab und setzte ein unsicheres Grinsen auf.

Rosalba schmunzelte und legte den Kopf schief. »Ich sterbe vor Hunger! Was kochen wir denn?«

Neugierig lief sie in die Küche und ließ den Blick über die Ablage neben dem Kochherd schweifen.

»Das sieht verdächtig nach …« Sie riss die Augen auf. Das Wasser lief ihr im Mund zusammen.

»Genau. *Spaghetti Carbonara, bella.* Und weil es dein Lieblingsessen ist, wird es dieses Mal nach meinem Rezept gekocht. Spring du derweil unter die Dusche, danach essen wir. Ich bin gespannt, ob ich mit deiner Bisnonna Camilla mithalten kann, mache mir da aber gar keine Illusionen.« Er zwinkerte und drückte ihr einen leichten Kuss auf die Wange.

Rosalba zog sich die schmutzigen Kleider aus und duschte. Der warme Wasserstrahl spülte den Schweiß und Staub des Tages von ihrem Körper. Zum Schluss übergoss sie sich noch kurz mit kaltem Wasser. Nach Zitrusfrüchten duftend, rieb sie sich trocken und schlüpfte in bequeme Kleidung. Als sie die Tür auf den Flur öffnete, stieg ihr bereits der würzige Duft aus der Küche in die Nase.

»Bin gleich soweit, setz dich doch!« Remo hantierte mit den Pfannen und warf ihr einen gehetzten Blick zu.

»Lass mich wissen, wenn ich helfen kann.« Rosalba setzte sich an den Tisch.

Fünf Minuten später trug Remo die Speisen auf, kehrte in die Küche zurück und kam mit einer Flasche Wein und zwei Gläsern wieder zurück.

»Gibt es etwas zu feiern?« Rosalba beobachtete ihn dabei, wie er Wein einschenkte.

Plötzlich wurde sein Gesichtsausdruck ernst, und er griff nach ihrer Hand.

»Nein, Rosalba ... es ist nur so, dass die Zeit mit dir das Kostbarste ist, was mir in meinem Leben je vergönnt war. Es macht mir Angst, dass du bald in deine Heimat zurückkehren wirst. Lass uns die zwei Monate bis zu deiner Abreise noch genießen. Die Zeit vergeht viel zu schnell.« Seine Augen glitzerten, und er schluckte. »Iss bitte, sonst wird alles kalt.« Hastig wandte er das Gesicht ab und konzentrierte sich auf die Spaghetti.

Sie genossen das Abendessen schweigend, obwohl sie sich sonst immer gegenseitig von ihrem Tag erzählten. Schließlich seufzte Rosalba. »Im September ist mein zwanzigster Geburtstag. Meine Eltern wären sehr enttäuscht, wenn ich ihn nicht in Italien feiern würde. Besonders meine Mutter. Seit ich eine *bambina* bin, feiern wir beim kleinen Tempel mit dem blauen Dach. Ich habe dir davon erzählt.« Sie biss sich auf die Lippen und nahm dann einen Schluck Wein, um ihre innere Zerrissenheit zu besänftigen.

»Das verstehe ich, Rosalba. Trotzdem werden mir Momente wie dieser hier fehlen«, gestand Remo, starrte auf seinen Teller und drehte sein Weinglas in der Hand.

»Warum nimmst du nicht ein paar Tage Urlaub und kommst mit?«, fragte Rosalba. »Ich würde mich sehr freuen, wenn du an meinem Geburtstag dabei wärst.« Bei diesen Worten beschleunigte sich Rosalbas Herzschlag. Aufgeregt schaute sie Remo an und wartete auf seine Reaktion.

Er hob den Blick. Das Blau seiner Augen wirkte eine Spur heller, und er lächelte. »Das ist eine wunderbare Idee, Liebes. Ich würde diesen speziellen Tag sehr gerne mit dir und deiner Familie feiern. Ein längerer Urlaub wird im September sicher nicht möglich sein, aber ein paar freie Tage kann ich mir problemlos nehmen, um dich nach Hause zu fahren. Danach ... werde ich dich schrecklich vermissen.«

Beide senkten den Blick und schwiegen einige Sekunden lang.

»Wir haben eine wunderschöne Zeit zusammen, und ich kehre erst in zwei Monaten zurück nach Hause. Wir sollten dankbar dafür sein«, flüsterte Rosalba schließlich und schluckte leer.

»Das klingt, als sähest du absolut keine gemeinsame Zukunft für uns.«

Rosalba war sich nicht sicher, ob es eine Frage war, oder eine enttäuschte Feststellung. Sie zuckte mit den Schultern und suchte Remos Blick. »Ich weiß selbst nicht, was ich denken soll. Es ist alles so verwirrend. Wenn wir zusammen sind, fühle ich mich zu Hause. Aber ich weiß, dass ich nicht hierher gehöre. Ich gehöre nach Argegno, nach Italien. Ich habe eine Heimat, eine Familie und ein Erbe. Wenn ich gehe, verletze ich andere Menschen. Und nicht nur das.

Auch ich werde mein Zuhause vermissen. *Capisci?*« Instinktiv griff sie sich an das Senkblei-Schmuckstück, das sie seit ihrem zehnten Geburtstag beinahe pausenlos trug.

Remo nickte und legte seine warme Hand auf ihre. »Ich verstehe dich, Liebes. Das mildert meinen Schmerz jedoch kein bisschen.«

Rosalba strich ihm liebevoll über die Wange. »Meinen auch nicht, Remo. Ob ich hier bin oder dort ... immer breche ich jemandem das Herz. Auch mir selbst.«

»Meine Großmutter war nicht so talentiert wie deine Urgroßmutter, Rosalba, aber sie war ein feinfühliger und kluger Mensch. Als ich ein kleiner Junge war, sagte sie stets zu mir: ›Remo, wenn du nicht weiterweißt, wende dich ans Leben. Es besitzt die Weisheit und die Gnade, dir den Weg zu zeigen.‹ Wenn ich sie dann fragte, woran ich den Wegweiser denn erkennen würde, meinte sie: ›O, du wirst ihn schon bemerken, glaub mir. Er ist unübersehbar.‹«

Rosalba schwieg und dachte über seine Worte nach. »Du denkst also, dass mein Weg vorherbestimmt ist und ich merken werde, ob ich an der Kreuzung links oder rechts gehen muss?«

»Vielleicht.«

Kapitel 14

»Ich muss los, Antonio wartet bestimmt schon auf mich!« Rosalba warf einen gehetzten Blick auf ihre Armbanduhr. Es war Viertel vor sieben in der Früh. Remo trank seinen Espresso im Stehen und stellte die Tasse in die Spüle. Dann trat er zu ihr und nahm ihr Gesicht in beide Hände.

»Hab einen schönen Tag ...« Normalerweise küsste er sie und machte sich selbst auf den Weg zur Arbeit. Heute jedoch zögerte er aus irgendeinem Grund. Rosalba schaute ihn fragend an.

»Rosalba ... ich liebe dich.«

Er drückte seine Lippen auf ihre und schlang die Arme um ihre Mitte. Sie erwiderte die Berührung und sog seinen Duft nach Seife und Kaffee ein.

Als sie sich wieder voneinander lösten, strich sie ihm zärtlich über die Wange. »Ich liebe dich auch, Remo.« Sie seufzte und ließ seine Hand nur zögerlich los. »Bis später.«

Er nickte und sah ihr nach, als sie zur Tür ging. Rosalba eilte, immer zwei Stufen auf einmal nehmend, die Treppe hinunter ins Erdgeschoss und rannte dann die Straße entlang zum vereinbarten Treffpunkt mit Antonio. Als sie keuchend die Hauptstraße erreichte, fuhr er gerade heran.

»*Buongiorno*«, stieß sie atemlos aus. »Das war knapp!«

Antonio warf ihr einen belustigten Blick zu. »*Cara*, ich lebe zwar schon lange in der Schweiz und bin umzingelt von Schweizerinnen ... trotzdem haben sie es bislang noch nicht geschafft, mir Italien aus den Knochen zu treiben. Pünktlichkeit ist für mich nach wie vor eine Unverständlichkeit. Ich meine, man muss nicht eine Stunde zu spät kommen, aber ein paar Minuten mehr oder weniger verändern den Lauf unseres Lebens nicht maßgeblich. Wahrscheinlich ist das meiste davon ohnehin vorbestimmt, Verspätungen inklusive.«

Rosalba lachte. »So kann man es auch sehen.« Sie musterte Antonio, während er den Wagen lenkte. Erschöpfung nagte an ihm, und es war ihm anzusehen, dass er eine schlechte Nacht hinter sich hatte.

Als sie die Villa in Klosters erreichten, machten sie sich gleich an die Arbeit. Gegen halb neun fuhr Zehner in seinem grünen Mazda vor. Dieses Mal sah er davon ab, sich eine Sonnenbrille aufzusetzen, stattdessen zupfte er nervös an seinem dämlichen Schnurrbart und strich sich die Haare aus der Stirn.

»Guten Morgen. Der Termin mit den Damen des Hauses findet in fünf Minuten statt. Kommst du mit, Antonio?« Kurz und bestimmt ungewollt zuckten seine dunklen Augen in Rosalbas Richtung.

»Ich komme sofort. Rosalba?« Antonio winkte sie zu sich. Rosalba nahm an, dass er ihr noch einige Arbeiten erklären wollte, damit sie alleine weitermachen konnte, doch zu ihrer Überraschung erklärte er: »Du wirst mich begleiten.«

Zehner verschränkte die Arme vor der Brust und reckte das Kinn nach vorne. Ein Muskel zuckte an seinem Kiefer, doch er schwieg.

Antonio, dem das offenbar nicht entgangen war, fuhr an Zehner gewandt fort: »Ich bestehe darauf, dass sie mitkommt. Sie hat einen besonderen Sinn für Ästhetik und damit schon so manchen Architekten überzeugt.«

Wie aufs Stichwort fuhr nun ein weißes Auto herbei, und der zuständige Architekt Harry Holzer, ein hagerer Herr mit kurzen braungrauen Stoppelhaaren und Bart, stieg aus. Er trat zu den anderen und reichte allen die Hand. »Wunderbar, dann sind wir ja alle versammelt. Wollen wir dann, meine Herren?« Er sah Antonio und Zehner mit einem auffordernden Kopfnicken in Richtung des Hauses an.

»Rosalba wird uns begleiten«, wiederholte Antonio seine Entscheidung von eben.

Holzer sah ihn bloß stumm an, doch Zehner wandte sich mit grimmiger Miene ab und stapfte davon. Nachdem sie geklingelt hatten, dauerte es eine Weile, bis endlich jemand in der Rundbogentür erschien.

Die blonde Frau in Rosalbas Alter schenkte ihnen ein freudiges Lächeln. Ihre langen, schlanken Beine steckten in gelben Shorts und endeten in roten High Heels. Ein trägerloses Bandeau-Top in Blau schmiegte sich wie eine zweite Haut um ihren schlanken Oberkörper.

»Herzlich willkommen! Mama wartet schon oben auf Sie. Bitte kommen Sie doch rein!« Sie machte eine einladende Handbewegung, die ihre Armreifen zum Klimpern brachte. Mit laszivem Hüftschwung stakste sie vor ihnen die kurze Treppe hinauf ins erste Obergeschoss. Die Hausherrin wartete bereits im Wohnzimmer. Anders als ihre Tochter, die sich dem Farbsturm verschrieben hatte, trug sie einen weißen Seidenoverall mit Spaghettiträgern, Goldgürtel und goldenen High Heels. Die Frisur der Dame sah aus, als wollte sie einem Pudel den Rang ablaufen. Einem feuerroten noch dazu.

»Da sind Sie ja! Ich bin Alessia Moser.« Sie klatschte in die Hände. »Sehen Sie selbst, der Raum ist trostlos und öde. Meine Tochter Fatima und ich sind absolut verzagt, wie man diesem Zimmer mehr Stil, Behaglichkeit, Extravaganz, Exotik, Eleganz und Kunst einhauchen könnte.«

Rosalba biss sich auf die Lippen und beobachtete die drei Herren neben sich. Ihre ratlosen und schockierten Gesichter verrieten, dass sie mit den Wünschen ihrer Kundin vollkommen überfordert waren. Es erweckte gar den Anschein, als seien sie die Fremdsprachler, und nicht Rosalba. Wenn sie den Raum betrachtete, wusste sie genau, was im Kopf von Mutter und Tochter vorging. Vermutlich diente dieses Zimmer dazu, Gäste zu empfangen ... und zu beeindrucken. Doch dazu fehlte ihm die Wirkung. Man fühlte sich ausgestellt, beobachtet, es kam weder Gemütlichkeit noch Geselligkeit auf. Das gesamte Konzept war zu stur und zu schweizerisch, so Rosalbas stilles Fazit.

»Fatima und ich dachten an einen großen Kamin. Dieser Raum sollte ein Begegnungszentrum sein. Die Flammen stehen für zwanglose Leidenschaft, Debattierfreude und gutes Essen. Gerade im schneereichen Winter soll der Raum Intimität ausstrahlen. In den Sommermonaten können wir sämtliche Türen der Glasfronten öffnen, dann herrscht im Idealfall eine luftige und geistreiche Atmosphäre. Aber wie Sie bestimmt selbst erkennen, bietet der Raum derzeit nur massiv viel Platz, alles andere fehlt. Ein Kamin allein reicht nicht ansatzweise, um die Emotionen zu transportieren, die ich in diesem Raum gerne heraufbeschwören möchte.« Die Seniorin fuchtelte theatralisch mit den beringten Händen durch die Luft und legte eine leidende Miene auf. »Verstehen Sie?«

Die drei Männer nickten brav, ihre Gesichter straften die Geste jedoch Lügen.

»Nun, mein Vorschlag wäre auf jeden Fall ein Kamin aus Natursteinmauerwerk, das transportiert das Gefühl von ... Behaglichkeit und wirkt gleichzeitig sehr ... kunstvoll.« Holzer versuchte, möglichst viele der exzessiv verwendeten Adjektive der Hausbesitzerin aufzugreifen. Vermutlich, um ihr damit den Eindruck zu vermitteln, dass er sie verstanden hatte.

Sie musterte ihn mit erhobener Augenbraue. »Mhm. Und weiter?«

Der Architekt schluckte. Es war ihm anzusehen, dass er angestrengt darüber nachdachte, was er ihr wohl als Nächstes erzählen sollte. »Ähm ... vielleicht noch etwas wie eine Pflanze ... oder ... einen runden Tisch, damit der Raum nicht den Eindruck eines Tanzsaals erweckt? Antonio, du bist doch der Fachmann für Spezialbauten, hast du irgendeine Idee?« Galant warf er den imaginären Ball weiter und tupfte sich verstohlen einige Schweißperlen von der Stirn.

»Ja, also ... man könnte ... lass mich mal nachdenken ...« Antonio kratzte sich am Kopf und brach mitten im Satz ab. Hilfe suchend sah er Rosalba an. Antonio war zweifellos ein hervorragender Handwerker, aber Virtuosität lag ihm definitiv nicht im Blut.

»Wieso stellen wir den Kamin nicht in die Mitte des Raums? Wie einen Turm *gigantesca*? Dazu vielleicht noch einige Steinbänke, wie man sie sonst in Gärten und Wäldern antrifft, eine ...« – Rosalba stockte und musste sich für ihre Worte Hilfe bei Antonio holen – »Bartheke aus Natursteinen, künstliche Felle, grobe Wolldecken im Winter und ...« Rosalba biss sich entsetzt auf die Lippen. Hatte sie zu viel gesagt? Das Falsche womöglich? Aber Antonio hatte sie mit seinem Blick inständig um Hilfe gebeten, oder nicht? Und das Schweigen der Männer gegenüber den beiden Auftraggeberinnen grenzte schon beinahe an Unhöflichkeit. Was hätte sie sonst tun sollen, wenn sie tatsächlich wusste, wie man all die beschriebenen Attribute mit wenig Aufwand in diesem Raum umsetzen konnte?

Die gleichaltrige Blondine, die von ihrer Mutter Fatima genannt wurde, wandte sich ihr mit leicht geöffnetem Mund zu. Dann ließ sie den Blick durch den Raum gleiten, legte den Kopf in den Nacken und starrte an die von schweren Holzbalken getragene, spitz zulaufende Decke des Wohnzimmers.

»Absolut. Ich sehe den Turm bereits.« Sie musterte Rosalba neugierig. »Wer sind Sie? Jedenfalls sind Sie nicht von hier, wie Ihre Sprache verrät. Haben Sie das eben Beschriebene schon einmal irgendwo gesehen? Können Sie uns Bilder zeigen?«

Das waren viele Fragen, Rosalba geriet ein wenig ins Stocken, versuchte jedoch, sie so gut es ging zu beantworten. »Ich komme aus Norditalien. Häuser wie dieses gibt es am Comer See auch, bloß anders.« Sie dachte an ihr Zuhause, die Villa Domenica. »Die Idee mit dem Kamin kam mir ... *spontaneamente*. Ich habe versucht zu spüren, was Ihre Mutter sich für diesen Raum wünscht, und es mit den ...« Hilfe suchend sah sie Antonio an. »*Condizioni architettoniche?*«

Antonio übersetzte den Ausdruck für sie.

»Mit den architektonischen Gegebenheiten des Gebäudes kombiniert«, wiederholte sie dankbar. »Und das ist mir dazu eingefallen.«

»Einfach so?«, fragte Fatima

Rosalba nickte.

»Sie haben das noch nirgends gesehen?«, hakte die junge Frau nach.

»Vielleicht gibt es Orte, an denen meine Idee schon existiert. Es gibt viele Menschen mit guten Ideen. Aber es ist langweilig, die Arbeiten anderer zu klauen und einfach zu übernehmen. Sie passen ohnehin nur an den Ort, für den sie erschaffen wurden. Von meiner Mutter habe ich gelernt, dass jeder Kunde und jeder Auftrag einzigartig ist. Wie beim Kochen. Dort nimmt man auch ...« Rosalba dachte kurz nach, »... Zutaten, die man kennt, aber das fertige Essen ist immer ein anderes.«

»Ihre Mutter ist also Köchin?« Es war das erste Mal, dass sich Alessia Moser in das Gespräch der jungen Frauen einmischte.

Vehement schüttelte Rosalba den Kopf, ein Lächeln formte sich auf ihren Lippen. »Sie ist Bauunternehmerin.«

Ein Schnauben erklang neben ihr. »Was auch immer das in Italien heißt.« Zehner strich sich betont lässig durch die Haare und grinste. Niemand lachte.

Fatima wandte sich Zehner mit verschränkten Armen und scharfem Blick zu. »Was meinen Sie mit dieser Bemerkung? Dass die Ideen dieser Frau fachlich nicht umsetzbar sind? Wozu haben wir denn noch zusätzlich einen Architekten, einen Bauunternehmer und einen Spezialisten für Mauerwerk? Jedenfalls stammt der erste brauchbare Vorschlag eindeutig von ihr. Sie ist die Einzige, die ein Gefühl für unser Bedürfnis und den Raum entwickelt hat, und das ohne uns vorher je begegnet zu sein.«

»Kreativität ist etwas Wunderbares, doch das Wenigste davon ist in der Praxis umsetzbar«, erwiderte Zehner ruhig. »Ich fürchte also, Sie freuen sich zu früh. Als Bauunternehmer ist es nun mal meine Aufgabe, solche Dinge von einer professionellen Warte aus zu beurteilen. Wir sind nicht in Italien, unsere Bauten müssen anderen qualitativen Ansprüchen genügen.«

Rosalba wandte sich Zehner zu, lächelte und verschränkte die Arme vor der Brust. »Handwerklich spricht nichts gegen meinen Vorschlag. Ein gemauerter Kamin mit Steinbänken ist keine neue Erfindung. Mit ein wenig Zeit und Fachwissen geht das *senza problemi.* Ich bin sicher, Herr Holzer kann das bestätigen.« Sie warf dem Architekten einen auffordernden Blick zu.

Holzer, der bisher geschwiegen hatte, räusperte sich nun vernehmlich. »Nun, es ist nicht so, dass diese Vorstellungen nicht umsetzbar wären. Mit der soliden Begleitung eines Architekten und eines Ingenieurs wäre dies bestimmt denkbar. Ich weise einfach darauf hin, dass Objekte dieser Art, die eher an Kunstbauten erinnern, schon rein vom Material her kostspieliger sind, ganz zu schweigen von den Arbeitsstunden.«

Mutter und Tochter sahen sich an. »Also, wie siehst du das, Mama? Ich würde vorschlagen, dass uns Herr Holzer einmal einen Gestaltungsvorschlag für den Raum macht. Bitte arbeiten Sie doch zu diesem Zweck mit Frau ...« Sie schaute Rosalba fragend an.

»Mandelli«, antwortete diese lächelnd.

Die blonde Schweizerin erwiderte ihr Lächeln dankbar. »... mit Frau Mandelli zusammen. Ich finde ihre Sichtweise äußerst inspirierend. Selbstständige und eigenwillige Damen trifft man selten.« Und an Zehner gewandt fügte sie noch an: »Wie bereits mehrfach kommuniziert, geht es bei diesem Projekt nicht darum, Geiz zu zelebrieren. Wir möchten etwas Einzigartiges, Ästhetisches, nicht mehr und nicht weniger. Frau Mandelli macht auf mich einen professionellen Eindruck, zumal sie ja fachlich noch tatkräftige Unterstützung hat, nicht wahr?« Provokativ hob Fatima die Augenbraue und sah den Bauunternehmer an. Sie wusste anscheinend ebenso wie alle anderen im Raum, dass Zehner und seine Leute nicht in der Lage waren, diesen Innenausbau auszuführen, weil ihnen das nötige handwerkliche Geschick für derart Kunstvolles fehlte.

»Nun, was soll ich sagen, die Jugend hat entschieden!« Die Hausherrin war offenbar froh, das Ganze ihrer Tochter und generell einer jüngeren Generation zu überlassen. Mit einem Lächeln reichte sie allen die Hand, um sich zu verabschieden. »Ach ja: Terminlich würde uns der Umbau im August gut passen, diesen Monat verbringen wir nämlich immer in St. Tropez«, fügte sie noch an.

Rosalba gelang es nicht mehr, ihre Vorfreude zu verbergen. Ein Kribbeln jagte durch ihre Adern, und ein breites Grinsen zog ihre Mundwinkel nach oben. Als sie sich der Treppe ins Erdgeschoss näherten, warf sie Zehner einen triumphierenden Blick zu. »Mir ist es egal, was du über mich denkst. Ich denke über dich überhaupt nicht nach.«

Der Bauunternehmer vergaß an seinem Schnurrbart herumzuzupfen, blieb stehen und starrte Rosalba fassungslos an. Seine entgleisten Gesichtszüge ließen vermuten, dass er glaubte, sich verhört zu haben.

»Das ist ein Zitat von Coco Chanel. Sie war eine einflussreiche Frau und eine revolutionäre Unternehmerin«, fügte Rosalba mit einem triumphierenden Lächeln an und ging zurück an die Arbeit.

Zehner stapfte mit verkniffener hochroter Miene an ihnen vorbei und fuhr in einer Staubwolke davon. Holzer verabschiedete sich immerhin per Handschlag.

»Ich komme wieder auf dich zu, Rosalba, sobald ich einen ersten Entwurf habe.«

»Sehr gerne.«

Als die Herren gegangen waren, schielte Rosalba vorsichtig zu ihrem Verwandten hinüber. Würde er sie nun schelten? Hätte sie schweigen sollen? Oder war er stolz auf das, was sie gewagt hatte?

»Meine Güte, Rosalba. Du erinnerst mich immer wieder an deine Mutter ... mit einem ordentlichen Schuss deiner verstorbenen Bisnonna Camilla.« Während Antonio dies sagte, schaute er nicht einmal von der Arbeit auf. Seine Mundwinkel wanderten jedoch verräterisch in Richtung Ohren.

Rosalba grinste und griff nach dem nächsten Stein.

Schweigend arbeiteten sie, bis die Sonne ihren Zenit erreichte und senkrecht auf sie niederbrannte. Antonio wischte sich den Schweiß aus dem Gesicht und massierte sich die Brust.

»Lass uns im Schatten unser Mittagessen einnehmen und etwas trinken«, schlug er vor.

Rosalba beobachtete, wie er erschöpft zu einer Baumgruppe schlurfte. Noch bevor er sein Sandwich aus der Papiertüte geholt hatte, setzte der hartnäckige Reizhusten erneut ein und machte es ihm unmöglich, etwas zu essen.

Rosalba stand auf und ging zu ihm. »So, das reicht jetzt wirklich. Du nimmst dir heute Nachmittag frei und gehst zu einem Arzt. Die restlichen Stunden bis zum Abend legst du dich in den Garten und wirst gesund. Ich komme hier bestens alleine klar, auch wenn ich etwas langsamer bin. Das spielt aber keine Rolle.«

Zu Rosalbas Erstaunen wehrte sich Antonio nicht einmal gegen ihren Befehl. Nachdem sich der Husten etwas gelegt hatte, erhob er sich und verabschiedete sich. »Ich hole dich heute Abend wieder ab.«

An diesem Nachmittag wurde Rosalba nicht mehr gestört. Weder von ausländerfeindlichen, sexistischen Baulöwen noch von der Bauherrschaft. Letztere zog es an einem Tag wie diesem wohl vor, sich am Pool im Garten hinter dem Haus zu vergnügen, was sie den Damen gönnte.

Die Wärme des Tages ließ nach, als Rosalba das Werkzeug reinigte und Ordnung auf der Baustelle schaffte.

Sie klopfte sich gerade den Staub von der Hose, als Antonios Wagen in der Einfahrt erschien. Natürlich saß er persönlich hinter dem Steuer, obwohl Elisa den Fahrdienst bestimmt auch gerne übernommen hätte. Kaum saß Rosalba im Auto und hatte sich angegurtet, platzte es auch schon aus ihr heraus: »Und? Warst du beim Arzt? Was hat er gesagt?«

Antonio zuckte mit den Schultern. »Ach, das Übliche. Dass ich mir wohl etwas zu viel zumute und deshalb krankheitsanfälliger bin. Er hat mir ein Medikament gegen den nächtlichen Husten verschrieben, einen grässlichen Sirup. Und er sagt, dass es mir guttun würde, wenn ich mir einen Tag pro Woche freinehme. Das ist natürlich leichter gesagt, als getan. Immerhin bin ich selbstständig.« Er seufzte und starrte auf die Straße, die sich in Kurven den Berg entlang talwärts schlängelte. »Und er empfahl mir, das Rauchen etwas zu reduzieren, bis es mir besser geht.«

»Solange ich noch hier bin, kannst du dir doch problemlos einen Tag in der Woche freinehmen. Je mehr Zeit du dir für deine Genesung nimmst, desto schneller bist du wieder auf den Beinen. Schlimmstenfalls ... fahre ich nur für meinen Geburtstag nach Italien und komme dann erneut zurück.« Die Idee war ihr soeben eingefallen und löste innerlich einen Hoffnungsschimmer aus.

»Das würde Aurora nicht gutheißen. Sie läuft ja selbst am Anschlag mit der Firma, wenn auch auf andere Art als ich. Sie braucht dich, Rosalba.«

Enttäuschung flammte in Rosalbas Herzen auf, und sie starrte wortlos aus dem Fenster. Ein unschöner und feiger Gedanke bemächtigte sich ihrer in diesem Augenblick. Was machte es denn für einen Sinn, nach Italien zurückzukehren, wenn es hier in der Schweiz genug Arbeit gab, man ihre Hilfe benötigte und ihr Geliebter auch noch hier lebte? Sofort schämte sie sich für diesen Gedanken.

»Antonio, auch ich kann das Rad in Italien nicht neu erfinden. Ich beherrsche auch nur die Fertigkeiten, die mir Mamma beigebracht hat. Aber die Zeit, in der ihre Visionen und Ideen nachgefragt waren, geht zu Ende. Wollten wir das ändern, müssten wir andere Märkte erschließen. Südlicher, in urbanen Zonen beispielsweise. Das hätte jedoch zur Folge, dass ich mit der Firma umziehen oder mich in einer fremden Unternehmung hocharbeiten müsste. Da kann ich mich doch genauso gut nach Norden orientieren.« Sie sprach es nicht offen aus, doch je länger sie in der Schweiz verweilte, desto lauter wurde die Stimme in ihrem Inneren.

Sie sah in Argegno keine Zukunft.

Weder emotional noch beruflich.

Kapitel 15

An einem späten Nachmittag im August lenkte Rosalba Antonios Pick-up auf den beschaulichen Werkhof in Grüsch. Ähnlich dem Baubetrieb ihrer Familie in Castiglione war auch das Waren- und Werkzeuglager ihres Verwandten im Erdgeschoss eines mehrstöckigen Gebäudes untergebracht. Während die Bauunternehmung eine Doppelgarage mit Werkstatttor und interner Verbindungstür beanspruchte, befanden sich im ersten Stockwerk ein Unternehmen für Heizung- und Sanitäranlagen, ein Elektriker und zahlreiche weitere Firmen, deren Mitarbeiter Rosalba jedoch kaum zu Gesicht bekam. Manche Räume waren auch als Möbellager an Privatpersonen vermietet. Wie Antonio ihr erklärt hatte, diente ein Zimmer sogar der Gemeindeverwaltung als externes Archiv, da sie in ihren eigenen Räumlichkeiten nicht mehr genug Platz für all die Dokumente besaßen.

Das Gebäude wies eine schmutzige beigefarbene Fassade auf, die nach einem Neuanstrich schrie. Abgeschossene grüne Fensterläden, die ohnehin nie geschlossen wurden, unterstrichen den verwahrlosten Eindruck, den das Haus hinterließ. Fensterscheiben, deren Schmutzschicht so dick war, dass man kaum mehr hindurchsehen konnte, boten Spinnen und anderem Getier ein Zuhause. Manche Fenster waren sogar mit Plastikfolie abgedeckt und zugeklebt, weil niemand die Notwendigkeit sah, eine zerbrochene Scheibe zu ersetzen.

In früheren Zeiten war das Gebäude angeblich einmal ein Wohnhaus gewesen. Der derzeitige Besitzer setzte sich allerdings aus einer Erbengemeinschaft zusammen, die sich über ihr Vermächtnis nicht einig wurde und offenbar nicht bereit war, Geld in eine Renovierung zu investieren. So verkam das Haus immer mehr. Als Standort für kleine Handwerksbetriebe und als Lager genügte es jedoch alleweil noch – nicht zuletzt deshalb, weil die Miete sehr niedrig war.

Heute war schon der dritte Tag in Folge, an dem Antonio Rosalba nicht zur Arbeit begleitete. Seine Brustschmerzen hatten in den vergangenen eineinhalb Monaten schleichend an Intensität zugenommen. Der Arzt verschrieb ihm Schmerzmittel. Nachts lag er dennoch stundenlang wach, weil die Medikamente nicht genug wirkten. Auch der Reizhusten war nicht abgeklungen, sondern sogar noch stärker geworden. All das wurde von einer bleiernen Müdigkeit überschattet, die Antonio dermaßen erschöpfte, dass er sich unmöglich einen vollen Arbeitstag lang körperlich betätigen konnte. Da das Projekt der Damen in Klosters zwischenzeitlich konkrete Formen angenommen hatte, kümmerte sich Rosalba nun allein um die Erstellung des Turmkamins in der Villa. Entgegen der Annahme mancher Herren fiel ihr das nicht besonders schwer. Die Vision, der sie zusammen mit Holzer und einem Ingenieur Leben eingehaucht hatte, war schließlich ihrem Geist entsprungen. Schade, dass ihre Mutter sie bei diesem Werk nicht sehen konnte, sie wäre zweifellos sehr stolz gewesen.

Nachdem Rosalba alles ordentlich verstaut hatte, schloss sie die Tore zum Werkhof ab und nahm den Heimweg zu Fuß in Angriff. Eine ältere Frau, die Rosalba auf ihrem Weg zur Arbeit täglich im Garten antraf, war noch immer fleißig. Heute trug sie das weiße Haar zu einem Knoten hochgesteckt, wobei ihr gelegentlich eine Strähne ins Gesicht fiel. Maunzend strich ihr eine Katze um die Beine. Von ihrer Nonna Armida wusste Rosalba, dass jetzt im August die Zeit für die Saat des Wintergemüses war. Der Anblick der vornübergebeugten Frau erinnerte sie schmerzhaft daran, dass ihre Nonna wohl gerade dasselbe tat. Zu Hause. In jenem Garten, den man ihr in wenigen Wochen zusammen mit dem dazugehörigen Haus schenken würde. Ihre Großeltern würden im Winter nach Argegno zu ihren Eltern ziehen. Die Villa Domenica bot genug Platz für alle. Ihre Mutter würde sich dann, wie es die Tradition und der Anstand verlangten, im Alter um die beiden kümmern.

»Hallo?« Rosalba betrat das Zuhause ihrer Verwandten und ließ die Tür hinter sich ins Schloss fallen. Niemand antwortete, und auch keiner erschien im Flur, um sie zu begrüßen, wie es sonst üblich war.

Essensduft lag in der Luft und ließ Rosalbas Magen hungrig knurren. Mit einem Lächeln folgte sie der Duftspur und streckte den Kopf in die Küche, wo Elisa und Erika dabei waren, das Abendessen zuzubereiten. Abgesehen vom Lärm des Dampfabzugs herrschte Stille im Raum.

»Hallo«, grüßten die beiden Frauen, doch es klang anders als sonst. Rosalba betrachtete sie genauer. Niemand lächelte, und selbst Armanda, die für gewöhnlich immer mit

Scherzen aufwartete, wich ihrem Blick aus, als sie in die Küche kam, um einen Stapel Teller zu holen.

»Ist etwas passiert?« Rosalba blickte von einer zur anderen.

»Geh du nur duschen, bald gibt es Essen.« Elisas Stimme klang belegt. Gedankenverloren starrte sie in den Kochtopf.

Rosalba wartete noch eine Minute, schaute jede einzeln an, dann zuckte sie mit den Schultern und ging nach oben, um sich den Dreck von der Haut zu waschen.

Mit nassen Haaren und bequemer Kleidung kehrte sie zwanzig Minuten später zurück. Antonio und die Mädchen saßen bereits am Tisch. Elisa brachte eine dampfende Schüssel mit Ragout herein, aus einer weiteren schöpfte Erika Nudeln und verteilte die Teller.

Antonio sah wie immer müde aus. Er lächelte jedoch als Einziger, als Rosalba sich setzte.

»Wie war dein Tag? Wächst der Kamin?«, fragte er, ein warmes Glitzern in den Augen.

»Sehr gut. Ja, der Turm klettert der Decke entgegen und wird wunderschön. Den Tag, an dem diese Arbeit ihr Ende findet, bedauere ich jetzt schon.« Hungrig griff Rosalba nach Messer und Gabel und kostete Elisas Gericht.

»Schmeckt vorzüglich!«

»Danke.« Erneut diese monotone Tonlage, die Rosalba ein Frösteln über den Rücken jagte.

»Wie geht es dir heute, Antonio? Fühlst du dich etwas besser?«, fragte Rosalba und hob den Blick.

Ein Scheppern erklang, als die Gabel Elisas Hand entglitt und auf den Tellerrand fiel. Rosalba sah sie an und erschrak. Elisa war kreidebleich, und die Lippen zitterten. Tränen schimmerten in ihren Augen.

»Mama, bitte, mach es jetzt nicht schlimmer, als es ohnehin schon ist. Noch besteht Hoffnung. Deine Reaktion ist für den Genesungsverlauf nicht sehr hilfreich.« Es war das erste Mal seit Rosalbas Rückkehr, dass Armanda etwas sagte. Erika starrte auf ihren Teller. Nur Antonio lächelte immer noch, und das, obwohl seine Augen in schattigen Höhlen lagen und er in letzter Zeit erneut an Gewicht verloren hatte. Nur das leichte Zittern seiner Finger auf dem Tisch verriet, dass es ihm nicht so gut ging, wie seine freundliche Miene glauben machen wollte.

»Was ist los? Ich verstehe nicht, worum es geht.« Rosalba schaute von Erika zu Armanda, dann zu deren Mutter und schließlich zu Antonio. Er war es denn auch, der ihre Hand in seine nahm und ihr tief in die Augen sah.

»Rosalba, ich bin krank.«

Mehrere Sekunden lang sprach niemand ein Wort. Das Ticken der Wanduhr war das einzige Geräusch im Raum. Selbst Rosalbas eigener Atem schien zu laut. Ungläubig starrte sie ihren Freund und Mentor an. Ihre Lippen bebten, als sie die alles entscheidende Frage stellte: »Wie krank, Antonio?«

»Sehr krank. Der Arzt hat letzte Woche umfangreichere Untersuchungen eingeleitet.« Er schluckte und schenkte ihr ein Lächeln, das beruhigend aussehen sollte. Es gelang ihm dabei jedoch nicht, den Schmerz in seinen Augen zu verbergen.

»Er spricht von sechs bis zwölf Monaten, sofern der Tumor nicht metastasiert. Er ist bereits nicht mehr operabel. Möglicherweise spreche ich aber gut auf die Chemo- und die Strahlentherapie an ... dann hätte ich vielleicht noch ... etwas mehr Zeit. Man hört immer wieder von

Menschen, die dem Tod trotz schlechter Prognosen vom Karren gesprungen sind.« Ein trockener Husten begleitete Antonios blechernes Lachen. Dabei verzog er schmerzhaft das Gesicht und hielt sich die Brust.

Elisa gab ein Schluchzen von sich und schüttelte den Kopf. Tränen rannen ihr über die Wangen. »Sag ihr doch einfach die Wahrheit, Antonio. Der Arzt sagt, dass Lungenkrebs in deinem Stadium unheilbar ist. Alles, was man tun kann, sind bloß lebensverlängernde Maßnahmen.«

Armanda reckte trotzig das Kinn. »Es gibt immer Ausnahmen, Mama. Papa ist gottlob vergleichsweise jung an dem Krebs erkrankt. Sieh es doch bitte auch mal positiv, ihm zuliebe!«

»Du warst nicht dabei, als der Arzt uns die Diagnose stellte, also halte mir hier bitte keinen Vortrag! Der Tumor wächst zwar langsam, kann aber aufgrund seiner Größe und Lage nicht mehr durch eine Operation entfernt werden. Die Chemo- und die Strahlentherapie sind aggressive Behandlungsmethoden, auf die nicht jeder Mensch gleich gut anspricht. Das wird kein Spaziergang! Und selbst wenn er all das gut aufnimmt, ändert das nichts daran, dass alle Bemühungen vermutlich nur ...« Sie brach ab und verbarg das Gesicht in den Händen. Ihre Schultern zuckten, als sie schluchzte. »... nur einige Monate mehr Lebenszeit bringen. Wir sind möglicherweise zu spät«, hauchte sie.

Rosalba starrte die vier mit offenem Mund an. In ihrem Kopf herrschte Chaos. Sie konnte keinen klaren Gedanken fassen, geschweige denn etwas sagen. Noch gelang es ihr nicht, die vielen Informationen zu verarbeiten.

Mit einem Ruck stand Armanda vom Tisch auf, stieß dabei das Wasserglas neben ihrem Teller um und stürmte aus dem Raum. Erika biss sich auf die Lippen und zog den Kopf ein.

Antonio hielt immer noch Rosalbas Hand. Langsam suchte sie seinen Blick.

»Wie schlimm ist es wirklich, Antonio? Bitte.« Ihre Stimme klang heiser, während sie ihn flehend ansah. In seinen Augen sah sie die Antwort auf ihre Frage, noch bevor er sie aussprach.

»Schlimm genug.« Tränen rannen ihm über die Wangen. Dabei lächelte er unverändert.

Rosalba fühlte sich, als schnürte ihr jemand die Kehle zu.

»Sechs bis zwölf Monate?«, echote sie mit dünner Stimme. Er nickte. »Weiß Mamma es schon?«

»Nein, bisher wissen es nur wir fünf.« Er ließ ihre Hand los. »Lasst uns wenigstens versuchen, etwas zu essen. Elisa hat sich so große Mühe gegeben.« Tapfer griff Antonio nach dem Besteck und nahm ein Stück Fleisch in den Mund.

Obwohl sich ihr Magen wie ein Stein anfühlte, tat Rosalba Antonio den Gefallen und aß einige Nudeln. Elisa weinte stumm vor sich hin. Erika zwang sich ebenfalls dazu, ein wenig zu essen, doch die Haut in ihrem Gesicht war kalkweiß, und die Hand, die die Gabel führte, zitterte so stark, dass ihr die Nudeln laufend zurück in den Teller fielen.

Nach dem Abendessen bot Rosalba an, die Küche aufzuräumen. »Leg dich aufs Sofa, Elisa. Ich mache das. Das ist das Mindeste, was ich tun kann.« Sie legte ihr liebevoll eine Hand auf die Schulter.

»Du hast den ganzen Tag für zwei auf der Baustelle geschuftet. Wenn hier jemand Ruhe braucht, dann du.«

Elisa griff nach der Schüssel. Mit sanftem Nachdruck hielt Rosalba sie davon ab.

»Auch du hast heute gearbeitet. Weit mehr noch als das. Bitte lass mich das jetzt machen. Erika? Möchtest du deine Mutter ins Wohnzimmer begleiten?«

Sofort sprang die jüngere von Antonios Töchtern vom Tisch auf und eilte herbei. Sie hakte sich bei Elisa unter. »Papa? Kommst du auch mit?«

Antonio nickte und folgte seiner Frau und Erika ins nebenan gelegene Wohnzimmer.

Minutenlang starrte Rosalba auf das heiße Wasser, das in den Topf floss, den sie waschen wollte. Schließlich gab sie sich einen Ruck und reinigte das Koch- und Essgeschirr. Im Nachhinein konnte sie nicht einmal mehr sagen, was sie genau getan hatte. Ihre Gedanken vereinnahmten sie dermaßen, dass alles andere lautlos und unbemerkt an ihr vorbeiging.

Plötzlich fehlte ihr ihre Heimat. In Argegno hätte sie jetzt ihre beiden Freundinnen Catarina und Albertina angerufen und sich im Städtchen mit ihnen auf ein Glas Wein oder etwas Stärkeres verabredet. Egal ob das Leben mit einem Hoch oder einem Tief wartete, die drei teilten alles miteinander. So verlockend Rosalba die Fremde in der vergangenen Zeit auch erschienen war, so bewusst wurde ihr nun, dass sie hier noch nicht vollständig angekommen war. Abgesehen von Antonios Familie gab es nur noch Remo. Doch einfach zu ihm zu flüchten und ihre Verwandten alleine lassen, war keine Option. Während Kummer und Chaos ihr Innenleben beherrschten, suchte sie krampfhaft nach einem Ausweg. Sie hatte zwar keine Macht über das Schicksal, doch verbot ihr niemand, alles ihr Mögliche zu unternehmen, um zu helfen.

Rosalba trocknete sich die Hände an einem Geschirrtuch und ging ins Wohnzimmer. Antonio, Elisa und Erika saßen dicht aneinandergedrängt auf dem moosgrünen Sofa neben einigen Puppen und hielten sich an den Händen. Vor ihnen auf dem hölzernen Salontisch mit der Häkeldecke lag eine offene Packung Taschentücher. Die antike Wanduhr, ein Erbstück von Elisas Großmutter väterlicherseits, verursachte das einzige Geräusch in dem mit bunt gemusterten Teppichen ausgestatteten Raum. Rosalba ließ den Blick über die goldbraune Wohnwand an der linken Raumseite gleiten. Der Anblick der zahlreichen, mit Metallrahmen versehenen Familienfotos versetzte ihr einen Stich.

Elisa hatte inzwischen aufgehört zu weinen. Mit geröteten Augen starrte sie ins Leere und knetete ein zerknülltes Taschentuch in ihren Fingern. Von Armanda fehlte immer noch jede Spur, vermutlich hatte sie sich in ihr Zimmer eingeschlossen. Erika spielte mit einer Haarsträhne und schwieg ebenso wie ihre Eltern.

Rosalba wusste nicht, ob es pietätlos war, die Stille zu durchbrechen. Dennoch ertrug sie es nicht, untätig zuzusehen. An Schlaf war ohnehin nicht zu denken. Sie sehnte sich nach Hoffnung, auch wenn es nur ein Lichtschimmer am Ende eines sehr langen, düsteren Tunnels war.

»Antonio?«, fragte sie zaghaft. Obwohl sie sich um einen leisen und respektvollen Tonfall bemühte, erschienen ihr die eigenen Worte unangebracht laut.

»Hm?« Er hob den Kopf, das bereits bekannte Lächeln auf den Lippen.

»Ihr sagt, es besteht vielleicht noch Hoffnung. Ich finde es wichtig, dass du dich schonst und dir Zeit nimmst, um dich auf die Chemotherapie vorzubereiten. Und während der Therapie ist es besonders wichtig, dass du dir genügend Ruhe gönnst. Wir alle glauben fest daran, dass du gut auf die Behandlung ansprichst. Etwas anderes gibt es in meiner Vorstellung gar nicht. Ich kann dir nicht helfen, gesund zu werden, das liegt nicht in meiner Macht. Aber ich kann dir anbieten, die Arbeit auf der Baustelle zu übernehmen, bis es dir besser geht, oder ...« Sie zögerte. Trotzdem beschloss sie, die Worte, an die sie selbst in kindlicher Naivität unbedingt glauben wollte, auszusprechen: »Bis du wieder gesund bist. Ich habe zwar nicht deine Routine und Erfahrung, das wird aber jeder verstehen, *spero.*« Erwartungsvoll hielt sie die Luft an und wartete auf eine Reaktion.

»Ich bin dir sehr dankbar, Rosalba, wenn du in der verbleibenden Zeit bis zu deiner Abreise bei uns einige der angefangenen Arbeiten zu Ende bringen könntest. Das erlaubt es mir, in den kommenden Wochen nach einer anderen Lösung zu suchen, ohne dass ich meinen Kunden gegenüber in Verzug gerate.« Antonio hielt sich den Brustkorb, als ihn ein trockener Hustenanfall schüttelte.

»Du hast mich falsch verstanden, Antonio.« Rosalba sah ihm fest in die Augen. »Ich biete dir an, mich solange um dein Geschäft zu kümmern, wie du dies wünschst, und wie es nötig ist. Sicher bis zur Winterpause am Jahresende. Danach sehen wir weiter.« Rosalba hörte ein Rascheln und erkannte aus den Augenwinkeln, dass sich Elisa nach ihr umdrehte.

»Liebes, das ist unheimlich edelmütig von dir, doch kann ich das nicht annehmen. Ich möchte nicht, dass du deine Mutter meinetwegen im Stich lässt. Ich finde bestimmt eine gute Lösung in den nächsten Wochen.« In Antonios Blick mischte sich Dankbarkeit mit Bedauern.

Rosalba nahm eine gerade Haltung in ihrem Sessel ein und beugte sich leicht nach vorne. »Meine Mutter wird es verstehen. Sie liebt dich, Antonio. Außerdem bin ich es, die diese Entscheidung treffen muss. Das ist mein Leben, nicht das meiner Eltern. Und mein Entschluss steht fest: Ich fahre im September nach Hause, um dort meinen zwanzigsten Geburtstag zu feiern. Danach kehre ich hierher zurück und halte die Stellung. *Basta.*« Mit diesen Worten erhob sie sich und sah ihre Verwandten an. In Erikas Gesicht erkannte sie offene Bewunderung und einen matten Hoffnungsschimmer.

Elisa nickte mit Tränen in den Augen. »Rosalba, du bist ein Geschenk des Schicksals.«

»Für mich ist es selbstverständlich, euch in dieser schweren Zeit zu helfen. Ihr habt mich letztes und auch dieses Jahr stets unterstützt. Es ist mir eine Ehre, euch auf diese Weise Danke zu sagen. Ich bin sehr gerne für euch da.« Sie holte kurz Luft und ließ ihre Worte nachwirken. Dann wünschte sie allen eine gute Nacht und ging nach oben in ihr Schlafzimmer. Mit einem erschöpften Seufzen schloss sie die Tür hinter sich und legte sich aufs Bett. Minutenlang starrte sie einfach an die Decke und lauschte dem Klopfen ihres Herzens und dem Rauschen des Blutes in ihren Ohren.

In der plötzlichen Stille und Einsamkeit kam der Gedanke an das Unvermeidliche: Wann und wie sollte sie ihrer Mutter sagen, dass ihr Lieblingscousin, der ihr so nahe wie ein Bruder war, möglicherweise nie mehr gesund werden würde? Wann berichtete sie ihr, dass sie ihm versprochen hatte, bis zum letzten Atemzug an seiner Seite zu kämpfen, anstatt nach Italien zurückzukehren, wie man es sich von ihr erhoffte?

Reflexartig griff Rosalba an ihr Halsamulett, das Senkblei. Es war nicht das erste Mal, dass die Mandellis eine geliebte Seele viel zu früh zu Grabe tragen mussten. Wie damals verlangte das Schicksal besondere Opfer.

Diese Nachricht konnte sie ihrer Mutter unmöglich am Telefon übermitteln.

Das musste persönlich geschehen.

Wenn sie zu ihrem Geburtstag nach Hause zurückkehrte.

Kapitel 16

Remo lenkte den orangefarbenen VW Golf durch die Berge in Richtung Norditalien, während Rosalba schwermütig auf die vorbeiziehende Landschaft starrte und dem Dröhnen des Motors lauschte. Normalerweise freute sie sich auf ihren Geburtstag. Heute fiel ihr das schwer.

»Wie geht es Antonio?« Remos Stimme riss sie aus ihren Gedanken.

»Nicht so gut«, antwortete sie. »Er hat Schmerzen, ist müde und ohne Appetit.«

Remo schwieg betroffen. Nach einer Weile fragte er zaghaft: »Denkst du, deine Familie wird deine Entscheidung, noch etwas länger in der Schweiz zu bleiben, verstehen?«

Rosalba seufzte und sah wieder aus dem Fenster. »Keine Ahnung. Ich habe Angst vor Mammas Reaktion. Sie fürchtet sich vor der Anziehung, die das Ausland auf mich hat. Und sie hat ja recht, die Schweiz hat mich verändert.«

Rosalba machte eine Pause, um ihre Gedanken und Gefühle zu ordnen, und Remo unterbrach sie nicht.

»Ich habe nicht damit gerechnet, dass der Gedanke, von dir getrennt zu sein, so schmerzhaft sein könnte, Remo. Ich habe aber auch nie darüber nachgedacht, wie sehr ich meine Familie und meine Heimat liebe. Bis jetzt, wo ich mich für eins von beidem entscheiden muss.«

Den Rest der Fahrt nach Argegno verbrachten sie in grüblerischem Schweigen.

Rosalbas Eltern hießen die beiden herzlich willkommen. Nach einem Abendessen, dessen Gespräche Rosalba mehrheitlich auf ihre Erfahrungen mit der Schweizer Bauwirtschaft lenkte, gingen sie früh schlafen.

Am nächsten Morgen türmten sich graue Wolkenberge am Himmel und verdeckten die Sonne, fast so, als ahnte das Wetter, was in den nächsten Tagen bevorstand. Der Comer See, nach dessen Farbe das leuchtend blaue Dach des kleinen Tempels einst gestaltet worden war, zeigte sich von seiner dunklen, aufgewühlten Seite. Schaumkronen zierten die Wellen und ließen sich vom Nordwind südwärts blasen. In Erwartung einiger Regentropfen hatte Rosalbas Vater für die Geburtstagsfeier seiner Tochter ein Festzelt organisiert. Eine mit weißen Tischtüchern, Blumen und edlem Geschirr geschmückte Tafel nahm die gesamte Länge des Zeltes ein. Zur Feier des Tages trug Rosalba einen himbeerroten Overall mit Silbergürtel und eine Jeansjacke mit Strasssteinen dazu. Die Haare hatte sie mithilfe ihrer Mutter zu einer kunstvollen Hochsteckfrisur verschlungen. Zusammen mit Remo, der einen dunkelblauen Anzug mit weißem T-Shirt und hellen Turnschuhen trug, verteilte sie Servietten. Dabei gähnte sie verstohlen und hielt sich beschämt die Hand auf den Mund.

»Hoffentlich sieht man mir die schlaflosen Nächte der letzten Wochen nicht an«, murmelte sie an Remo gewandt.

Dieser schüttelte lächelnd den Kopf. »Du siehst selbst in betrüblichen Zeiten noch hervorragend aus, mein Schatz.« Er strich ihr mit einem warmen Lächeln über den Rücken.

»Meine Mutter ist kaum zu täuschen. Sie beäugt mich schon seit unserer Ankunft gestern kritisch. Es fällt mir richtig schwer, ihrem Blick standzuhalten – was ihr natürlich ebenfalls nicht entgeht.«

»Sie wird annehmen, dass dich die Reise ermüdet hat. Oder aber sie macht sich Gedanken über den Umstand, dass ich dich begleitet habe. Vielleicht fürchtet sie ja, dass wir eine Verlobung bekanntgeben.« Remo steckte die Hände in die Hosentaschen und lehnte sich lässig an den Tisch.

»Meine Mutter hat mir bereits von klein an eingeprägt, dass Heiraten nichts für uns Mandelli-Frauen ist.«

»Vielleicht befürchtet sie ja, dass du nun anderer Meinung bist und endgültig auswanderst.« Er trommelte mit den Fingern auf den Tisch. Rosalba stellte sich vor ihn, schlang die Arme um seine Mitte und legte den Kopf in seine Halskuhle.

»Im Moment liegt meine Zukunft für mich im Dunkeln. Alles, was zählt, ist, dass Antonio irgendwie gesund wird oder mindestens noch einige Jahre bei seiner Familie bleiben kann. Weiter kann ich noch gar nicht denken.«

»Ich weiß, was du meinst.« Remo strich ihr zärtlich über die Haare. »Deine Mutter ist hier.«

Ruckartig löste sich Rosalba von Remo und spürte, wie ihre Wangen glühten.

»Die ersten Gäste sind schon da. Ich wollte kurz nachfragen, ob wir alles haben und ob wir bereit sind? Dein Vater begleitet die Leute zwischenzeitlich hierher, obwohl sie den Weg ja alle kennen.«

»Wir sind so weit.« Rosalba bemühte sich, fröhlich zu wirken. Dem Gesichtsausdruck ihrer Mutter nach zu urteilen, nahm diese ihr die Farce jedoch nicht ab. Wenn sie ihr doch bloß endlich sagen könnte, welch schwere Bürde sie auf dem Herzen trug, welch grauenhaftes Wissen sie seit Wochen quälte! Remo und sie hatten jedoch beschlossen, ihre Familie erst nach dem Geburtstagsfest einzuweihen. Schließlich freuten sich Rosalbas Eltern und Großeltern seit Monaten auf diesen Tag.

Stimmen wurden laut. Dem unüberhörbaren Geschnatter nach zu urteilen, näherten sich Catarina und Albertina mit ihren beiden Liebsten Alfredo und Rocco dem Festzelt.

»Rosalba! Altes Haus!« Wie ein Wirbelsturm kam Catarina auf sie zu und drückte sie an ihre weiche Brust.

»*Auguroni*, Liebes!« Albertina umarmte sie ebenfalls stürmisch. Die zwei Lebenspartner ihrer besten Freundinnen gaben Rosalba zwei Küsschen auf die Wange und gratulierten ihr auf diese Weise. Doch bevor Rosalba sich weiter um ihre Freunde kümmern konnte, die sie nun monatelang nicht gesehen hatte, erschienen auch schon die nächsten Gäste – Madrina Marisa mit Alessandro und gleich darauf die Großeltern väterlicherseits.

Während Rosalba Küsse und Umarmungen austauschte, Gratulationen, Komplimente und Geschenke entgegennahm, trudelten immer weitere Gäste ein. Die Nachbarn, ihre Tante Laura, ihre Großeltern mütterlicherseits sowie einige nahe Bekannte.

»Schade, dass Antonio und Elisa es nicht geschafft haben«, murmelte ihre Mutter, als sie den Leuten dabei zusah, wie sie sich an der Tafel einen Platz suchten. Remo kam Rosalba zu Hilfe, bevor diese sich in irgendwelchen unsicher vorgetragenen Begründungen verlieren konnte.

»Ich hatte selbst große Mühe, einige Tage freizunehmen, um herzukommen«, erklärte er. »Der September ist stets der Übergangsmonat für die Herbstarbeiten. Soweit ich weiß, hat Antonio noch viele laufende Aufträge und gleichzeitig auch schon wieder zahlreiche Anfragen für Arbeiten, die noch vor dem Winter erledigt werden müssen.«

Ihre Mutter nickte, auch wenn sich in ihrem Blick und in ihrer Mimik Zweifel abzeichneten. Schnell wandte sich Rosalba ab und eilte zur Tafel, um sicherzustellen, dass alle einen Platz fanden und Lucilla mit dem Bereitstellen des Essens zurechtkam.

Nachdem sich alle gesetzt hatten, klatschte Rosalba in die Hände, um eine kurze Begrüßungsrede zu halten.

»Liebe Freunde, Verwandte und mir nahestehende Seelen, *benvenuti tutti*! Es freut mich unheimlich, dass ihr euch diesen Tag jedes Jahr freihaltet. Da das Wetter eine Grillade nicht begünstigt und dies außerdem *mein* großer Tag ist ...«, sie machte eine rhetorische Pause und grinste, »... gibt es heute *Spaghetti Carbonara* nach Bisnonna Camillas Rezept sowie verschiedene Salate! Bleibt bitte sitzen, wir bedienen euch sehr gerne.« Rosalba räusperte sich. »Es ist einfach schön, dass ihr da seid. Ich habe euch vermisst.«

»Willkommen zu Hause, mein Schatz.« Mamma griff nach ihrer Hand und drückte sie. Emotionen glitzerten in ihren Augen.

Tief seufzend erwiderte Rosalba den Blick ihrer Mutter. »Danke, Mamma.« Schmerz zerriss sie innerlich, während sie ein Lächeln auf ihr Gesicht zwang.

Wenn sie ihr doch nur die Wahrheit sagen könnte. Der Tag war noch so furchtbar lang, und das Geheimnis lastete kalt und bleischwer auf ihrem Herzen.

»Lass uns Lucilla mit dem Essen helfen.« Rosalba ging voraus, und ihre Mutter folgte ihr. Remo wollte sich ebenfalls erheben, doch Mamma bedeutete ihm, sitzen zu bleiben. »Vielen Dank, aber Lorenzo hilft auch noch, dann sind wir genug.«

Rosalbas Vater nahm sich des Getränkeservices an, und die Damen trugen zuerst verschiedene Salatschüsseln zum Tisch und servierten dann jedem Anwesenden einen großzügigen Teller Spaghetti.

Während des Essens herrschte lebhaftes Chaos. Gläser und Besteck klirrten, und alle lachten ausgelassen oder diskutierten laut und gestenreich. Nach der Mahlzeit erhoben sich Nonna Armida und Madrina Marisa und räumten die leeren Teller ab. Sofort eilte Mamma herbei. »Lasst nur, wir machen das, setzt euch wieder und genießt den Anlass!«

Madrina Marisa hielt sich den Bauch und lachte. »Aurora, bitte gönne mir diese kurze Bewegung, ich platze sonst gleich.«

Mit der zusätzlichen Hilfe waren die schmutzigen Gedecke schnell weggeräumt, der Tisch gesäubert und Platz für den Nachtisch gemacht.

»Los, setz dich hin, Rosalba. Die Torten sind eine Überraschung!« Mamma winkte Lucilla und Papa zu sich, und die drei verschwanden nach draußen und kehrten bald mit drei überdimensionalen Kuchenkunstwerken zurück.

»*Madonna!*« Rosalba hielt sich die Hand vor den Mund und riss beeindruckt die Augen auf. Eine der Torten war komplett mit weißen Rosen aus Marzipan verziert. Rosalbas Name sowie ihr Alter standen in geschwungenen Lettern aus dunkler Schokolade in der Mitte. Papa trug ein weiteres süßes Ungetüm in Himbeerrot mit bunten Marzipanherzen und der Aufschrift *Buon compleanno, amore* an den Tisch, und natürlich durfte auch die Hommage ans

Vaterland, die zur Tradition geworden war, nicht fehlen: Zu Rosalbas Erstaunen sah die Torte aus wie ein Reisebus in den Farben der italienischen Flagge. Auf allen Seiten stand in großen Lettern: *Benvenuta a casa*.

Die Gäste klatschten übermütig und johlten, als die drei essbaren Kunstwerke auf den Tisch gestellt und mit Kerzen versehen wurden.

Zwanzig Flammen zierten nun jeden Kuchen.

»Na los, Rosalba! Blas die Kerzen aus und wünsch dir was!«, rief Nonna Armida und strahlte sie an. Rosalba schluckte, als sie sich daranmachte, die Kerzenflammen zu löschen. Ihr Magen zog sich zusammen, und das Herz schlug ihr schmerzhaft gegen die Brust. Es fühlte sich an, als bekäme sie keine Luft mehr. Tapfer lächelnd tat sie, was man von ihr erwartete.

»Bravo!« Jubelschreibe und lauter Applaus begleiteten den symbolischen Glücksakt, während Rosalba still betete: *Lass Antonio gesund werden!*

Remo, der ahnte, was in ihr vorging, trat neben sie und legte ihr tröstend einen Arm auf die Schulter. Mamma und Lucilla schnitten derweil die Kuchen auf, und Papa, Rosalba und Remo verteilten die Teller an die Gäste. Obwohl alle behaupteten, bereits pappsatt zu sein, griffen sie bei der süßen Verlockung dennoch großzügig zu. Papa wollte gerade noch den Espresso aus den vorbereiteten Wärmekannen servieren, als die ersten Regentropfen mit einem dumpfen Trommeln auf das Zeltdach klatschten. Der Rhythmus der Wassertropfen nahm stetig zu, sodass die gesamte Geburtstagsgesellschaft bald von einem Rauschen eingehüllt war. Im Sommer und Spätsommer kam es am Comer See häufig vor, dass heiße Tage von wolkenbruchartigen Gewittern abgelöst wurden. Dann peitschte ein manchmal aggressiver Sturmwind den See auf, riss die Blätter von den Bäumen und fuhr heulend um die Hausecken.

Das Wetter spiegelte Rosalbas Gefühle wider. Am liebsten hätte auch sie sich den verborgenen Kummer mit einem durchdringenden Schrei aus der Seele gebrüllt – und sintflutartig geweint.

»So, nun lasst uns unser zauberhaftes, großes Mädchen beschenken!«, eröffnete ihre Mutter die Bescherung. Sofort stand Nonno Daniele auf, lief zu einem Korb, den er und Nonna wohl im hinteren Teil des Zeltes abgestellt hatten, und kam mit einem pompös verpackten Geschenk zurück, das an die Schokoladeneier erinnerte, die zu Ostern gereicht wurden. Als er es Rosalba in die Hand drückte, schimmerten seine Augen, und die Lider zuckten. Hastig wandte er den Blick ab und ging wieder zu seinem Platz.

Natürlich ahnte Rosalba, was sie ihr schenkten. Sie gab sich dennoch neugierig und öffnete vorsichtig die Schleifen der bunten Verpackung.

Erstaunt sog sie die Luft ein. »Ein Modellhaus!« Das hatte sie nun nicht erwartet.

»Nonno Daniele hat es selbst in stundenlanger Handarbeit aus Spielziegelsteinen und echten Steinen gebaut«, erklärte Nonna Armida stolz.

Fasziniert drehte Rosalba das Miniaturhaus auf alle Seiten. Es war ein exaktes Abbild des Hauses in Cerano, das Bisnonno Tommaso damals erbaut hatte.

»Das ist unglaublich! Diese Präzision!« Beeindruckt strich Rosalba mit den Fingerspitzen über das Modell.

»Natürlich ist das nicht dein tatsächliches Geschenk, wie du weißt«, erklärte Nonna Armida und schaute ihren

Mann an. »Los, sag du es ihr offiziell. Schließlich stammt das Haus aus deiner Familie.«

Daniele knetete die Hände, und seine Lippen zitterten leicht, als er den Blick hob. »Rosalba, *amore*. Wir überreichen dir hiermit feierlich die Rechte an unserem Heim in Cerano. Nächste Woche haben wir einen Termin bei einem Notar. Dein Vater begleitet uns. Dann werden wir dir das Haus rechtsgültig überschreiben. Danach ... gehört es dir ... und der Familie, die du einmal haben wirst.« Nonno Daniele lächelte und wischte sich mit der schwieligen Hand beiläufig über die Augen.

»Danke, Nonna Armida und Nonno Daniele«, sagte Rosalba mit erstickter Stimme. Sie spürte, wie ihre Emotionen sie überrollten. Die heiße Spur einer Träne lief über ihre Wange. Aber es waren keine Freudentränen, vielmehr waren sie der Verzweiflung und der Trauer geschuldet, die ihr Inneres beherrschten. Wie sollte sie diesen lieben Menschen erklären, dass sie nächste Woche schon nicht mehr hier sein würde?

Die Anwesenden klatschten, weil sie dachten, Rosalbas Tränen seien der Rührung geschuldet. Nur Remo maß sie mit besorgtem Blick.

»Nun kommt mein Geschenk.« Madrina Marisa erhob sich und kehrte mit einem rechteckigen Präsent zurück.

»Ich weiß, nicht schwer zu erraten und sehr fantasielos. Es ist ein Bild. Aber zu meiner Verteidigung kann ich sagen, dass es zehn Jahre her ist, seit ich dir zum letzten Mal ein Gemälde zum Geburtstag angefertigt habe. Dieses Motiv hier erschien mir im Traum und ließ mich nicht mehr los. Ich musste es einfach auf Leinwand bannen, bevor es sich verflüchtigte. *Ecco qui*, hier ist es.«

Vorsichtig löste Rosalba das Papier an den zugeklebten Stellen. Ihre Gäste am unteren Teil der Geburtstagstafel verrenkten neugierig die Hälse, um nichts zu verpassen.

Als sie das Bild ausgepackt hatte, sog Rosalba verblüfft die Luft ein und riss die Augen auf. »Es ist ... wunderschön!«, flüsterte sie ehrfürchtig.

Madrina Marisa, die noch immer neben ihr stand, beugte sich vor. »Ahnst du, was es bedeutet?«

Rosalba schüttelte den Kopf und ließ den Blick über die harmonisch ineinander verlaufenden Pinselstriche gleiten.

»Nun, grob zusammengefasst symbolisieren die einzelnen Objekte im Bild dich und dein Leben. Die Natursteinmauer steht für dein Talent und deinen Beruf. So wie die verschiedenen weißen Rosen, *rosa alba*, aus den Mauerritzen hervorquellen oder sich daran festhalten, so bildet auch deine Begabung das Fundament, auf dem du wachsen, gedeihen und blühen kannst.« Sie strich mit dem Finger über die Mauer und fuhr dann weiter zu den Kletterrosen. »Jede Rose befindet sich in einem anderen Blütenstadium. Manche sind noch Knospen, andere öffnen gerade ihre Kelche, einige halten ihre entfalteten Blüten der Sonne des Lebens entgegen, und ein paar von ihnen ... verlieren die Blätter oder sind bereits kahl. Es ist ein Zyklus. *Dein* Kreislauf.« Madrina Marisa musterte sie mit ihren dunklen Augen, die von Sommersprossen und Falten umrahmt waren.

»Das Bild, Rosalba, heißt *La vanità.«*

»Die Vergänglichkeit«, flüsterte Rosalba und spürte, wie ihr jemand den Boden unter den Füßen wegzog. Ihre Beherrschung brach in sich zusammen. Ein heftiges Schluchzen entwich ihr, und Tränen liefen über ihre Wangen und auf ihren himbeerroten Overall, wo sie dunkle Flecken hinterließen.

Entsetzt beugte sich Madrina Marisa zu ihr herab und strich ihr über die Haare. Auch Mamma eilte herbei und schloss sie in die Arme.

»Kind, was hast du denn?« Offenbar hatte sie sofort erkannt, dass Rosalbas Reaktion nicht dem Gemälde geschuldet war.

Rosalba schnappte nach Luft, war jedoch nicht in der Lage, sich zu erklären. Ein weiterer Weinkrampf schüttelte sie.

»Remo? Kannst du uns bitte erzählen, was passiert ist?«, wandte sich ihre Mutter an Remo, dessen Blick vermutlich Bände sprach. Rosalba spürte die sanfte Berührung seiner Finger an ihrer Wange.

»Das muss euch Rosalba selbst sagen. Es steht mir nicht zu, darüber zu sprechen.«

Zwischenzeitlich scharten sich auch die anderen Anwesenden um sie. Für einen kurzen Moment versiegte das erste emotionale Gewitter, und Rosalba konnte etwas ruhiger atmen. Ihr Gesicht fühlte sich klebrig und nass an, sie schmeckte Salz auf den Lippen.

Mit monotoner Stimme verkündete sie: »Antonio wird sterben. Die Schweizer Ärzte geben ihm maximal zwölf Monate.«

Das Schweigen, das ihren Worten folgte, wurde nur durch das sanfte, schwächer gewordene Trommeln der Regentropfen auf dem Zeltdach unterbrochen.

Kapitel 17

Nachdem ihr Vater die verstörten Großeltern nach Hause gefahren und sich auch die übrigen Gäste auf den Heimweg begeben hatten, wurde in der Villa Domenica zur Krisensitzung gerufen.

Entsprechend dem trüben und nasskalten Wetter fand diese bei Tee und *caffè* im Kaminzimmer statt. Die an den melancholischen Herbst und kargen Winter erinnernden Farben im Raum spiegelten die vorherrschende Stimmung in perfekter Manier. Im Kamin züngelte ein Feuer.

Rosalba setzte sich neben Remo auf das cremeweiße Sofa. Ihre Eltern nahmen gegenüber in zwei Sesseln Platz.

Anfänglich sprach niemand ein Wort. Jeder bediente sich selbst mit Tee oder Espresso.

»Möchtest du uns nun in Ruhe erklären, was in der Schweiz geschehen ist?« Papa griff nach seiner Porzellantasse und nippte an seinem noch dampfenden *caffè*.

Rosalba seufzte. »Dass mit Antonio etwas nicht stimmt, ist mir gleich bei meiner Ankunft im März aufgefallen. Er wirkte eingefallen und erschöpft und hatte an Gewicht verloren. Ich dachte, es liegt einfach am Stress und an der harten körperlichen Arbeit. Aber im Laufe der Monate verschlechterte sich Antonios Gesundheit immer mehr. Die Symptome schienen allerdings nicht besorgniserregend –

Brustschmerzen, gelegentliche Atemnot, Abgeschlagenheit –, alles Dinge, die auch mit gewöhnlicher Arbeitsüberlastung, einer Grippe oder dem Älterwerden in Zusammenhang gebracht werden konnten. So sah es der *dottore* anfangs auch. Er verschrieb ihm mehr Regenerationsphasen und empfahl ihm, das Rauchen zu reduzieren. Da ich ja ohnehin keine Anstellung in einer Schweizer Firma gefunden hatte, wie es ursprünglich der Plan gewesen war, übernahm ich einen großen Teil seiner Arbeiten und konnte ihn so ein wenig unterstützen.« Rosalba nahm einen Schluck Tee. Nach einem tiefen Atemzug fuhr sie in ihrer Erzählung fort: »Im August wurde bei Antonio Lungenkrebs diagnostiziert. Leider ist der Tumor bereits zu groß und befindet sich an einer ungünstigen Stelle. Er kann nicht operativ entfernt werden. Ab dem Zeitpunkt der Diagnose, so der Arzt, haben die meisten Patienten in diesem Stadium der Erkrankung eine durchschnittliche Lebenserwartung von sechs bis zwölf Monaten. Es gibt allerdings auch Ausnahmen, in denen die Patienten ein oder mehr Jahre überleben, besonders dann, wenn der Tumor nicht metastasiert und der Patient gut auf die Behandlung anspricht. Die Überlebensdauer hängt unter anderem davon ab, wie alt ein Mensch bei der Krankheitserkennung ist. Antonio ist noch jung, was allen Hoffnung gibt.« Sie senkte den Blick und spielte mit dem Saum ihrer Jeansjacke. »Ich ... habe Antonio und Elisa versprochen, ihnen zu helfen.«

Schließlich räusperte sich ihre Mutter. Mit belegter Stimme fragte sie: »Was genau meinst du damit?«

Eine Weile herrschte Schweigen. Rosalba brachte es nicht fertig, sofort zu antworten. Das Knacken der Flammen im Kamin vermischte sich mit dem Rauschen des Blutes in ihren Ohren. Schließlich hob sie den Blick und sah direkt in den Schmerz, der sich in den Augen ihrer Mutter zeigte. Sie kannte die Antwort bereits.

»Antonio braucht meine Hilfe. Er ist in seiner Region als Spezialist sehr gefragt und hat zahlreiche Aufträge, die noch abgearbeitet werden müssen. Elisas Bäckerei wirft nicht genug Ertrag ab, um die Familie allein damit zu ernähren, und Armanda und Erika sind ja noch in der Ausbildung. Wenn Antonio seine Aufträge nicht erledigt, geht die Firma ein, und wir wissen ja nicht, ob er nicht doch noch gesund wird, bloß weil irgendwelche beschissenen Statistiken das Gegenteil behaupten! Jedenfalls ... habe ich ihnen angeboten, an seiner Stelle bis zum Jahresende weiterzuarbeiten, damit er sich auf die Therapie und die Genesung konzentrieren kann. Bis dahin sollten die meisten aktuellen Aufträge abgeschlossen sein, und man sieht auch in Bezug auf Antonios Gesundheit etwas weiter.« Rosalba griff nach ihrer Tasse und nippte an ihrem Tee.

Eine schwere Stille legte sich über den Raum.

»Antonio ist der Einzige, der mir von meiner Kindheit noch geblieben ist«, sagte Mamma nach langem Schweigen. »Ich liebe ihn mehr, als du dir vorstellen kannst. Er ist mir wie ein Bruder und die einzige Sonne, die übrig geblieben ist, um die Erinnerung an meine glücklichen Kindertage zu erhellen. Wenn er hinter dem Horizont des Lebens verschwindet, fallen auch diese Erlebnisse der Vergangenheit unwiderruflich in den Schatten des Vergessens. Ein Andenken bleibt nur dann lebendig, wenn es gepflegt wird. Das haben wir gemeinsam stets getan, Antonio und ich. Nichts liegt mir also mehr am Herzen, als ihm zu helfen. Wäre da nicht noch ein anderes Problem, dem ich mich leider nicht verschließen kann. Du weißt, wovon ich spreche.« Mamma suchte Rosalbas Blick.

Rosalba schaute betreten zu Boden. Ihre Mutter sprach die Firma an.

»Auri, Schatz, warum begleitest du Rosalba nicht in die Schweiz? Rede mit Antonio. Wir finden bestimmt eine Lösung, um ihm und seiner Familie zu helfen. Ich bin auch bereit, ihn finanziell zu unterstützen, das versteht sich hoffentlich von selbst«, schlug Papa in gewohnt lösungsorientierter und vermittelnder Art und Weise vor.

»Das bringt doch sowieso nichts mehr, hier im Intelvi-Tal«, platzte es plötzlich aus Rosalba heraus. »Italiens Wirtschaft ist am Boden. Unsere Firma befindet sich in einem ländlichen Kaff, die Glanzjahre deiner Gärten sind vorbei, Mamma. Niemand braucht uns mehr. Warum soll ich hierbleiben, wenn man jenseits der Grenze trotz Wirtschaftskrise noch immer Arbeit hat und außerdem meine Hilfe benötigt? Antonio ist es gelungen, sich eine solide Existenz in der Schweiz aufzubauen. Zudem habe ich dort ein Projekt initiiert, das allein meiner Vision entsprungen ist, und das nur ich selbst fertigstellen kann. Die Schweiz hat so viel Potenzial ... während ich hier nicht einmal ein Licht am Ende des Tunnels sehe.« Die Worte sprudelten nur so aus Rosalba heraus.

Ihre Mutter starrte sie entsetzt und mit geröteten Augen an. »Es geht dir also gar nicht nur um Antonio. Seine Situation kommt dir sogar entgegen. In Wahrheit hast du nie beabsichtigt, hierher zurückzukehren, hab ich recht? Es ist, wie ich dir schon im Frühjahr sagte: Du wirst nicht wiederkehren. Du rennst einem Mann und einem Traum hinterher.« Ein verletztes Lächeln zeigte sich auf Mammas Gesicht. Dabei vermied sie es, Remo anzusehen.

»Lass Remo aus dem Spiel, er hat nichts damit zu tun!« Wut brodelte in Rosalbas Innerem.

Ihre Mutter gab ein trauriges Lachen von sich. »Also habe ich recht. Wäre es nicht so, würdest du nicht so wütend werden. Mir kannst du nichts vormachen.« Langsam erhob sie sich und verließ wortlos den Raum.

Es dauerte eine Weile, bis Papa sich gesammelt hatte. »Ist das so, Rosalba?«, war alles, was er in heiserem Ton fragte. Aus seinem Mund klang es jedoch weder vorwurfsvoll noch enttäuscht.

»Es stimmt nicht, dass ich von Anfang an beabsichtigt habe auszuwandern. Es ist auch nicht wahr, dass ich generell beabsichtige, Italien zu verlassen!«

»Was ist denn die Wahrheit, Rosalba?«

Rosalba sah zu Boden. Hitze pulsierte in ihren Wangen.

»Ich weiß es nicht, Papa. So weit habe ich noch nicht gedacht«, murmelte sie beschämt und kämpfte mit den Tränen. Sie fühlte sich restlos überfordert.

Ihr Vater räusperte sich. »Ich denke, du hast sehr wohl darüber nachgedacht, und tief in deiner Seele weißt du auch, was du willst. Nur ist die Antwort unbequem und bringt dich in einen inneren Konflikt.«

Remo erhob sich. »Ich gehe noch einen Moment hinaus an die frische Luft.« Er ging zur Tür und schloss sie leise hinter sich.

Als Rosalba ihrem Vater alleine gegenübersaß, brach sie endgültig in Tränen aus. »Papa, ich liebe Remo, was soll ich machen? Wenn ich hier lebe und er in der Schweiz, haben wir keine gemeinsame Zukunft, verstehst du? Italien ist derzeit ein sterbendes Land. Jenseits der Grenze sind *muratori* und *muratrici* wie wir einzigartig. Würde Mamma ihre

Gärten den reichen Leuten in Klosters und Davos anbieten, wäre sie innerhalb kurzer Zeit ausgebucht, glaub mir. Was also soll ich hier? Hier wartet nichts mehr auf mich, ich habe hier keine Zukunftsperspektive.« Sie schniefte und wischte sich die Tränen von den Wangen. »Warum kann ich den Samen der Mandellis nicht über die Grenze tragen und ihn dort einpflanzen, wenn der Boden fruchtbarer ist?«

Ihr Vater räusperte sich und schlug die Beine übereinander. Als sie den tränenverschleierten Blick hob, sah sie in seine dunkelbraunen Augen, die wie immer warm und verständnisvoll schimmerten. »Ich verstehe dich, Liebes. Du bist jung, voller Sehnsucht und *ambizione*. Die Gefühle deiner Mamma kann ich jedoch auch nachvollziehen. Als sie vor mehr als zwanzig Jahren in den Baubetrieb ihres Vaters einstieg, hat man sie verurteilt und belächelt. Alles, was sie dir heute als Erbe anbietet, hat sie sich mit ihren eigenen Händen und ihrem einzigartigen Talent aufgebaut. So wie sie ihr gesamtes Herzblut in ihr Handwerk gesteckt hat, taten es vor ihr bereits ihr Vater, ihr Großvater und ihr verstorbener Bruder. Doch dich ins Leben zu begleiten, war für deine Mutter nebst ihrem Beruf die schönste Aufgabe auf dieser Welt. Sie hat es schlicht und ergreifend nie in Betracht gezogen, dass du ihr eines Tages den Rücken zukehren könntest. Trotz der momentan schwierigen Wirtschaftslage glaubt deine Mamma an dich und ist überzeugt, dass du aus dem Fundament ihrer Firma etwas Großartiges machen würdest. Selbst hier. Nimm ihr die Enttäuschung also nicht übel. Als sie in deinem Alter war, wurde sie nicht gefördert, sondern aufgrund ihres Geschlechts diskriminiert. Was für dich heute selbstverständlich ist, war für sie damals harte Arbeit. Rein aus Liebe möchte sie dir all das überlassen, was sie mühevoll aufgebaut hat, und das, obwohl du noch so jung bist. Die meisten Eltern krallen sich zeitlebens an ihr Werk und bekunden selbst im Rentenalter noch Mühe, die Zügel aus der Hand zu geben. Deine Mutter war nicht nur in der Vergangenheit progressiv ... sie ist es noch. Und du lehnst dieses Geschenk ab, bevor sie es dir überhaupt machen konnte.«

Rosalba schluckte leer. Der Druck auf ihre Brust nahm zu. Seine Worte, so liebevoll sie auch gemeint waren, machten es ihr bloß noch schwerer. Irgendetwas an dem Gesagten ließ sie jedoch aufhorchen. »Welches Geschenk Papa?« Meinte er das metaphorisch, oder ...?

Er seufzte und senkte den Blick. Als er ihn wieder hob, erkannte Rosalba die Wahrheit, noch bevor er sie aussprach. »Deine Mutter wollte dir zu deinem heutigen Geburtstag symbolisch den Schlüssel des Werkhofs in Castiglione übergeben. Das bedeutet, dass sie dir ihr Lebenswerk überlassen hätte. Für nächste Woche ist bereits ein Termin beim Notar vorgesehen. Ich erzähle das nicht, weil ich dir ein schlechtes Gewissen machen möchte, sondern weil es die Wahrheit ist. Deine Mamma liebt dich unvorstellbar, und sie ist von der Einzigartigkeit deines Talents absolut überzeugt. Würde sie nicht an deine Fähigkeiten und an deine Rechtschaffenheit glauben, hätte sie dir niemals ihr Lebenswerk überlassen. Niemals.«

Rosalba starrte auf ihre Füße. »Vielleicht habe ich ihr Vertrauen nicht verdient«, murmelte sie beschämt. »Was soll ich denn jetzt tun, Papa?« Wenn jemand eine Lösung kannte, die die Herzen seiner zwei Frauen in Einklang bringen konnte, dann war es Lorenzo Baroni.

»Rosalba ... ich liebe euch beide, deine Mamma und dich. Wäre das Leben schwarz-weiß, gäbe es ein Richtig oder Falsch, wäre es simpel. Ich kann dir diese Entscheidung nicht abnehmen.«

Papa drückte ihr einen zärtlichen Kuss auf die Stirn, strich ihr über die Haare und verließ das Kaminzimmer.

Kapitel 18

Gedankenverloren starrte Rosalba hinaus auf die weiß verschneiten Gipfel der Alpen. Der morgendliche Bodennebel hatte sich verzogen. Vereinzelt sprenkelten graue Wolkenformationen den blassblauen Himmel. Wälder und Abhänge waren mit eisigem Frost und Schnee überzogen. Auf der Sonnenseite des Tals schwand das Weiß kontinuierlich und machte dem Braungrün der Wiesen darunter Platz. Die Schattenhänge gegenüber sträubten sich jedoch noch hartnäckig gegen die Vorboten des Frühlings. Wie im Val d'Intelvi dauerte es auch im Prättigau lange, bis der Winter seinen eisernen Griff lockerte und den ersten Blumen erlaubte, ihre Köpfe aus dem Boden zu strecken. Karg und trostlos ragten die leergefegten Äste der Laubbäume einem bleichen Firmament entgegen. Gelegentlich hüpften Spatzen und andere Vögel auf der Suche nach Nahrung durch die Gärten der Wohngebiete. So wie die Natur um diese Jahreszeit noch schlummerte, fehlte auch dem Dorfleben die Betriebsamkeit. Meistens verließen die Menschen ihre Häuser nur, um einkaufen oder arbeiten zu gehen. Viele Handwerksbetriebe befanden sich noch im Tiefschlaf, weshalb es kaum Verkehr gab.

»Möchtest du wirklich nichts essen? Es dauert lange, bis es wieder eine Stärkung gibt.« Mamma sprach in gedämpftem Tonfall und legte ihrer Tochter die Hand auf die Schulter. Rosalba hob den Blick. Sie wandte sich vom Fenster ab und ging zu dem Tisch neben der goldbraunen Wohnwand, auf dem Elisa für die Familie einige Canapés und Getränke bereitgestellt hatte. Obwohl es sich seltsam anfühlte, etwas zu essen, zwang sich Rosalba zu dem Imbiss. Ihre Kräfte mussten gut eingeteilt werden, da gab sie ihrer Mutter recht.

Immer wieder schaute sie zu Elisa, Armanda und Erika hinüber, die komplett in Schwarz gekleidet waren. Mit geröteten Augen und ausdruckslosen Mienen saßen die drei auf den Holzstühlen neben dem geöffneten Sarg. Die Gestalt darin erinnerte nicht mehr im Entferntesten an Antonio. Der lebhafte Glanz seiner hellbraunen Iris war vor wenigen Tagen erloschen, das charismatische Lächeln verschwunden. Dünn und durchscheinend weiß spannte sich die Haut über die hervorstehenden Wangenknochen in seinem Gesicht. Die Augen lagen in tiefen, schattigen Höhlen. Der Krebs hatte Antonio besiegt. Die aggressive Chemotherapie hatte ihm nur den Appetit geraubt, seine Körperfunktionen durcheinandergebracht und ihn mit bleierner Erschöpfung an sein Krankenlager gefesselt. Als man schließlich feststellte, dass der Tumor nun auch die Lymphknoten befallen hatte, stellte man die Therapie ein. Von da an fraß sich die Wucherung unerbittlich durch Antonios Körper, bis sein Herz zu schwach für den Kampf war und aufhörte zu schlagen. Zu diesem Zeitpunkt erkannte er die Gesichter seiner Liebsten bereits nicht mehr und wähnte sich in seinen Jugendjahren in Chiavenna.

Ugo und Marta, Antonios Eltern, saßen zusammengekauert mit leer gefegten Mienen am Sarg ihres einzigen Sohnes.

Die alte Frau strich ihrem verstorbenen Kind unablässig über die kalte, starre Hand. Dabei zuckten ihr Mund und die Augenlider unkontrollierbar. Ugo starrte mit gebrochenem Blick ins Leere. Gottlob hatten die beiden Senioren das Prättigau noch erreicht, bevor ihr Sohn die Augen für immer geschlossen hatte. Doch es widersprach der Natur, wenn Eltern ihr Kind zu Grabe tragen mussten.

Knapp drei Monate war es her, dass Rosalba die Schweiz aufgrund der Winterpause hatte verlassen müssen. Sie wäre gerne bei Remo und ihrem schwer kranken Verwandten geblieben, doch ließ ihre Aufenthaltsbewilligung dies nicht zu. Als Saisonnière war es ihr nicht erlaubt, länger als neun Monate am Stück im Land zu bleiben. Es schmerzte sie, dass sie keine Gelegenheit gehabt hatte, sich von Antonio zu verabschieden. Nun war seine Seele davongeflogen, ohne dass sie ihm noch einmal hatte sagen können, wie viel er ihr bedeutet und welch prägnante Spur er in ihrem Leben hinterlassen hatte.

Elisas Eltern hielten sich im Hintergrund und hatten auf dem blassgrünen Sofa neben Nonna Armida und Nonno Daniele Platz genommen. Auch sie schwiegen betroffen und machten einen völlig verstörten Eindruck. Selbst die Mienen von Elisas Puppen, die auf der Couchlehne drapiert waren, wirkten in diesem Moment versteinert und unheimlich. Sarah, Elisas jüngere Schwester, kümmerte sich zusammen mit Mamma darum, dass alle mit Essen und Getränken bedient waren. Papa, Remo und Sarahs Mann Christian unterhielten sich in gedämpftem Tonfall. Den Inhalt ihres Gesprächs verstand Rosalba nicht.

Die antike Wanduhr schlug zwölfmal, es war Mittag. In eineinhalb Stunden begann die Bestattungszeremonie.

Anders als in Italien gab es in der Schweiz keine Totenwache, und die Beisetzung wurde nachmittags, nicht vormittags abgehalten. Elisa und die Kinder waren reformiert wie viele Schweizer und pflegten komplett andere Bräuche, als Rosalba sie aus ihrer Heimat kannte. Der Verstorbene wurde der Familie zwar nach dem Herrichten durch den Bestatter erneut übergeben, doch fanden die Kondolenzbesuche über mehrere Tage verteilt tagsüber oder am frühen Abend statt. In Antonios Fall, so hatte man ihr erklärt, hatte man ausdrücklich darum gebeten, von Beileidsbesuchen abzusehen. Die Mandellis wünschten sich Intimität und Ruhe, um sich von ihrem Sohn, ihrem Vater und Verwandten zu verabschieden.

Pünktlich um halb zwei klingelte es an der Tür. Ein lokaler Pferdebesitzer, der traditionellerweise bei Bestattungen half, wartete mit einem schwarz bemalten Holzwagen samt Zugtier vor dem Haus. Zusammen mit zwei Männern aus der Nachbarschaft trugen Rosalbas Vater und Christian den Sarg zu dem mit Blumen und Kränzen geschmückten Pferdewagen. Das Tier schnaubte, legte die Ohren an den Kopf und peitschte nervös mit dem Schwanz. Beruhigend strich ihm der Besitzer über die weichen Nüstern und den Hals. Zahlreiche dunkel gekleidete Dorfbewohner hatten sich vor dem Haus der Trauerfamilie versammelt, um den Verstorbenen auf seinem letzten Weg zu begleiten. Ähnlich wie in Rosalbas Heimat verlangte es der Anstand auch hier, dass aus jedem Haushalt mindestens eine Person zu der Beerdigung eines Dorfmitbewohners erschien.

Als Antonios Sarg aus dem Haus getragen wurde, weinten Elisa und die Mädchen bitterlich und hielten sich wie Ertrinkende an den Händen. Auch Rosalba kämpfte mit den Tränen. Wie ein Film spielte sich die Vergangenheit vor ihrem inneren Auge ab. Ihre erste Reise in die Schweiz vor zwei Jahren, die Ankunft in Antonios Zuhause und das warme Willkommen durch ihn und seine Familie ... Sie erinnerte sich an die unzähligen Stunden der Zusammenarbeit auf der Baustelle, die hilfreichen Erklärungen, die gehaltvollen Gespräche, Antonios Lachen und seine italienischen Flüche, wenn etwas nicht gelang. Ihre Gedanken blieben schließlich an der letzten gemeinsamen Arbeit in der Villa in Klosters hängen. Den riesigen Kamin, der sich wie ein Turm zum Dach rankte, hatte Rosalba letztendlich alleine bauen müssen, da Antonio zu diesem Zeitpunkt bereits durch die Krankheit gezeichnet und in Therapie gewesen war. Es schmerzte Rosalba sehr, dass sein sich rasch verschlechternder Gesundheitszustand es nicht mehr zugelassen hatte, das fertige Werk zu bewundern.

Mit Antonio verlor sie nicht nur einen Lehrmeister und Mentor, sondern auch eine verwandte Seele.

Rosalba spürte die tröstende Berührung von Remos Hand und sah auf. Trauer wogte in seinen azurblauen Augen. Auch ihn hatte sie während ihrer Zwangspause im Ausland schmerzlich vermisst. Natürlich hatte er sie einige Male in Argegno besucht, viel gemeinsame Zeit war ihnen dennoch nicht vergönnt gewesen. Auch heute hatten sie noch kaum Gelegenheit gehabt, sich richtig zu begrüßen, weil Rosalba zusammen mit ihren Eltern direkt von Italien zu Antonios Haus gefahren war. Am liebsten hätte sie Remo umarmt und nicht mehr losgelassen. Jede Faser ihres Körpers sehnte sich nach seiner Wärme.

Ihre Mutter trat hinaus zu dem schwarzen Leichenwagen. Als sie Papa erreichte, kramte sie in ihrer Manteltasche und tupfte sich dezent die Augenwinkel mit einem Taschentuch ab. Nonna Armida und Nonno Daniele stellten sich mit gesenkten Köpfen zu den beiden. Rosalba wartete, bis sich Antonios Familie hinter den Pferdewagen gestellt hatte, dann gliederte auch sie sich zusammen mit Remo in den Trauerzug ein. Elisa nickte dem Pferdebesitzer zu, und die Gesellschaft setzte sich schweigend in Bewegung. Im Schatten des frühen Nachmittags bewegte sich die düstere Schlange der Trauernden in Richtung Friedhof.

Anders als in Italien hielt der Pfarrer am Grab zuerst eine kurze Abschiedsrede und zitierte einige Bibelverse. Rosalba hörte ihm gar nicht zu. Mit leerem Blick starrte sie auf den aus dunklem Holz angefertigten Sarg mit dem Blumenschmuck. Ein Teil von ihr glaubte noch immer, dass Antonio jeden Augenblick lachend und scherzend um die Ecke kommen würde, dass seine lebhafte Stimme zu ihr herüberwehen und sie auffordern würde, ihn auf die Baustelle zu begleiten.

Doch nichts dergleichen geschah.

Nachdem die Worte des Geistlichen verklungen waren, wurden dieselben vier Männer, die auch schon den Sarg aus dem Haus getragen hatten, gebeten, denselben mittels Seilen ins Erdreich hinabzulassen. Mauergräber, wie dies in Italien dem Brauchtum entsprach, existierten hier nicht. Elisa und die Mädchen weinten, während sie ihrem Ehemann und Vater je eine weiße Rose mit ins Grab gaben. Armanda und Erika stützten ihre Mutter von beiden Seiten und strichen ihr immer wieder tröstend über den Rücken.

Und dann war Antonio fort. Die Schnelligkeit, mit der dies geschehen war, und der Ablauf der gesamten Zeremonie schienen Rosalba seltsam befremdlich. Bereits nach der kurzen Abschiedsrede auf dem Friedhof ließ man den Verstorbenen alleine. Man kehrte ihm gewissermaßen den Rücken zu, ließ ihn schutzlos zurück und begab sich ins Gotteshaus. Italienische Begräbniszeremonien ermöglichten den Trauernden einen schrittweisen und sanften Abschied von einem geliebten Menschen. Die Totenwache, das Aufbahren in der Kirche und später in der Kapelle erleichterten das Loslassen. Man erhielt dadurch mehrfach die Möglichkeit, einen letzten Blick auf das lieb gewonnene Gesicht zu werfen. Antonios Sarg jedoch blieb nach dem Verlassen seines Zuhauses geschlossen. Für immer.

Rosalba fühlte sich wie eine Verräterin, als sie sich gezwungen sah, ihren Mentor zurückzulassen. Der Abschied war für sie zu abrupt. Emotional war sie noch nicht bereit, Antonio dem Erdreich zu übergeben. Es blieb ihr jedoch keine andere Wahl, als sich der Gesellschaft der übrigen Anwesenden anzuschließen und ihnen in die Kirche zu folgen. Verwirrt und aufgewühlt setzte sie sich zusammen mit Remo neben ihre Eltern und ließ die Worte des Pfarrers und die schwermütigen Lieder, die sie ohnehin nicht kannte, über sich hinwegspülen. Der dumpfe Klang der Orgel ging ihr durch Mark und Bein. Antonios Lebenslauf, den seine Frau und Kinder gemeinsam mit seinen Eltern verfasst hatten, schnürte ihr die Kehle zu. Er fehlte ihr so sehr. Was würde sie darum geben, die Zeit zurückdrehen und die vergangenen Sommer noch einmal erleben zu dürfen? Sie würde jede Farbe, jeden Klang, jeden Duft und jedes noch so kleine Detail mit viel mehr Achtung und Respekt in sich aufnehmen in dem Wissen, dass es nicht ewig währte. Immer wieder erschien ihr Antonios sonniges Lächeln vor ihrem inneren Auge.

Nach dem Trauergottesdienst, dessen Ablauf viel nüchterner war als in Italien, erhoben sich alle Anwesenden unter dem Läuten der Kirchenglocken, und die Trauerfamilie reihte sich vor dem Kircheneingang auf. Es gehörte zum Ritual dazu, dass ihnen jeder Einzelne nun sein Beileid übermittelte. Danach, so erklärte man Rosalba, ging es weiter in ein Gasthaus, wo das sogenannte Leichenmahl stattfand. Der kurze Nachmittagsimbiss diente jenen als Stärkung, die einen langen Heimweg vor sich hatten.

Rosalba war weder nach belegten Broten noch nach Kaffee und Kuchen zumute. Ihr Herz schmerzte, Kopfschmerzen spalteten ihren Schädel. Sie dachte an das vergangene halbe Jahr zurück. Ohnmächtig hatte sie dabei zusehen müssen, wie die Krankheit Antonio gezeichnet und zum Schluss nur noch gequält hatte. Rosalba hatte Elisa und den Mädchen versprochen, Antonios Arbeiten zu übernehmen, bis es ihm, wie man hoffte, besser ging. Doch nun war das eingetreten, was niemand hatte wahrhaben wollen: Der Tod hatte seinen dunklen Mantel über ihn gelegt und ihn mit sich fortgenommen. Für immer. Rosalbas Hilfe für seine Familie war mit diesem Tag hinfällig geworden, ihre Aufgabe erfüllt. Ab jetzt mussten Elisa und die Mädchen einen neuen Weg einschlagen. Auf Antonios Baufirma wartete keine weitere Saison mehr.

Und was war mit ihr? Wie sollte es nun mit ihr selbst weitergehen? Die Krankheit ihres Verwandten hatte sie einige Monate von ihren eigenen, längst fälligen Entscheidungen abgehalten, aber nun konnte sie ihnen nicht länger aus dem Weg gehen.

Als sich der Nachmittag dem Ende zuneigte und das Sonnenlicht abnahm, erhoben sich die meisten Anwesenden und traten den Heimweg an. Schließlich brachen auch Elisa, ihre Töchter und die engsten Angehörigen auf.

Das Haus empfing sie mit bleierner Stille. Antonios Arbeitsschuhe standen noch immer am selben Ort beim Eingang, schmutzig, als hätte er sie gerade erst ausgezogen. Die Jacke an der Garderobe roch noch dezent nach seinem Rasierwasser. Da niemand hungrig war, setzten sich alle ins Wohnzimmer, und Rosalbas Mutter servierte mit Sarah Tee und Kaffee. Nach kurzer Zeit verabschiedeten sich Elisas Eltern, um ebenfalls nach Hause zu fahren. Der italienische Teil der Verwandtschaft beabsichtigte, erst am nächsten Tag den Heimweg über die Grenze anzutreten. Elisa hatte ihnen für die Nacht ein paar Zimmer bereitet.

Schließlich legten sich die Senioren schlafen, und es blieben nur noch Papa, Mamma, Remo und Rosalba mit Elisa und den Mädchen zurück. Irgendwann erhob sich Rosalbas Mutter und trat hinaus in den Flur. Als sie zurückkehrte, hielt sie ein Bündel vergilbtes Papier in den Händen, das sie mit einer rosafarbenen Schleife zusammengebunden hatte. Sie reichte den Stapel Elisa, die erstaunt die Augenbrauen hob. Neugierig musterte sie das Präsent, dem sie offenbar keinen Sinn abgewinnen konnte.

»Das sind sämtliche Briefe, die Antonio mir seit seiner Auswanderung in die Schweiz geschrieben hat«, klärte Rosalbas Mutter sie auf. »Ich habe mir zur Erinnerung erlaubt, Kopien anzufertigen. Die Originale aber gehören dir, Elisa. Es ist sehr berührend, welchen Wandel du in seinem Wesen vollzogen hast. Seit dem Tag eurer ersten Begegnung hast du ihn verzaubert, und er hat nie aufgehört, dich zu lieben. Das schrieb er mir immer und immer wieder. Bis zuletzt. Ich wollte, dass du das weißt. Dank dir fiel es ihm leicht, in der Fremde eine neue Heimat zu finden. Durch deine Unterstützung wagte er als Ausländer den Schritt in die Selbstständigkeit. Er war der Liebe gegenüber stets skeptisch eingestellt, aber dir ist es gelungen, ihm die Angst davor zu nehmen. Selbst wenn er nun viel zu früh von uns gehen musste, so durfte er dies als erfüllter und geliebter Mensch tun.«

Elisa starrte Mamma aus großen Augen an. Mit zitternden Fingern strich sie über das Papierbündel auf ihrem Schoß.

Rosalba spürte, wie Remo nach ihrer Hand griff und sie drückte. Sie wandte den Kopf und versank in den Tiefen seines Blicks.

Kapitel 19

Als Rosalba und Remo nach diesem emotional aufreibenden Tag endlich in seiner Wohnung ankamen, ließen sie sich erschöpft auf die Couch fallen. Nach einer Weile erhob sich Remo schließlich, holte zwei Gläser und schenkte ihnen einen Whisky ein. Dankbar nahm Rosalba das angebotene Glas. Das Brennen in ihrer Kehle holte sie sachte zurück ins Leben. Sie nahm Remos Hand und streichelte sie, während sie seinen Blick suchte. Mit einem traurigen Lächeln schloss er sie in die Arme.

»Du hast mir so gefehlt«, nuschelte er und verbarg das Gesicht in ihren Haaren.

Sie genoss die Wärme der Umarmung und den Duft seiner Haut in ihrer Nase. »Du mir auch«, murmelte sie. »Ich fühle mich ganz fremd ohne dich, als wäre ich nicht mehr ich.«

Remo seufzte und küsste sie. »Lass uns das Reden auf später verschieben, jetzt möchte ich einfach nur bei dir sein, dich spüren, riechen und festhalten.«

Zärtlich strich sie ihm über die Wange, ergriff seine Hand und führte ihn ins Schlafzimmer.

Nachdem sie sich mit verzweifelter Leidenschaft geliebt hatten, blieben sie noch lange wach und redeten. Der matte Schein der Nachttischlampe tauchte den Raum in schummriges Licht. Eng aneinander gekuschelt lagen sie unter der Decke und wärmten sich gegenseitig. Remo hatte den Arm um Rosalba gelegt, ihr Kopf ruhte auf seiner Brust.

»Meine Eltern reisen morgen zurück nach Italien. Mamma erwartet, dass ich sie begleite.«

Er schwieg. Sie lauschte dem Pochen seines Herzens unter ihrer Wange.

»Wirst du die Firma übernehmen und irgendwann in das Haus deiner Großeltern ziehen?« Er sprach dieselbe Frage aus, die auch sie seit Wochen beschäftigte.

»Das ist es jedenfalls, was man von mir erwartet. Nun, da Antonio tot ist, gibt es in den Augen meiner Mutter keinen Grund mehr, warum ich weiterhin in der Schweiz bleiben sollte.«

Remo schwieg lange. Rosalba spürte, dass ihn etwas bedrückte, er jedoch noch nicht bereit war, es auszusprechen. Ein tiefer Seufzer läutete schließlich seine Worte ein. Er wandte den Kopf und sah Rosalba an. »Was ist denn dein Wunsch?«, flüsterte er. »Wir haben seit August nicht mehr darüber gesprochen, wie es mit uns beiden weitergeht.« Sein warmer Atem strich über ihre Wange.

Sie seufzte. »Ich weiß. Ich bin dem Thema ausgewichen. Irgendwie hatte ich die alberne Hoffnung, dass mir das Leben die Entscheidung abnehmen würde. Wäre es Antonio durch die Chemotherapie besser gegangen, hätte er meine Unterstützung weiterhin gebraucht. In einem Jahr, so habe ich mir eingeredet, wäre es einfacher zu erkennen, für wen mein Herz schlägt, für die Schweiz oder die Lombardei.« Rosalba starrte an die Decke und lauschte ihrem eigenen Atem.

»Schlägt es für mich, Rosalba?« Remo rappelte sich auf und stützte sich auf den Ellenbogen, um ihr in die Augen sehen zu können. »Die letzten Monate waren für mich nicht einfach. Du hast mir gefehlt. Ein Leben ohne dich ... das kann ich mir gar nicht mehr vorstellen. Dennoch weiß ich, dass es für dich schwer ist. Deine Heimat, deine Wurzeln, deine Familie und dein Erbe befinden sich jenseits der Grenze. Die stummen Hoffnungen deiner Eltern und Großeltern begleiten dich seit Kindertagen. Ich habe viel darüber nachgedacht, ob es einen gemeinsamen Weg für uns geben kann und wo er liegen könnte. Hier ... oder dort. Oder an beiden Orten. Leider ist es nicht so einfach, fürchte ich. Meine Chancen, in Italien Arbeit zu finden, sind sogar noch geringer als für dich.« Schmerz und Unsicherheit spiegelten sich in seinen blauen Augen.

Rosalba setzte sich ebenfalls auf. Zärtlich strich sie ihm über die Bartstoppeln und nahm sein Gesicht in beide Hände. »Ach, Remo«, seufzte sie. »Ich trage zwei Herzen in meiner Brust. Eines davon muss ich brechen, auch wenn ich die Entscheidung lieber dem Schicksal überlassen hätte. Tatsache ist, dass Italien weder dir noch mir eine Zukunft bieten kann. Und getrennte Wege sind auch für mich keine Option mehr. Ich liebe dich, Remo.« Sanft drückte sie ihm einen Kuss auf die Lippen.

»Ich liebe dich auch, Rosalba. Mehr als du dir vorstellen kannst.« Er schlang die Arme um sie und zog sie an sich. Tränen glitzerten in seinen Augen, als er sie immer wieder sanft auf den Mund küsste und ihr liebevoll eine lose Haarsträhne aus dem Gesicht strich. »Du machst mich sehr glücklich. Ich freue mich unheimlich auf unsere gemeinsame Zukunft.«

Rosalba genoss die zärtliche Berührung seiner Lippen und legte die Stirn an seine. »So geht es mir auch, Remo.

Ich bin nirgends glücklicher als hier, bei dir«, fuhr sie fort, während sie sich von ihm löste und erneut seine Hände nahm. »Heimat bedeutet für mich, da zu sein, wo du bist.«

Als Rosalba in der Morgendämmerung erwachte, hatte sie kaum ein Auge zugetan. Die ganze Nacht lang hatte sie sich den Kopf darüber zerbrochen, wie sie ihren Eltern möglichst schonend beibringen konnte, dass sie nicht mit ihnen nach Italien zurückkehren würde. Während sich Remo für die Arbeit bereit machte, ein Stück Brot mit Butter aß und einen Espresso trank, tigerte sie unruhig in der Wohnung auf und ab.

»Soll ich dich begleiten?«, fragte er und folgte ihr mit besorgtem Blick.

Sie schüttelte den Kopf. »Nein, diesen Schritt muss ich alleine machen.« Mit einem Seufzer ging sie ins Bad und nahm eine Dusche.

Als sie sich mit einem Frotteetuch abrubbelte, verabschiedete sich Remo mit einer innigen Umarmung von ihr. »Pass auf dich auf. Meine Gedanken sind bei dir. Wir sehen uns heute Abend ...«

Stumm nickte sie, dann küsste sie ihn zum Abschied.

Bedrückende Stille füllte die Wohnung, nachdem Remo die Tür hinter sich geschlossen hatte. Rosalba beeilte sich, sich anzuziehen. Nach Frühstück war ihr nicht zumute, weshalb sie bloß einen Espresso trank und sich dann auf den Weg zur Bushaltestelle machte. Das Silbergrau der Morgendämmerung umhüllte den sanft beleuchteten Bus. Als sie Grüsch erreichte, flammte der Himmel im Osten in grellem Orangerot auf.

Jeder Schritt, der sie Antonios Heim näher brachte, fühlte sich an, als seien ihre Schuhe aus Blei. Mit zitternden Fingern betätigte sie gegen acht Uhr die Klingel und wartete. Armanda öffnete ihr und schloss sie wortlos in die Arme. »Komm herein, wir sind noch alle beim Frühstück.« Sie machte eine einladende Handbewegung und führte Rosalba ins Esszimmer.

Die fühlte sich, als schnürte ihr jemand die Kehle zu. Ihr Puls beschleunigte sich. Mamma und Papa saßen neben Erika. Ihnen gegenüber saßen Antonios Eltern Ugo und Marta sowie Armanda. Elisa besetzte die eine Stirnseite des Tischs, Nonna Armida und Nonno Daniele teilten sich die andere. Sofort erhob sich Elisa, begrüßte Rosalba mit einer Umarmung und holte ihr einen Stuhl. Die anderen rückten näher zusammen und machten ihr Platz.

»Hast du schon gegessen?« Um ein Lächeln bemüht, reichte Elisa Rosalba einen Korb mit Gebäck aus ihrer Bäckerei, und obwohl sich Rosalbas Magen anfühlte, als hätte ihn jemand mehrfach verknotet, griff sie höflichkeitshalber nach einem Hefecroissant mit Mandelfüllung.

»Gut, dass du hier bist. Wir fahren in einer Stunde. Papa und Nonno Daniele möchten frühzeitig aufbrechen. Die Pässe sind teilweise noch schneebedeckt, man muss mit längeren Reisezeiten rechnen.« Mamma musterte Rosalba. Diese schwieg. Wärme kroch ihren Hals hinauf und pulsierte verräterisch in ihren Wangen. Sie musste es hinter sich bringen, es ihnen sagen, doch wie?

»Ich … werde nicht mitkommen.« Die Worte raspelten wie Glasscherben über ihre Kehle und ihr Puls beschleunigte sich schlagartig. Am Tisch herrschte augenblicklich Schweigen. Alle Blicke klebten an ihr.

»Wie meinst du das?«, fragte Antonios Vater Ugo verständnislos. Rosalbas Großeltern hoben erschrocken die Köpfe und starrten sie an, Nonna mit einem verstörten Ausdruck in den Augen, Nonno mit einem durchdringenden Blick, den Rosalba nicht zu deuten wusste. Papa musterte sie ernst und ohne Vorwürfe. Als Rosalba jedoch ihrer Mutter in die Augen sah, wusste sie, dass sie ihr das Herz gebrochen hatte. Schmerz explodierte auch in Rosalbas Brust. Mamma schluckte, lächelte traurig und faltete die Hände vor sich auf dem Tisch.

Noch immer hielt Ugo den Blick starr auf Rosalba gerichtet und wartete auf eine Antwort.

»Ich komme nicht mit zurück nach Argegno«, erklärte sie ihm. »Ich werde in der Schweiz bleiben und hier als *muratrice* arbeiten. Wie Antonio. Ich möchte mir hier Arbeit suchen, auch wenn das sicher nicht einfach sein wird. Die Aufträge, die ich zusammen mit Antonio ausführen durfte, haben mir jedoch gezeigt, dass es für die Arbeiten, die uns *italiani* besonders liegen, durchaus einen Markt gibt. Ich möchte versuchen, mir hier eine Existenz aufzubauen, genau wie er.«

Schweigen erfüllte den Raum. Mammas Hände zitterten, und ihre Mundwinkel und Augenlider zuckten. Elisa sah Rosalba nachdenklich an. Dann faltete sie die Hände im Schoß und sagte: »Warum führst du nicht das Werk meines Mannes weiter? Du kennst seine Firma besser als jeder andere von uns. Ich bin sicher, dass es in Antonios Sinn wäre, wenn du in seine Fußstapfen treten würdest. Einfach wird auch das nicht werden, aber ein Versuch ist es wert.«

Rosalba fehlten die Worte. Mit klopfendem Herzen starrte sie Elisa an. »Dein Vertrauen ehrt mich, Elisa ...«

Armanda horchte auf. Verwirrt wechselte sie mit ihrer Schwester und Mutter einen Blick.

»Heißt das ja?« Armanda hob fragend die Augenbrauen.

Rosalba schaute kurz zu ihrer Mamma und nickte dann zaghaft. »Es ... es ist mir eine große Ehre, das Werk eures Vaters an seiner Stelle und im Andenken an ihn weiterzuführen.«

Ihr Vater räusperte sich. »Rosalba, Schatz. Das ist eine sehr löbliche Einstellung, die viel Mut beweist. Als Anwalt muss ich dich allerdings darauf hinweisen, dass du in Bezug auf Antonios Firma nicht erbberechtigt bist. Ich gehe davon aus, dass sich dies in der Schweiz nicht anders verhält als in Italien. Das bedeutet konkret, dass du die Bauunternehmung von Elisa und den Mädchen kaufen müsstest. Bis sie abbezahlt ist, könntest du sie allerdings als Geschäftsführerin leiten.«

»Du willst als Frau alleine in der Fremde eine Firma führen? In einem Männerberuf noch dazu?« Ugo starrte sie verwirrt an und suchte dann den Blick seines Bruders Daniele, doch dieser maß Rosalba noch immer auf diese mysteriöse Art und Weise. »Was ist bloß mit den Mandellis los? Zuerst unsere Schwestern Carlotta und Elisabetta, die sich einreden, das Gras in Amerika sei grüner als bei uns. Dann beschließt mein einziger Sohn, Italien den Rücken zu kehren, und ich muss ihn in einem fremden Land zu Grabe tragen. Und als wäre das nicht schon genug des Sonderbaren für eine Familie, verstirbt mein Neffe bei einem schrecklichen Unfall, und mein lieber Bruder Daniele muss hinnehmen, dass seine Tochter Aurora darauf besteht, in Tommasos Fußstapfen zu treten. Als *muratrice*!« Verständnislos schüttelte Ugo den Kopf und gab ein trockenes Lachen von sich. »Und jetzt das. Uns Mandellis bleibt wirklich nichts erspart. *Incredibile!*« Um seinen Worten Nachdruck zu verleihen, schlug er mit der flachen Hand auf den Tisch.

Rosalba sah zu ihren Großeltern hinüber. Im Blick ihrer Großmutter erkannte sie Trauer und Enttäuschung. »Jedenfalls hätten wir uns die Idee mit der Überschreibung des Landhauses sparen können«, bemerkte sie, und ihre Augen schimmerten verdächtig. »Offenbar zieht unsere Enkelin die Einsamkeit in der Fremde einem Alltag im Schutz ihrer Familie vor. In was für seltsamen Zeiten wir doch leben, da gebe ich Ugo recht.«

»Rosalba ist nicht alleine.« Der Satz kam zögerlich über Armandas Lippen. Unsicher suchte sie den Blick ihrer Schwester und Mutter.

»Sie gehört zu unserer Familie. Wir sind auch Mandellis. Weder ist Rosalba in der Schweiz fremd, noch schutzlos«, pflichtete Erika ihr bei.

»Antonio würde sich nichts sehnlicher wünschen, als seine beste Schülerin in seinen Fußstapfen zu wissen.« Elisas Augen waren gerötet, und ihre Lippen zitterten leicht, als sie die Worte aussprach. »Rosalba, wenn das auch dein Wunsch ist, überlasse ich dir die Firma und alles, was dazugehört. Du warst für uns stets wie eine dritte Tochter.«

Rosalba stand auf und umarmte Elisa lange. Dann richtete sie sich auf und straffte die Schultern. »Ich danke dir von Herzen, Elisa. Aber ich möchte euch die Firma abkaufen. Was mir einmal gehören soll, werde ich mir mit meinen eigenen Händen erarbeiten.« Sie sah Elisa an. »Ich kann euch die Firma nicht heute bezahlen. Wenn ihr mir Antonios Lebenswerk aber anvertraut, so verspreche ich euch, dass ich euch monatlich einen Teil zurückzahlen werde.

Dafür bin ich bereit, hart zu arbeiten. Das ist eine Frage der Ehre.«

»Du erinnerst mich so furchtbar stark an deine Mamma und ... an meine Mamma.« Nonno Danieles Lippen zitterten leicht, als er diese Worte sagte. Er lächelte, doch eine einzelne Träne löste sich aus seinen Augenwinkeln, als er Mamma dabei ansah. Hastig wischte er sich mit der furchigen Hand über die Wange und senkte den Blick.

Alle schwiegen. Elisa kämpfte ebenfalls mit den Tränen. In den Augen der Mädchen glitzerte Stolz.

Nun ruhten alle Blicke auf Rosalbas Mutter, die das Geschehen bisher weder kommentiert noch unterbrochen hatte. Rosalba erhob sich und ging zu ihr. »Mamma ...?« Sie hockte sich vor ihr auf den Boden, nahm ihre Hand und schaute ihr tief in die Augen.

»Mamma, ich weiß, dass ich dich enttäuscht und verletzt habe. Glaub nicht, dass ich diese Entscheidung leichtfertig treffe. Ich möchte einfach, dass du verstehst, dass ich weder fortgehe noch meiner Bestimmung und meinem Erbe den Rücken zukehre.«

Ihre Mutter schwieg.

Seufzend fuhr Rosalba fort: »Als Saisonnière ist es mir nach wie vor nicht erlaubt, länger als neun Monate in der Schweiz zu arbeiten. Italien wird also immer meine Heimat bleiben. Im Winter kehre ich für drei Monate heim. Zu euch, meiner Familie. Weder gebe ich meine Staatsbürgerschaft auf, noch trennt uns ein Ozean. Es ist mir jederzeit möglich, nach Hause zu kommen oder euch auch mal an einem Wochenende zu besuchen.« Sie schluckte und hatte Mühe, das Zittern in ihrer Stimme zu unterdrücken. Tapfer kämpfte sie gegen das Brennen in ihren Augenwinkeln an.

»Mamma, ich war und bin deine größte Verehrerin. Was du erreicht hast und noch leistest, verdient allergrößten Respekt. Ich bin stolz, eine Mandelli zu sein und deine Gene in mir zu tragen. Aber zu Hause sehe ich keine Zukunft für das wundervolle Erbe, das du mir hinterlassen hast. So unglaublich viel Schweiß und Hingabe hast du hineinfließen lassen, dass es eine Schande wäre, dieser Blume beim Verwelken zuschauen zu müssen. Italien ist eine Wüste geworden, Mamma. Ich pflanze den Samen deines Werkes in fruchtbaren Boden, weil ich möchte, dass er überlebt. Und blüht.«

Mamma sagte immer noch kein Wort. Tränen rannen ihr über die Wangen und tropften auf die mit zarten Blumen gemusterte Bluse.

Kapitel 20

Es war später Nachmittag, die Ortschaft Schiers lag bereits im Schatten, und ein frischer Wind fegte um die Ecken der eng stehenden Häuser im Dorfkern.

Das Restaurant *Zur Sonne*, dessen verblichenes Blechschild wie ein Spottreim an der schmutzigen Fassade hing, befand sich in der Mitte von drei aneinandergebauten Häuserfronten. Als Rosalba hinter Remo die drei Steinstufen nach unten stieg und das Gewölbe betrat, schlug ihnen der Lärm von lauten Männerstimmen entgegen. Die Mitglieder des Gewerbevereins, die zur Versammlung erschienen waren, standen überall im Raum verteilt. Sie hielten Weingläser und Häppchen in der Hand und unterhielten sich angeregt. Wie Remo Rosalba erklärt hatte, handelte es sich bei den Anwesenden um Firmeninhaber verschiedener Branchen. Gemeinsam setzten sie sich für die Förderung der regionalen Wirtschaft, politische Anliegen und weitere wichtige Themen ein.

Der Gestank von abgestandenem Bier, Zigarettenrauch und altem Holz erfüllte die Luft. Rosalba ließ den Blick durch den Raum gleiten. Abgesehen von zwei milchigen, mit schmutzigen Vorhängen versehenen Fenstern Richtung Dorfstraße gab es in dem Schankraum keine Quellen natürlichen Lichts. Gelbliche, mit Spinnweben verhangene Metallkronleuchter erhellten den Raum. Die vorherrschenden

Farben der Möbel sowie der mit Holz verkleideten Wände waren Dunkelbraun und Schwarz. Blutrote Tischtücher aus grobem Leinen bedeckten die Tische, auf denen überquellende Aschenbecher standen.

Vermutlich erriet Remo ihre Gedanken, oder Rosalba sendete durch ihre eng an den Körper gepresste Handtasche das klare Signal, lieber nichts anfassen zu müssen, jedenfalls sagte er augenzwinkernd: »Sieh es dem Gastgeber nach. Rolf Meili, der Wirt, ist ein geschätztes und sehr engagiertes Mitglied unseres Gewerbevereins. Die vierteljährlichen Treffen finden deshalb hin und wieder in seinem Restaurant statt. Insbesondere deshalb, weil es ihm geschäftlich nicht sehr gut geht. Er beklagt sich immer wieder über die baufällige Liegenschaft und das fehlende Geld, um sie zu renovieren. Das wiederum hat zur Folge, dass kaum neue Gäste den Weg hierher finden und die bisherigen ... nun die sterben ihm schrittweise davon.« Remo schnalzte mit der Zunge und setzte einen bedauernden Gesichtsausdruck auf. »Rolf ist schon in Ordnung. Er versucht nur, das sinkende Schiff zu retten. Seine Frau macht außerdem hervorragende Canapés, was schwer zu glauben ist, wenn man diesen Raum betritt. Ferner ist er ein passionierter Weinkenner. Ihm fehlt bloß die Möglichkeit, sein Potenzial auszuschöpfen. Wahrscheinlich auch die Idee zur Umsetzung.«

Rosalba nickte und legte die Stirn in Falten. Das schlechte Gewissen nagte an ihr. »Ich wollte nicht unhöflich sein.«

Remo lächelte und deutete mit dem Kopf dezent in Richtung eines sich nähernden Mannes. »Das ist er übrigens.«

Der Gasthausbesitzer, ein ungepflegter Endvierziger mit aufgeblähtem Bauch, schütterem, fettigem Haar und

Doppelkinn begrüßte alle Anwesenden mit kameradschaftlichem Handschlag. Rosalba hielt die Luft an und kratzte all ihren Anstand zusammen, als er sich ihnen näherte und Remo die Hand schüttelte. Sie unterdrückte den Impuls, einen Schritt zurückzutreten.

»Schön, dass du hier bist, mein Freund.« Und ohne Einleitung oder sonstige Regeln des Umgangs zu beachten, starrte Rolf Rosalba an und machte eine Kopfbewegung in ihre Richtung. »Wer ist die? Bisher haben sich die Weiber noch nicht bis in unseren Verein gewagt. Die alte Marianne mit ihren Stoffen aus Jenaz und die bissige Alma aus Küblis mit ihren hässlichen Blumen jedenfalls sind noch nie hier aufgetaucht. Aus gutem Grund, die haben schließlich auch keinen blassen Schimmer von ihrem Beruf.« Eine Mischung aus Grunzen und Meckern verließ seine Kehle. Dabei wackelte sein Kugelbauch.

»Rolf, darf ich vorstellen: Das ist Rosalba Mandelli. Sie ist Bauunternehmerin und füllt die Lücke, die Antonio hinterlassen hat.« Remo ignorierte die diskriminierenden Äußerungen des Wirts geflissentlich, und Rolf platzten beinahe die Augen aus den Höhlen. Unverhohlen musterte er Rosalba.

Die trat einen Schritt vor und reichte dem Gastgeber, ihren Widerwillen überwindend, die Hand. »*Sono contenta*, heute hier zu sein und die regionalen Firmen kennenzulernen. Dies ist erst meine dritte Saison in der Schweiz, daher kenne ich die meisten Geschäfte und Inhaber noch nicht persönlich.«

Rolf kratzte sich auf seiner Halbglatze und schob die buschigen Augenbrauen zusammen. »Furchtbar, was mit unserem Toni geschehen ist. Einmal blinzeln und weg ist er. Ehrlicherweise muss ich sagen, dass ich anfänglich skeptisch war, als der Tschingg anfing, sich in unsere Wirtschaft einzumischen. Man weiß ja, wie es im Süden so zugeht. Die haben keine Ahnung von gar nichts.« Er zupfte sich den Hosenbund zurecht. »Ich meine, unsereiner sieht sich mit diversen Vorschriften konfrontiert und wird permanent kontrolliert, aber im Stiefel unten, da kann man tun und lassen, was man will.« Er schüttelte missbilligend den Kopf. »Na ja, wie auch immer. Ich muss zugeben, dass unser Toni Mandelli sich hier wacker geschlagen hat. Fast schon ein Schweizer war er. Ein Jammer, dass Gott die Guten schon so früh zu sich holt und Kakerlaken wie mich noch weiter hier lässt!« Erneut das Grunzmeckern.

Rosalba starrte den Wirt mit leicht geöffnetem Mund an. Ein dermaßen seltsames Exemplar der Gattung Mensch hatte sie noch nie angetroffen. Remo hingegen schien Rolf gut zu kennen, denn er stimmte in dessen Lachen ein.

»Rolf, Rosalba ist ebenfalls eine Mandelli, und sie ist gewillt, in die Fußstapfen ihres Verwandten zu treten. Das Bauen liegt ihr gewissermaßen seit Generationen im Blut. Konkret heißt das, dass sie heute hier ist, weil sie Antonios Firma weiterführt.«

Plötzlich herrschte in dem Raum Totenstille. Rosalba war nicht einmal aufgefallen, dass ihrem Gespräch noch mehrere Ohren gefolgt waren.

»Na ja, dann muss ich sagen, Courage hat es, das Weibsbild.« Rolf stemmte die Hände in die Hüften und musterte sie anerkennend. »Du weißt, Remo, die Weiber sind mir, mit Ausnahme meiner Helena, unheimlich, da bin ich ehrlich. Dir vertraue ich hingegen ebenso wie dem Tschingg, Gott hab ihn selig. Wenn ihr der Meinung seid, dass sie was auf dem Kasten hat, dann will ich das gutgläubig annehmen. Zumindest bis sie uns das Gegenteil beweist.«

Erstaunt über dessen Worte lächelte Rosalba dem Wirt zu. »Danke. Ich gebe mein Bestes. Antonios Werk weiterzuführen, ist für mich eine Frage der Ehre. Es ist nicht meine Absicht, sein Andenken zu beschmutzen und die Leute, die ihn kannten, zu enttäuschen. Er war mein Mentor und ich möchte ihn stolz machen.«

Rolf nickte zufrieden und wies mit einer Handbewegung in das schummrige Halbdunkel hinter sich. »Dahinten gibt es Wein und Häppchen. Bedien dich!« Dann watschelte er davon.

»Du wirst dich an den derben Charme gewöhnen«, murmelte Remo und zwinkerte ihr zu. »Die Menschen dieser Region sind bisweilen ein wenig rau, aber nicht ohne Herz. Jedenfalls einige ...« Sein Blick wanderte zur Tür, die soeben aufging.

Marcel Zehner betrat die Schenke und erntete sofort begeisterte Rufe und Händewinken. Mit breitem Grinsen und gestrafften Schultern pflügte er sich durch die Menge. Rosalba hatte schon gehofft, er würde sie übersehen, doch er blieb direkt vor ihr und Remo stehen.

»Nanu ...« Mit mehrdeutigem Lächeln ließ er den Blick forschend zuerst über Rosalba gleiten und schwenkte dann zu Remo hinüber. »Remo, freut mich, dich zu sehen. Ist eine Weile her.« Zehner schüttelte Remo die Hand und wollte sich wieder abwenden.

»Das ist Rosalba Mandelli, ich glaube, ihr kennt euch schon«, sagte Remo und legte die Hand auf Rosalbas Rücken. »Sie führt Antonio Mandellis Firma weiter.«

Zehner zwang ein verkrampftes Lächeln auf sein Gesicht und griff widerwillig nach Rosalbas Hand. »Das stimmt, ich mag mich vage an sie erinnern.«

Hitze explodierte in Rosalbas Wangen, und das Herz schlug ihr bis zum Hals. Sie hätte Zehner am liebsten eine Ohrfeige verpasst, so viel Wut brodelte in ihrem Inneren.

Ein dunkelhaariger Herr in Zehners Alter mit glatt rasiertem Gesicht und aus der Stirn gekämmten Haaren näherte sich und legte dem Bauunternehmer die Hand auf die Schulter. Während er an einem Glas Wein nippte, musterte er Rosalba mit breitem Grinsen.

»Hast du deine Gespielin mitgebracht, Albrecht? Der heutige Anlass war doch ohne Damen gedacht. Hast du die Einladung falsch gelesen?«, plärrte er und erhielt von Zehner ein zustimmendes Grinsen.

Rosalba fühlte sich wie ein Vulkan kurz vor dem Ausbruch. »Ich bin hier in meiner Funktion als Unternehmerin«, erwiderte sie knapp, bevor Remo etwas sagen konnte.

»*Das*, Frau Mandelli, glaube ich Ihnen gerne. Auch wenn ich bezweifle, dass Sie in der Lage sein werden, Ihr ›Unternehmen‹« – Zehner betonte das Wort genüsslich und malte mit den Fingern Anführungszeichen in die Luft – »hier länger als eine Saison zu behaupten.« Er zwinkerte ihr mehrdeutig zu und wandte sich ab. Zwischenzeitlich hatten sich einige andere zu ihnen umgedreht und lauschten der Unterhaltung.

In diesem Moment gewannen die Bisnonna-Camilla-Gene in Rosalba die Oberhand.

»Wenn ich deinem Gedächtnis nachhelfen darf, *Marcel*?« Langsam, als habe Rosalba ihm eine Peitsche über den Rücken gezogen, drehte sich Zehner um. »Gerne erinnere ich dich daran, dass du und deine Männer nicht in der Lage wart, den beiden Frauen in Klosters eine Lösung für ihre Villa zu liefern. Es war meine Idee, die für *entusiasmo* sorgte, und ich war es auch, die die gewünschten Arbeiten erstellt hat. Das ist mein Verdienst, nicht deiner. Fatima und ihre Mutter wissen das, und sie erzählen es jedem, der es hören will. Ob dir das nun passt oder nicht.«

Ein hämisches Grinsen zog Zehners Mundwinkel nach oben. »Na, na, wir wollen doch nicht gleich hysterisch werden, was? Ich dachte, das ist ein seriöses Treffen unter Gewerbetreibenden.«

Der Dunkelhaarige neben Zehner gab ein kehliges Lachen von sich, in das die anderen Gaffer sofort einstimmten.

»Das dachte ich allerdings auch, Marcel«, sagte Remo scharf und trat einen Schritt auf Zehner zu, sodass er nun zwischen ihm und Rosalba stand. »Reiß dich gefälligst zusammen.«

Während sich die Männer schweigend musterten, atmete Rosalba tief ein und ließ den Schmerz in ihrem Inneren wie eine Flutwelle über sich ergehen. Als Mensch gelang es ihr nicht, ihre Emotionen zu ändern oder abzustellen, die Verletzung und die Trauer zu ignorieren. Aber sie konnte sie definitiv aushalten.

So wie ihre Mutter damals, als auch sie wiederholt gedemütigt worden war.

So wie Antonio, als man ihn in seinen Anfängen auf eine billige Arbeitskraft, den Tschingg, reduziert hatte.

Sie war eine Mandelli, die weiße Rose. Niemand besaß Macht über sie. *Nessuno*.

Sie trat neben Remo. »Du klingst verbittert, Marcel. Liegt es vielleicht daran, dass ich dein unmoralisches Angebot damals abgelehnt habe?« Rosalba wandte sich von Zehner ab und starrte die Meute der Männer an, die sich lachend auf die Seite des Bauunternehmers geschlagen hatte. »Was ist mit euch? Seid ihr nicht professionell genug, jemanden nach seinem Können zu beurteilen und ihn wenigstens mit Respekt zu behandeln? Ich dachte immer, Eifersucht und verletzter Stolz seien *femmineo* ... Ganz offensichtlich habe ich mich geirrt.«

Mit diesen Worten drehte sie sich um und verließ, dicht gefolgt von Remo, das Gasthaus.

Schweigend stiegen sie in seinen Wagen und fuhren nach Hause. Immer wieder spürte Rosalba Remos besorgten Blick zu sich herüberschweifen, doch sie wollte nicht reden. In ihrem Inneren tobte ein Sturm. Die Demütigung brannte wie eine Ohrfeige. Schmerz schnürte ihr die Kehle zu und trieb die Tränen in ihre Augenwinkel. Wütend blinzelte Rosalba sie weg und starrte aus dem Fenster.

Zu Hause angekommen, goss sie sich ein Glas Wein ein und ließ sich auf die Couch fallen.

Nachdem Remo sie einige Minuten lang von der Küche aus beobachtet hatte, schlenderte er zu ihr, setzte sich neben sie und nahm sie in den Arm.

Während die Tränen nun doch aus ihren Augen quollen, murmelte sie: »Warum erfahre ich so viel Ablehnung, wo ich doch nur Antonios Werk weiterführen möchte? Er wurde doch von allen geschätzt und respektiert.«

»Für Männer wie Zehner bist du eine Bedrohung. Er ist es gewohnt, dass ihm die Frauen aufgrund seines Status gefügig sind. Du hast ihn in seinem Selbstwert gekränkt, und jetzt rächt er sich dafür. Außerdem glaube ich, dass er den Tag fürchtet, an dem du ihm dank deines Talents die

Aufträge streitig machst.« Remo strich ihr beruhigend über die Haare.

»Ach«, Rosalba wedelte abwehrend mit der Hand. »Er ist doch viel zu groß, als dass ich ihm gefährlich werden könnte! Ich möchte doch bloß meine *passione* ausleben, eine Spur in dieser Welt hinterlassen, selbstständig sein, mich in die Schweizer Kultur einfügen und ein schönes Leben führen. Ist das so schlecht? Ist das nicht das Ziel eines jeden Menschen? Ich schade damit doch keinem und nehme auch niemandem etwas weg.« Rosalba wischte sich mit der Hand über die feuchten Wangen.

Remo seufzte. »Angst vor dem Unbekannten und Neid sind kraftvolle Antriebsfedern. Für manche hier in der Gegend stellst du eine Bedrohung dar.«

»Das verstehe ich nicht.«

»Ich weiß.« Remo drückte ihr liebevoll einen Kuss auf die Stirn und strich ihr eine Haarsträhne hinter die Ohren. »Immerhin einen Bewunderer hast du, wenn auch aus einer sehr ungewöhnlichen Ecke. Als wir das Gasthaus verließen, hat Rolf noch gerufen: ›Das nenn ich mal ein Teufelsweib!‹ Glaub mir, in seiner Sprache ist das ein Kompliment.«

Sie lachten beide. Das tat gut und brachte Licht in Rosalbas bewölktes Gemüt.

Von neuer Hoffnung erfasst, rappelte sie sich auf, um Remo in die Augen sehen zu können. »Vielleicht sollte ich mich einfach mehr bemühen, den Leuten hier einen Schritt entgegenzukommen. Im Moment bin ich für die Menschen noch zu fremd. Kein Wunder, dass sie misstrauisch sind. Aber wenn sie mich besser kennen, wird sich das bestimmt ändern. Die Leute sollten die Möglichkeit haben, sich mit mir zu unterhalten, mehr von Italien und unserer Kultur zu erfahren. Bestimmt sehen sie mich dann in einem anderen Licht. Sie werden erkennen, dass auch ich nur ein Mensch bin wie sie – jemand, der hier ein neues Zuhause sucht, einen Beitrag leistet und niemandem etwas stiehlt. *Domani* kümmere ich mich darum!«

Kapitel 21

Rosalba lenkte Remos orangefarbenen Golf auf den Parkplatz und stieg aus. Neugierig ließ sie den Blick über ihre Umgebung schweifen.

Der Gebäudekomplex der Bäuerinnen- und Haushaltschule war unübersehbar. Ursprünglich bestehend aus einem Pfarrhaus und einem Wohnhaus, wie Remo Rosalba erklärt hatte, war daraus im Laufe der Zeit ein mehrere Gebäude, eine Turnhalle und einen Stall umfassendes Schulungsareal erwachsen. Manche der mehrstöckigen Häuser mit ihren weißen Fassaden, militärisch angeordneten Fenstern und grünen Läden erinnerten an die Architektur eines Gutshofes. Gegenüber dem Schulgelände befand sich ein Acker mit Treibhäusern und einem Geräteschuppen. Rosalba steuerte das Hauptgebäude in der Mitte des Areals an. Der schmucklose, zweckdienliche Betonbau mit den langen Fensterfronten verriet sofort, dass es sich um ein Schulhaus handelte. Im Inneren des Gebäudes empfingen Rosalba ein mehrfarbig gesprenkelter Steinboden, Garderoben mit Holzbänken und lang gezogene Flure mit unzähligen Türen, die sich wie strammstehende Soldaten aneinanderreihten. An einer der Holztüren fand sie schließlich, wonach sie suchte.

Nähkurs für Trachten und Dirndl. Jeweils mittwochs, 20.00 Uhr, stand auf einem Blatt Papier an der Tür.

Rosalba leckte sich mit der Zunge über die Lippen und strich die Hände an ihrer Hose ab. Hatte sie sich womöglich zu auffällig gekleidet? Sie hatte sich für bequeme Leggins in Leopardenoptik und einen neongelben Feinstrickpullover entschieden. Dazu trug sie eine Kunstlederjacke, sportliche Turnschuhe und ein farblich abgestimmtes Foulard. Schließlich zuckte sie mit den Schultern und klopfte. Wenn sie wollte, dass man sie als das akzeptierte, was sie war, dann durfte sie sich auch nicht verstellen.

Plötzlich wurde die Tür mit einem Ruck aufgerissen, und Rosalba trat erschrocken einen Schritt zurück.

Eine ungefähr vierzigjährige Frau in verwaschenen Jeans und einem blauen T-Shirt streckte den dauergewellten blonden Kurzhaarschopf heraus. Ihr Blick blieb an Rosalba hängen. Dann erhellte ein Lächeln ihre Gesichtszüge.

»Wusste ich doch, dass es nochmals geklopft hat. Du bist etwas zu spät, aber das macht nichts. Wir sind gerade mit der Vorstellungsrunde fertig.« Die Frau wies mit dem Finger auf eine Uhr an der nackten Betonwand des Flurs, die bereits Viertel nach acht zeigte. »Komm nur rein!« Sie winkte und trat zur Seite. »Ich bin Caroline, ich biete diesen Kurs an«, stellte sich die Kurzleiterin vor.

»Rosalba.« Sie reichte ihr mit einem höflichen Lächeln die Hand.

»Das ist aber ein ungewöhnlicher Name. Deinem Akzent nach schließe ich, dass du Italienerin bist. Wir sind gespannt, was du uns über dich erzählst.«

Im Raum herrschte Schweigen, und sämtliche Augenpaare folgten Rosalba, als sie sich in den Reihen aus Schulbänken einen Sitzplatz suchte. Plötzlich entdeckte sie ein bekanntes Gesicht.

»Daniela!« Erfreut steuerte Rosalba auf die dunkelhaarige Frau zu. Diese riss jedoch nur erschrocken die Augen auf und musterte Rosalba wie ein Gespenst. »O entschuldige, es ist schon ein Jahr her, seit wir uns beim Einkaufen begegnet sind. Ich bin Remo Albrechts Freundin, du erinnerst dich?« Rosalba streckte ihr die Hand zur Begrüßung hin, stellte ihre Handtasche ab und setzte sich neben sie.

»Ja, ich erinnere mich«, erklärte die andere mit einem matten Lächeln.

»Entschuldige, dass ich dich so ...« – Rosalba suchte nach dem richtigen Wort – »überfallen habe, *no?* Ich habe mich so gefreut, ein bekanntes Gesicht zu sehen!« Rosalbas Armreifen klimperten, als sie die Hände auf den Tisch legte und sich nun neugierig der Gruppenleiterin zuwandte.

Diese verschränkte die Arme hinter dem Rücken und wandte sich ihr zu. »Nun, da unser letzter Gast auch noch zu uns gestoßen ist, schlage ich vor, dass sie sich uns kurz vorstellt. Wir anderen stellen uns dir, Rosalba, dann etappenweise und im Zuge der Zusammenarbeit noch einmal vor, wenn das in Ordnung ist.« Caroline bedeutete Rosalba loszulegen.

»Hallo.« Rosalba hob die Hand zum Gruß und unterstrich ihre Worte mit einem Lächeln. »Mein Name ist Rosalba, und ich komme aus Italien, vom Comer See. Ich komme aus einer *famiglia di muratori*, meine Mutter führt zu Hause die Baufirma, die mein Bisnonno gegründet hat, und ich ... nun, ich habe gerade den Betrieb meines Verwandten Antonio Mandelli aus Grüsch übernommen. Auch ich bin gelernte *muratrice*.« Rosalba holte Luft und ließ die Worte kurz wirken. »Neben meiner Leidenschaft für das Bauen habe ich auch eine Leidenschaft für das Nähen geerbt. Schon meine Urgroßmutter, Bisnonna Camilla, hat gerne genäht. Sie hat meine Mutter darin unterrichtet, und die hat es mir beigebracht. Auf dem Land, dort wo wir leben, konnte man früher nicht einfach zum Einkaufen in die Stadt fahren, deshalb hat man seine Kleidung selbst genäht. Natürlich nähe ich nicht so viel wie meine Mamma und Bisnonna Camilla, aber ich möchte wieder häufiger nähen. Und da ich noch nicht sehr lange in der Schweiz bin, freue ich mich auch auf den Kontakt mit ... wie sagt ihr? *Gente con la stessa passione* ... Menschen mit der gleichen Leidenschaft, *non è così?*« Sie faltete die Hände vor sich auf dem Tisch. »Ich glaube, das ist alles.« Angestrengt dachte Rosalba nach, was die Frauen womöglich noch von ihr wissen wollten. »Ah ja, ich wohne bei meinem *fidanzato*, dem Architekten Remo Albrecht, in Saas. Meine Firma ist aber in Grüsch. Wenn ihr also Hilfe beim Bauen braucht oder einen Rat, wisst ihr, wo ihr mich findet.« Sie lächelte in die Runde.

Eine junge Frau mit blonden, kinnlangen Haaren wandte bei Remos Erwähnung den Kopf und warf Daniela einen stummen Blick zu, die diesen ebenso stumm erwiderte.

Die Gruppenleiterin klatschte in die Hände. »Fabelhaft, das nenne ich mal eine spannende Lebensgeschichte. Ich brenne schon darauf, noch mehr zu erfahren. Italien ist uns zwar geografisch sehr nahe, ich kenne mich da aber nur spärlich aus. Nun wollen wir aber nicht länger plaudern, sondern uns dem Handwerk widmen. Wir fangen damit an, dass sich jede von euch unter den Bildern und Fotos in meinem Ordner ein Modell aussucht, das sie als Grundlage verwenden möchte. Dazu habe ich bereits vorgefertigte Schnittmuster, die ihr dann, gemäß eurer Konfektionsgröße, benutzen und kopieren dürft. Selbstverständlich können die Vorlagen, die wir daraufhin erstellen, jederzeit noch auf individuelle Bedürfnisse angepasst werden. So entstehen möglicherweise nicht nur traditionelle Kleidungsstücke, sondern auch unkonventionelle Eigenkreationen.«

Stühlerücken erklang, und alle scharten sich um den Tisch mit dem Bildmaterial. Rosalba entschied sich für ein schlichtes Kleid, bestehend aus einem Mieder mit kleinen perlmuttfarbenen Knöpfen und vollmondförmigem Ausschnitt. Dazu passte ein Rock mit Schürze und Schleife. Das Oberteil konnte mit oder ohne Bluse getragen werden. »Das hier in Himbeerrot«, beschloss sie und zeigte Caroline das Bild.

»Exzellente Wahl. Unkonventionell aufgrund des kugelrund geschnittenen Halsausschnittes. Sehr neckisch und feminin. Man könnte es sogar noch mit sinnlichen Details wie Spitzenbordüren ergänzen. Ach, ich träume schon!« Caroline zwinkerte Rosalba zu und notierte sich die Bildnummer neben ihrem Namen. »Ich sehe, du hast einen hervorragenden Geschmack. Himbeerrot ist wunderschön und passt zudem sehr gut zu deinem Typ. Du wirst hinreißend aussehen – mehr noch als jetzt!«

Daniela hob mit einem verkniffenen Gesichtsausdruck den Blick.

Nachdem sich alle für ein Modell entschieden hatten, ging es daran, das passende Schnittmuster zu erstellen. Konzentriert und schweigsam arbeitete Rosalba an ihrem Muster.

»Vielleicht bringe ich mal ein paar Schnittvorlagen aus Italien mit. Meine Mutter hat sehr viele, manche sogar noch von ihrer Urgroßmutter.« Sie hob den Kopf und warf einen Blick in die Runde.

»Das würde mich sehr interessieren«, antwortete Caroline sofort. Die anderen jedoch schwiegen und gaben vor, sich auf ihre Arbeit zu konzentrieren.

Gegen zehn Uhr klatschte die Gruppenleiterin in die Hände. »Lassen wir unser Werk für heute ruhen, es wird schon langsam spät. Wir treffen uns nächsten Mittwoch wieder hier um dieselbe Zeit und machen weiter.«

Gemeinsam verstauten sie ihre Sachen in den Schränken und schoben die Schultische zurück an ihren ursprünglichen Platz.

Zusammen mit den anderen Kursteilnehmern verließ Rosalba das Gebäude. Ein schwacher Sichelmond stand am Himmel, umgeben von funkelnden Sternen. Fröstelnd zog sie sich die Jacke enger um den Leib. Kälte fraß sich durch den dünnen Stoff ihrer Leggins. Gerade als sie zum Parkplatz laufen wollte, fiel ihr auf, dass die anderen Teilnehmerinnen noch beisammenstanden und plauderten. Caroline winkte sie zu sich, und Rosalba korrigierte ihren Kurs und gesellte sich zu ihnen.

»Wer ist denn noch dabei?«, fragte eine etwa dreißigjährige Frau mit blutrot gefärbten Haaren in die Runde und musterte die anderen mit fragend hochgezogener Augenbraue.

»Wir gehen noch kurz etwas trinken«, erklärte Caroline Rosalba. »Kommst du mit?«

»Sehr gerne.«

Gemeinsam mit den anderen schlenderte Rosalba Richtung Dorfzentrum.

»Ich war erst einmal in einem Gasthaus hier. In der *Sonne*, bei einer Zusammenkunft der Gewerbetreibenden.«

»Ah«, eine grauhaarige Dame, die sich Rosalba als Annamaria vorgestellt hatte, winkte verächtlich ab. »Der reinste Männerverein. Die treffen sich doch bloß, um sich gegenseitig zu bestätigen, wie toll sie sind. Und die *Sonne* passt perfekt zu diesen Gockeln. Jetzt, um diese Uhrzeit, erstrahlt sie außerdem in rotem Licht, so munkelt man.«

»O ... na ja, das wusste ich nicht. Wir waren ja tagsüber dort, also ...« Rosalba zuckte mit den Schultern. »Rolf jedenfalls war ganz nett, wie mir schien. Etwas eigenwillig, aber durchaus freundlich.«

Annamaria legte den Kopf in den Nacken und gab ein meckerndes Lachen von sich. »Das kann ich mir lebhaft vorstellen. Frauen wie du gefallen ihm.« Sie maß Rosalba mit einem langen, mehrdeutigen Blick, sodass diese entschied, das Thema einfach auf sich beruhen zu lassen. Ihr Eindruck von dem Wirt war ein vollkommen anderer gewesen. Er hatte sich ihr gegenüber nicht anzüglich verhalten, auch wenn sein Restaurant durchaus einer Auffrischung bedurfte ...

Plötzlich kam ihr eine Idee. Sie beschloss, diese in den kommenden Tagen weiterzuverfolgen.

Zwischenzeitlich hatten sie das Gasthaus *Zum Sternen* erreicht. Offensichtlich maßen die Bewohner von Schiers den Gestirnen großen Wert bei.

Dieses Gestirn jedenfalls machte mit seinen weiß gestrichenen Wänden, den Landschaftsfotografien und den hellen Deckenlampen einen wesentlich freundlicheren Eindruck als sein Gegenstück einige Gassen weiter. Die Tische waren mit sauberen, sandfarbenen Tischtüchern und Trockenblumen bestückt. Ein hellbrauner Kachelofen in der hinteren Ecke des Schankraums sorgte für Behaglichkeit.

Rosalbas Frauengruppe setzte sich an einen langen Tisch in der Nähe des Ofens, unweit des runden Stammtisches. Die Männer, die denselben bevölkerten, drehten neugierig die Köpfe und zogen, augenblicklich verstummt, an ihren Zigaretten und Zigarren.

Ein junger Kerl mit zurückgekämmten schwarzen Haaren starrte Rosalba unverhohlen von oben bis unten an. Ohne seinen Blick zu erwidern, wandte sie sich ab und setzte sich.

Die Bedienung eilte herbei, und sie bestellten ihre Getränke. Die meisten Frauen entschieden sich für einen Tee oder Kaffee, Rosalba sehnte sich nach einem Glas Rotwein.

»Dich habe ich doch schon mal gesehen«, platzte der Schwarzhaarige plötzlich unaufgefordert dazwischen. »Du bist doch die Kleine, die mit Antonio um die Häuser gezogen ist, oder?«

Rosalba starrte ihn zuerst einige Sekunden lang an, dann antwortete sie möglichst sachlich und unverfänglich: »Ich bin Antonios Verwandte und war seine Mitarbeiterin. Jetzt führe ich die Firma an seiner Stelle weiter.«

»Hört, hört ... mit den Leopardenleggins etwa?« Ein anzügliches Grinsen verzog seine Mundwinkel, und er gab ein raues Gackern von sich. Die übrigen Männer am Tisch stimmten mit heiserem Lachen ein.

»Wie lange willst du das denn machen?« Die Frage kam aus einer unerwarteten Ecke, von Daniela. Ihre Miene zeigte dabei jedoch keinerlei Interesse. Viel eher presste sie den Mund zusammen und starrte Rosalba mit düster funkelnden Augen an.

»So lange, wie die Saison dauert. Meine Bewilligung lässt mir neun Monate. Im Winter kehre ich nach Italien zurück, und nächstes Jahr ... mache ich weiter.« Rosalba fühlte sich beobachtet und in die Ecke gedrängt. Ein Gefühl der Beklemmung überkam sie.

»Und Remo bietet dir Unterkunft?« Die Frage wiederum kam von der Blondine, die ihrer Freundin Daniela bereits beim Nähkurs mehrdeutige Blicke zugeworfen hatte. Helga war ihr Name, wie Rosalba aus den Gesprächen geschlossen hatte.

»Ja, ich wohne bei meinem *fidanzato*.«

»Dir ist hoffentlich bewusst, dass Remo kein Kind von Traurigkeit ist.« Helga verzog den Mund zu einem doppeldeutigen Schmunzeln und legte den Kopf schief.

Rosalba verstand diese Redewendung nicht, weshalb sie die Frau verständnislos anstarrte. »Was meinst du damit?«

»Ich will damit nur sagen, dass schon viele Damen bei ihm ›gewohnt‹ haben. Du entsprichst genau seinem Beuteschema. Andere Männer in seinem Alter haben bereits Frau und Kind. Unser Architekt hingegen stöbert immer noch gerne durch das üppige Angebot.«

Langsam begriff Rosalba, worauf die Blondine hinauswollte. Schmerz und Kränkung zogen ihr Herz zusammen.

»Ich bin nicht sein Flittchen, und er gibt mir kein Geld«, verteidigte sie sich.

»Aber du kannst kostenlos bei ihm wohnen, oder?«, hakte Daniela mit zusammengepressten Lippen nach. Rosalba errötete. Remo hatte ihr dieses Angebot angesichts ihres Neustarts gemacht. *Die Wohnungsmiete ist für mich gleich hoch, ob du hier bist oder nicht*, hatte er gesagt. Sobald sie sich mit ihrem Betrieb eine Grundlage erschaffen hatte, würde sie sich selbstredend ebenfalls an den Mietkosten beteiligen.

»Natürlich bist du nicht bloß sein Bettwärmer. So ein Unsinn!«, meldete sich nun Caroline zu Wort, bevor Rosalba gezwungen war zu antworten. »Hört auf, ihr Löcher in den Bauch zu fragen und ihr Horrorgeschichten zu erzählen. Man muss nicht jeden Schwachsinn glauben, der in diesem kleingeistigen Tal geredet wird. Meine Mutter war

Österreicherin und hat einen Schweizer geheiratet, ich weiß, wovon ich spreche. Schau dich an, Liebes, wer könnte es Remo verübeln, dass er dich vergöttert.« Sie schenkte Rosalba ein aufmunterndes Lächeln.

Die übrigen starrten auf ihre Tassen und schwiegen.

Gegen elf erhoben sie sich und traten den Heimweg an. Rosalba bemühte sich, den Stammtisch mit den zwischenzeitlich laut krakeelenden Männern zu ignorieren, doch das gegrölte *Miiiaaaauuuu*, das ihr hinterherschallte, war nicht zu überhören.

Vor dem Gasthaus verabschiedete sie sich von ihren Nähkolleginnen.

Caroline war die Einzige, die ihr die Hand reichte. »Bis nächste Woche.«

Rosalba wandte sich ab und machte sich auf den Weg zum Parkplatz, um nach Hause zu fahren, während die anderen Frauen noch immer zusammenstanden.

»... hilft ihr auch ihr Dirndl nichts ...« Die Worte waren nicht für ihre Ohren bestimmt. Trotzdem wehte sie der kühle Nachtwind zu Rosalba herüber.

Beim Auto angekommen, ließ sie sich mit einem tiefen Seufzer auf den Fahrersitz fallen und dachte nach. Schwere legte sich über ihr Herz. Die Ausgrenzung schmerzte. Aufkeimende Verzweiflung schnürte ihr die Kehle zu, und Tränen brannten in ihren Augenwinkeln. Zusätzlich echoten die Worte, welche die anderen über Remo gesagt hatten, durch ihren Kopf. War sie womöglich zu naiv? Täuschten sie ihre eigenen Gefühle? Rosalba holte tief Luft, straffte den Rücken und startete den Wagen.

Kapitel 22

Zwei Tage später, es war Freitag, stellte Rosalba Antonios Firmen-Pick-up am Straßenrand ab und nahm den kurzen Weg zum Gasthaus *Zur Sonne* in Angriff. Sie hatte sich mit Rolf Meili zu einem Treffen verabredet, bei dem sie ihm eine Idee vorstellen wollte, die ihr nach ihrer Unterhaltung mit Annamaria aus dem Nähkurs eingefallen war. Nervös nagte sie an ihrer Unterlippe. Auch wenn sie bei dem Wirt einen Stein im Brett hatte, wie Remo ihr mehrfach versichert hatte, hieß das noch lange nicht, dass er auf ihren Vorschlag eingehen würde.

Es war bereits April, und die Bausaison hatte mit dem Schmelzen des letzten Schnees begonnen. Die meisten Leute im Tal wussten noch nicht, dass Rosalba in Antonios Fußstapfen getreten war, oder hatten diesen Umstand genutzt, um sich einen neuen Geschäftspartner zu suchen. Die sporadisch hereintröpfelnden Aufträge hielten Rosalba gerade so über Wasser, und das auch nur, weil sie Remo bis auf Weiteres nichts für die Wohnungsmiete bezahlen musste. Nach Abzug der Kosten für das tägliche Leben und die Abzahlungsraten der Firma an Elisa und die Mädchen blieb am Ende des Monats nicht mehr viel übrig. Rosalbas Vater hatte ihr ein Startgeld im Sinne eines Darlehens angeboten, doch nach allem, was ihre Eltern bereits für sie getan hatten, und nach all den Verletzungen, die Rosalba ihnen mit ihrer Entscheidung, in der Schweiz zu bleiben, zugefügt hatte, konnte sie diese Hilfe einfach nicht annehmen.

Rosalba war sich bewusst, dass sie sich beweisen und um ihre Stellung und Akzeptanz in der Branche kämpfen musste. Allerdings wäre sie keine Mandelli, wenn sie diese Herausforderung nicht angenommen hätte.

In letzter Zeit dachte sie oft an die Geschichten, die ihre Mutter ihr über die eigene Vergangenheit und über Antonios Anfänge in der Schweiz erzählt hatte. Gelegentlich übermannte Rosalba dann der Wunsch, ihre Mutter als Mentorin an ihrer Seite zu wissen. Würde sie sich vielleicht eines Tages dazu überreden lassen und ihr den Schritt ins Ausland verzeihen? Die Wunde, die sie in das Herz ihrer Mamma geschlagen hatte, blutete noch immer. Manchmal fiel ihr deshalb das Schlafen schwer. Nie war es ihre Absicht gewesen, Menschen wehzutun. Rosalba graute vor dem Moment am Ende des Jahres, an dem sie nach Hause zurückkehren und ihren Eltern und Großeltern in die Augen sehen musste. Sie fühlte sich ihnen gegenüber wie eine Verräterin.

Vor der Hausfassade mit dem abgeschossenen Blechschild, das das Bild einer Sonne zeigte, blieb Rosalba stehen und atmete ein paarmal tief ein und aus. Schließlich gab sie sich einen Ruck, öffnete die schwere Holztür und trat ins Halbdunkel.

Eine Mischung aus Qualm, Bier und Kaffee schlug ihr entgegen.

»Rosa ...« Rolf eilte herbei, wobei er bereits bei den wenigen Schritten hörbar keuchte. Offensichtlich hatte er ihren Namen nicht verstanden oder konnte ihn nicht korrekt aussprechen, was angesichts seines urtümlichen Wesens nicht weiter verwunderlich war. »Setz dich, ich bin wirklich gespannt, was du mit mir zu besprechen hast. Die W..., also die *Frauen*, finden selten den Weg in meine Beiz.« Er setzte sich umständlich an einen Tisch. Dann schlug er sich die Hand vor die Stirn. »Ah ... entschuldige, magst du etwas trinken?«

»Ein Espresso wäre hilfreich, *grazie*«, antwortete Rosalba mit einem Lächeln. Ächzend erhob sich Rolf wieder von seinem Stuhl und schlurfte hinter die Theke. Als er mit der Tasse zurückkehrte, nickte Rosalba ihm dankbar zu und nippte an dem braunen Gebräu.

»Der schmeckt hervorragend!«

»Du klingst erstaunt.« Der Wirt legte seine Wurstfinger auf das schmutzige Tischtuch und musterte Rosalba, als erwarte er darauf eine Antwort.

Sie hoffte, dass er in dem schummrigen Licht nicht erkannte, wie sie errötete. Vorsichtig begann Rosalba das Gespräch, das sie in den letzten Tagen vorbereitet hatte: »Das ist korrekt, Rolf. Ich möchte nicht unhöflich sein, aber die Leute sprechen manchmal sehr schlecht über dich und dein *ristorante*. Ich sehe das anders. Ich denke, du bist ein fähiger Gastgeber, der einen guten Geschmack hat. Nur leider sieht das niemand.«

Sie legte eine Pause ein, um zu beobachten, wie er auf ihre leise Kritik reagierte.

»Rosa, ich bin Wirt ... ich esse gern, ich trinke gern und weiß daher, was gut ist. Mir fehlt tatsächlich das Geld, aus diesen Räumen ein modernes Lokal zu machen. Junge Gäste bleiben aus, die Alten werden immer weniger. Mahlzeiten verkaufe ich kaum noch, bloß hin und wieder mal einen Kaffee. Die Mitgliedschaft im Gewerbeverein bringt mir auch nicht den gewünschten Aufschwung. Meine Helena ist eine gute Köchin, nur weiß das niemand, weil sie höchstens noch hin und wieder belegte Brote macht.« Er verwarf die Hände, und ein gequälter Ausdruck erschien auf seinem Gesicht. »Blöd bin ich nicht, mir ist schon bekannt, was die Leute reden.«

Rosalba wich seinem Blick aus. »Ja ... das Gerede ist nicht sehr hilfreich, um *clienti* für dein Restaurant zu begeistern.« Sie biss sich auf die Lippen, holte tief Luft und sah den Wirt an.

»Rolf ... ich habe einen Vorschlag für dich.«

Er schwieg und wartete.

»Auch ich muss meine ...«, sie suchte nach dem richtigen Wort, »Position auf dem Markt neu definieren. Manche von Antonios Kunden schenken mir ihr Vertrauen, viele sind ... *scettici*. Sie kennen mich nicht und wissen nicht, ob ich gut arbeite. Also suchen sie sich lieber einen Mann, weil sie denken, dass er es besser macht als ich. Wir beide, du und ich, sind in einer ähnlichen Situation: Wir müssen den Menschen beweisen, was wir können.« Nach einer kurzen Pause, in der sich Rosalba einen Schluck ihres Espressos gönnte, fuhr sie fort: »Ich kann etwas, das dir helfen könnte, und du hast etwas, das mir helfen könnte.«

Rolf hob die Augenbrauen. »Tatsächlich? Und das wäre?«

Das Herz klopfte Rosalba bis zum Hals. »Was hältst du davon, wenn ich dir sage, dass du aus diesen Räumen mit wenig Aufwand ein einzigartiges und wunderschönes *ristorante* gestalten kannst? Wenn ich deine *Sonne* wieder zum Strahlen bringen darf, schenke ich dir die Kosten für meine Arbeit. Du bezahlst nur das Material. Dafür erzählst du den Leuten, dass ich es war, die dein Restaurant so *bellissimo* gemacht hat. Ich verspreche dir, dass du kein Risiko eingehst und die Kosten nicht hoch sein werden. Wir besprechen alles gemeinsam und passen den Umbau an dein Budget an. Was meinst du dazu?«

Rosalba schwitzte dermaßen, dass sie das Gefühl hatte, in ihrem Pullover zu ersticken. Hätte sie doch nur nicht noch einen heißen Espresso getrunken!

Rolf starrte sie sprachlos an. Mehrere Emotionen glitten wie Wellen über sein Gesicht. Eine Richtung war nicht erkennbar.

»Du willst der *Sonne* helfen?«, fragte er ungläubig. »Warum?«

Rosalba zuckte mit den Schultern. »Du warst bei dem Treffen der Gewerbetreibenden als Einziger nett zu mir. Warum?«

Beide begannen gleichzeitig herzhaft zu lachen. Rolf hob den Finger und wies damit geradewegs in Rosalbas Gesicht. Was in jedem anderen Fall als Unverschämtheit gegolten hätte, störte sie an dem Wirt jedoch keinesfalls.

»Ich mag dich, Rosa. Du bist ein Teufelsweib, ich wusste es gleich. Du erinnerst mich irgendwie an meine Helena, als sie noch jung und voller Ideen war. Zwischenzeitlich hat die Welt sie gebrochen.« Trauer schimmerte in seinen Augen, doch er drängte sie fort. »Was stellst du dir denn vor?«

Ein breites Lächeln zog Rosalbas Mundwinkel nach oben. Sie spürte, wie Euphorie ihre Gefäße flutete. »*Allora* …« Sie ließ den Blick durch das Gewölbe schweifen, schloss kurz die Augen und legte los. So, wie sie es von ihrer Mutter gelernt hatte.

»Wir müssen unbedingt das nutzen, was bereits vorhanden ist. Das Dunkle, Höhlenhafte kann teilweise bleiben, aber dein Restaurant braucht mehr Frische und Licht. Wenn wir das Holz an den Wänden bis zur Mitte des Raums herunterreißen und den oberen Teil mit hellen Steinen wie eine Natursteinmauer verkleiden, machen wir aus dem Raum ein Kellergewölbe, ein *grotto*. Auf die Tische kommen weiße, edle Tischtücher. Statt an die Decke kommen Lampen an die Wand. Mit Elektrik kenne ich mich leider nicht aus. Aber vielleicht kennst du einen Kollegen aus dem Gewerbeverein? Wenn es möglich ist, ein Fenster in die Wand zum Saal nebenan zu machen, wäre das für das Licht hier im Raum *fantastico*.« Verträumt wanderte ihr Blick durch den Raum. »Dein *grotto*, Rolf, braucht schlichte Behaglichkeit und *italianità*. Denn wo essen und trinken die Leute mit mehr Hingabe als im ›Stiefel‹, wie du es nennst? Also brauchen wir genau dieses *ambiente*, und du wirst wieder Essen und teuren Wein verkaufen!« Vor lauter Aufregung war Rosalba immer häufiger ins Italienische verfallen.

Rolf folgte ihren Ausführungen mit glänzenden Augen. Bis jetzt schien er mit ihren Ideen also einverstanden.

Scherzhaft hob Rosalba den Zeigefinger, um sich seiner Aufmerksamkeit sicher zu sein. »Das Herzstück deiner neuen *Sonne*, Rolf, wird ein kleiner, gemauerter Kamin sein. *Là*.« Sie wies auf den Stammtisch. Der in Falten gelegten Stirn des Wirts nach zu urteilen, konnte er ihr noch nicht folgen. »Eine offene Feuerstelle mit einem Tisch drum herum. Dann können deine Gäste ihr Essen im Feuer selbst zubereiten. Ein einmaliges Erlebnis, das sonst niemand bietet. Gutes Fleisch, *patatine fritte*, feine Soßen, ein rubinroter, kräftiger Rotwein ... aromatischer *caffè*, und *grappa* zum Abschluss.« Zufrieden lehnte sich Rosalba in ihrem

Stuhl zurück. Wäre ihre Mamma jetzt stolz auf sie? Wenn sie doch bloß hier wäre ...

»D ... das ist genial! Rosa, du Teufelsweib!« Rolf schlug mit der flachen Hand auf den Tisch und brachte ihre Espressotasse dadurch zum Tanzen. Eine kleine Gruppe älterer Herren, die am Stammtisch zusammensaßen und Karten spielten, linsten verstört zu ihnen herüber. Mit verschwörerischer Miene senkte der Wirt daraufhin die Stimme und beugte sich zu Rosalba hinüber. »Wir werden das ganz groß aufziehen, Rosa. Du und ich ... und meine Helena.«

Rosalba spürte, wie Rührung ihr die Kehle zuschnürte. Heiser flüsterte sie: »Dann ... dann bist du dabei?«

»Der Teufel soll mich holen, wenn ich es nicht bin!«, brüllte Rolf und fegte die Kaffeetasse nun mit seinem Gefuchtel endgültig vom Tisch.

Kapitel 23

Rosalba betrachtete sich kritisch im Wandspiegel. Sie hatte sich die langen braunen Haare mit einer Haarspange am Hinterkopf aus dem Gesicht gebunden. Wie stets um diese Jahreszeit nahm die Intensität ihrer Sommersprossen mit zunehmender Sonneneinstrahlung zu. Da es für Mai bereits recht warm war, hatte sie sich für die heutige Einladung für eine weiße Faltenbluse, eine beigefarbene Stoffhose und weiße Turnschuhe entschieden. Dazu trug sie eine Kette aus walnussgroßen transparenten Glasperlen. Roter Lippenstift verlieh ihrer Aufmachung einen Klecks Farbe.

»Bezaubernd siehst du aus.« Remo schlang die Arme von hinten um ihre Mitte und legte das Kinn auf ihre Schultern.

Rosalba lehnte den Kopf an seine Wange. »Ich finde, dass wir zusammen schön aussehen.« Gerne hätte sie ihn nun geküsst, doch ließ ihr Lippenstift das nicht zu. Immer wieder strich sie die feuchten Handflächen an den Oberschenkeln ab und atmete tief durch. Der Besuch bei Remos Eltern beschäftigte sie schon seit Tagen.

Remos Hände legten sich beruhigend auf ihre Schultern. »Entspann dich, Liebes. Sie werden dich mögen. Meine Freunde vergöttern dich, seit sie dich das erste Mal getroffen haben. So wird es allen ergehen.«

»Das ist etwas anderes. Eltern sind viel kritischer. Jedenfalls ist das meine Erfahrung, wenn ich an Mamma und Papa denke.« Rosalba verschränkte die Arme vor der Brust und musterte ihren Geliebten skeptisch.

»Ich liebe dich, das ist Grund genug, dich zu mögen.« Scherzhaft zwinkerte er ihr zu. »Los, gehen wir, sonst sind wir zu spät.«

Remo griff nach ihrer Hand und führte sie aus der Wohnung. Verzückt beobachtete Rosalba ihn dabei. Die Jeans und das schwarz-rot gestreifte Langarm-Poloshirt standen ihm außerordentlich gut. Die kurzen blonden Haare standen ihm leicht verstrubbelt vom Kopf ab. In diesem Moment erinnerte sich Rosalba an die Worte ihrer Freundin Catarina, die auf seine Ähnlichkeit mit dem italienischen Schauspieler Terence Hill hingewiesen hatte. Ein breites Grinsen verzog ihre Mundwinkel.

»Was ist?« Remo musterte sie verwirrt.

Sie schüttelte den Kopf. »Nichts.«

Er ließ es dabei bewenden, wofür sie dankbar war. Ihre kindischen Mädchenschwärmereien wollte sie nun wirklich nicht mit ihm teilen. Bestimmt spürte er auch so, dass er ihr persönlicher Held war.

Als sie die Ortstafel von Pany, einem am Sonnenhang gelegenen Dorf passierten, schlug Rosalbas Herz schneller, und das Kribbeln in ihrem Bauch nahm zu.

Das Haus von Remos Eltern befand sich etwas abseits des Dorfkerns am Waldrand. Wie ein scheues Reh kauerte es sich in den Schatten der Tannen. Als sie ausstiegen, staunte Rosalba. Von Weitem sah das Haus aus wie zahlreiche andere in dieser Region. Eine robuste Mischung aus weißem Verputz und dunkel gebranntem Holz mit ziegelroten

Fensterläden. Beim Näherkommen jedoch erkannte sie viele ungewöhnliche Details. So thronte auf der dem Abhang zugewandten Seite ein großer Hirschkopf mit Geweih über der letzten Fensterreihe und schien ins Tal hinunterzublicken. Zartgrüne Pflanzenmalereien kletterten die Fassade entlang zum Dach empor. Auf der rechten Hausseite, ebenfalls in Richtung des Berghangs, befand sich ein mit vier Fenstern versehener Erker. Der Ausblick von dort musste atemberaubend sein. Neben dem Haupteingang, zwischen Garage und Tür, hatte man eine Nische mit Rundbogen gebaut, die der Lagerung von Feuerholz diente.

Remo nahm Rosalba bei der Hand und drückte ihr einen Kuss auf die Wange. »Sei einfach du selbst, dann müssen sie dich gernhaben!«

Scheu erwiderte sie sein Lächeln, während er klingelte und eintrat.

»Hallo?«, rief er und lauschte.

Sprachlos und fasziniert ließ Rosalba derweil den Blick über den Eingangsbereich des Hauses schweifen. Ein massiver Holztisch im gleichen Karamellton wie die abzweigenden Türen nahm die Mitte des Entrees ein. Darauf thronte auf einer blutroten Zierdecke ein wuchtiger Metallhirsch, auf dessen Geweih rote Kerzen saßen. An den Wänden gegenüber der Eingangstür hingen ausgestopfte Wildköpfe verschiedener Gattungen oder zumindest die knöchernen Überreste derselben mit dem entsprechenden Geweih. Eine hölzerne Wildschweinstatue stand neben dem Tisch und starrte sie aus dunklen Glasaugen an.

»Da seid ihr ja!« Eine kleine Frau mit breitem Becken und kurzen blonden Locken betrat den Vorraum und schloss Remo in die Arme. Sie trug eine graue Stoffhose mit einer

Bügelfalte, eine altrosa Bluse und beigefarbene, abgewetzte Hausschuhe. Eine geblümte Schürze deutete darauf hin, dass sie gerade aus der Küche kam.

»Darf ich vorstellen? Rosalba.« Remo legte den Arm um sie und schob sie etwas nach vorne.

»*Piacere*, freut mich.« Mit einem höflichen Lächeln reichte Rosalba der Frau mit der markanten Nase, auf der sie eine Brille trug, die Hand. Abgesehen von der Haarfarbe und der Mundpartie konnte Rosalba allerdings keine große Ähnlichkeit mit Remo feststellen.

»Ich bin Dora.« Die Frau ließ den Blick unverhohlen prüfend über Rosalbas Erscheinung gleiten. »Du bist die erste Frau, die er nach Hause bringt.«

»Tatsächlich?« Rosalba lachte verlegen.

In diesem Moment erschien ein Mann von mittlerer Größe mit glatten braunen Haaren und den gleichen blauen Augen, wie Remo sie besaß. Auch die Kinnpartie und die gerade, aber feine Nase hatte ihr Geliebter eindeutig von seinem Vater geerbt.

»Benjamin.« Mit tiefer Brummstimme und einem auffallend festen Händedruck begrüßte er Rosalba. Auch er trug eine robuste Stoffhose mit Bügelfalte und dazu ein beigefarbenes Hemd mit dunkelbraunem Kragen und groben Knöpfen in Hornoptik.

»Wollen wir uns auf einen Aperitif ins Wohnzimmer setzen? Der Braten ist noch nicht gar.« Dora strich sich geschäftig die Hände an der Schürze ab.

Als sie den Wohnraum betraten, blieb Rosalba mit weit aufgerissenen Augen stehen. Bereits Remos Wohnung hatte sie über alle Maßen fasziniert, das Heim seiner Eltern aber übertraf diese Räumlichkeiten noch um ein Vielfaches.

Die drei Grundelemente des Hauses dominierten auch die großzügige Stube: Goldbraunes Holz verkleidete die schräg ins Dach zulaufende Decke. Das warme Rot der Accessoires im Eingang wiederholte sich auch hier in Form von Teppichen, Kerzen und Sofakissen. Im Kontrast dazu leuchteten die Putzwände in frischem Weiß. Die Polstermöbel brachten mit einem hellen Steingrau Licht in den Raum. Eine der Wände wurde komplett von einem wuchtigen Steinkamin eingenommen, dessen Spitze sich bis zur Decke streckte. Nebst Möbelstücken aus wurmstichigem Altholz diente ein alter Koffer in der Größe einer Truhe als Ablagefläche für Dekoartikel – vorwiegend Hirsche in allen möglichen Ausführungen. Überall im Raum fanden sich Jagdtrophäen, und vor der Couch lagen borstige Felle als Teppiche.

»Wildschwein«, murmelte Remos Vater, der Rosalbas Blick gefolgt war. »Habe ich selbst erlegt.«

Sie nickte zaghaft und nahm auf dem Sofa Platz. »Du bist also Jäger?«

Auf dem Salontisch aus Holz und Glas standen Gläser und einige Häppchen bereit. Sofort erschien Dora in der Verbindungstür zur Küche und stellte einen Kühler mit Weißwein auf den Tisch.

»Remo, schenkst du uns schon mal allen ein, bitte?«

Benjamin ließ sich mit einem Stöhnen gegenüber Rosalba in einen Sessel fallen und nahm das erste Weinglas dankend entgegen. »Genau, ich bin seit meiner Jugend passionierter Jäger«, erklärte er. »Bereits mein Vater war ein talentierter Weidmann. Daraus hat sich dann auch mein späterer Beruf ergeben.« Als Rosalba ihn fragend ansah, fügte er hinzu: »Ich bin Metzger.«

Endlich gesellte sich auch Dora zu ihnen und nahm ein Glas Wein. Sie stießen zusammen an.

»Wie Remo erwähnte, bist du Bauunternehmerin. Wie darf man das verstehen?«

Rosalba erzählte ihnen von der Firma ihrer Mutter in Castiglione, den Gärten und den zahlreichen Natursteinprojekten. »Im März habe ich die Firma meines Verwandten Antonio Mandelli hier in Grüsch übernommen. Ich möchte in der Schweiz Fuß fassen, so wie er damals.« Sie schluckte leer. Das Thema bedrückte sie.

»Und das funktioniert?«, hakte Benjamin nach. Seine Worte ließen offen, worauf er die Frage bezog, doch glaubte Rosalba, zwischen den Zeilen dieselben Vorurteile herauszuhören, wie sie ihr auch von anderen Seiten entgegenschlugen.

Wärme pulsierte in ihren Wangen, und sie nahm hastig einen Schluck des kühlen Weißweins. »Ich bemühe mich. Meinen Beruf beherrsche ich genauso gut wie jeder andere, und ich konnte einige Kunden von Antonio übernehmen, aber ... einfach ist es nicht.«

Alle schwiegen. Niemand fühlte sich dazu berufen, ihre Worte zu kommentieren.

»Rosalba wird aufgrund ihres Geschlechts und ihrer Herkunft diskriminiert. Ich habe es selbst erlebt, als sie Antonios Platz im Gewerbeverein einnehmen wollte.«

Dora starrte ihren Sohn eindringlich an, während Benjamin sich darauf konzentrierte, den Schmutz unter seinen Fingernägeln herauszukratzen.

Schließlich rang sich Remos Mutter zu einer Antwort durch. »Nun, das ist bestimmt nicht nett. Allerdings kann ich die Haltung der Leute teilweise auch nachvollziehen.

Seit Mitte des 19. Jahrhunderts wird unser Land stetig mit Einwanderern überflutet. Es gibt so viele Ausländer, vor allem Italiener, in dieser Region, dass man wahrlich einen Verlust unserer Kultur befürchten muss. Nach dem Konjunktureinbruch Anfang der Siebziger ist es sogar noch schlimmer geworden. Die Italiener haben unseren Leuten die Arbeit weggenommen, weshalb es sicher im Sinne von uns allen war, dass einige von ihnen dorthin zurückgingen, wo sie herkamen – in ihr Heimatland. Seit Kurzem hat nun eine erneute Welle der Zuwanderung begonnen, nicht nur aus Italien, sondern auch aus Spanien, Portugal und der Türkei. Da ist es nur verständlich, dass die Bevölkerung Angst hat. Natürlich sollte man nicht alle über denselben Kamm scheren, aber ...« Mit rosigen Wangen griff sie nach ihrem Weinglas und verbarg das Gesicht darin.

»Viele meiner Jägerkollegen schätzen es außerdem überhaupt nicht, dass zahlreiche deiner Landesgenossen ihre bisher geheimen Pilzsammelplätze ausfindig machen und gesetzeswidrig abgrasen. Manch einer meiner Freunde hat deshalb einen schrecklich dicken Hals.« Benjamin wackelte mit dem Kopf, gab ein Zischen von sich und hob anschuldigend die Augenbrauen.

»Das tut mir leid«, äußerte Rosalba ihre Betroffenheit stellvertretend für ihre italienischen Mitbürger. »Natürlich denke auch ich, dass die Schweiz eure Heimat ist. Wir *stranieri* müssen uns anpassen und eure Traditionen und Gesetze respektieren. Ich versuche es bei meiner Arbeit, aber auch sonst. Seit einem Monat nehme ich zum Beispiel an einem Nähkurs teil, weil ich diese ... *passione* mit den Schweizerinnen in diesem Kurs teile und hoffe, dass ich Freundinnen finde. Ich möchte, dass die Frauen mich kennenlernen und sehen, dass sie keine Angst vor mir haben müssen. Und ich habe mich bei der Arbeit mit Rolf Meili zusammengetan, damit wir uns gegenseitig helfen können.«

»Das ist mir zu Ohren gekommen. Beides«, bemerkte Dora trocken.

Ihr Tonfall und die Mehrdeutigkeit ihrer Bemerkung, kombiniert mit Doras betretenem Gesichtsausdruck, verletzten Rosalba. Man zerriss sich also den Mund über sie.

»Ehrlich gesagt dachte ich, dass wir im Nähkurs ganz gut miteinander auskommen …? Natürlich mögen mich nicht alle, aber das wäre in meiner Heimat nicht anders. Hast du etwas gehört?«, fragte Rosalba daher unsicher.

»Nicht direkt … aber das spielt nun auch wirklich keine Rolle. Ich sehe mal nach dem Braten und bereite den Salat vor.« Dora erhob sich und verschwand in der Küche.

»Darf ich dir helfen?« Rosalba stand ebenfalls auf, um ihre gute Absicht kundzutun. Remos Mutter winkte jedoch ab. »Nicht nötig, vielen Dank.«

»Du verkehrst also mit Rolf Meili«, griff stattdessen Remos Vater den zweiten Teil von Rosalbas Aussage auf.

Rosalba zuckte mit den Schultern. »Er war der Einzige, der mir offen und freundlich begegnet ist. Als ich gehört habe, dass es ihm geschäftlich nicht gut geht, habe ich ihm einen Vorschlag gemacht. Ich darf nicht zu viel verraten, weil die Arbeiten noch nicht fertig sind, aber ich sage euch: Es wird *fantastico!* Er hat alles, was ein guter Gastgeber braucht: *passione*, *competenza e talento culinario*. Was ihm fehlt, ist ein passendes Kleid.« Sie grinste. »Und das ist mein Spezialgebiet.«

»Von Meili hört man allerhand Zwielichtiges«, bemerkte Benjamin. »Er soll abends schöne Mädchen an seine

Kundschaft verkuppeln. Sieh dich also vor.« Er räusperte sich und schielte zu ihr herüber.

Remos kaltes Lachen durchschnitt die Stille, die diesen Worten gefolgt war. »Ich bitte dich, Papa, hört endlich auf, dem dummen Geschwätz der Leute zu glauben. Ja, Rolf hat mal eine Russin beschäftigt, die diesem Milieu entstammte. Das war aber keine Absicht, er hatte einfach Mitleid mit dem arbeitslosen Geschöpf. Was sie nach ihrer Schicht tat, ging ihn nichts an und lag auch nicht in seiner Verantwortung. Die ganze Geschichte ist vollkommen absurd. Auch ich war schon abends in der *Sonne* und wurde nicht belästigt.«

»Auch darüber spricht man, wie du weißt.« Vater und Sohn sahen sich einige Sekunden lang schweigend an. Schließlich schnaubte Remo, wandte den Blick ab und griff nach seinem Weinglas.

Bevor die Gespräche noch weitere unliebsame Wendungen nehmen konnten, rief Dora zum Essen.

Sie servierte zuerst einen knackigen Blattsalat mit Vinaigrette, danach Braten und Kartoffelsalat, und als Nachspeise einen selbst gebackenen Schokoladenkuchen.

Die Gespräche drehten sich nun um Fleisch und Architektur, bis Dora schließlich ihr Besteck niederlegte und erklärte: »Rita Kessler, eine geborene Berger, hat vor zwei Tagen ihr zweites Kind geboren.«

Remo hob die Augenbrauen. »Tatsächlich? Ist sie nicht jünger als ihre Schwester Daniela?«

Doras Gesichtsausdruck verzog sich in gespieltem Schmerz. »O ja. Und die weniger Hübsche noch dazu. Tja, Britta weiß sich mit ihrer Ältesten auch nicht mehr zu helfen. Bei Danielas Alter mutet es schon seltsam an, dass sie nach wie vor ohne Partner ist. Ihre Mutter glaubt, dass sie sich aufspart.« Dora fixierte ihren Sohn mit einem langen und intensiven Blick.

»Wirklich? Vielleicht hat sie es auch einfach nicht so eilig. Seit Frauen endlich auch eine Ausbildung machen dürfen und nicht mehr von den Männern abhängig sind, müssen sie sich mit dem Heiraten ja auch nicht mehr so beeilen. Möglicherweise liegt es einfach daran. Reine Spekulation, versteht sich.« Remo schien nicht zu bemerken, dass seine Mutter mit ihm eine Art Zwiesprache abhielt. Rosalba entging dies jedoch keinesfalls.

»Willst du noch Kuchen?« Dora zeigte auf Remos Teller. Als er den Kopf schüttelte, erhob sie sich und räumte das Geschirr ab. Rosalba stand ebenfalls auf und half ihr.

»Danke.« Es klang, als meinte Dora damit das genaue Gegenteil.

Nachdem sie aufgeräumt hatten, entschuldigte sich Rosalba, um kurz die Toilette im Flur aufzusuchen. Als sie ins Esszimmer zurückkehren wollte, hörte sie die Stimmen von Remo und seiner Mutter aus der Küche. Sie blieb stehen und lauschte, obwohl das sonst nicht zu ihren Angewohnheiten gehörte. Verärgerung schwang in Remos Stimme mit, und es kostete ihn offenbar große Mühe, seinen Zorn zu unterdrücken und nicht laut zu werden.

»Ja und? Warum sagst du das stets so anklagend, als wäre das meine Schuld?«

»Du weißt genau, dass Daniela auf dich wartet. Seit Jahren schon!«, zischte seine Mutter. »Bisher konnte ich Britta immer noch davon überzeugen, dass ihre Tochter bloß etwas Geduld braucht, bis mein geselliger Sohn sich die Hörner abgestoßen hat. Und nun das – eine Ausländerin!

Wie lange wohnt das Mädchen eigentlich schon bei dir? Gibst du ihr Geld?«

»Ich wollte noch nie etwas von Daniela und habe ihr auch nie irgendwelche Hoffnungen gemacht. Ich bin für ihre Gefühle und Entscheidungen nicht verantwortlich. Es ist korrekt, dass ich der Liebe bisher keinen allzu großen Wert beigemessen habe und möglicherweise eher oberflächlich unterwegs war. Aber das hat sich schlagartig geändert, als ich Rosalba begegnet bin. Würdest du dir die Mühe machen, sie als Mensch näher kennenzulernen, könntest du vielleicht verstehen, warum ich so viel für sie empfinde. Stattdessen drückst du ihr den Stempel der Aussätzigen auf! Falls es dich interessiert: Sie stammt aus einer angesehenen Familie. Ihr Vater ist erfolgreicher Anwalt, und ihre Mutter Bauunternehmerin. Beide Familienzweige weisen lange Traditionen auf. Rosalba ist solide ausgebildet, hat sich hier weitergebildet und nun die schwerste Entscheidung ihres Lebens getroffen. Anstatt die Firma ihrer Mutter zu übernehmen, wie es angedacht war, führt sie das Werk von Antonio Mandelli weiter. Alleine, ohne Mentor, in der Fremde, nicht zuletzt seiner Familie zuliebe. So viel Mut verdient allergrößten Respekt!«, zischte Remo.

»Die Leute reden ... angeblich soll sie kostenlos bei dir wohnen. Was bezahlst du ihr noch, damit sie dir zu Diensten ist? Ich kann ja verstehen, dass du vernarrt in sie bist. Du bist jung, und Männer in deinem Alter sind oft nicht mehr Herr ihrer Vernunft, daher ist es meine Pflicht als Mutter nachzufragen.«

»Ich bin sehr wohl in der Lage, meine Hormone und meinen Verstand zu kontrollieren. Rosalba wohnt bei mir, weil *ich* sie eingeladen habe, zu mir zu ziehen. Sie hat, wie ich bereits mehrfach erwähnte, gerade eine Firma übernommen. So etwas bekommt man logischerweise nicht geschenkt. Sie schuldet den Mandellis Geld und muss gleichzeitig gegen zahlreiche Vorurteile ankämpfen, um Fuß fassen zu können! Meine Wohnung kostet mich keinen Franken mehr, bloß weil Rosalba jetzt auch noch darin wohnt. Warum also sollte ich ihr Geld aus der Tasche ziehen, das sie nicht besitzt?«

»Britta und Markus sind unsere besten Freunde. Es erfüllt mich mit Scham, ihnen mitteilen zu müssen, dass ihre Tochter vergeblich darauf gewartet hat, dass mein Sohn erwachsen und vernünftig wird! Daniela leidet seit Jahren an Liebeskummer, sie wäre dir eine liebevolle und treue Frau. Stattdessen bevorzugst du ein billiges Flittchen, das hinter deinem Status und dem Schweizer Pass her ist. Siehst du es denn nicht? Italiens Wirtschaft ist ruiniert, sie alle wollen in die paradiesische Schweiz. Um hierbleiben zu können, brauchen sie aber den Trauschein eines naiven Schweizer Bürgers. Ihr Verwandter hat es doch genauso gemacht! Hat sich das hübsche Bäckermädchen unter den Nagel gerissen, und schon waren seine Probleme gelöst.« Doras Stimme war immer lauter geworden. Rosalba hätte sie selbst dann deutlich gehört, wenn sie noch im Badezimmer gewesen wäre.

»Mama, ihr widert mich an. Allesamt.« Remo klang ruhig. Zu ruhig.

Rosalba fühlte sich, als hätte ihr jemand eine Faust in die Magengrube gerammt. Ihr war heiß und kalt zugleich, und Schwindel trübte ihre Sicht. Kurzerhand beschloss sie, dass es ihr gutes Recht war, diese Situation zu verlassen.

Entschlossen griff sie nach ihrer Jacke und ließ die Tür hörbar hinter sich ins Schloss fallen.

Während sie sich die Tränen der Wut und der Enttäuschung aus den Augenwinkeln wischte, stapfte sie die Einfahrt hinauf. Sie brauchte jetzt frische Luft und Bewegung. Im Moment war es ihr herzlich egal, ob und wie sie nach Hause kam.

Wenige Minuten später erschien Remos orangefarbener Golf neben ihr auf der Straße. Remo kurbelte die Fensterscheibe herunter und musterte sie stumm. Bedauern und Niedergeschlagenheit spiegelten sich in seinen Augen.

»Steigst du bitte ein, damit wir nach Hause fahren können?«

»Ich bin hier nicht zu Hause«, flüsterte Rosalba und spürte, wie eine Träne über ihre Wange rann und in den Kragen ihrer Jacke tropfte.

»Doch das bist du. Ich bin dein Zuhause.«

Kapitel 24

Rosalba trat nervös von einem Bein aufs andere, während sie darauf wartete, zum Leiter des Architekturbüros vorgelassen zu werden. Würde es ihr gelingen, den Mann von sich zu überzeugen? Er hatte ihr gegenüber am Telefon offen seine Bedenken geäußert, als sie um einen Termin in Bezug auf ein anstehendes Projekt gebeten hatte.

Das Telefon am Empfang klingelte. Rosalba zuckte zusammen und wandte sich ruckartig um. »Sie können jetzt zu ihm. Herr Müllers Büro befindet sich im zweiten Stock.« Die Empfangsdame wies mit dem Finger auf die Wendeltreppe, die sich in die Höhe schraubte. Sofort lief Rosalba los und presste ihre Mappe mit dem Ansichtsmaterial enger an den Leib. Keuchend, weil sie die Stufen viel zu schnell hochgelaufen war, erreichte sie das zweite Stockwerk und klopfte an die einzige Holztür.

Ein korpulenter Mann Mitte fünfzig mit Hornbrille und rotblonden, teils ergrauten, zur Seite gescheitelten Haaren öffnete ihr. Wässrige blaue Augen musterten sie unter buschigen Augenbrauen. Er trug eine schlichte Stoffhose und ein Hemd, dessen oberste Knöpfe offen waren und dem Wildwuchs seiner Brusthaare freien Lauf ließen. Das Büro des Architekten, ein luftig gestalteter Raum mit zahlreichen Fenstern, nahm die gesamte zweite Etage des Gebäudes ein. Skulpturen und Bilder schmückten den großzügigen Arbeitsreich. Herr Müller wies mit einem dicken Wurstfinger auf eine Sitzgruppe aus steinfarbenen Polstermöbeln. »Setzen Sie sich bitte. Möchten Sie etwas trinken?«

»Gerne ein bisschen Wasser.« Rosalba leckte sich über die spröden Lippen. Ihr Mund war staubtrocken. Während der Architekt Mineralwasser aus einer Flasche in ein Glas goss, setzte sie sich wie vorgeschlagen auf einen der Sessel und wartete.

Nachdem er ihr das Getränk serviert hatte, ließ er sich mit einem Ächzen auf die Couch gegenüber fallen und verschränkte die Arme vor dem Bauch.

»Also, Sie möchten sich für die Maurerarbeiten der Gerbers in Davos bewerben? Wie ich bereits in der Ausschreibung erwähnte, wünschen sie sich einen exquisiten und individuellen Veranstaltungsraum im Erdgeschoss. Ich stelle mir da etwas mit Natursteinmauern vor. Lassen Sie mich Ihre Ideen von Handwerkerseite her hören.« Er bedeutete ihr mit einer Geste loszulegen.

Rosalba räusperte sich und griff nach ihrer Mappe mit den Unterlagen. Sie zeigte ihm Fotos des gemauerten Kaminturms mit den Steinbänken und der Bartheke in der Villa in Klosters.

»Das ist ein vergleichbares Projekt, das ich mitgeplant und gebaut habe. Für Ihre Kunden stelle ich mir etwas Ähnliches vor. Ich dachte an einen Heidegarten, aber *dentro*. Natürlich kann er auch *la terrazza* einschließen, aber er befindet sich vor allem drinnen. Der Raum wird zu einem …« –Rosalba suchte nach dem richtigen Wort – »Treffpunkt in der Natur. Elemente wie der offene, frei stehende Kamin oder die Steinbänke könnten in das Projekt Ihrer Kunden integriert werden. Hier würde ich aber noch weiter gehen: In der Mitte stelle ich mir eine Art *agorà* vor, einen Versammlungsplatz. Der Raum ist groß genug dafür. Ich denke an eine Zimmerpflanze, die aussieht wie ein Baum, und darum herum einen runden Platz. Der ganze Raum bekommt Pflanzen, die innen gut wachsen. Dafür hole ich mir gerne Beratung bei einem *giardiniere*.« Rosalba machte eine kurze Pause und nahm einen Schluck Wasser. »Die *agorà* kann für Büfetts, Reden oder einfach zur Begegnung genutzt werden. Direkt in der Nähe würde ich auch den Kamin oder einen Pizzaofen bauen. Der Heidegarten bekommt verschiedene ...« Rosalba suchte erneut nach dem passenden Wort. »*Segmenti*?« Herr Müller nickte und bedeutete ihr fortzufahren. »Es gibt also *segmenti* und Ebenen, verbunden durch Steintreppen, Steinbänke und eine Pergola. Den Boden der *agorà* stelle ich mir in Kopfsteinpflaster oder Mosaik vor. An der Fensterfront sehe ich einen kleinen Tempel mit Blick auf den wunderschönen Garten. Aus Natursteinen, mit einem Dach aus Schiefer ...« Rosalba fühlte, wie ihre Wangen glühten, während die Ideen aus ihrem Mund sprudelten. »Hier ist noch ein Beispiel meiner Arbeiten – ein Kamin, und einige Mauern aus handgeklopften, naturbelassenen Steinen.«

Als sich Herr Müller interessiert vorbeugte und die Brille auf der Nase justierte, wusste sie, dass sie seine Aufmerksamkeit erregt hatte. Sofort schob sie ihm die Bilder von der Renovierung der *Sonne* in Schiers unter die Nase.

»Das haben *Sie* gemacht? Alleine?« Rosalba nickte. »Warum weiß ich davon nichts? So was hätte sich doch bestimmt herumgesprochen!« Fasziniert starrte Herr Müller auf die Fotos.

»Die Arbeiten sind noch nicht beendet, aber ich bin bald fertig. Das Gasthaus ist noch nicht wiedereröffnet«, erklärte Rosalba.

Der Architekt pfiff anerkennend und richtete seine Sehhilfe. »Gut. Ich bin skeptisch, wie ich bereits sagte, aber ich bin nicht unfair. Wenn ein Schweizer Junge mit Ihrem Talent vor mir stünde, würde ich ihm zumindest eine Chance geben. Bitte seien Sie pünktlich zum Besprechungstermin mit der Bauherrschaft. Ich vereinbare etwas auf morgen zehn Uhr.« Müller erhob sich und beendete somit das Gespräch. Als er sie zur Tür begleitete, fügte er noch an: »Und bringen Sie Ihre Skizzen und die Beispielfotos mit. Damit ersparen Sie mir eine Menge Arbeit.«

»Selbstverständlich.« Rosalba grinste und begab sich auf den Heimweg. Vor der Tür des Architekturbüros ballte sie die Hände zu Fäusten und jubelte vor Freude. Entsetzt sah sie sich um. Gottlob war die Straße aber leer. Niemand hatte ihren Gefühlsausbruch beobachtet. Mit klopfendem Herzen stieg sie in den Firmen-Pick-up und brauste davon.

Am nächsten Tag stand Rosalba schon etwas zu früh vor dem Rohbau der Villa in Davos. Während sie wartete, wärmte sie ihr Gesicht in der milden Junisonne. Pünktlich um zehn Uhr kamen Herr Müller und die Bauherrschaft bei der Baustelle an. Rosalba hörte sich den Wunsch der Kunden nochmals im Detail an und präsentierte ihren Vorschlag.

»Sagen Sie den anderen ab.« Das Ehepaar wechselte einen Blick und nickte. Sie schienen sich einig.

»Aber ... ich habe noch drei weitere Handwerker herbestellt. Ihre Sichtweise auf die Dinge könnte durchaus bereichernd sein. Frau Mandelli ist ...« Müller strich sich die gescheitelten Haare glatt und wollte gerade weiterreden.

»... genau die Richtige für unser Anliegen. Ein mediterraner Garten im eigenen Haus. Das ist absolut genial und übertrifft all unsere Erwartungen«, unterbrach die dreißigjährige Bauherrin den Planer und wandte sich an Rosalba. »Wann können Sie denn loslegen? Wir brennen darauf, Ihre Vision wachsen zu sehen.«

Rosalba zuckte mit den Schultern. »Nächste Woche? Bis dahin habe ich Material und Werkzeug zusammen.«

»Abgemacht. Herr Müller, fertigen Sie zusammen mit Frau Mandelli die Pläne an«, ergänzte der Mann die Ausführungen seiner Frau.

»Aber ...« Der Architekt wischte sich mit einem Taschentuch den Schweiß von der Stirn. »Das sind nicht mehr allzu viele Tage, also ...«

»Schön, dass Sie es möglich machen. Wir wissen das sehr zu schätzen.« Die Kundin bedachte ihn mit einem amüsierten Glitzern in den Augen und ließ den Blick dann über den noch vollkommen leeren Raum gleiten. »Ich sehe und rieche ihn bereits, unseren Garten!«

»Ich auch«, flüsterte Rosalba.

Eine Woche später lenkte Rosalba erneut Antonios Firmenwagen zu der Villa hinaus. Dies war also ihr erster eigener Auftrag. Ab heute würde er Gestalt annehmen.

Sie parkte den Wagen und stieg aus. Mit einem Lächeln schloss sie die Augen und sog die Luft ein. Baustellenluft. Der Geruch nach Sedimenten, Staub und Holz erfüllte ihre Nase. Voller Tatendrang griff sie nach ihren Werkzeugen auf der Ladebrücke des Pick-ups. Die Steine, die sie bestellt hatte, waren schon geliefert worden und standen bereit.

Sie betrat den Rohbau des Gebäudes und nahm ihren neuen Arbeitsplatz, den noch vollkommen leeren Veranstaltungsraum, in Augenschein.

»Guten Morgen.«

Erschrocken drehte sich Rosalba um. Sie hatte den Mann, der lässig am Durchgang lehnte, gar nicht kommen hören. Seiner Arbeitskleidung nach zu schließen, handelte es sich um einen Maurer. Vermutlich arbeitete er bei der Großfirma, die den Hochbau der Villa erstellte. Schwarze Haare standen ihm wirr und mit Staub gepudert vom Kopf ab, weshalb sie ihn zuerst nicht erkannte. Dunkle Augen starrten sie an. Kalt und tot.

Mit einem Lächeln erwiderte sie den Gruß und wandte sich wieder ihrem Werk zu.

»Wir haben uns schon mal gesehen, im *Sternen*, erinnerst du dich?« So leicht ließ er sich offenbar nicht abwimmeln. Und jetzt fiel es Rosalba wieder ein: Das war der junge Mann mit den aus dem Gesicht frisierten schwarzen Haaren am Stammtisch.

»Du bist doch die Kleine, die behauptet, Antonio Mandellis Firma weiterzuführen, habe ich recht?«, fragte er gedehnt und zog spöttisch die Augenbrauen hoch.

»Das ist korrekt.« Rosalba hob kurz den Kopf und musterte den Handwerker.

»Hm ... hast dich heute etwas anders angezogen als im Wirtshaus.« Ein Grinsen verzog seine Mundwinkel. Gemächlich glitt sein Blick über ihre Gestalt. Rosalbas Nackenhaare stellten sich auf, und ein Schauer jagte ihr über den Rücken.

»Na dann, frohes Schaffen.« Demonstrativ griff sie nach Handfäustel und Steinmetzwerkzeug und ging an die Arbeit. Obwohl sie ihn nicht weiter beachtete, blieb er noch geschlagene fünf Minuten beim Eingang stehen. Rosalba fühlte seinen Blick beinahe körperlich. Irgendwann stieß er sich endlich von der Wand ab und schlurfte davon.

Rosalba atmete erleichtert auf und konzentrierte sich auf ihre Arbeit. Schweiß rann ihr über das Gesicht und befeuchtete ihre Kleidung, während sie Steine schleppte und in Form klopfte, um den Indoorgarten langsam wachsen zu lassen. Erst gegen zwei Uhr nachmittags erwachte sie aus ihrer Trance, als ihr schwindlig wurde und das Grummeln ihres Magens sie daran erinnerte, dass sie seit dem Frühstück nichts mehr gegessen hatte. Doch sie gönnte sich nur eine kurze Pause, bevor sie sich wieder an die Arbeit machte.

Der Nachmittag verging wie im Flug. Hin und wieder huschte eine schemenhafte Gestalt am Eingang zu ihrem Reich vorbei, doch jedes Mal, wenn Rosalba den Kopf wandte, um hinzusehen, war sie verschwunden.

Auf dem Gelände rund um das Haus wurden die Schatten der Bäume allmählich länger. Der zukünftige Veranstaltungsraum versank langsam im Zwielicht, auch wenn die Sonne erst in einigen Stunden untergehen würde. Die nackten Betonwände strahlten Kälte aus, weshalb Rosalba nach ihrem Pullover griff. Nach und nach liefen ganze Gruppen von Handwerkern an ihrem Raum vorbei und wünschten ihr einen schönen Abend. Ein Blick auf die Armbanduhr bestätigte ihr, dass es auch für sie an der Zeit war, das Werkzeug für diesen Tag niederzulegen. Sie wollte nur noch rasch den angefangenen Abschnitt beenden, weil man es ihrem Werk stets ansah, wenn sie mittendrin abbrach. Derweil wurde es immer stiller im Gebäude.

Mit einem erschöpften Seufzer erhob Rosalba sich schließlich gegen neunzehn Uhr und streckte sich. Ihr Rücken schmerzte etwas von der vornübergebeugten Haltung, und ihre Knie knacksten, als sie nach Stunden das erste Mal wieder aufstand. Müde strich sie sich über das Gesicht und räumte ihre Sachen zusammen. Ein letzter Blick über die getane Arbeit erfüllte sie mit Stolz. Der Grundriss der geplanten Landschaft war bereits gut zu erkennen. Genau das liebte Rosalba an ihrem Beruf am meisten: dass man abends, nach einem langen Tag, sehen konnte, was man erschaffen hatte. Mauern und Objekte wuchsen wie Pflanzen, die ihre Blüten himmelwärts streckten.

Rosalba betrat den dunklen Flur und versuchte, ihre Augen an das Dunkel zu gewöhnen. Am Ende des Flurs erblickte sie das helle Rechteck des Ausgangs. Draußen schien noch immer die Abendsonne.

Das Geräusch von Schuhen auf dem mit Sand gesprenkelten Betonboden und das Rascheln von Kleidung ließ sie erschrocken zusammenfahren. Zu spät. Arme packten sie von hinten und zogen sie ins Dunkel des Rohbaus. Der scharfe Gestank von Schweiß drang an ihre Nase. Bevor sie aus ihrer Starre erwachen und um Hilfe schreien konnte, drückte jemand eine nach Staub riechende Hand auf ihren Mund und stieß sie gegen die Wand.

»Da bist du ja, mein Täubchen. Wir hatten noch gar nicht die Gelegenheit, uns persönlich kennenzulernen.« Ein meckerndes Lachen hallte von den nackten Betonwänden. »Glaub mir, sie ist nicht besonders mitteilsam, ich hatte heute bereits zum zweiten Mal das Vergnügen«, erklärte eine andere Stimme und gab ein heiseres Lachen von sich. Rosalba erkannte den schwarzhaarigen Bauarbeiter, der sie am Morgen angesprochen hatte. Offenbar hatte er Kollegen dabei. Zwischenzeitlich hatten sich ihre Augen an das Dunkel gewöhnt. Sie konnte zwei weitere Umrisse ausmachen.

»Mmm, lecker!« Eine Nase fuhr über ihre Wange und schnüffelte an ihren Haaren. »Ob die wohl überall so gut riecht? Leopardenleggins, hm?« Tiefes, boshaftes Lachen kommentierte die Worte. Eine Hand fuhr über ihren Busen. Endlich erwachte Rosalba aus ihrer Starre. Das Herz schlug hektisch gegen ihren Brustkorb, und Schweiß trat ihr aus allen Poren. Sie spannte die Muskeln und stieß die Männer mit einem Schrei von sich. »Lasst mich in Ruhe!«

Sofort griff eine Hand nach ihrer Kehle und drückte sie zurück an die Wand. Weitere Hände hielten ihre Arme nach unten gedrückt. Fauliger Atem schlug ihr entgegen, als ihr Bekannter raunte: »Besser, du hältst jetzt still und hörst auf zu schreien. Schlimm genug, dass Weiber wie du überhaupt auf der Baustelle rumlaufen dürfen. Wackelst mit dem Arsch und den Titten, bis wir uns nicht mehr auf die Arbeit konzentrieren können.« Feine Speicheltropfen besprühten ihr Gesicht, und sie schloss angeekelt die Augen. Die Gedanken in ihrem Kopf überschlugen sich, während sie krampfhaft nach einem Ausweg suchte. Das Blut rauschte in ihren Ohren, und Adrenalin kribbelte in ihren Gefäßen.

Eine schwielige Hand kroch unter ihre Kleidung und kletterte gemächlich nach oben. »Jetzt schickt ihr elenden Tschinggen uns auch noch die Bräute über die Grenze. Als wenn nicht schon genug von euch hier wären! Müssen die Weiber auch noch herkommen und uns die Arbeit wegnehmen? Wenn du aber schon mal hier bist, kannst du wenigstens die Beine für uns breit machen!« Mit hastigen Bewegungen nestelte er am Knopf ihrer Arbeitshose und zog sie mit einem derben Ruck nach unten.

»Wer will anfangen?«

Von unkontrollierbarer Panik ergriffen, schlug Rosalba wild schreiend um sich und biss einen der drei Männer in die Hand. Wütend heulte er auf und verpasste ihr mit der flachen Hand eine schallende Ohrfeige, die sie Sterne sehen ließ. Der eiserne Geschmack von Blut sammelte sich in ihrem Mund. Verzweifelt rammte sie einem anderen den Ellenbogen in die Seite.

Eine Faust traf sie wie der Schlag einer Abrissbirne an der Schläfe und ließ sie zusammensacken. Gleichzeitig gab ihr jemand einen schmerzhaften Fußtritt in die Rippen.

Von weit her drang das Lösen eines Hosengürtels an ihr Ohr. Sie konnte sich nicht mehr bewegen, ihr Kopf fühlte sich an, als wollte er explodieren.

»Scheiße! Der Alte kommt!«, flüsterte einer der Männer plötzlich. Sofort ließen Rosalbas Angreifer von ihr ab, und sie konnte hören, wie die drei sich mit eiligen Schritten entfernten. Einige Sekunden später wurde der Strahl einer Taschenlampe auf sie gerichtet. Das grelle Licht schien ihren Schädel schier zu spalten, weshalb sie die Augen zupresste.

»Was ist denn hier los? Sind Sie das, Frau Mandelli?«

Rosalba erkannte die Stimme des Architekten. Unfähig, mit ihren spröden, aufgeplatzten Lippen zu sprechen, streckte sie bloß mit letzter Anstrengung die Hand nach ihm aus.

»Verflucht noch mal. Warten Sie hier, ich rufe einen Arzt.« Watschelnde Schritte entfernten sich.

Rosalba verlor jedes Gefühl für Zeit und Raum. Irgendwann hob jemand sie auf und legte sie auf eine Bahre. Der Fremde zog sie auch wieder ordentlich an. Vorsichtig öffnete sie die Augen und blickte in das Gesicht eines Mannes Ende vierzig mit graubraunem Oberlippenbart, dunkler Iris und Glatze. Er untersuchte ihre Herzfrequenz, die Reaktion ihrer Pupillen und den Puls. Danach tastete er Wangenknochen und Rippen ab. Ein stechender Schmerz durchfuhr Rosalba und ließ sie zusammenzucken. Der Architekt stand sichtlich überfordert und mit bewölkter Miene, die Hände tief in den Hosentaschen vergraben, daneben.

»Fehlt ihr etwas?« Seiner Stimme war nicht zu entnehmen, ob er sich Sorgen machte oder verärgert war. Vermutlich war es eine Mischung aus beidem.

Der Mann, den Rosalba für einen Arzt hielt, schüttelte den Kopf. »Auf den ersten Blick nichts Gravierendes.« Er ließ den Satz unheilschwanger im Raum stehen und starrte Müller lange und mehrdeutig an. Schließlich fuhr er fort: »Sie wurde arg verprügelt und braucht jetzt sicher einige Tage Bettruhe, damit sie die Platzwunden und die Prellungen auskurieren kann. Ansonsten kam sie wortwörtlich mit einem blauen Auge davon. Sollten sich die Beschwerden allerdings in den nächsten Tagen verschlimmern, muss ich sie detaillierter untersuchen und röntgen. Kann Sie jemand abholen?«, fragte der Arzt an Rosalba gewandt. Die nickte matt. »Gut, dann bringe ich Sie in meine Praxis, desinfiziere und verbinde die Wunden. Derweil können Sie mein Telefon benutzen.«

»Danke«, murmelte sie und sog vor Schmerz die Luft ein, als ihre Lippen erneut aufplatzten und wie Feuer brannten.

Sie schaute den Architekten an, dessen zunehmend grimmiger Gesichtsausdruck sie beunruhigte.

»Die Bauherrschaft wird nicht erfreut sein zu hören, dass Sie mehrere Tage ausfallen.« Er zupfte sich den Hosenbund zurecht.

Tränen drängten in Rosalbas Augenwinkel. »Ich beeile mich und bin so schnell wie möglich wieder auf der Baustelle.« Ihre Lippen bebten bei jedem Wort.

Der Architekt nickte wortlos und wollte sich gerade abwenden. »Herr Müller?«, fragte Rosalba leise. Wollte er denn gar nicht wissen, was vorgefallen war? »Drei Bauarbeiter haben mich angegriffen. Einen davon kann ich identifizieren, einem zweiten habe ich in die Hand gebissen. Sie haben sich mir gegenüber fremdenfeindlich und sexistisch verhalten.«

Herr Müller wandte sich ihr mit kaltem Blick zu. »Das können wir uns nicht leisten, verstehen Sie das? Wir müssen arbeiten, den Kunden ihr Produkt liefern. Ich habe Ihnen entgegen jeder Vernunft eine Chance gegeben, weil mich Ihr Talent überzeugt hat, Frau Mandelli. Wenn Ihr Geschlecht oder Ihre Herkunft nun für Ärger sorgen, den ich mit Schweizer Handwerkern nicht hätte, kann das unmöglich mein Problem oder das der Bauherrschaft sein, verstehen Sie das? Sorgen Sie dafür, dass Sie Ihre Leistung erbringen, und ich kümmere mich darum, dass Sie weiterhin Arbeit haben. Ihre Frauen- oder Integrationsprobleme gehören nicht hierher. Hier wird, ich wiederhole mich, gearbeitet.« Ohne eine Antwort abzuwarten, wandte er sich um und verschwand im Rohbau des Hauses.

Nun gelang es Rosalba nicht mehr, die Tränen zurückzuhalten. Heiße Bäche rannen über ihre Wangen, und ein

Schluchzen entwich ihrer Kehle. Gleichzeitig schämte sie sich für ihre Schwäche.

»Das wird schon wieder«, versuchte es der Arzt mit tröstenden Worten. »Aber die Baubranche ist ein raues Pflaster. Warum suchen Sie sich nicht lieber einen anderen Beruf? Nicht überall ist man Fremden und Frauen gegenüber so negativ eingestellt. Wieso versuchen Sie es nicht als Putzfrau, Kindermädchen oder Näherin?« Er schenkte ihr ein aufmunterndes Lächeln. »Ohne blaue Flecke sind Sie bestimmt ein hübsches und sympathisches Mädchen und finden rasch eine Anstellung. Ich kann mich in meinem Bekanntenkreis gerne einmal für Sie umhören, wenn Sie möchten.«

Sie starrte ihn an, ohne die freundliche Miene zu erwidern.

»Ich bin Rosalba Mandelli. Und ich bin Bauunternehmerin. Nichts anderes.«

Kapitel 25

Als Remo sie beim Arzt abholte, stand ihm der Schock ins Gesicht geschrieben. Eilig kam er mit wenigen Schritten auf Rosalba zu und schloss sie minutenlang in die Arme. Er half ihr beim Einsteigen ins Auto, umrundete den Wagen und setzte sich hinters Steuer. Eine Weile trommelte er mit den Fingern auf das Lenkrad und starrte aus der Frontscheibe. Ein Muskel zuckte an seinem Kiefer. Endlich wandte er den Blick und sah sie an. »Das toleriere ich nicht, Rosalba. Ich werde Müller gleich nachher anrufen. Erstens brauchst du nun einige Tage Zeit, um zu genesen, und zweitens verlange ich, dass er den Bauunternehmer, dessen Mitarbeiter dich so behandelt haben, informiert und diese Leute von der Baustelle abzieht.« Ruckartig fuhr er auf die Straße und nach Hause.

Nach einem hitzigen Telefonat mit dem Architekten, bei dem Remo mehrfach die Stimme erhob, kehrte er zu Rosalba zurück, die auf dem Sofa im Wohnzimmer lag.

»Immerhin hat sich Müller für sein Verhalten dir gegenüber entschuldigt. Er wird dir den Auftrag nicht entziehen, auch wenn du einige Tage fehlst. Er wird es mit der Bauherrschaft klären.« Remo schnaubte erbost und schüttelte den Kopf. »Und er hat auch versprochen, mit dem Firmeninhaber über die drei Arbeiter zu sprechen, die dich angegriffen haben. Allerdings könne er nicht garantieren, dass dieser die drei vom Schauplatz abzieht. Der Auftrag gehe nun mal vor.« Erschöpft raufte sich Remo die Haare, setzte sich zu Rosalba und nahm ihre Hand. »Erhol dich jetzt, Liebes«, murmelte er und hauchte ihr einen Kuss auf die Stirn.

Nach dem dritten Tag zu Hause nahm Rosalba all ihren Mut zusammen und wählte die Telefonnummer ihrer Mutter in Italien. Ihr Puls beschleunigte sich, und ihre Hände fühlten sich feucht an. Immer wieder fuhr sie mit der Zunge über ihre von Schorf verkrusteten Lippen und schluckte, obwohl ihr Mund trocken war. Der Schmerz über die Ausgrenzung und die Erniedrigung brannte tief. Niemand konnte aus eigener Erfahrung nachvollziehen, wie sich all das anfühlte. Nicht einmal Remo, so liebevoll er sich auch um sie kümmerte und sorgte.

Nur sie. Aurora Mandelli. Ihre Mamma.

Sie, die selbst jahrelang Anfeindungen und Vorurteilen ausgesetzt gewesen war.

Es klingelte. Fünfmal.

»*Pronto?*«

Beim Klang der vertrauten Stimme brach Rosalba sogleich in Tränen aus.

»Rosalba, bist du das? Was ist los, ist etwas passiert?«, fragte ihre Mutter alarmiert. Es dauerte einige Minuten, bis Rosalba sich von ihrem Weinkrampf erholt hatte und wieder normal sprechen konnte.

»Mamma ... drei Männer haben mich auf der Baustelle angegriffen und verprügelt ... und wäre nicht zufällig jemand vorbeigekommen, hätten sie mich ...« Beschämt brach sie mitten im Satz ab. Sie brachte es nicht über sich, das grausame Bild in der Vorstellung ihrer Mutter heraufzubeschwören.

»Haben sie dir etwas angetan, Liebes? Bitte sag es mir, ich bin deine Mamma. Du weißt, dass du mir immer alles erzählen kannst.«

Rosalba schüttelte den Kopf. »Nein ... ich kam mit ein paar Prellungen und Platzwunden davon, muss aber einige Tage zu Hause bleiben. Der Architekt ist nicht gerade begeistert und interessiert sich nur mäßig für die Angelegenheit.«

»Weil du eine Frau bist, nicht wahr?« Wut und Verachtung schwangen in Mammas Stimme mit.

»Weil ich eine *ausländische Frau* bin, Mamma, eine Tschinggen-Braut. Der Bauunternehmer weigert sich, die Bauarbeiter zur Rechenschaft zu ziehen. Angeblich handelt es sich um seine fähigsten Mitarbeiter. Immerhin konnte Remo mit dem Planer reden. Er wird mir den Auftrag nicht wegnehmen, obwohl er mir anfangs damit gedroht hat.« Gegen Ende des Satzes und mit zunehmender Beschämung wurde Rosalbas Stimme leiser. Sie war froh, ihrer Mutter nicht von Angesicht zu Angesicht gegenübersitzen zu müssen.

»Das ist der erste bezahlte Auftrag, den ich ohne fremde Hilfe bekommen habe, weil mein Talent die Kunden überzeugt hat«, fuhr sie fort. »Darauf möchte ich aufbauen. Bloß ... ich habe Angst, die Arbeit wieder aufzunehmen. Diese Männer werden sich an mir rächen, weil ich mich gewehrt habe und sie mich hassen.«

Ein tiefer Seufzer erklang auf der anderen Seite des Telefons. »*Amore* ... ich habe jahrelang um Akzeptanz gekämpft. Erst durch den Auftrag deines Vaters ist es mir damals wirklich gelungen. Aber dank Nonno Daniele und mir steht der Name Mandelli heute in dieser Region für Tradition, gutes Handwerk sowie Beständigkeit und Innovation. Diese Position musste ich mir hart erkämpfen und viele Rückschläge in Kauf nehmen. Aber immerhin gehöre ich hierher. Ich bin eine Italienerin. Die Schweiz hat keinen Grund, dich zu mögen und zu unterstützen, Rosalba. Im Gegenteil. Du bist ein Eindringling, eine Bedrohung. Jemand, der den Arbeitsmarkt und die Gepflogenheiten dieser Menschen gefährdet. Antonio hat jahrelang kämpfen müssen, bis man ihn endlich akzeptiert hat. Und er war *un uomo*. Dein Projekt, Liebes, war von Anfang an zum Scheitern verurteilt. Du bist zu fremd. Zu unkonventionell. Du machst den Leuten Angst, insbesondere den Männern.«

»Aber das ist nicht fair! Was soll ich denn jetzt tun?« Verzweiflung übermannte Rosalba bei den Worten ihrer Mutter. Ihr war durchaus bewusst, dass es einfachere Wege gab als ihren.

Langes Schweigen beantwortete ihre Frage.

»Komm nach Hause. Hier weiß man, wer du bist und was du kannst. Hier können wir dich beschützen.«

»Mamma ... bitte.« Rosalba seufzte. »Das ist doch keine Lösung.«

»Es ist das einzig Richtige. Ich brauche dich hier, mehr denn je. Die Auftragslage ist fatal. Die Idee mit den Kirchensanierungen wird nicht funktionieren. Zwischenzeitlich ist unsere Firma wieder auf den Bestand zu Bisnonno Tommasos Zeiten zurückgeschrumpft. Angestellte kann ich mir nicht mehr leisten, weshalb ich ohne Hilfe arbeite. Dennoch gibt es Wochen, an denen ich nicht jeden Tag zu tun habe. Aber gemeinsam können wir einen Weg finden.

Alleine jedoch werde ich es nicht noch mal schaffen, mich auf dem Markt zu positionieren und mir einen Platz zu erkämpfen. Ich bin müde, Rosalba, sehr müde.«

Niemand sagte ein weiteres Wort. Nach einer gefühlten Ewigkeit seufzte Rosalba. »Ich muss jetzt auflegen, sonst wird es zu teuer. Ich denke darüber nach. Du weißt, dass mir das Schicksal meiner Familie nicht gleichgültig ist. Ich habe einfach nur nach alternativen Lösungen gesucht – jenseits der Grenze, wo ich mir fruchtbareren Boden erhofft habe ...« Sie seufzte erneut. »Hab dich lieb, Mamma ... *un bacione* auch an Papa.«

»Ich dich auch, mein Schatz.«

Nachdem Rosalba das Telefonat beendet hatte, saß sie noch lange auf dem Sofa und starrte ins Leere. Die Worte ihrer Mutter fraßen sich wie ätzendes Gift in sie hinein. Von Anfang an hatte Mamma ihr prophezeit, dass sie im Ausland scheitern würde und ihre Mission ein Fehler war. Was, wenn sie tatsächlich recht behielt? Würde Rosalba letzten Endes doch aufgeben und nach Italien zurückkehren müssen? In ein Land, das seinen Einwohnern keine Zukunft bieten konnte? Was würde dann aus ihr und Remo werden? Stöhnend rieb sich Rosalba mit den Händen über das lädierte Gesicht. Was auch immer sie versuchte, sie erfuhr Ablehnung. Auch bei den Frauen im Trachtennähkurs wurde die Feindseligkeit ihr gegenüber immer spürbarer. Mit Ausnahme der Kursleiterin richtete niemand freiwillig das Wort an Rosalba. Ihr war sehr wohl aufgefallen, dass die übrigen Teilnehmerinnen nach dem ersten Kurstag nie mehr den Vorschlag gemacht hatten, sich noch auf einen Schwatz im Wirtshaus zu treffen. Einmal hatte sie jedoch beim Vorbeifahren einige der Damen vor dem Restaurant entdeckt.

Offensichtlich hatten sie sich bereits vorher abgesprochen und Rosalba einfach ausgeschlossen. Beim Gedanken an diesen ersten gemeinsamen Abend nach dem Nähkurs zog sich Rosalbas Herz schmerzhaft zusammen. Sehr gerne hätte sie die Frauen näher kennengelernt, mehr von ihrer Kultur erfahren und ihre Sprache gelernt. Dieser Wunsch basierte aber ganz offensichtlich nicht auf Gegenseitigkeit.

Mit einer energischen Bewegung wischte sich Rosalba die Tränen aus ihren Augenwinkeln und blinzelte. Kopfschmerzen meldeten sich. Sie stand auf und holte sich im Badezimmer eine Schmerztablette.

Auch Remos Eltern blieben nach wie vor bei ihrer kritischen Haltung gegenüber der Beziehung zwischen ihrem Sohn und Rosalba, genau wie Rosalbas Großmutter in Italien – auch wenn das vermutlich das Einzige war, was die drei gemeinsam hatten.

Und jetzt auch noch die Situation auf der Baustelle.

Waren denn alle Mächte gegen sie? Hatte sich das Leben gegen sie verschworen? Was kam als Nächstes?

Zweifel fraßen sich in Rosalbas Gedanken und machten das Atmen schwer. Energisch schüttelte sie den Kopf. Nein, so ging das nicht weiter. Hier auf dem Sofa würde sie noch verrückt werden. Mit einem Ruck erhob sie sich und beschloss, nach Klosters zu fahren, um einzukaufen, bis Remo von der Arbeit zurückkam. Zwischenzeitlich fühlte sie sich körperlich dazu in der Lage, auch wenn ihr Gesicht noch immer grün und blau schillerte. Nach dem Wochenende wollte sie ihre Tätigkeit auf der Baustelle wieder aufnehmen, auch wenn sie noch keine Ahnung hatte, wie sie das bewerkstelligen sollte. Doch wenn sie den Auftrag behalten wollte, blieb ihr keine andere Wahl.

Eine Viertelstunde später parkte Rosalba vor dem Lebensmittelgrossisten.

Obwohl sie sich einen Zettel mit all den Dingen geschrieben hatte, die sie benötigte, irrte sie gedankenversunken und entsprechend planlos durch die Gänge. Bereits zum vierten Mal blieb sie vor den Konserven stehen. Dieses Mal suchte sie nach gehackten Tomaten für eine Pastasoße.

Plötzlich riss ein lautes Krachen sie aus ihren düsteren Gedanken. »*Ma che cazzo … guarda qua!*«

Was zum Teufel … sieh dir das an!, hörte Rosalba jemanden auf Italienisch fluchen. Sie wandte sich in die Richtung, aus der der Lärm kam. Mehrere Büchsen waren am Boden gelandet. Immerhin nahm ihre Suche jetzt ein Ende, es handelte sich dabei nämlich um die gewünschten Tomaten. Viel mehr als die Konserven ließ sie jedoch der wütende Ausruf innehalten.

Gänsehaut kroch ihr langsam die Arme hoch, und Wärme floss in ihr Herz wie der erste Strahl der Frühlingssonne. Erstaunt starrte sie die Person an, der diese Worte soeben herausgerutscht waren.

»*Scusa Signora, mi dispiace* … Entschuldigen Sie, Signora, es tut mir leid«, entschuldigte sich der Dunkelhaarige, den Rosalba auf ungefähr fünfundzwanzig schätzte, mit erhobenen Händen. »Ich wollte das nicht so laut sagen.«

Fasziniert musterte sie den eher kleinwüchsigen Landsmann, der jetzt hastig nach den Büchsen griff, um sie wieder ins Regal zu stellen. Dabei fiel ihm erneut eine Konserve zu Boden. Eine weitere Fluchtirade in lupenreinem Italienisch folgte. Hektisch strich er sich die dunkelbraunen Haare, die ihm ohnehin schon wirr vom Kopf abstanden, aus der Stirn und sammelte die Dosen murmelnd zusammen.

»Ich nehme zwei mit Beule«, antwortete Rosalba auf Italienisch und wies mit dem Finger auf die Konserven. »Kalabrien?«, fragte sie überflüssigerweise, da sie seinen Dialekt mühelos zuordnen konnte. Sie hätte ahnen müssen, dass ihn ihre Worte dermaßen überraschten, dass ihm die gehackten Tomaten ein weiteres Mal zu Boden purzelten.

»Ich bin Rosalba Mandelli, Lombardei.« Sie hielt ihm die Hand hin, griff dann nach den verbeulten Dosen und lud kurz entschlossen drei davon in ihren Warenkorb.

»Federico Minniti.« Er reichte ihr die Hand, wobei sein Blick kurz über ihr lädiertes Gesicht zuckte. »Dies ist mein erster Tag in der Schweiz.«

»Bist du alleine hier? Wo wohnst du?« Rosalba beschloss, die unausgesprochene Frage zu ihrem Aussehen zu übergehen.

Seine Augen verdunkelten sich, Trauer und Schmerz zeichneten sich darin ab. Das Lächeln, zu dem er sich zwang, ließ Rosalba frösteln. »Ja, ich bin alleine hier. Derzeit übernachte ich noch in einem Hotel. Ich muss mir aber schnellstmöglich eine Bleibe suchen, sonst sind meine Ersparnisse bereits nach wenigen Wochen aufgebraucht.« Verlegen senkte er den Blick.

Rosalba betrachtete ihn eine Weile, bevor sie sagte: »Gib mir doch die Adresse des Hotels, damit ich dich anrufen kann. Ich spreche heute Abend mit meinem Lebenspartner. Als Einheimischer ist er hier gut vernetzt. Bestimmt kennt er jemanden, der dir ein Zimmer zu einem günstigen Preis vermieten kann.«

Federico starrte sie mit offenem Mund an. »Ja ... also, das ist sehr lieb. *Volentieri!*« Er nannte ihr den Namen seiner Unterkunft.

»Ich kann dich nachher mit den Einkäufen kurz nach Hause fahren«, bot sie an und grinste, weil er sie noch immer ungläubig anstarrte. »Wir *italiani* müssen doch zusammenhalten, nicht wahr? Glaub mir, du wirst die Unterstützung einer Landsmännin hier noch brauchen. Ich weiß, wovon ich spreche.« Sie tippte mit dem Finger auf ihr Gesicht. Federico riss die Augen auf, nickte ernst, fragte aber nicht weiter.

Plötzlich wogen Rosalbas eigene Probleme und die Gefühle der Niedergeschlagenheit nicht mehr so schwer. Plaudernd und lachend beendeten die beiden ihre Besorgungen.

An der Kasse begegneten ihnen zwei bekannte Gesichter. Daniela und deren Freundin Helga aus dem Nähkurs.

»Hallo«, begrüßte Rosalba die beiden Frauen und hob zum Gruß die Hand. Doch weder die eine noch die andere schien sie zu hören. Ungeachtet der Tatsache, dass sie neben ihr standen, ignorierten sie Rosalba und luden die Einkäufe in ihre Taschen.

Kurz bevor sie den Laden verließen, wandte sich Daniela jedoch um und zischte: »Du scheinst dich ja gut mit ihm zu verstehen. Ich hab euch vorhin schon beobachtet. Ob Remo wohl weiß, dass du keine Gelegenheit verstreichen lässt, um mit fremden Männern zu flirten? Du hast es tatsächlich nötig. Das sieht man dir aber auch an. Schade, dass er stets auf solche Frauen reinfällt.« Mit diesen Worten fasste sie ihre Einkaufstasche, nickte ihrer Freundin zu und verließ den Lebensmittelladen.

Federico, der von der hastig gesprochenen Konversation nichts verstanden hatte, schaute Rosalba fragend an. »Dem Ton nach nichts Gutes«, vermutete er und half ihr dabei, die Einkäufe einzupacken.

»Das ist eine lange Geschichte«, seufzte Rosalba. »Komm, gehen wir.«

Vor dem Lebensmittelladen hatten sich rund um Daniela und Helga mehrere Frauen versammelt. Gestenreich schnatternd steckten sie verschwörerisch die Köpfe zusammen. Obwohl Rosalba das gerne vermieden hätte, mussten sie an ihnen vorbeilaufen. Sie beschloss, sich nichts anmerken zu lassen und nach wie vor höflich zu bleiben. Als sie allerdings auf Höhe der Gruppe war, stieß Helga eine andere Dame, die sich gerade mit geröteten Wangen in Rage redete, in die Seite, woraufhin diese augenblicklich schwieg.

»Einen schönen Tag noch.« Rosalba bemühte sich, ihre Worte ehrlich und nett klingen zu lassen, doch niemand erwiderte den Gruß. Mehrere Augenpaare starrten sie feindselig an. Die Lippen zu schmalen Strichen zusammengepresst, warteten die Frauen mit ihrem Getuschel hartnäckig, bis Rosalba und Federico weit genug entfernt waren. Ihr Verhalten versetzte Rosalba einen Stich ins Herz, obwohl ihr die Meinung solcher Menschen eigentlich hätte egal sein müssen.

Federico griff in die Brusttasche seines Hemdes und zündete sich eine Zigarette an. »Du musst einiges richtig machen, Rosalba. Der Neid dieser Frauen ist dir gewiss, sieh es als Kompliment.« Rosalba betrachtete ihn, wie er so neben Antonios altem Firmenwagen stand und an seinem Glimmstängel zog, und plötzlich verstand sie, weshalb sie sich in Federicos Nähe sofort wohlgefühlt hatte.

»Du erinnerst mich unheimlich an jemanden. Er war mein Mentor und Vater in der Fremde. Ich mochte ihn sehr.«

»Tatsächlich?« Der Kalabrese wandte sich ihr erstaunt zu, ein Grinsen auf den Lippen. »War er auch *muratore,* so wie ich?« Lachend stieß er eine Qualmwolke aus.

Rosalba schwieg. Der Schock musste ihr deutlich ins Gesicht geschrieben stehen, denn Federico starrte sie plötzlich mit offenem Mund an.

»Er *war* Maurer, habe ich recht?«

Unfähig, etwas zu sagen, und überwältigt von ihren eigenen Gefühlen, nickte sie bloß.

»Dich schickt der Himmel …«, flüsterte sie schließlich. »Los, steig ein. Lass uns in deinem Hotel einen *caffè* trinken, wir müssen reden.«

Nach dem Wochenende nahm Rosalba die Arbeit an der Villa in Davos wie geplant wieder auf. Neben ihr im Wagen saß Federico, ihr neuer Mitarbeiter. Gemeinsam luden sie Werkzeug und Material vom Pick-up und trugen die Sachen in den Rohbau.

»Hier ist es.« Stolz zeigte Rosalba auf die bereits begonnenen Arbeiten. »Ich werde dir gleich meine Skizzen und Notizen zeigen, damit du dir vorstellen kannst, wie meine Vision aussieht.«

Sie kramte in einer mitgebrachten Umhängetasche und breitete ihre von Hand gezeichneten Pläne auf dem Boden aus. Federico kniete sich neben sie und ließ den Blick neugierig über das Papier gleiten.

»*Bellissimo*!« Ehrfürchtig fuhr er mit dem Finger die Linien ihrer Zeichnung nach, blätterte und studierte alles ganz genau. Immer wieder sah er von den Plänen auf und schaute sich gedankenversunken im Raum um. »Ich sehe, rieche und spüre es bereits. Das wird fantastisch, *capo*!

Ich habe erst ein einziges Mal etwas Vergleichbares gesehen.«

Erstaunt musterte ihn Rosalba. »Wirklich, wo denn?«

Federico räusperte sich, und ein eigentümliches Glitzern erschien in seinen Augen. »Bei meinem Lehrmeister in Kalabrien. Er war ein eigenwilliger Mann, hatte weder Frau noch Kinder und normalerweise auch keine Mitarbeiter. Es war *una meraviglia*, ein Wunder, dass er meinem Vater versprach, mich Knirps auszubilden. Leider gab es in meinem Dorf sonst niemanden, der dieses Handwerk ausübte, und meine Eltern wollten nicht, dass ich von zu Hause wegging.« Er hielt inne und starrte ins Leere. Dann wandte er den Blick und lächelte Rosalba an. »Als seine über alles geliebte Mamma starb, bekam er schwere *depressioni*. Er baute ihr hinter dem Haus eine Grabstätte. Es war allerdings weit mehr als das, es war *un parco*, und es sah deinen Ideen hier sehr ähnlich.« Federico seufzte, und Wehmut legte sich über seine Züge. »Es blieb jedoch bei diesem einen Objekt, das er seiner Mamma gewidmet hatte. *Che peccato*, denn ich habe diese Arbeit sehr geliebt.« Er lächelte. »Lass uns loslegen, *capo*, es juckt mir schon richtig in den Fingern.«

Rosalba grinste. »Na dann mal los!«

In diesem Augenblick erschien der schwarzhaarige Maurer im Türrahmen. Mit abfälligem Grinsen betrat er den Raum und sah sich um. »Na sieh einer an, wer wieder da ist. Die Schlange.« Er trat einen Schritt näher. Sofort erhoben sich Rosalba und Federico, wobei Letzter dicht neben ihr stehen blieb.

»Glaubst du wirklich, du könntest mich von der Baustelle ekeln, bloß weil dein Architektenfreund ein Telefonat gemacht hat? Du glaubst doch nicht ernsthaft, dass es meinen Chef interessiert, was so eine Tschinggen-Schlampe zu melden hat, oder? Gelacht hat er, wie ich übrigens auch.« Angriffslustig spuckte er vor ihr auf den Boden.

Plötzlich baute sich Federico, dem Rosalba von dem Vorfall erzählt hatte, vor dem Bauarbeiter auf und schob sie hinter sich. »Sei ein Mann und streite«, knurrte Federico in gebrochenem Deutsch und hob drohend die Fäuste. Als der Schwarzhaarige bloß verächtlich lachte, versetzte Federico ihm ohne Vorwarnung einen Faustschlag ins Gesicht. Ein hässliches Knirschen erklang, und Blut spritzte aus der Nase des Maurers. Schockiert heulte er auf und hielt sich mit schmerzverzerrtem Gesicht die Nase.

»Bist du wahnsinnig, oder was?!«, brüllte er und hob nun seinerseits ebenfalls drohend die Fäuste.

»*Bastardo!*«, zischte Federico, griff blitzschnell in die Tasche seiner Arbeitshose und ließ ein Klappmesser daraus hervorschnellen. Die Klinge blitzte bedrohlich auf. Um zu zeigen, dass er sehr wohl mit dem Messer umzugehen wusste, ließ Federico es ein paarmal in seiner Hand wirbeln und auf und zu klappen. Selbst für einen Laien war ersichtlich, dass er Übung im Umgang mit der Stichwaffe besaß. Der Bauarbeiter erblich, wischte sich das Blut mit dem Ärmel von der Nase und lief aus dem Raum.

»Danke ... Wo hast du das gelernt?«, flüsterte Rosalba tief beeindruckt.

»*Cara* ... ich stamme aus Kalabrien. Ich bin mit der ’Ndrangheta groß geworden. Man hat bessere Überlebenschancen, wenn man sich zu verteidigen weiß.«

Eine Woche später zog Federico bei Remo und Rosalba in Saas ein. Nachdem Rosalba ihrem Liebsten von der schicksalshaften Begegnung mit Federico erzählt hatte, meinte dieser kurzerhand: »Er muss doch keine Wohnung suchen, das ist viel zu teuer. Unser Zuhause ist groß genug. Von mir aus kann er gerne in unserem Gästezimmer wohnen. Lass uns eine Wohngemeinschaft gründen. Wenn du ihm vertraust, tue ich es auch.«

Kapitel 26

Die Tafel, die aus mehreren Tischen bestand und sich vom Esszimmer bis ins angrenzende Wohnzimmer erstreckte, war gedeckt. Rosalba hatte sich für ihre Lieblingsfarbe entschieden. Himbeerrote Tischtücher aus Papier, weiße Servietten mit roten Punkten und helles Geschirr. Ein üppiger Strauß weißer Rosen thronte in der Mitte ihres Geburtstagstisches. Remo hatte ihn ihr am Morgen beim Aufwachen ans Bett gebracht. Im Kühlschrank wartete Prosecco, und Remo hatte bereits mehrere Flaschen Rotwein bereitgestellt und entkorkt, damit sie noch etwas atmen konnten.

Der Nachmittag neigte sich dem Ende zu, und die Sonne wanderte in Richtung des Horizonts.

»Das wird ein besonderer Tag, mein Schatz. Freust du dich?« Remo schloss Rosalba in seine Arme und drückte ihr einen Kuss auf den Mund.

»Ich weiß nicht ... Mamma klang nicht sehr begeistert, als ich ihr eröffnet habe, dass wir meinen Geburtstag dieses Jahr in der Schweiz feiern. Zum ersten Mal seit meiner Geburt findet er nicht in Papas Garten beim kleinen Tempel mit dem blauen Dach statt. Dieses Ritual bedeutet Mamma sehr viel.« Sie legte den Kopf an seine Brust und genoss die Nähe. Er duftete nach Olivenseife wie meistens.

»Ich verstehe, dass das für deine Familie ungewohnt und möglicherweise auch schmerzhaft ist. Dennoch müssen sie deine Entscheidung, dein Leben hier zu verbringen, respektieren. Meine Eltern sind mit meinen Vorhaben auch selten einverstanden.«

»Ah ... so einfach ist das in Italien nicht, Remo«, mischte sich Federico, der soeben aus seinem Zimmer kam, in ihr Gespräch ein. »*La tradizione e la famiglia* sind für uns das Allerwichtigste.« Bei diesen Worten huschte wie immer, wenn er dieses Thema anschnitt, ein Schatten über sein Gesicht. Zwischenzeitlich wusste Rosalba, weshalb er den weiten Weg aus Kalabrien in die Schweiz angetreten hatte – gegen den Willen seiner eigenen Familie: Er war vor der Vergangenheit geflüchtet. Im Süden gab es nichts mehr für ihn, das ihm etwas bedeutete. Die Beziehung zu seiner Verlobten war in die Brüche gegangen, nachdem das gemeinsame Kind viel zu früh als Totgeburt zur Welt gekommen war. Der Schmerz um den Verlust des Mädchens hatte die Liebe der beiden jungen Menschen erstickt. In dem Wissen, nun nichts mehr verlieren zu können, hatte Federico daraufhin seine Sachen gepackt und war in die Fremde gezogen – und gleich am ersten Tag hatten sich sein und Rosalbas Weg gekreuzt. Seither waren sie unzertrennlich. Bruder und Schwester, Verwandte im Geiste. *Muratori*.

Rosalba schenkte Federico ein Zuhause und eine Familie, er beschützte sie in der männlich dominierten Welt auf der Baustelle. Seit dem Vorfall im Juni hatte niemand mehr gewagt, Hand an sie zu legen oder auch nur ein einziges beleidigendes Wort an sie zu richten. Tschinggen schimpfte man sie beide noch immer gelegentlich, aber damit konnten sie leben.

Das Läuten der Türglocke riss Rosalba aus ihren Gedanken. Nervös strich sie die feuchten Handflächen an ihrem himbeerroten Kleid ab, holte tief Luft und öffnete.

»Rosalba!« Papa schloss sie in seine Arme und ließ sie nur sehr widerwillig wieder los. »Alles Liebe zu deinem Geburtstag!« Mit prüfendem Blick schob er sie etwas von sich. »Du hast dich verändert. Wunderschön siehst du aus in diesem Schweizer Kleid!«

Übermütig drehte Rosalba sich einmal um die eigene Achse. »Ich habe es selbst genäht ... so wie Mamma und Bisnonna Camilla es auch gemacht hätten.«

»Du bist ihr ähnlicher, als du ahnst. Alles Liebe, *tesoro*!« Mamma umarmte sie und wiegte sie lange hin und her, als wäre sie noch ein kleines Mädchen. »Das Kleid ist zauberhaft, du musst mir unbedingt beibringen, wie man es näht!«

Zusammen mit der Vorhut ihrer Eltern folgte auch gleich der Rest der italienischen Geburtstagsdelegation: Madrina Marisa mit ihrem Mann Alessandro und Rosalbas Großeltern beiderseits. Unter lautem Lachen und lebhaftem Gestikulieren begrüßte Rosalba die geliebten Gesichter aus der Fremde. Die meisten von ihnen hatte sie seit dem Frühjahr nicht mehr gesehen und schmerzlich vermisst.

»Das ist übrigens Federico, mein neuer Mitarbeiter. Er ist Kalabrese, ich habe euch bereits viel von ihm erzählt!« Rosalba winkte ihren Mitbewohner zu sich. Die Italiener hießen ihn herzlich willkommen und überschütteten ihn mit Fragen.

»Du hattest recht«, murmelte Mamma neben Rosalba, während sie Federico beobachtete. »Er könnte Antonios Sohn sein. Seltsam, wie das Leben manchmal spielt.«

»Er ist ein Geschenk, Mamma, ohne ihn hätte ich wahrscheinlich aufgegeben.« Diesen Satz ließ ihre Mutter unkommentiert.

Doch ihnen blieb ohnehin nicht viel Zeit zum Plaudern, denn es klingelte schon wieder. Dieses Mal warteten Remos Eltern Dora und Benjamin vor der Tür.

»Das sind Mamma und Papa«, stellte Rosalba ihre Eltern an Dora und Benjamin gewandt vor und verfolgte das Mienenspiel der beiden Parteien mit gemischten Gefühlen.

»Lorenzo Baroni, es freut mich sehr, euch endlich kennenzulernen!«, erklärte Papa in seiner üblichen offenen und professionellen Art. Sein fester Händedruck vermittelte Vertrauen und gesunden Menschenverstand. Anders verhielt es sich bei ihrer Mutter.

»Aurora Mandelli.« Misstrauisch musterte sie Remos Eltern. Rosalba hatte es bewusst vermieden, ihrer Mutter zu erzählen, wie wenig willkommen sie in der Familie Albrecht war.

»Die Bauunternehmerin«, stellte Benjamin fest. Weder er noch seine Frau konnten sich ein Lächeln abringen, als sie ihr die Hand zum Gruß reichten. In einer Mischung aus Italienisch und Deutsch bemühten sich die vier dennoch um eine Unterhaltung.

»Richtig. Ich bin gelernte Maurerin und Inhaberin einer eigenen Baufirma in Italien.«

»Und dein Ehemann ist Anwalt, wie ich hörte.« Im Gegensatz zu seiner Frau bemühte sich Benjamin immerhin um eine unverfängliche Konversation.

»Wir sind nicht verheiratet, aber ja ... Lorenzo ist *avvocato.*« Unter normalen Umständen erwähnte ihre Mutter diese Tatsache nie, weil sie weder für sie noch für Papa relevant war, und die beiden sich im Herzen ohnehin wie ein Ehepaar fühlten und auch danach lebten.

»Tatsächlich?« Das schien Dora nun auch zu interessieren. Neugierig streckte sie das Kinn ein wenig vor. »Bringt das in Italien keine Probleme mit sich? In der Schweiz wäre es undenkbar, ohne rechtlichen Trauschein ein gemeinsames Kind zu haben. Vermutlich würde sich die Vormundschaftsbehörde einschalten.«

Mamma setzte ein feines Lächeln auf, ähnlich geheimnisvoll und undurchsichtig wie das der Mona Lisa. »Rosalba ist nicht Lorenzos leibliches Kind. Sie hat ihren ...« Sie suchte nach dem richtigen Wort. »... Erzeuger jedoch nie gekannt, weshalb er ihr auch kein Vater war und ist. Deshalb und weil mein Mann *avvocato* ist, ist es für uns nicht riskant, unverheiratet zusammenzuleben. Die Ehe sagt mir nämlich nichts.«

Remos Eltern schwiegen. Betroffenheit spiegelte sich in ihren Mienen.

Rosalba spürte, wie sie in Schweiß ausbrach. »Wollt ihr euch vielleicht setzen? Oder möchtet ihr ein Glas Prosecco als *aperitivo*?«, fragte sie in dem Bemühen, das Thema zu wechseln.

Die vier stimmten dem Vorschlag dankbar zu, und Rosalba beeilte sich, sie zu bedienen.

»Das Dirndl ist schön geworden, wenn auch etwas unkonventionell«, erklärte Dora, nachdem sie Rosalbas Kleid betrachtet hatte.

»Wir Mandelli-Frauen scheren uns nicht besonders um *convenzioni*. Ich war deshalb lange genug unterdrückt. Meine Tochter soll in Freiheit leben.«

Mammas spitze Bemerkung wurde von Remos Mutter mit einem süffisanten Lächeln aufgenommen. »Wenn sie dafür bloß nicht einen zu hohen Preis bezahlt«, antwortete sie, nippte an ihrem Glas und wandte sich ab.

Nach diesem missglückten Start hielten sich Remos Eltern etwas abseits. Es war ihnen anzusehen, dass sie sich als die einzigen Schweizer in der Runde unwohl fühlten. Die meisten Anwesenden unterhielten sich überdies auf Italienisch.

»Vielleicht solltest du dich etwas um deine Eltern kümmern, Remo. Ich fürchte, dass ich die falsche Person dafür bin. Nicht weil ich es nicht gerne tun würde, sondern weil ich sicher bin, dass es nicht willkommen ist«, raunte Rosalba ihrem Liebsten im Vorbeigehen ins Ohr. Sofort unterbrach er das angeregte Gespräch mit Alessandro, den er von seinen Besuchen in Argegno kannte, und steuerte Dora und Benjamin an.

Erneut kündete die Türglocke Gäste an. Die Letzten für diesen Nachmittag. Rosalba hatte Elisa und die Mädchen ebenfalls eingeladen. Nach innigen Umarmungen und Begrüßungsküssen mischten sich die drei mit einem Glas Prosecco unter die Italiener.

Rosalba ging zu ihren Großeltern Armida und Daniele hinüber. Ihr Puls beschleunigte sich. Sie wusste, dass insbesondere Nonna Armida die Haltung ihrer Enkelin nicht verstand. Auch heute spiegelte sich Trauer in ihren Gesichtszügen.

»Hübsch hast du es hier, Kind. Bist du auch glücklich?«, fragte sie, und ihr Blick bohrte sich in Rosalbas.

»Ja, das bin ich, Nonna. Meine Projekte sorgen für Aufsehen, und wir erhalten zahlreiche Anfragen. Mit Federicos Schutz und seiner Mithilfe bin ich in der Lage, mich gegen die Männer in der Branche zu behaupten, und die Auftragslage wird daher immer besser.«

Nonna Armida seufzte. »Das kommt mir irgendwie bekannt vor, weißt du? Bloß ... warum vergeudest du dein Talent an die Schweizer?«

Rosalba legte den Kopf schief und lächelte. »Nonna ... wer bezahlt mich denn in Italien noch für meine Arbeit? Keiner, oder? Mammas Situation beweist es. Außerdem, Remo ist ein wundervoller Mann und unterstützt mich in allem, was ich tue. Er ist, zusammen mit meiner Leidenschaft für das Bauen, das Zentrum meines Lebens. Und er ist selbst sehr innovativ.« Dabei ließ sie den Blick über die überall im Raum verteilten Häusermodelle schweifen. In den vergangenen Monaten waren wieder einige eigenwillige Kreationen dazugekommen.

Nonna Armida beugte sich verschwörerisch nach vorne und senkte die Stimme. Mit eindringlichem Blick sagte sie: »Er ist noch jung, Rosalba. Eines Tages wirst du ihn langweilen. Der Reiz des Fremden und Exotischen verfliegt. Er wird feststellen, dass ihr euch aufgrund eurer Kultur doch zu sehr voneinander unterscheidet. Seine Mutter wird nicht aufgeben, glaub mir.«

»Was meinst du damit?« Rosalba wandte sich um und beobachtete Dora, die mit düsterer Miene auf ihren Sohn einredete. Ob sie wieder Werbung für diese Daniela machte?

»Sie ist eine Schlangenzunge. Ich beobachte sie schon eine geraume Weile. Mir ist nicht entgangen, wie sie deinen Eltern begegnet ist und mit welchen Blicken sie dich misst. Du bist definitiv nicht die Dame ihrer Wahl. Unterschätze niemals die Macht der Mutter auf den Sohn. Sie wird geduldig abwarten, bis der Alltag bei euch einkehrt und die ersten Reibereien auftreten. Und genau in diesem Moment wird sie zubeißen und ihr Gift verstreuen. Dann stehst du alleine da. Ich vermute mal« – Nonna Armida hielt inne –, »dass du hier nicht besonders viele Freunde hast, oder?«

Rosalba lachte verlegen. »Remos Freunde sind auch meine Freunde.«

Die Großmutter nickte. »Genau das meine ich. Wenn du ihn verlierst, verlierst du alles. Die Frage ist nicht *ob*, Liebes, sondern *wann*. Ich bin nicht immer mit deiner Mutter einer Meinung, doch in diesem Punkt teile ich ihre Befürchtung. In Italien wären wir immerhin in deiner Nähe, um dich zu beschützen.«

»Bei Antonio und Elisa hat es doch auch ganz wunderbar funktioniert.« Es war das erste Mal, dass sich Nonno Daniele zu Wort meldete. Großmutter bedachte ihn mit einem strafenden Blick. Entschuldigend warf er die Hände in die Luft und verschüttete dabei beinahe seinen Prosecco. »Ich meine ja nur. Das Haus in Cerano läuft ihr nicht davon. Sie kann es immer noch übernehmen, sollte sie hier scheitern. Das spielt doch alles keine Rolle.«

»Es spielt keine Rolle?!«, fuhr Nonna ihn an und hob in einem Anflug von Hysterie die Augenbrauen.

Großvater ignorierte sie, trat auf Rosalba zu und strich ihr liebevoll über die Wange. »Wichtig ist nur, dass du lebst und liebst, mein Kind, auch wenn es nicht für immer sein sollte. Folge in Gottes Namen deinem Herzen. Du weißt nie, wann es aufhört zu schlagen.« Tränen glitzerten in seinen Augen.

»Danke Nonno«, flüsterte Rosalba und spürte, wie Rührung ihr die Kehle zuschnürte. Nonna Armida spülte ihre Emotionen mit einem großen Schluck Prosecco hinunter und schwieg fortan eisern.

Nach einer Stunde fröhlichen Beisammenseins bat Rosalba die Gäste, sich an den Tisch zu setzen.

»Wir haben es uns einfach gemacht. *Spaghetti Carbonara alla bisnonna Camilla*. Niemand muss hungrig aus dieser Wohnung gehen!«

Stühlerücken erfüllte den Raum, während Rosalba und Remo mit Federicos Hilfe Teller mit Essen füllten und servierten.

»Esst! Esst!« Rosalba fuchtelte mit den Armen und bedeutete ihren Gästen zuzulangen. Ihre Worte gingen in dem allgemeinen Tumult aus Lachen, Gestikulieren, Prosten und Erzählen vollkommen unter. Nur Remos Eltern saßen still, den Blick vor sich auf den Teller gerichtet, am Ende des Tisches. Obwohl es sich so ergeben hatte, dass Elisa mit Armanda und Erika neben ihnen saß, lehnten sie mit ihrer frostigen Haltung jede Form der Geselligkeit ab.

Nachdem alle satt waren, räumte Rosalba mit Federicos und Remos Hilfe das Geschirr ab und verteilte Dessertteller für den Kuchen.

Rosalba hatte sich dieses Jahr für zwei Torten nach einem Schweizer Rezept entschieden. Es gab Karotten- und Nusstorte. Letztere war sogar eine regionale Spezialität.

Nach dem Nachtisch wurden die Geschenke übergeben. Rosalbas Patentante schenkte ihr eine Schachtel mit selbst gemalten Ansichtskarten, und von den Großeltern beider Seiten erhielt sie Delikatessen aus der Heimat. Mit klopfendem Herzen und steigender Nervosität nahm Rosalba schließlich auch das Präsent ihrer Eltern entgegen. Es war ein Umschlag. Als sie neugierig hineinschaute, entdeckte sie mehrere Tütchen mit Sämlingen, die alle in der geschwungenen Schrift ihrer Mutter gekennzeichnet waren. Fragend hob sie den Kopf.

»Die Samen stammen alle aus dem Garten der Villa Domenica, deinem Zuhause. Viele von ihnen blühen im Frühling und Sommer in der Nähe des kleinen Tempels mit dem blauen Dach.« Eine Träne sprang aus Mammas Augenwinkel und rollte über ihre Wange. Ohne sie zu beachten, erzählte sie weiter. »Sie sind ein Stück Heimat, damit du dich, wo immer du auf der Welt bist, zu Hause und geborgen fühlst ... und unsere Nähe spürst, auch wenn wir nicht da sind.« Nun ging ein Beben durch ihre Stimme, doch sie ließ sich nicht unterbrechen. »Erinnere dich stets an deine Wurzeln, *amore*. Sie machen dich stark und unbesiegbar gegenüber dem Wind des Schicksals.« Nun hielt ihre Mutter es nicht mehr länger aus. »Entschuldigt mich kurz«, flüsterte sie, wandte das Gesicht ab, stand auf und verschwand im Badezimmer.

Betretenes Schweigen erfüllte den Raum. Rosalbas Kehle fühlte sich an wie zugeschnürt, immer wieder blinzelte sie die drängende Feuchtigkeit aus ihren Augenwinkeln.

»Wir haben natürlich auch noch ein Geschenk für dich.« Dora erhob sich und kehrte mit einem Korb zurück, den sie im Flur deponiert hatte.

»Bitte sehr.« Sie reichte ihn Rosalba.

»Ein Korb voller Schweizer Spezialitäten?« Neugierig schob diese die einzelnen Stücke beiseite und versuchte, auf den Etiketten der Gläser und Behälter zu entziffern, um was es sich handelte. »Hast du das alles selbst gemacht? Das sieht unglaublich lecker aus! Wie lieb von euch! *Grazie mille!*«, rief Rosalba begeistert aus.

»Remo liebt meine hausgemachten Konfitüren, den Kompott, den Kräutertee und das Trockenfleisch, das von

Benjamins Jagdbeute stammt. Wie ich hörte, sind euch beiden die Vorräte ausgegangen. Ich treffe mich regelmäßig mit meiner besten Freundin Britta Berger und ihrer tüchtigen Tochter Daniela. Zusammen produzieren wir dann diese Spezialitäten. Einmal im Jahr müssen wir Frauen uns schließlich unserer Pflicht stellen und für das leibliche Wohl unserer Männer sorgen. Manche Rezepte stammen von mir, andere von den Berger-Frauen.«

Rosalba schwieg betroffen. Sie spürte einen schmerzhaften Stich in der Brust. Unsicher flatterte ihr Blick zu Remo hinüber, dem die Beschämung eine leichte Röte auf die Wangen zauberte. Mit einem gequältem Lächeln sagte sie: »Danke Dora, das weiß ich sehr zu schätzen.«

Als sich die Gäste gegen Mitternacht schließlich verabschiedet hatten, atmete Rosalba tief durch.

Stille herrschte in der Wohnung, die aussah wie ein Schlachtfeld. Ohne Remo anzusehen, räumte sie schweigend das Geschirr und den Abfall in die Küche.

Plötzlich spürte sie zwei Arme, die sie von hinten umschlangen.

»Es tut mir leid, Rosalba.« Mehr musste er gar nicht sagen.

»Nein ... mir tut es leid. Ich hätte meinen Geburtstag nicht in deinem Zuhause feiern dürfen. Meine Familie war ebenso wenig bereit dafür wie deine.«

Kapitel 27

Der bescheidene Personalspeiseraum des Architekturbüros von Bernhard Müller in Klosters war kurzerhand in einen Präsentationsraum umgewandelt worden. Entlang der Wand des von einer großzügigen Fensterfront erhellten Raums stand ein Büfett mit Getränken und Snacks, alle anderen Möbel hatte man zur Seite geräumt. Vor einer weißen Leinwand hatte man einen Hellraumprojektor sowie einen Diaapparat aufgebaut. Die Empfangsdame des Planers schenkte Wein, Wasser und Orangensaft ein und füllte die verschiedenen Schüsseln und Teller mit Häppchen und Aperitif-Gebäck auf. Lautes Stimmengewirr und Gläserklirren erfüllte den Raum.

Rosalba mischte sich, begleitet von Federico, unter die Leute und griff nach einem Glas Weißwein. Jeden Anstand außer Acht lassend, drehten sich einige der Anwesenden um und starrten sie mit offenem Mund an. Immer wieder strich Rosalba sich die feuchten Handflächen am Rock ihres himbeerroten Dirndls ab. Abgesehen von der Empfangsdame des Architekten und der Kundin, die sich mit ihrem Mann unterhielt, war sie die einzige Frau im Raum. Unruhig wanderte ihr Blick über die Gesichter der Männer. Unter den zahlreichen einheimischen Bauunternehmern fühlte sich Rosalba fremd. Im Gegensatz zu ihnen passte sie nicht hierher. Gerade erst war sie nach drei Monaten Winterpause aus Italien zurückgekehrt, weil ihr der Saisonnière-Status nach wie vor nicht erlaubte, länger als neun Monate am Stück in der Schweiz zu arbeiten. Trotz der Tatsache, dass die Geschäfte seit letztem Sommer besser liefen, hatte Rosalba ein Jahr nach der Übernahme von Antonios Firma natürlich erst einen Bruchteil von dessen Wert an ihre Verwandten überweisen können. Federico arbeitete nach wie vor für ein Taschengeld, wohnte und aß dafür aber kostenlos bei ihr und Remo.

»Das wird schon, *capo*, ich glaube an dich.« Ihr italienischer Freund legte ihr beruhigend eine Hand auf den Unterarm und schenkte ihr ein zuversichtliches Lächeln. »Bernhard mag dich, wenn auch auf seine eigene, seltsam verschrobene, abweisende Art. Aber er schätzt deine Arbeit. Wenn ihn deine Skizzen inspirieren, wird er dir helfen.«

Rosalba nickte. Federico hatte recht. Der Architekt hatte nach dem unglückseligen Tag auf der Baustelle in Davos nie wieder ein Wort über den Vorfall verloren. Stillschweigend hatte er von Rosalba verlangt, ihr Problem, was auch immer es war, selbst zu lösen. Das war ihr auf wundersame Weise durch Federicos Auftauchen gelungen. Bernhard hatte es nicht interessiert, ob sie alleine oder zu zweit arbeitete, bloß weitermachen musste sie, das hatte er ihr damals mit seinem strengen Blick unmissverständlich klargemacht. Gleichzeitig hatte Rosalba schnell gemerkt, dass ihm ihre Arbeit gefiel. Durch ihn hatte ihre kleine Firma noch einige weitere Aufträge erhalten, und zwischenzeitlich waren Federico und Rosalba mit Bernhard per Du.

»Selbst wenn er mich mag, zählt hier vor allem der Geschmack der Kunden. Das Ehepaar hat zahlreiche Entwürfe erhalten. Bestimmt sind alle von ihnen attraktiv. Andere Firmen haben im Gegensatz zu mir schon öfter größere Sachen umgesetzt. Ich kann in diesem Bereich keine Referenzen vorweisen.« Rosalba knetete die Hände und seufzte. »Zudem muss meine Idee ja architektonisch auch umsetzbar sein.«

»Ah, spielen wir wieder bauen, Frau Mandelli?« Marcel Zehner trat mit einem abfälligen Grinsen neben sie und zupfte lässig an seinem Schnurrbart. »Hier« – er machte eine ausschweifende Geste mit der Hand – »geht es um *echte* Arbeit.« Mit einem abfälligen Schnauben wandte er sich ab und winkte jemandem in der Menge.

Rosalba atmete tief durch und nahm einen kräftigen Schluck Wein. Die Demütigung fuhr wie eine Klinge durch ihr Herz. »Siehst du? Das meine ich. Zehner und seine Kollegen werden niemals zulassen, dass jemand wie ich den Auftrag erhält. Sie werden schon dafür gesorgt haben, dass die Kunden und Bernhard meinen Vorschlag ablehnen.« Betrübt starrte sie auf ihre schwarzen Lederstiefeletten. Sie wollte nicht, dass Federico den Schimmer der Tränen in ihren Augen sah.

Nach einer Weile klatschte der Architekt in die Hände und bat um Aufmerksamkeit.

»Alle bitte kurz herhören!« Er wartete, bis sämtliche Gespräche erstarben. »Wie ihr wisst, habe ich mit diesem Brainstorming-Wettbewerb eine unkonventionelle Vorgehensweise gewählt. Anstatt alles planerisch vorzugeben, ohne die handwerkliche Sichtweise zu kennen, bat ich euch Fachleute diesmal, mir anhand meiner groben Planungsgrundlagen Vorschläge für das Bauprojekt meiner Kunden zu machen. Damit bin ich im kleinen Rahmen stets gut gefahren.« Er räusperte sich, stopfte sich das weiße Hemd in die Hose und fuhr in seiner Begrüßungsrede fort: »Rosmarie und Arnold Tanner haben eure Projektideen erhalten und sie in den vergangenen zwei Wochen eingehend zusammen mit mir studiert. Die Entscheidung fiel ihnen nicht leicht, da für den Umbau des Restaurants verschiedene Faktoren berücksichtigt werden müssen. Aus diesem Grund, und um jedem Vorschlag den ihm gebührenden Respekt zu gewähren, möchten sie kurz alle Projekt der Reihe nach vorstellen und euch erzählen, welche Punkte für und welche gegen die jeweilige Idee sprechen. Da ihr die Eingaben der anderen Teilnehmer nicht kennt, dürfte das auch für euch eine interessante Angelegenheit werden. Am Ende wird sich das angehende Wirtspaar dann für ein Konzept entscheiden.«

Rosalba schluckte leer. Ihr Herzschlag beschleunigte sich. Selbst Federico fuhr sich nervös mit der Zunge über die trockenen Lippen und strich sich fahrig durch die Haare.

Herr Tanner begann mit der Präsentation. Zuerst stellte er einige Ideen vor, die mit modernen Strukturen und futuristischen Formen punkten konnten. Nervös wechselte Rosalba einen Blick mit Federico. Da konnten sie nicht mithalten, ihre Vision verfolgte einen komplett anderen Ansatz.

Es folgten ein paar Vorschläge, die besonders kostengünstig, aber dennoch zeitgemäß und funktional waren.

Langsam neigte sich die Präsentation dem Ende zu, und Rosalbas Projekt war noch immer nicht auf der Leinwand erschienen. Ob das angesichts der bisher geäußerten Euphorie gegenüber den anderen Ideen ein gutes oder ein schlechtes Zeichen war, konnte sie nicht sagen.

»Das hier ...«, endlich legte Arnold Tanner ein Bild aus Rosalbas Skizzen auf, »... ist fernab.« Er machte eine Pause und ließ den Blick durch das Publikum gleiten. Rosalba fühlte, wie die Enttäuschung sie wie eine Flutwelle übermannte und sich ihr Herz schmerzhaft zusammenzog. Vermutlich war ihr Vorschlag planerisch gar nicht umsetzbar und einfach eine Nummer zu groß für sie.

»Dieses Projekt ist weder besonders günstig, noch ist es modern. In der Landschaft der Schweizer Gastronomie wird es ein Außenseiter sein, nicht nur optisch, sondern auch vom gastronomischen Konzept her, das sich aus der Idee notgedrungen ergibt.«

Zehners Blick bohrte sich mit einem feinen Zucken um die Mundwinkel in Rosalbas, als er sich von seiner Position aus umwandte und sie suchte. Sie ignorierte ihn, biss die Zähne zusammen und ballte eine Hand zur Faust. Nein, sie würde sich ihre Enttäuschung nicht anmerken lassen. Nicht hier, vor all diesen Männern.

»... und genau deshalb haben wir uns für dieses Projekt entschieden«, beendete nun Frau Tanner, die bisher geschwiegen hatte, die Vorstellung der Angebote. »Dieser kreative Sonderling sichert uns auf dem hart umkämpften Branchenmarkt einen einzigartigen Vorteil. Ein Alleinstellungsmerkmal. Selbst wenn der Bau dieser wunderschönen italienischen Kapelle, in der wir in naher Zukunft Gäste bewirten werden, etwas höhere Investitionen erfordert, so ist es das wert. Unsere gehobene Klientel wird das mit Natursteinmauern erbaute Gewölbe, das abgewetzte Holz und das Ambiente einer heiligen Stätte lieben! Frau Mandelli hat außerdem zusätzliche Vorschläge für die Einrichtung der Erlebnisgaststätte gemacht: weinrote Teppiche, um

Wärme in den Raum zu zaubern, mittelalterliche Fackeln als Beleuchtung, einen steinernen Brunnen in einer Nische, Kerzen überall. Tagsüber, so stellt sie sich vor, zaubert das durch die Buntglasfenster hereinscheinende Sonnenlicht regenbogenfarbige Spiegelbilder auf die Mauern. Natürlich dürfen der Authentizität zuliebe auch Heiligenstatuen nicht fehlen. Dafür hat sie uns bereits eine Auswahl an passenden Schutzpatronen genannt. Und ...« Rosmarie hob mit schelmischem Grinsen einen Finger, »... wir werden uns auf die italienische Küche spezialisieren. Nicht auf die billige Touristenvariante, sondern auf das echte, pure Essen der Einheimischen im Stiefel. Niemand ... *niemand* kann aktuell ein solches Erlebnis bieten wie wir. *Con questa cappella italiana* – mit dieser italienischen Kapelle.« Mit diesen Worten in Rosalbas Muttersprache beendete sie ihre Rede. »Kommen Sie doch bitte kurz nach vorne, Frau Mandelli. Wir möchten Sie gerne kennenlernen!« Rosmarie ließ den Blick über die Menge gleiten.

Absolute Stille erfüllte den Raum, während alle gebannt auf die Skizze auf der Leinwand starrten. Rosalba selbst befand sich ebenfalls in einer Art Schockzustand. Erst Federicos Ellbogen in ihrer Seite und seine leise gezischten Worte holten sie aus ihrer Trance zurück. »Rosalba, *cara*! Mach schon, geh nach vorne und hol dir deinen wohlverdienten Auftrag! Du hast gewonnen! *Congratulazioni!*« Er ballte die Hände zu Fäusten und jubelte ihr mit breitem Grinsen zu.

Endlich gab Rosalba sich einen Ruck und bahnte sich einen Weg nach vorne.

»Es freut mich unglaublich, Sie kennenzulernen. Ich bin Rosmarie, wir können uns gerne duzen.« Die Kundin drückte Rosalba die Hand, ein warmes Glitzern in den Augen. »Bernhard hat uns bereits vor deinen Ideen gewarnt«, fügte sie noch mit einem Zwinkern an. Auch Arnold Tanner stellte sich ihr vor und schüttelte ihr die Hand.

»Das war's, meine Herren!«, erklärte Bernhard Müller derweilen. »Wenn ihr euch die Skizzen und Offerten der anderen noch genauer ansehen wollt, könnt ihr das gerne auf dem Tisch hier nebenan tun. Ansonsten sind die Würfel nun offiziell gefallen.«

»Sie hat doch überhaupt keine Ahnung, wie man eine Baustelle dieser Größenordnung organisiert! Vieles wird fachlich gar nicht umsetzbar sein. Das endet in einem Desaster!« Zehners Stimme hallte durch den Raum. Das Murmeln der anderen erstarb sofort.

»Lass das mal meine Sorge sein, Marcel. Von Italien und seinen Bauten hast du jedenfalls auch keine Ahnung.« Rosalba wandte sich von ihm ab.

»Jetzt weiß ich, was Bernhard mit *eigenwillig* meinte.« Rosmarie schmunzelte. »Mein Mann und ich freuen uns außerordentlich auf die Zusammenarbeit mit dir, Rosalba.«

Nachdem sich Rosalba noch eine Weile mit den Kunden unterhalten und einen Termin zur Projektplanung mit Bernhard Müller vereinbart hatte, verließen sie und Federico das Büro des Architekten.

»Was hältst du davon, wenn wir den Rest des Nachmittags freimachen, etwas Gutes einkaufen und Remo mit einem italienischen Menü und einem feinen Glas Wein überraschen? Schließlich haben wir etwas zu feiern!« Rosalba sah zu Federico hinüber, als sie zum Firmen-Pickup liefen. Dieser willigte sofort ein.

Am nächsten Morgen wurde Rosalba durch das Schrillen des Weckers aus einem komatösen Schlaf geweckt. Der vergangene Abend hatte etwas länger gedauert. Mit einem Grummeln drehte sich Remo im Bett zu ihr um. Zärtlich drückte er ihr einen Kuss auf den Mund.

»*Buongiorno*, Liebes. Na, wie fühlt man sich, wenn man alle einheimischen Baulöwen mit links an die Wand gespielt hat?« Ein warmes Lächeln verzog seinen Mund, und Belustigung glitzerte in seinen Augen. »Ich bin unheimlich stolz auf dich. Du kannst dir nicht vorstellen, wie sehr!« Liebevoll strich er ihr eine Strähne aus dem Gesicht. »Eines Tages möchte ich, dass auch wir zusammen ein solches Projekt realisieren. Irgendwann.«

Mit einem breiten Lächeln streckte sich Rosalba und umarmte Remo. »Das werden wir, wenn wir beide so weit sind und unseren Platz in dieser Welt gefunden haben. Los, stehen wir auf! Federico und ich müssen uns noch auf das Gespräch mit dem Architekten am Nachmittag vorbereiten.« Voller Tatendrang erhob sie sich, duschte, zog sich an und ging in die Küche, wo ihr Mitarbeiter an einem Espresso nippte.

Eine Viertelstunde später lenkte Rosalba den Firmenwagen auf den Vorplatz des Werkhofs in Grüsch. Sie sah bereits von Weitem, dass etwas nicht stimmte.

Eilig parkte sie den Wagen, stieg aus und lief zum Werkstatttor, dessen Scheibe eingeschlagen war. In diesem Augenblick fegte ein Windstoß um die Ecke des Hauses und riss die kleine Eingangstür auf, die sich im Tor befand. Mit lautem Scheppern knallte sie an die beigefarbene Fassade und wurde zurückgefedert. Rosalba blieb wie angewurzelt stehen und wechselte einen verwirrten Blick mit Federico.

»Ich bin mir sicher, dass wir die Tür gestern verschlossen haben, bevor wir gegangen sind«, sagte er, während sie vorsichtig näher traten. Rosalba schwieg. Je näher sie dem Eingang des Werkhofs kamen, desto schneller schlug ihr Herz. Eine dunkle Vorahnung griff nach ihr und machte ihr das Atmen schwer. Vorsichtig betrat sie das Halbdunkel der Doppelgarage und schaltete das Licht an.

Federico, der neben ihr zum Stehen kam, sog erschrocken die Luft ein. »*Che cazzo*, was zum Teufel?!«

Sprachlos ließ Rosalba den Blick durch den Raum gleiten, der mit langen Regalen voller Werkzeug, Kleinmaschinen und einer Werkbank ausgerüstet war. Zumindest hatte es hier vorher so ausgesehen. Jetzt sah es aus, als hätte ein Orkan gewütet. Kleinere Ablageflächen waren umgekippt, die Utensilien am Boden verteilt. Sämtliche Instrumente, Baumaterial und Geräte lagen wild im Raum verstreut. Manches davon sah eindeutig beschädigt, verformt oder zerbrochen aus. Irgendjemand hatte sich sogar die Mühe gemacht, die vorrätigen Mörtel- und Gipssäcke aufzuschlitzen und den Inhalt überall zu verteilen.

Vorsichtig setzte Rosalba einen Schritt vor den nächsten. Sand knirschte unter ihren Schuhen. Es gelang ihr kaum, bis zu ihrem Büro im hinteren Teil des Werkhofs durchzudringen. Doch auch dort traf sie dasselbe Chaos an. Schlimmer noch, hier ließ sich deutlich erkennen, mit wie viel Hass die Eindringlinge gewütet hatten. Ordner waren aus den Regalen gerissen, Blätter zerfetzt. Das Polster ihres Bürostuhls hatte man aufgeschlitzt und den Stuhl selbst achtlos umgeworfen.

In Rosalbas Kopf herrschte ein Sturm, der ihr das Denken unmöglich machte. Ihr Puls raste, und Schwindel nagte an ihrem Sichtfeld. Plötzlich war ihr speiübel. Mit wackligen Knien und zitternden Händen setzte sie sich auf die Kante ihres Schreibtischs, holte tief Luft und versuchte, sich zu beruhigen. Doch das Dröhnen in ihrem Schädel war so penetrant, dass sie glaubte, ohnmächtig zu werden.

»Was ist denn das?!« Entsetzt wies Federico, der zu ihr getreten war, auf den kleinen Spiegel über dem Waschbecken, das neben der Toilettentür angebracht war.

Mit brennenden Augen hob Rosalba den Blick und folgte seinem ausgestreckten Zeigefinger.

»Ist das Lippenstift?« Ihr Mitarbeiter trat näher an die Spiegelfläche heran und berührte die in krakeliger Schrift hingekritzelten Worte.

Tschinggen-Schlampe

Rosalba schossen die Tränen in die Augen. Schluchzend verbarg sie das Gesicht in den Händen.

Sofort eilte Federico herbei und nahm sie tröstend in den Arm. »Wir kriegen das hin, Rosalba«, murmelte er. »Du bist nicht alleine. Lass nicht zu, dass sie dich brechen. Zeig ihnen, wer du bist!«

Mit feuchten Augen hob sie den Blick und sah ihn an. Es dauerte eine ganze Weile, bis sie etwas sagen konnte, doch dann erklärte sie mit fester Stimme:

»Du hast recht. Ich bin Rosalba Mandelli. Und ich werde bauen. *Ich werde bauen*!« Sie ballte die Hände zu Fäusten.

Kapitel 28

In den folgenden Monaten stürzten sich Rosalba und Federico auf den Umbau des Restaurants in eine italienische Kapelle. Das Ehepaar Tanner wünschte sich Natursteinmauern nach alter Handwerkskunst. Das Ganze sollte zudem etwas verwittert aussehen. Zusätzlich wollten die Kunden, dass Rosalba die Kunst solcher Sakralbauten bei den Säulen und Malereien möglichst authentisch umsetzte.

Während Federico die anfänglichen Abbrucharbeiten beaufsichtigte, konzentrierte sich Rosalba darauf, die verwüstete Werkstatt wieder halbwegs herzurichten. Abgesehen vom verschütteten und verstreuten Verbrauchsmaterial gelang es ihr, den Großteil der Werkzeuge und Geräte zu bergen. Manches davon überließ sie Fachleuten zur Reparatur. Schwieriger verhielt sich die Situation im Büro. Viele von Antonios akribisch strukturierten Unterlagen waren nicht mehr in eine sinnvolle Ordnung zu bringen, einiges war sogar unwiderruflich beschädigt.

Der Anschlag auf ihr Geschäft hatte Rosalba tief erschüttert. Eine hartnäckige Angst saß ihr fortan im Nacken. Jedes Mal, wenn sie sich dem Werkhof näherte, beschleunigte sich ihr Herzschlag, und sie rechnete mit einer neuen Katastrophe. Wenn sie alleine unterwegs war, drehte sie sich immer wieder um, um sicherzugehen, dass ihr niemand folgte. Ständig wanderten ihre Gedanken zu den zahlreichen Warnungen ihrer Mutter. Was, wenn sie doch irgendwann aufgeben und nach Italien zurückkehren musste, wie Mamma es prophezeit hatte? Wenn sie gezwungen wäre, die Firma aufzugeben, und keine Arbeit fand, würde man sie aus der Schweiz ausweisen. Beklemmung lastete schwer auf ihrem Herzen. Möglicherweise würde Remo sie heiraten, damit sie bei ihm in der Schweiz bleiben konnte, doch würde sie das in dieser Situation überhaupt wollen? Wollte sie sich gescheitert und ohne Aufgabe von ihm abhängig machen? All jene, die ihr bisher Steine in den Weg gelegt hatten, würden sich über ihre Niederlage freuen und sie nur noch mehr erniedrigen. Und würde sie jemals glücklich werden, wenn sie ihren Traum aufgeben musste? Tief in ihrem Innern kannte sie die Antwort darauf bereits.

Aus Furcht vor weiteren Anschlägen hatte sie einen betagten Herrn, der gegenüber dem Werkhof wohnte, damit beauftragt, regelmäßig nachzusehen, ob sich abends jemand auf dem Gelände herumtrieb oder sich etwas Seltsames ereignete. Und weil sie befürchtete, dass auch auf ihre aktuellen Bauprojekte ähnliche Anschläge erfolgen könnten, suchte sie schweren Herzens das Gespräch mit Bernhard Müller. Seit dem Vorfall damals in der Villa in Davos wusste Rosalba, dass er auf dieses Thema nicht gut zu sprechen war. Da es hier nun aber auch um seine Verantwortung gegenüber den Tanners ging, willigte er schließlich ein, die Baustelle über Nacht bewachen und das Gebäude mit einem Eisentor abriegeln zu lassen.

Ein fahler Beigeschmack blieb dennoch. Wie viele Hin
dernisse hielt die Zukunft noch für sie bereit?

Wie jeden Morgen teilten Rosalba und Federico auch an diesem Julitag zuerst die Arbeit unter sich auf, ehe sie loslegten. Den Vormittag über würde Rosalba die Steine in Form klopfen, während Federico sie zu einer kunstvollen Mauer verbaute. Nach der Mittagspause dann würden sie wechseln, damit es nicht zu monoton wurde.

Mit einem Seufzer griff Rosalba nach Handfäustel und Steinmetzwerkeug, um die Gesteinsbrocken für die Natursteinmauern zu zerkleinern. Wie schon öfters in letzter Zeit fühlte sie sich ein bisschen außer Form. Ihre Muskeln schmerzten bereits nach wenigen Minuten Steineklopfen, obschon sie noch nie etwas anderes gemacht hatte. Seufzend zwang sie sich weiterzuarbeiten.

»Alles klar bei dir?« Federico sah besorgt zu ihr herüber.

Mit einem Lächeln winkte sie ab. »*Tutto a posto*, bin nur etwas müde in letzter Zeit.«

Um halb zwei legten sie die Arbeit nieder und holten das Mittagessen, bestehend aus belegten Broten und einem Apfel, aus dem Rucksack. Beim Anblick des Sandwiches zog sich Rosalbas Magen zusammen, und Galle sammelte sich an ihrer Zungenwurzel. Das Gefühl wurde so schlimm, dass sie glaubte, schwarze Punkte vor ihren Augen tanzen zu sehen. Plötzliche Hitze durchflutete sie, und ihr Herzschlag beschleunigte sich. Vorsichtig, um sich nichts anmerken zu lassen, griff sie nach dem Apfel und knabberte lustlos daran herum.

Federico musterte sie und legte die Stirn in Falten. »Hast du keinen Hunger?«

»Ich glaube nicht«, antwortete Rosalba zögerlich und sog möglichst unauffällig die Luft ein, als bereits die nächste Übelkeitswelle über sie hinwegfegte.

Misstrauisch starrte Federico sie an. »Das geht nun schon einige Wochen so. Als ich dich kennengelernt habe, hattest du bedeutend mehr Appetit. Immerhin arbeiten wir körperlich. Du brauchst die Energie dringend. Vermutlich bist du deshalb immer so müde. Du isst nicht genug, meine Liebe. Ich hoffe doch sehr, dass du dir nicht einbildest, abnehmen zu müssen oder so?«

Rosalba fühlte, wie ihre Wangen glühten. »Nun, ich hatte in letzter Zeit tatsächlich den Eindruck, dass mich die Arbeitshose etwas zwickt. Daher dachte ich, dass es wohl nicht schadet, weniger zu essen, wenn ich ohnehin nicht hungrig bin.«

Nun legte Federico sein Brot endgültig beiseite und verschränkte die Arme vor der Brust. »Das ist eine wirklich schwachsinnige Einstellung, wenn ich das mal so direkt sagen darf. Der Hunger kommt mit dem Essen. Ich bin sicher, dass die Erschöpfung und die Übelkeit eine Folge von Unterzuckerung sind. Ist dir etwa gelegentlich auch heiß, und leidest du an Herzrasen?« Er hob fragend und herausfordernd eine Augenbraue.

Mit pulsierenden Wangen senkte Rosalba betreten den Blick.

»Tja ... iss dein Brot, Rosalba, du musst nicht aussehen wie Twiggy, klar?« Um seine Worte zu unterstreichen, biss Federico herzhaft in sein Brot.

Beschämt nickte sie und zwang sich, das Sandwich Bissen für Bissen zu schlucken. Dabei revoltierte ihr Magen immer stärker. Nach dem letzten Stück Brot schlug die Welle der Übelkeit endgültig über ihr zusammen. Sie sprang auf und rannte davon. Fiebrig suchte sich nach einer Möglichkeit, um ...

Mit einem Keuchen erbrach sie ihr gesamtes Mittagessen in einen leeren Mörteleimer. Zitternd und schweißgebadet kniete sie über dem Kübel und schloss beschämt die Augen. Plötzlich fühlte sie eine Hand auf ihrem Rücken.

»Ist es vielleicht das, was ich denke?« Federicos ruhiger Bariton drang an ihr Ohr.

»Das ist nicht möglich«, antwortete Rosalba, konnte die Zweifel in ihrer Stimme jedoch nicht komplett unterdrücken.

Ein leises Lachen hallte durch den Raum. »*Das*, meine Liebe, ist *immer* möglich.« Federico ließ sie los und ging voran zum Ausgang des Gebäudes. »Los komm, ich begleite dich in die Apotheke.«

Widerwillig erhob sich Rosalba und spülte den Mund mit Wasser. Selbst jetzt noch hing die Übelkeit wie eine giftige Wolke in ihrem Magen. Federicos Blick ausweichend, lief sie an ihm vorbei nach draußen. Gierig sog sie die frische Luft ein. Schweigend gingen sie nebeneinander her zur Apotheke, die nur fünf Minuten entfernt im Dorfkern lag.

Die Ladenglocke kündigte ihre Ankunft an. Sofort verschwand Rosalba hinter einem Regal, um nicht mit dem Personal sprechen zu müssen. Federico folgte ihr. Nachdem sie auch nach fünf Minuten nicht fündig geworden waren, tauchte plötzlich eine Frau in weißem Kittel vor ihnen auf.

»Kann ich Ihnen behilflich sein?« Sie unterstrich ihr Angebot mit einem freundlichen Lächeln.

Rosalba spürte, wie ihr die Hitze ins Gesicht schoss. Sie hätte sich liebend gern selbst um ihr Anliegen gekümmert, doch blieb ihr keine andere Wahl, als die Hilfe anzunehmen, wenn sie nicht verdächtig erscheinen wollte. »Ich suche einen Schwangerschaftstest«, murmelte sie bewusst leise.

»Ach so, gerne. Begleiten Sie mich doch bitte nach vorne zur Kasse. Die Tests befinden sich hinter der Theke.« Die Frau führte Rosalba und Federico zur Verkaufstheke und bat sie, kurz zu warten, während sie in einigen Schubladen hinter sich im Gestell kramte.

Nebenan bediente eine andere Verkäuferin ebenfalls eine Kundin. »Ich hoffe, dass es deiner Mutter damit besser geht. Mit der Salbe haben wir wirklich große Erfolge.«

»Davon bin ich überzeugt«, antwortete die Kundin.

Augenblick mal. Diese Stimme kannte Rosalba doch?

Vorsichtig wandte sie sich um. Zu spät erkannte sie ihren Fehler und starrte sofort wieder geradeaus.

»Rosalba, was für eine Überraschung.« Daniela Berger musterte sie mit unverhohlenem Interesse und ließ den Blick auch über Federico schweifen. In diesem Moment drehte sich die Apothekenverkäuferin um und breitete eine Reihe verschiedener Schwangerschaftstests vor Rosalba auf dem Tresen aus. »So, da sind sie. Ich erkläre Ihnen kurz die Unterschiede in der Anwendung.«

Rosalba wurde knallrot im Gesicht, was Daniela natürlich nicht entging. Neugierig beugte diese sich nach vorne und erhaschte so prompt einen Blick auf die ausgelegten Produkte. Das Bild auf der Verpackung war eindeutig genug, auch wenn man den Text dazu nicht lesen konnte. Rosalbas Nacken versteifte sich. Sie schwitzte grauenhaft, und der Schwindel setzte wieder ein.

Zu ihrem Entsetzen machte Daniela nebenan absolut keine Anstalten, ihre dämliche Salbe einzupacken und zu gehen. Im Gegenteil, sie starrte Rosalba penetrant an, die

Lippen zu zwei schmalen Strichen zusammengepresst. Mehrdeutig wanderte ihr Blick nun zwischen Rosalba und Federico hin und her.

»Ich hoffe, es ist nicht das, was ich denke.« Mit diesen Worten packte Daniela endlich die Salbe ein, fasste ihre Einkaufstasche und stürmte zum Ausgang. Bei der Tür blieb sie noch einmal stehen und drehte sich mit verzerrten Gesichtszügen um. »Es ist eine Schande, was du Remo antust. Er hat wirklich etwas Besseres verdient!« Ohne eine Antwort abzuwarten, verließ sie die Apotheke.

Die Verkäuferin starrte Rosalba betroffen an. Eine leichte Röte färbte ihre Wangen.

»Ich nehme den hier, bestimmt steht auf der Packungsbeilage, wie man ihn anwenden muss.« Da die Apothekenmitarbeiterin gerade Luft holte und zu einer Erklärung ansetzen wollte, fuhr Rosalba dazwischen. »Ich habe gleich einen Termin und muss nun wirklich los, es tut mir leid.« Es entsprach überhaupt nicht ihrer Art, sich dermaßen unhöflich zu verhalten. Langsam war sie jedoch mit den Nerven am Ende. »Herzlichen Dank.« Immerhin bemühte sich Rosalba noch um ein freundliches Lächeln, als sie bezahlte und die Apotheke verließ.

Auf der Straße hatte sie Mühe, die Tränen zurückzuhalten.

»Lass uns in ein Restaurant gehen, etwas trinken und ... du weißt schon«, sagte Federico ruhig. »Dann hast du es hinter dir. So jedenfalls können wir uns beide nicht mehr konzentrieren.« Sein Blick folgte Daniela, die soeben um eine Hausecke bog. Tröstend legte er Rosalba die Hand auf die Schulter. »Lass sie doch reden. Das ist nur Neid und die Furcht vor dem Fremden. Es muss dich nicht kümmern, was die anderen denken. Wichtig ist, dass ihr beide, Remo und du, im Reinen seid.« Federico fasste Rosalba sanft am Arm und zog sie mit sich zu einem Gasthaus.

Sie erreichten das Gasthaus zum *Wilden Mann* und traten ein. Rosalba bestellte einen Kräutertee, Federico einen Espresso. Kaum drehte sich die Bedienung um und ging in Richtung Tresen, sprang Rosalba von ihrem Stuhl auf und griff nach der Tasche aus der Apotheke.

Da sie alleine auf der Damentoilette war, hielt sie einen kurzen Moment inne und musterte ihre Gesichtszüge im Spiegel. Die Kinnlinie war weicher geworden, feine blaue Schatten deuteten auf eine leichte Erschöpfung hin. Schweißperlen glitzerten auf ihrer von Sommersprossen übersäten Nase.

»Bist du eine Mutter?«, flüsterte sie kaum hörbar und sah sich dabei in die Augen. Sie wusste es nicht. In ihrem Inneren herrschte ein furchtbares Chaos an Gefühlen. Mit zitternden, schweißfeuchten Fingern schloss sie sich in der Toilette ein und holte den Test hervor. Sie ließ einige Sekunden verstreichen und starrte vor sich hin.

Wie würde Remo reagieren? All das wäre bestimmt einfacher, wenn sie Schweizerin wäre und nicht jedes Jahr für drei Monate nach Italien zurückgeschickt würde. Auch wusste sie nicht, ob ihre Beziehung überhaupt schon für dieses große Abenteuer bereit war.

Nach einigen Minuten kehrte sie an den Tisch zurück. Ohne Federico anzusehen, griff sie nach ihrem Tee und schüttete gedankenverloren Zucker hinein.

Plötzlich hob sie den Kopf und suchte seinen Blick. Treu und mit einem warmen Glitzern in den dunklen Augen musterte er sie.

»Möchtest du ... würdest du ... sein oder ihr *padrino* werden?« Ein leichtes Beben ging bei diesen Worten durch Rosalbas Stimme.

Langsam griff Federico nach ihren Händen und drückte sie fest. Tränen schimmerten in seinen Augen. »Manche Menschen behaupten, dass die Seelen jener, die durch ein Unglück zurück in den Himmel statt auf die Erde gelangten ... auf anderem Weg erneut zu uns kommen. Wer auch immer da drin ist, Rosalba, ich werde dieses Wesen von ganzem Herzen lieben. *Te lo giuro.* Das schwöre ich dir.« Er machte eine Pause. »Ich werde dieses Kind lieben wie mein eigenes.« Beschämt wischte er sich über die feuchten Augen und versteckte sich hinter seiner Espressotasse.

Den Rest des Tages arbeiteten sie schweigend und konzentriert am Umbau des Restaurants. Als die Sonne schon tief am Himmel stand und es im Gebäudeinneren immer dämmriger wurde, räumten sie ihre Sachen zusammen und machten sich auf den Heimweg. Vor dem Hauseingang zögerte Federico. »Weißt du was? Ich mache noch einen Abstecher in den *Hirschen.* Ich glaube, die spielen da heute Karten.« Mit einem scheuen Lächeln entfernte sich Federico. »Bis später, *cara.*«

Mit langsamen Schritten stieg Rosalba die Treppe hinauf und schloss die Wohnungstür auf.

»Hallo?« Das Herz schlug ihr bis zum Hals.

Wie meistens eilte Remo auch jetzt aus dem Wohnzimmer herbei, schloss sie in seine Arme und drückte ihr einen Kuss auf den Mund. »Hattet ihr einen erfolgreichen Tag?«

Rosalba nickte. »Wir sind gut vorangekommen. Die Kapelle nimmt stetig Form an. Das wird ein wunderschönes Restaurant.«

Als ahnte er, dass etwas anders war als sonst, ließ Remo den Blick prüfend über Rosalba gleiten und musterte sie. Unsicher strich sie sich eine Haarsträhne hinters Ohr, nagte auf der Unterlippe und schaute schließlich sogar auf ihre Füße, weil ihr der Blickkontakt mit ihrem Liebsten zu intensiv war.

»Ich sollte duschen, ich stinke«, sagte sie ausweichend und verschwand rasch im Schlafzimmer.

Beim Abendessen erzählte Remo von seinem Tag, und Rosalba stellte ihm neugierig Fragen. Viel zu viele. Kaum herrschte einige Sekunden Ruhe, zettelte sie schon wieder ein belangloses Gespräch an.

»Ich bin müde«, erklärte Rosalba schließlich, nachdem sie das Geschirr abgewaschen und aufgeräumt hatten.

Remo schaute sie mit zweifelndem Blick an. »Alles in Ordnung mit dir? Du bist heute so seltsam.«

Es gelang ihr nicht, gleichgültig auszusehen. Wärme pulsierte auf ihren Wangen. »Ich bin bloß müde, das ist alles.« Hastig wandte sie sich ab und verschwand im Bad, um sich die Zähne zu putzen. Als sie eine halbe Stunde später im Bett lag und an die Decke starrte, gesellte sich Remo zu ihr.

»Kein Werkeln an deinen Modellen heute?«, fragte sie und schaute ihn erstaunt an. Langsam schloss er die Zimmertür hinter sich und kam näher. Mit einem Seufzer setzte er sich auf die Bettkante neben Rosalba und nahm ihre Hand in seine. »Willst du mir nicht endlich sagen, was du auf dem Herzen hast?«

Ihr Puls beschleunigte sich, und der Sturm in ihrem Kopf nahm erneut zu. Bedächtig schloss sie die Augen und atmete tief durch.

»Remo ... ich bin schwanger.« Sie vermied es bewusst, zu sagen: *Wir erwarten ein Kind.* Noch war sie sich nicht sicher, ob er für diesen Schritt bereit war. Vorsichtig hob sie den Blick, um seine Reaktion zu sehen.

Erstaunt hob er die Augenbrauen, und ein warmes Lächeln überzog seine Miene. »Ist das wahr? Wir kriegen ein Kind? Wir beide?«

Sie nickte, unfähig, die Tränen noch länger zurückzuhalten. Weshalb genau sie eigentlich weinte, wusste sie selbst nicht.

»Das ist doch wunderbar! Warum weinst du denn, mein Schatz? Freust du dich etwa nicht?« Remo beugte sich zu ihr hinab, strich ihr liebevoll die Tränen von den Wangen und drückte ihr einen zärtlichen Kuss auf die Lippen.

»Doch, schon, aber ...« Sie machte eine hilflose Geste mit den Händen.

»Aber was? Wir werden Eltern, du und ich! Was kann denn daran falsch sein?« Remo schien ihre Unsicherheit immer noch nicht zu verstehen.

»Du bist also bereit für dieses Abenteuer?« Sie ließ den Blick über seine Gesichtszüge gleiten. In seinen blauen Augen sah sie ein lebendiges Glitzern.

»Was ist denn das für eine Frage, Rosalba. Ich liebe dich, wie kann ich da für so etwas nicht bereit sein?« Plötzlich verdüsterte sich sein Gesichtsausdruck. Er legte den Kopf schief. »Oder ... bist du es etwa nicht?« Angst schwang in seinen leise geflüsterten Worten mit und die Farbe seiner Augen wurde eine Nuance dunkler.

»Ich weiß es nicht Remo.« Rosalba schlug die Hände vors Gesicht und schüttelte den Kopf. »Es geht nicht nur darum, eine Familie zu gründen, sondern darum, welche Konsequenzen das bringen wird. Ich bin hier immer noch nur Saisonnière. Ich gehöre nicht hierher, ja ich darf nicht mal zwölf Monate am Stück hierbleiben.«

Remo gab ein befreites Lachen von sich und griff erneut nach ihrer Hand. »Rosalba, mach dir doch deshalb keine Sorgen. Selbstverständlich heirate ich dich, bevor das Kind zur Welt kommt. Als meine rechtmäßige Frau darfst du in der Schweiz bleiben. Unser Kind wird hier aufwachsen, bei uns beiden.«

Schweigen folgte seinen Worten.

Nach einer Weile, als Remo bereits fragend die Stirn in Falten legte, holte Rosalba tief Luft.

»Das alles kommt so überraschend. Ich hatte keine Zeit, darüber nachzudenken oder mich bewusst dafür zu entscheiden.« Ihre Stimme war immer leiser geworden. Sie machte eine Pause. Remo rückte näher zu ihr heran und umarmte sie. »Ich kämpfe mit meinem Betrieb gerade um Akzeptanz und möchte mit meiner Arbeit ernst genommen werden. Wie werden die Leute auf die Schwangerschaft reagieren? Werden sie von mir verlangen, dass ich meine Passion, das Bauen, aufgebe? Bei Mamma war es so. Die Menschen haben sie verurteilt, weil sie schwanger und später auch als Mutter gearbeitet hat. Und was, wenn all das auch ein negatives Licht auf dich wirft?« Sie wandte den Kopf und traf auf den Blick seiner blauen Augen.

Sanft strich er ihr über die Wange und lächelte. »Rosalba, Schatz, mach dir meinetwegen keine Sorgen. Die Leute sollen denken, was sie wollen. Ich bin unheimlich stolz auf dich, und das wird sich nicht ändern. Lebe deine Wahrheit, ich werde immer an deiner Seite sein und dich dabei unterstützen. Denn genau das ist der Grund, warum ich dich liebe ... weil du so anders bist.« Er küsste sie sanft.

Rosalba seufzte. »Ich fürchte mich davor, es Mamma zu sagen. Beim Thema Heirat ist sie sehr ... *sensibile*. Ich habe dir ja von ihrer Vergangenheit erzählt. Außerdem würde es meine Entscheidung, in der Schweiz zu bleiben, endgültig machen, und ich weiß nicht, wie sie reagieren würde. Manchmal glaube ich, dass sie noch immer die Hoffnung hat, dass ich zurückkehre, auch wenn es nicht realistisch ist.«

»Das verstehe ich, Rosalba. Glaub mir, meine Eltern werden wahrscheinlich auch nicht begeistert sein. Aus anderen Gründen als deine. Trotzdem lieben sie uns. Sie müssen uns ziehen und unser Leben leben lassen.«

Rosalba nickte und kuschelte sich an ihn. Als Remo bereits eingeschlafen war, lag sie noch lange wach und dachte über die neue Situation nach. Eine Heirat würde auch bedeuten, dass sie ihren Namen aufgeben musste. So forderte es das Schweizer Gesetz. Dieser Gedanke trieb ihr die Tränen in die Augen.

Rosalba Mandelli, das bedeutete Heimat, Familie, aber auch Stolz und Rebellion. Würde sie nachher noch dieselbe sein?

Kapitel 29

Remo lenkte den orangefarbenen VW Golf das letzte Stück der Straße zur Villa Domenica hinauf. Die Sonne stand hoch am Himmel, es war kurz nach Mittag. Das schmiedeeiserne Tor stand in Erwartung ihrer Ankunft bereits offen. Vor dem Haus parkte er den Wagen im Schatten eines Baumes. Eine Weile blieben sie beide schweigend sitzen. Schließlich wandte sich Remo Rosalba zu.

»Na komm, das schaffen wir.«

Rosalba nickte unsicher. Sie trug Jeans und eine luftige Bluse, um die erst zarten Veränderungen an ihrem Körper möglichst großzügig zu kaschieren. Während Remo das Gepäck aus dem Kofferraum hievte, wurde die Haustür der Villa bereits mit einem Ruck aufgerissen.

»Rosalba! Da seid ihr ja!« Mamma kam die Treppe hinuntergerannt und eilte auf sie zu. »Gut siehst du aus!« Gerührt ließ sie den Blick über sie gleiten, umarmte sie und ließ sie lange nicht mehr los. »Du hast uns gefehlt!«, hauchte sie, wischte sich beschämt eine Träne aus den Augenwinkeln und drückte ihr einen liebevollen Kuss auf die Stirn. Tatsächlich ging es Rosalba mittlerweile wieder deutlich besser als in den ersten Wochen ihrer Schwangerschaft. Die Übelkeit hatte sich weitestgehend gelegt, und anstelle der blau umschatteten Augen hatte sie nun oft rosige Wangen und, wie man ihr sagte, ein geheimnisvolles Leuchten in den Augen. Wenn ihre Mamma etwas von alledem bemerkte, so ließ sie sich jedoch nichts anmerken. Papa trat aus dem Haus und kam näher, während Mamma auch Remo herzlich willkommen hieß.

»Mein Mädchen!« Papa drückte sie einige Sekunden lang an sich und küsste sie auf die Stirn, bevor er Remo mit den Koffern half. Derweil gingen Rosalba und ihre Mutter schon mal ins Haus und weiter in die Küche.

»Ich freue mich so sehr, dass du dich dazu entschlossen hast, deinen Geburtstag dieses Jahr hier mit uns zu feiern.« Mamma wies auf die Kochtöpfe, in denen bereits das Essen blubberte. »Heute gibt es dein Lieblingsessen. Ich habe Romana für den Mittag freigegeben und es sogar selbst gekocht. Traditionellerweise werden wir morgen, an deinem Geburtstag, da schönes Wetter zu erwarten ist, grillen! Romana kümmert sich daher schon mal um den Einkauf.« Das Lächeln ihrer Mutter entspannte Rosalba ein wenig.

»Das ist wunderbar, Mamma. Niemand kocht Bisnonna Camillas Spaghetti Carbonara so gut wie du. Nicht einmal unsere talentierte Romana.« Sie schmunzelte dankbar.

Während des Mittagessens erzählte Remo Rosalbas Eltern von seinen Arbeiten, was ihr ganz gelegen kam, da ihr ohnehin nicht nach Reden war. Schweigend aß sie die Spaghetti, die vorzüglich schmeckten. Dabei spürte sie immer wieder Papas Blick auf sich ruhen. Er hörte Remo zwar aufmerksam zu und stellte auch konkrete Fragen, doch hatte sie das Gefühl, als ließe er sie keine Sekunde aus den Augen.

»Das ist ja schon der dritte Teller! Meine Güte, Rosalba, du hast vielleicht einen Appetit! *Una fame bestiale*!«, bemerkte ihre Mutter erstaunt und mit einem belustigten

Lächeln. Papa musterte sie derweil in seiner ihm eigenen, mysteriösen Art. Hitze schoss Rosalba ins Gesicht.

»Italien hat mir gefehlt. Wenn ich schon mal hier bin und deine Kochkunst genießen kann, dann nutze ich es richtig aus«, erklärte sie ausweichend. Nun erkannte sie auch in den Augen ihrer Mutter Argwohn.

»Wie läuft es mit der Arbeit?«, fragte diese.

»*Fantastico!*« Rosalba stopfte sich eine Gabel voll Spaghetti in den Mund, kaute und erzählte danach weiter: »Ich habe eine Projektausschreibung gewonnen, vor einigen Monaten schon. Seither arbeite ich an einem großen Auftrag, dem Umbau eines Restaurants in eine italienische Kapelle.«

Mamma wandte sich ihr mit hochgezogenen Augenbrauen zu. »*Veramente*? Warum hast du nicht angerufen, um es mir zu erzählen?«

»Ich fürchte, ich war so aus dem Häuschen und mit dem Auftrag beschäftigt, dass ich einfach keine Zeit dazu fand. Abends bin ich meistens todmüde ins Bett gesunken, und am nächsten Tag haben Federico und ich wie die Tiere weitergeackert.« Das klang selbst in ihren eigenen Ohren nach einer schlechten Ausrede. »Jedenfalls ist die Bauherrschaft begeistert. Ich denke, dass wir uns damit einen soliden Namen aufbauen können und auch mit weiteren Aufträgen rechnen dürfen.«

»Das klingt schön.« Mamma bemühte sich um ein Lächeln, doch in ihren Augen spiegelte sich die altbekannte Trauer.

»*Caffè?*« Lucilla erschien im Türrahmen zum Esszimmer.

»Sehr gerne.« Mamma nickte ihr wohlwollend zu.

»Rosalba, würdest du mich auf einen Spaziergang durch den Garten begleiten? Ich möchte dir etwas zeigen.« Papa schaute sie eindringlich an.

»Davon weiß ich ja gar nichts?« Mamma fixierte Papa mit einem fragenden Blick.

»Du musst auch nicht alles wissen, mein Herz, wo kämen wir denn da hin?«, scherzte Papa, erhob sich, ging zu Mamma hinüber und drückte ihr einen zärtlichen Kuss auf die Wange.

»Das kommt mir gerade gelegen. Die Herfahrt hat mich erschöpft, ich lege mich ein wenig hin, wenn das in Ordnung ist.« Remo stand ebenfalls vom Tisch auf.

»Aber natürlich. Ich gehe mit Lucilla und Romana noch die Details für morgen durch. Wir müssen uns noch um die Blumen und zahlreiche kulinarische Details kümmern.« Mamma klang verstimmt. Rosalba wagte jedoch nicht, sie auf den Spaziergang einzuladen. Papa seinerseits reagierte nicht auf den gekränkten Ton ihrer Mutter.

Als sie nach draußen traten, brannte die Sonne immer noch aus einem wolkenlos blauen Himmel auf sie nieder. Es hatte nahezu dreißig Grad, wenn man dem Thermometer an der Hauswand der Villa glauben wollte. Rosalba folgte ihrem Vater die Steintreppe hinab in den Garten. Eine Weile spazierten sie schweigend nebeneinander her. Als sie das kleine Wäldchen erreichten, blieb er stehen und wandte sich ihr zu.

»Möchtest du jetzt darüber reden?«

»Worüber?« Rosalba gab sich ahnungslos, errötete jedoch augenblicklich unter dem wissenden Blick ihres Vaters.

»Über den wahren Grund deines Besuchs.« Er lächelte wissend.

Sie schaute zu Boden und scharrte mit den Füßen. »Die Wahrheit ist, ich hatte eine schwere Zeit in der Schweiz«, antwortete sie ausweichend.

»Hast du deshalb nicht angerufen?«

Rosalba spürte seinen Blick auf sich ruhen. Mit einem tiefen Seufzer holte sie Luft und erzählte ihm in wenigen Sätzen, was sich seit der Übernahme der Firma zugetragen hatte. »Ich weiß, dass ihr alle stets der Meinung wart, dass ich die falschen Entscheidungen getroffen habe, dass ich einem Traum hinterherrenne und blind für das Offensichtliche bin. Ihr wart immer der Ansicht, dass mein Abenteuer jenseits der Grenze zum Scheitern verurteilt ist.« Rosalba biss sich auf die Lippe und strich sich eine Träne aus dem Augenwinkel. »Vielleicht hattet ihr recht.« Ihre Stimme senkte sich zu einem heiseren Flüstern.

Plötzlich spürte sie Papas starke Arme, die sie an sich zogen. Schweigend lege sie den Kopf an seine Brust und lauschte dem beruhigenden Schlagen seines Herzens.

»Aber du hast doch eben noch von einem erfolgreichen Projekt mit viel Potenzial für die Zukunft berichtet, oder nicht? Und du hast diesen wundervollen Freund und Mitarbeiter gefunden.«

Rosalba schniefte und kramte nach einem Taschentuch in ihrer Hose. »Wer weiß, ob Euphorie und Talent ausreichen, um in der Fremde zu überleben? Meine Widersacher sind gefährlich und entschlossen, mich zu zerstören.« Frustriert zuckte sie mit den Schultern.

Papa schob sie ein wenig von sich, um sie besser ansehen zu können. Skeptisch legte er den Kopf schief und kniff die Augen zusammen. »Seit wann bist du denn so von Zweifeln beherrscht? Bisher wärst du uns wütend über den Mund gefahren, wenn wir uns erdreistet hätten, so etwas zu sagen.«

Rosalba starrte auf die ersten Bäume des nahen Wäldchens. Das Herz schlug ihr bis zum Hals. Sie brachte es nicht über sich, ihn anzusehen. Also schwieg sie und zuckte erneut resigniert mit den Schultern.

»Lass uns ein wenig über den Pfad schlendern. Ich bin mir sicher, es gibt noch mehr, das du mir erzählen möchtest.« Ohne eine Antwort abzuwarten, ging ihr Vater voraus und schritt gemächlich vor ihr her. Äste knackten unter seinen Schuhen, und einige Vögel flatterten, aufgescheucht durch ihre Anwesenheit, davon. Rosalba holte tief Luft. Sie musste es hinter sich bringen. Papa würde sie niemals fragen, selbst wenn er die Antwort möglicherweise kannte.

»Bisher trug ich nur für mich die Verantwortung. Bisher.« Sie schluckte leer. »Aber das Leben hat die Weichen gestellt. Ohne meine Erlaubnis.« Beschämt sah sie zu Boden und strich sich mit beiden Händen über ihren leicht gewölbten Bauch unter der luftigen Bluse.

»O.« Abrupt blieb er stehen und schaute sie an.

»Es war nicht geplant«, flüsterte Rosalba. »Für mich war es ein Schock. Ich ... war nicht darauf vorbereitet.« Mit tränenverschwommenem Blick zupfte sie ein Blatt von einem Strauch und spielte gedankenverloren damit. Das Rauschen in ihrem Kopf nahm erneut zu.

»Wollen wir uns auf die Steinbank dort drüben setzen?«, schlug Papa vor. »Du siehst aus, als würdest du bald zusammenbrechen.« Er ging voran und setzte sich mit einem tiefen Seufzer und einem wehmütigen Lächeln auf die Bank. Rosalba ließ sich neben ihm nieder und beobachtete den Tanz der Insekten in den Sonnenstrahlen, die sich durch das Blätterdach nach unten gekämpft hatten.

»Ich freue mich für euch, Rosalba. Ein Kind ist ein Geschenk des Lebens. Das sollten wir uns stets vor Augen halten. Natürlich bedeutet dieser Umstand auch eine gewisse Endgültigkeit. Dein Lebensmittelpunkt wird nun definitiv die Schweiz sein und nicht Italien.« Ein leiser Schmerz schwang in seiner Stimme mit, als er sich ihr zuwandte.

»Ich weiß«, hauchte sie. »Mir ist bewusst, dass ich dir und Mamma damit die letzte Hoffnung nehme, und das tut mir leid.«

»Deine Mamma hat gerade eine schwere Zeit, Rosalba. Sie wird älter und müder. Ihr fehlt der Antrieb, sich ohne deine Hilfe nochmals neu auszurichten. Die Aufträge brechen kontinuierlich weg. Seit deiner Entscheidung, Antonios Firma weiterzuführen, hat sie sich daher auf die Suche nach einem Käufer gemacht. Gerade gestern erreichte uns die letzte Absage der Interessenten. Mamma hat dich so sehr vermisst und sich dermaßen über deine Ankunft gefreut, dass sie es dir jedoch nicht erzählen wollte.«

Nun konnte Rosalba ein heftiges Schluchzen nicht mehr unterdrücken, und ihre Schultern bebten. Beschämt verbarg sie das Gesicht in den Händen und weinte. »Ich wollte euch beiden nicht so viel Leid bescheren ... das wollte ich nicht.«

Sie spürte die warme Hand ihres Vaters, die sanft über ihren Rücken strich. »Das wissen wir doch, Liebes. Niemand macht dir Vorwürfe. Dennoch musst du verstehen, dass uns deine Entscheidung und ihre Endgültigkeit schmerzen. Ebenso wie die Tatsache, dass wir unsere Enkel nicht so oft sehen werden, wie es hier der Fall wäre. Auch wir sind bloß Menschen, gebunden an jene, die wir lieben.«

»Das alles kommt viel zu früh!«, rief Rosalba mit zitternder Stimme. »Ich habe furchtbare Angst vor den Konsequenzen, die meine Schwangerschaft haben wird. Werde ich weiterhin arbeiten können? Werden mich die Leute verschmähen oder unterstützen? Alles ist so unausweichlich und doch so unsicher.«

»Wie so oft, wird das Leben einen Plan haben. Im Moment ist er bloß noch nicht erkennbar.« Papa zog sie an sich, umarmte sie und strich ihr leise murmelnd über die Haare – wie damals, als sie noch ein kleines Mädchen gewesen war.

»Das ist noch nicht alles, Papa ...« Sie holte tief Luft. »Ich werde Remo heiraten, damit ich meinen Saisonnière-Status loswerde und das Kind in der Schweiz bei seinem Vater aufwachsen kann. Noch im Oktober. Du weißt, was das bedeutet. Danach werde ich keine Mandelli mehr sein.« Tränen strömten ihr bei diesen Worten über die Wangen, und sie schluchzte heftig.

Noch immer hielt ihr Vater sie in den Armen. Stumm wischte er ihr die Tränen von der Wange und wartete, bis sie sich etwas beruhigt hatte. »Rosalba, Schatz, ein Name ist bloß wie ein Kleidungsstück. Er verändert nicht die Seele oder die Identität eines Menschen. Du wirst immer du sein, egal wie du heißt.«

Dottor Alberti Junior lauschte Mammas Herzschlag. Mit flatternden Lidern lag sie auf dem Sofa im blauen Zimmer und schwieg. Seit Rosalba ihr mit Papas Hilfe von der Schwangerschaft berichtet und gebeichtet hatte, dass die Hochzeit aus aktuellem Anlass bereits einen Monat später in der Schweiz stattfinden würde, hatte sie kein einziges Wort mehr geredet. Das war jetzt drei Stunden her. Ihr Atem ging flach und rasselnd, als litte sie an Asthma.

Franco Alberti, den Rosalba um die dreißig schätzte, räusperte sich vernehmlich. »Sie hat einen doppelten Herzschlag, wie wir das nennen. Das bedeutet, dass sie nebst dem normalen Herzrhythmus stets einen kleinen Herzschlag dazwischen hat. Das trifft man bei Patienten, die unter großem psychischem oder emotionalem Stress stehen.«

Beschämt senkte Rosalba den Blick und nagte an ihrer Unterlippe. Sie war eine einzige Schande für ihre Familie! Schuldbewusst griff sie nach dem Senkblei-Amulett, dass ihr ihre Eltern zum zehnten Geburtstag geschenkt hatten. Vielleicht hatte sie es nicht verdient, eine Mandelli zu sein. Das hatte sie nun von ihrer rebellischen Art. Eine Spur der Zerstörung. Sie durfte gar nicht erst daran denken, was Nonno Daniele und Nonna Armida zu dem Ganzen sagen würden.

»Ich fürchte, dass es für den Augenblick das Beste wäre, Ihrer Frau ein Beruhigungsmittel zu verschreiben«, erklärte der Arzt an Papa gewandt. »Das verschafft ihr etwas Frieden, während sie den Schock, was auch immer ihn ausgelöst hat, schrittweise verarbeiten kann. Ich komme morgen noch einmal vorbei.« Alberti erhob sich von seiner knienden Position, packte seine Utensilien ein und stellte eine Packung mit Tabletten auf den Salontisch. Dann reichte er ihnen mit einem professionellen Lächeln die Hand zum Abschied.

Rosalbas Vater begleitete den Dottore hinaus, sodass sie und ihre Mutter allein im blauen Zimmer zurückblieben.

Schweigen hing schwer in der Luft.

Schließlich hielt Rosalba es nicht mehr aus. Mit einem heftigen Schluchzen ging sie auf die Knie und nahm die kalte, feuchte Hand ihrer Mutter in ihre.

»Mamma«, flüsterte sie unter Tränen. »Es tut mir so furchtbar leid. Aber ich verspreche dir ...« Sie schniefte und räusperte sich: »Im Herzen werde ich immer eine Mandelli bleiben, egal wo ich bin und wie ich heiße. Und ich werde alles tun, um dich eines Tages stolz zu machen.«

Kapitel 30

Als Rosalba an diesem Samstagmorgen aufwachte, fühlte sich die Welt anders an. Erst gestern hatte die Ziviltrauung stattgefunden. Vor dem Gesetz waren Remo und sie also jetzt ein Ehepaar. Herr und Frau Albrecht.

Traditionsgemäß startete die kirchliche Trauung im Elternhaus der Braut. Aufgrund der speziellen Situation hatte Elisa jedoch ihr Heim angeboten.

Benommen blinzelte Rosalba sich den Schlaf aus den Augen und sah sich mit einem wehmütigen Lächeln in ihrem ehemaligen Zimmer um. Es war noch alles beim Alten. Gähnend richtete sie sich auf und ließ die Gelenke knacksen. Remo, der neben ihr lag, schlug die Augen auf und sah sie mit einem feinen Lächeln an. Er tastete nach ihrer Hand und umschloss ihre Finger mit seinen.

»Bist du bereit, Frau Albrecht?«, flüsterte er, und das Blau seiner Iris leuchtete.

Lachend warf Rosalba ein Kissen nach ihm. »Frau Mandelli bitte.«

Ein Schmunzeln verzog Remos Mundwinkel. »Dein Wunsch sei mir Befehl. Was kümmert mich das Gesetz? Hauptsache, du bleibst für immer an meiner Seite.«

Rosalba rappelte sich auf und schaute ihren Mann an. »Du bist nicht beleidigt?«

Remo lachte. »Warum denn? Hast du immer noch nicht verstanden, dass ich dich liebe, *weil* du so bist, wie du bist?« Zärtlich strich er ihr eine Strähne aus dem Gesicht, zog sie zu sich hinab und küsste sie sanft.

Rosalba löste sich von ihm und kroch aus dem Bett. »Werter Bräutigam, Sie lenken die Braut ab. Frau Albrecht oder Mandelli oder wie auch immer sie heißt, muss nun zum Friseur.« Sie zwinkerte ihm zu und grinste. Zwischen zwei sanften Abschiedsküssen murmelte sie: »Sonst bin ich zu spät, wenn die Leute ankommen.«

Gegen halb eins hörte sie die Gäste im unteren Stockwerk eintrudeln. Albertina und Catarina kamen die Treppe hinauf in Rosalbas Zimmer und musterten sie mit einem zufriedenen Grinsen. Entgegen der Schweizer Tradition hatte Rosalba ihre beiden besten Freundinnen als ihre Trauzeuginnen auserkoren. Während sich Remo von seinem Bruder Armin begleiten ließ, hatte ihr Wunsch, zwei Treuzeuginnen für sich zu wählen, bei den Schwiegereltern bereits im Vorfeld für Unverständnis gesorgt.

»Sieht man den Bauch?« Rosalba sah verunsichert an sich hinunter und dann wieder in den bodenlangen Wandspiegel auf der Innenseite des Kleiderschranks.

Albertina zupfte mit in Falten gelegter Stirn ein paar ihrer auftoupierten blonden Strähnen zurecht. »Nun ja ... ein bisschen schon. Die Seidenschleife und der Faltenrock kaschieren die Wölbung aber ganz gut.«

Catarina pflichtete der Freundin nickend und mit zerknirschtem Gesichtsausdruck bei. »Was für ein lächerliches Theater. Du bist schwanger, na und? Wir sind doch nicht mehr im Mittelalter«, bemerkte sie verärgert und schüttelte den dunklen Lockenkopf.

»Hier ist die Zeit offenbar stehen geblieben«, erklärte Rosalba zynisch.

Genau das war auch der Grund, warum die Hochzeit so überstürzt und improvisiert stattfand. Remos Eltern fürchteten das harsche Urteil der Öffentlichkeit. Viel lieber hätte Rosalba die Zeremonie auf den kommenden Sommer verschoben. Dann hätten sie alles in Ruhe planen können, und die Strapazen der Schwangerschaft hätten bereits hinter ihr gelegen. Wenn sie und Remo allerdings keinen Skandal riskieren wollten, mussten die Ringe an ihren Fingern prangen, ehe die Leute mitbekamen, dass da etwas heranwuchs. Seine Eltern hatten ihnen klar und unmissverständlich zu verstehen gegeben, dass sie keinen weiteren Eklat tolerieren würden. In ihrem Freundeskreis war es bereits beschämend genug, dass ihr Sohn eine Ausländerin heiratete, die sich noch dazu wie ein Mann aufführte, so ihre Interpretation der Situation.

»Ich gehe davon aus, dass ihr uns die Schande erspart, das Kind unehelich zur Welt kommen zu lassen«, hatte Benjamin ihnen bei der Verkündung von Rosalbas Schwangerschaft Ende September mitgeteilt, und Dora hatte noch mit düsterem Blick hinzugefügt: »Benjamin hat recht. Erledigt das, bevor es alle sehen können. Eine sichtbar schwangere Braut wäre in diesen Breitengraden ein Sakrileg.«

»Du bist wunderschön, los trau dich! Zeig ihnen, wer du wirklich bist! Lass sie wissen, dass man einer Mandelli keine Vorschriften macht!«

Albertina holte Rosalba zurück in die Realität. Mit einem nervösen Lächeln kontrollierte sie ein letztes Mal ihre Hochsteckfrisur, dann öffnete sie die Tür und ging die Treppe hinunter ins Erdgeschoss. Vom Wohnzimmer her drangen

Stimmen auf den Flur. Dem lebhaften Geschnatter nach musste die Italien-Delegation angekommen sein.

»*Ma che bella! Una rosa rossa!*« Der Ausruf ihrer Patentante Marisa brachte alle Anwesenden zum Verstummen. Vermutlich war dies jedoch nicht der einzige Grund für ihr überraschtes Schweigen. Fassungslos musterten die Hochzeitsgäste Rosalbas Kleid – das himbeerrote Dirndl, das sie eigenhändig angefertigt und für die Hochzeit angepasst hatte.

»So kenne ich meine Rose! Wozu hat man denn Dornen?«, flüsterte Madrina Marisa ihr mit einem schelmischen Grinsen ins Ohr, während sie sie in die Arme schloss und fest an sich drückte.

»Die Zeit reichte nicht mehr, um ein Hochzeitskleid anzufertigen. Also habe ich das Beste aus der Situation gemacht«, antwortete Rosalba und konnte sich ein Schmunzeln ebenfalls nicht verkneifen.

»Aber natürlich.« Madrina Marisa zwinkerte ihr verschwörerisch zu und ließ sie los.

Nach dem anfänglichen Schock folgte ein wildes Durcheinander an Umarmungen, Küsschen und kurzen Willkommensgesprächen. Ihre Eltern, die Großeltern beiderseits, die Partner ihrer Freundinnen sowie Tante Laura mit ihrer Familie waren gemeinsam angereist. Elisa und die Mädchen reichten den Gästen derweil eine kleine Stärkung in Form von belegten Broten, Gebäck und Getränken. Federico hatte sich mit einem Espresso und einem Sandwich in der Hand zu Alfredo und Rocco, den beiden Partnern ihrer Trauzeuginnen, gesellt und unterhielt sich mit ihnen.

»Du erinnerst mich so sehr an ... Bisnonna Camilla ... und an mich selbst, dass es schmerzt«, murmelte Mamma plötzlich neben ihr, ließ den Blick über Rosalbas unkonventionelle Erscheinung gleiten und schloss sie schließlich in die Arme. »Auch wenn ihr Trotzkopf legendär war, so wagte sie zeitlebens nie, mit der Tradition zu brechen ... das gelang erst mir.« Ein feines Lächeln erhellte Mammas Gesichtszüge. Die leise Traurigkeit in ihren Augen vermochte es jedoch nicht wegzuwischen.

»Rosalba.« Mehr sagte Papa nicht, als er sie umarmte und ihr einen liebevollen Kuss auf die Stirn drückte. In seinem Blick sah sie allerdings all das, was er nicht aussprach. Stolz, bedingungslose Liebe, aber auch Wehmut.

In der hinteren Ecke des Raums begrüßte Remo seine Freunde, die Rosalba freudig zuwinkten, als sie sie erblickten. Als Remo Rosalba sah, entschuldigte er sich und kam auf sie zu. Mit einem breiten Lächeln küsste er sie und legte ihr den Arm um die Taille. »Was für eine zauberhafte Braut du bist! Einzigartig. Findet mein Brüderchen übrigens auch.«

Rosalba schaute zu Remos Bruder Armin hinüber und winkte ihm kurz zum Gruß. Sie war dankbar, dass sie sich mit dem braunhaarigen Hünen so gut verstand. Anders als seine Eltern war er ein äußerst humorvoller und charmanter junger Mann, den Rosalba vom ersten Moment an in ihr Herz geschlossen hatte – und umgekehrt. Sie bedauerte den Umstand, dass es Remos Schwester Larissa nicht zu der kurzfristig angelegten Hochzeit geschafft hatte. Unglücklicherweise hatte sie schon vor einem Jahr mit ihrer Familie eine Reise mit dem Orientexpress in den Osten geplant. Auch sie war eine wundervolle, sympathische junge Frau, die sich im Übrigen sehr für fremde Kulturen interessierte. Aber immerhin hatte sie ein Schweizer Urgestein geheiratet, weshalb Dora und Benjamin nichts zu beklagen hatten.

»Du siehst aber auch nicht schlecht aus«, meinte Rosalba schließlich und ließ den Blick mit einem Lächeln über Remos Erscheinung gleiten. Er trug einen eisgrauen Anzug mit weißem Hemd und passender Fliege.

Es klingelte an der Tür. »Ich geh schon!« Remo machte auf dem Absatz kehrt und verschwand im Flur. Es fehlte nur noch eine Partie. Remos Eltern und seine Großeltern beiderseits, die Rosalba noch nie gesehen hatte. Ihr Puls beschleunigte sich, und ihre Wangen glühten. Langsam drehte sie sich um, um die letzten Hochzeitsgäste zu begrüßen.

Zuerst stellte sie sich den unbekannten Großeltern vor und gab sie dann an Elisa und die Mädchen weiter, die ihnen eine Erfrischung anboten. Dann kam das Unvermeidliche. Rosalba ging Remos Eltern entgegen, um sie willkommen zu heißen.

Doras Gesichtszüge entgleisten komplett, als sie Rosalba ansah. Ihr leicht geöffneter Mund schloss sich wortlos wieder. Rosalba entschied, diese Geste einfach zu ignorieren. Mit einem höflichen Lächeln ging sie auf ihre Schwiegereltern zu und umarmte sie kurz – so, wie man es in Italien gemacht hätte.

»*Benvenuti!* Schön, dass ihr hier seid.«

»Das ist skandalös!«, zischte Dora, und ihr eisiger Blick wanderte empört über das himbeerrote Trachtenkleid, das Rosalba aus Zeitgründen kurzerhand mit etwas Spitze verziert und an der Hüfte ein bisschen weiter gemacht hatte.

Rosalba spürte, wie ihr das Herz bis zum Hals schlug. Und nicht nur das. Wut brodelte wie heiße Lava in ihrem Inneren. Sie hatte sich Remo zuliebe dem Diktat der Albrechts gebeugt und einer sofortigen Heirat sowie einem Konfessionswechsel zugestimmt, und all das, obwohl sie ihre eigene Familie damit noch mehr vor den Kopf gestoßen hatte, als dies ohnehin schon der Fall war. Langsam trat sie einen Schritt näher auf ihre Schwiegermutter zu und sah ihr direkt in die Augen.

»Du sagtest, ich zitiere: ›Es ist eine Schande, schwanger und in einem weißen Kleid vor Gottes Angesicht zu treten.‹ Ich bin deinem Wunsch nachgekommen. Auf meine Art und Weise.« Rosalba deutete eine zynische Verbeugung an. »Du kannst nicht alles haben, Dora, eine Blitzhochzeit *und* ein maßgeschneidertes Brautkleid. Himbeerrot ist außerdem meine Lieblingsfarbe.« Ohne ihrer Schwiegermutter die Gelegenheit zu einer Antwort zu geben, drehte sie sich um und suchte ihre beiden Trauzeuginnen. Mit einem Ohr hörte sie noch, wie Remo seine Eltern mit verärgertem Zischen zurechtwies.

Um halb zwei machte sich die Hochzeitsgesellschaft auf den Weg zur Kirche.

Remo fasste Rosalbas Hand. »Wir schaffen das, Liebste. Das ist unser Tag. Was die anderen denken, muss uns nicht kümmern. Alles, was zählt, ist, dass wir uns aufrichtig lieben.« Sanft hauchte er ihr einen Kuss auf die Wange. »Ich bin unheimlich stolz auf dich, meine geliebte Rebellin!«

Ein wolkenlos blauer Himmel belohnte sie an diesem Oktobertag, als sie das Haus verließen. Die bewaldeten Abhänge beiderseits des Tals schmückten die Landschaft mit ihrem herbstlich bunten Kleid.

Auf dem kurzen Weg zur Kirche begegneten ihnen einige Dorfbewohner. Die meisten von ihnen blieben stehen und starrten ihnen schockiert hinterher. Frau Burger, die werktags an der Kasse des Lebensmittelladens arbeitete, wandte sich sofort tuschelnd ihrer Freundin zu und redete aufgeregt auf diese ein, und eine ältere Frau, die Rosalba nicht kannte, schüttelte entgeistert den Kopf.

Endlich erreichten sie die Kirche, vor deren Eingang Pfarrer Meier bereits auf sie wartete. Bei ihrer Ankunft begann das Glockengeläut, und das Orgelspiel setzte ein. Der Blick des Geistlichen zuckte kurz über Rosalbas eigenwillige Aufmachung, doch dann lächelte er freundlich, während er das Brautpaar zu einer mit Schnitzereien versehenen Holzbank führte. Rosalba sah sich in der Kirche um. Erneut fiel ihr auf, wie karg die reformierte Kirche im Gegensatz zu den heiligen Stätten Italiens daherkam. Abgesehen von den Blumengestecken, mit denen man die Bankreihen geschmückt hatte, fehlte diesem Gebäude jede Form von Prunk. Abgewetzte, braun lackierte Holzbänke harmonierten Ton in Ton mit der schmucklosen Holzdecke und der Kanzel. Einige Bibelausgaben lagen auf einer weißen Häkeldecke auf dem hölzernen Tauftisch. Über dem mit Schnitzereien versehenen Predigerstuhl prangten die Worte: *Ich bin der Weg und die Wahrheit und das Leben*.

Nachdem sich alle gesetzt hatten, erstarb der Klang der Orgel. Stille kehrte ein. Pfarrer Meier begrüßte die Hochzeitsgesellschaft. Nach den Willkommensworten folgte der formelle Teil der Trauung, bestehend aus Liedern, Bibellesungen, Gebeten sowie einigen Worten zum Thema Ehe. Rosalba hatte Mühe, den Aussagen des Geistlichen zu folgen und ließ die Gedanken wandern.

War es die richtige Entscheidung gewesen? Alles hatte sich so überstürzt zugetragen. Die Schwangerschaft, die Heirat und ihr Bruch mit der Heimat. Nun musste sie neue Wurzeln schlagen, mit Remo an ihrer Seite. Der Gedanke an ihre zukünftige Rolle als Mutter machte ihr Angst. Würde sie der verantwortungsvollen Aufgabe, ein unschuldiges Wesen in die Welt zu begleiten, gewachsen sein? Auch wenn sie an die Zukunft ihrer Firma dachte, zog sich ihr Herz sorgenvoll zusammen. Ob es ihr irgendwann gelingen würde, in der lokalen Baubranche akzeptiert zu werden? Gelang ihr mit dem Projekt der italienischen Kapelle endlich der Durchbruch, oder würde das eine Eintagsfliege bleiben? Die finanziellen Verpflichtungen gegenüber Elisa und den Mädchen lasteten schwer auf ihrem Gemüt. Ebenso wie die Tatsache, dass Federico bald aus der gemeinsamen Wohnung in Saas ausziehen würde, um Raum für ihre junge Familie zu schaffen. Das bedeutete aber, dass Rosalba ihm nun einen höheren Lohn für seine wertvolle Mitarbeit bezahlen musste, insbesondere während ihrer Abwesenheit durch die Mutterschaft. Sie fragte sich auch, ob sie in der Schweiz je Freunde und eine Heimat finden würde, oder ob sie zeitlebens einfach in Remos Schatten geduldet sein würde …

Rosalba bildete sich ein, den Blick ihrer Mutter im Rücken zu spüren. Wie würde es wohl mit Mamma weitergehen und mit der Firma in Castiglione? Der bloße Gedanke an das, was sie ihrer Familie angetan hatte, schnürte ihr die Kehle zu. Doch jetzt war es zu spät, um umzukehren.

»Dann wollen wir uns zum Traubekenntnis erheben.« Die Worte des Pfarrers rissen Rosalba jäh aus ihren Gedanken. Erschrocken zuckte sie zusammen, griff nach Remos Hand und stand von der Holzbank auf. Der Blick des Geistlichen ruhte eine Sekunde länger als nötig auf ihr, und ein irritiertes Aufblitzen war darin zu erkennen.

»Remo Albrecht, willst du Rosalba Mandelli, die Gott dir anvertraut, als deine Ehefrau lieben und ehren und die Ehe mit ihr nach Gottes Gebot und Verheißung führen, in guten und in bösen Tagen, bis der Tod euch scheidet, so antworte: Ja, mit Gottes Hilfe.«

Remo schaute Rosalba mit einem zärtlichen Lächeln an. »Ja, mit Gottes Hilfe.«

Pfarrer Meier wiederholte seine Worte und sah Rosalba dabei eindringlich an.

Sie hingegen hatte nur Augen für den wunderschönen Mann an ihrer Seite. Wärme durchflutete ihr Herz, als sie ihn anblickte, und alle Zweifel lösten sich augenblicklich in Luft auf.

»Ja, mit Gottes Hilfe«, antwortete sie und kämpfte mit den Tränen.

Armin, Remos Bruder, trat nach vorne und reichte ihnen die Schatulle mit den Ringen. Schweigend tauschten sie diese aus, ohne dabei den Blick vom anderen abzuwenden.

»Was Gott zusammengefügt hat, das soll der Mensch nicht scheiden«, besiegelte der Pfarrer nun die Trauung mit den offiziellen Worten, und das Brautpaar küsste sich als Zeichen seiner Verbundenheit. Dann legte ihnen der Geistliche der Reihe nach eine Hand auf die Schulter, während er mit der anderen die Bibel hielt und jedem von ihnen eine Segnung zukommen ließ. Schließlich durften sie sich setzen.

Nun offiziell als Mann und Frau.

Ein Sturm an Emotionen erfasste Rosalba – Zuversicht und Angst gingen Hand in Hand. Den Rest der formellen Trauung verpasste sie. Erst als das Orgelspiel und das Geläut der Glocken einsetzten und Pfarrer Meier ihnen bedeutete, ihm aus der Kirche zu folgen, erwachte sie aus ihren Gedanken.

Vorbei an den teils fröhlichen, teils gerührten Gesichtern ihrer Verwandten und Freunde liefen Remo und Rosalba Hand in Hand nach draußen.

Mit unzähligen Umarmungen, Küsschen, Jubelrufen und Segenswünschen gratulierten ihnen nun die anwesenden Hochzeitsgäste zu ihrer Vermählung.

»*Viva gli sposi!*«, schallte es übermütig und gestenreich aus der italienischen Ecke der Verwandten, während ihnen die Schweizer »eine segensreiche und glückliche Zukunft« wünschten. Einige von Remos Arbeitskollegen und Freunden hatten sich vor der Kirche zum traditionellen Spalierstehen versammelt und beklatschten und bejubelten das Brautpaar.

Nachdem sie sich rund eine halbe Stunde dem Fotografen gewidmet hatten, ging es endlich weiter. Der Nachmittagsimbiss fand ebenfalls in Elisas Garten statt. Rosalba und Remo hatten Rolf und Helena Meili aus Schiers damit beauftragt, alles bereitzustellen und die Gäste zu bedienen.

Gegen achtzehn Uhr verabschiedete sich der Kern der Hochzeitsgesellschaft und fuhr weiter zur *Sonne*, wo sie den Abend verbringen würde. Rolf hatte ihnen den frisch renovierten Saal im hinteren Teil des Gebäudes hergerichtet.

Nach dem Abendessen und den Reden der Trauzeugen stand der Brautwalzer an, eine Tradition, die Rosalba aus Italien nicht kannte und die gemäß Remos Erklärungen den ausgelassenen Teil des Hochzeitsfestes einläuten sollte. Das Licht im Saal wurde gedimmt, und die Gäste zündeten kleine Kerzen an. Remo ging zu der Band, die sie engagiert hatten, und gab den Musikern ein Zeichen. Er und Rosalba hatten sich gemeinsam für ein Lied aus dem Standardrepertoire der Band entschieden, das üblicherweise bei Hochzeiten gespielt wurde.

Wie sie es geübt hatten, begab Rosalba sich zusammen mit ihrem Ehemann in Position.

Und runzelte verwirrt die Stirn, als die ersten Töne des Liedes erklangen.

»Sie spielen das Falsche ...«, flüsterte Rosalba entsetzt an Remo gewandt. Dann erkannte sie das Musikstück. »Wuthering Heights«.

»Daran erinnerst du dich noch?«, flüsterte sie, und eine Träne der Rührung rollte über ihre Wange, als Remo den Tanz startete.

»Wie könnte ich das vergessen? An diesem Abend waren wir das erste Mal zusammen aus.« Er lächelte, und auch in seinen Augen glitzerten Tränen. »Ich liebe dich, Rosalba Mandelli«, raunte er, während sie sich im Dreivierteltakt im Schein der Kerzen drehten.

Tosender Applaus folgte dem Ende des Lieds, die Lichter gingen an, und die Band stimmte nun ein rockiges Musikstück an. Die Tanzfläche war eröffnet, von jetzt an wurde gefeiert.

Die Trauzeugen hatten zudem unterhaltsame Spiele vorbereitet, und zahlreiche Verwandte machten aus der Übergabe ihrer Geschenke eine kleine Darbietung.

Kurz nach Mitternacht, als die *nonni* sich bereits verabschiedet hatten und der Rest ebenfalls langsam aufbrach, erschienen Rolf und Helena mit einem Tablett voller Grappas.

»Die gehen aufs Haus«, verkündete Rolf und setzte sich neben Rosalba. »Auf dich, Teufelsweib! Ich freue mich, dass du nun eine von uns bist. Meine Tür steht dir immer offen.« Bei diesen Worten glitzerten Tränen in den Augen des sonst so schroffen Wirts.

»Auf dich, mein Freund«, antwortete Rosalba gerührt.

Kapitel 31

Harry Holzer musterte Rosalba mit beredtem Blick, als sie aus dem Firmen-Pick-up stieg. Es war ein kalter Märznachmittag, und sie war froh, die deutliche Wölbung ihres Bauches wenigstens ein wenig mit ihrer Jacke kaschieren zu können. Als spürte das ungeborene Wesen in ihr den abfälligen Blick des Architekten, meldete es sich mit einem leichten Ziehen. Neben Harry Holzer stand mit vor der Brust verschränkten Armen und verächtlich verzogenem Mund Marcel Zehner. Nur zu gern hätte Rosalba Federico diesen Termin übernehmen lassen; Alessia und Fatima Moser, ihre Aufraggeber an diesem Tag, hatten sich jedoch wie in der Vergangenheit an den Planer ihres Vertrauens gewendet und ihn überdies gebeten, dieselben Handwerker aufzubieten, die schon bei ihrem letzten Umbau vor zweieinhalb Jahren dabei gewesen waren, allen voran Rosalba. Notgedrungen standen sich Holzer, Zehner und Rosalba also erneut gegenüber. Der Einzige, der schmerzlich fehlte, war Antonio. Instinktiv griff Rosalba an das Senkblei-Amulett an ihrem Hals. Es erinnerte sie stets daran, wer sie war und woher sie kam.

»*Buongiorno, signori!*«, krächzte Federico gut gelaunt, als er auf der Fahrerseite ausstieg und sich neben Rosalba stellte. Hätten sie es nicht alle besser gewusst, wäre er mühelos als Antonios Sohn durchgegangen. Rosalba sah es den beiden Herren an, dass sie dasselbe dachten.

Als niemand Anstalten machte, sich zu bewegen, gab sich Rosalba einen Ruck, ging auf Harry und Zehner zu, reichte ihnen höflich die Hand und sagte an den Architekten gewandt: »Danke, dass du mich zu dem Kundentermin mit den Mosers eingeladen hast. Das weiß ich sehr zu schätzen.« Sie unterstrich ihre Worte mit einem ehrlichen Lächeln.

Erneut meldete sich das Ziehen in ihrem Unterleib.

»Keine Ursache«, brummte Holzer und schielte zu Zehner hinüber, als erwartete er, dass dieser demnächst mit einem Hammer auf ihn losginge. »Alessia und Fatima haben explizit nach dir verlangt.«

»Es geht also um die Gestaltung der Umgebung hinter dem Haus?«, fragte Rosalba. Der Architekt nickte. »So was in der Art. Mehr haben sie mir auch nicht gesagt. Gehen wir rein, damit wir pünktlich sind.« Entschlossen ging Holzer voran, und Zehner folgte ihm wie ein Schoßhündchen, nicht jedoch ohne Rosalba vorher noch mal mit einem bösen Blick zu bedenken.

»Da hat aber jemand schlechte Laune«, raunte ihr Federico zu. Sie grinste als Antwort und wartete, bis die Rundbogenhaustür geöffnet wurde.

Fatima erschien im Türrahmen. Ihr Blick streifte die Herren kurz und blieb dann an Rosalba hängen. »Frau ...« Sie zögerte, als sie Rosalbas Bauch erblickte. »Immer noch Mandelli?« Die junge Frau, deren Blond zwischenzeitlich einem hellen Braun gewichen war, eilte auf sie zu.

»Immer noch Mandelli.« Rosalba lächelte. »Wir Italienerinnen tragen unseren Namen auch nach der Heirat noch mit Stolz.«

Bevor sie Zeit hatte, Fatima die Hand zu reichen, redete sie schon weiter. »Sie werden Mama? Wie wunderbar! Wann ist es denn so weit? Bestimmt schon sehr bald, oder?«

»Mein Termin ist in einigen Tagen«, gab Rosalba notgedrungen zu und schaute Fatima verunsichert an. In diesem Augenblick fuhr ein stechender Schmerz durch ihren Körper, als wollte er ihrer Aussage mehr Nachdruck verleihen, ebbte aber gleich darauf wieder ab.

Zehner, der jede Schwäche roch wie ein Bluthund, meldete sich sofort zu Wort. »Tja, sollte Frau Mandelli ausfallen, kann ich Ihnen für die Realisierung Ihres Projekts selbstverständlich eine Alternative anbieten. Es gibt auch noch andere ...«

»Papperlapapp, das kommt überhaupt nicht infrage. Ich brauche Frau Mandellis Beratung. Es ist erst März, wir haben die gesamte Saison Zeit, alles umzusetzen. Los, folgen Sie mir, Mama wartet hinter dem Haus. Dort werden wir Ihnen alles Weitere erklären.«

»Ich danke Ihnen, Frau Moser, und verspreche Ihnen trotz meiner Schwangerschaft *un lavoro perfetto*. Mein Kollege Federico Minniti wird mich vertreten, wenn ich im Mutterschaftsurlaub bin. Für Fragen bin ich aber auch dann jederzeit erreichbar.«

»*Piacere*, Signorina Moser.« Federico reichte ihr mit einem charmanten Lächeln die Hand und deutete eine altmodische Verbeugung an. »Signora Mandelli ist eine strenge Chefin, wenn es um ihre Ideen geht. Ich verspreche Ihnen, dass ich ganz genau weiß, was die *maestra* wünscht.« Er zwinkerte fröhlich. Sofort verzog sich Fatima Mosers Mund zu einem breiten Grinsen, und eine leichte Röte färbte ihre Wangen. Hastig wandte sie den Blick ab und ging voran.

Rosalba konnte sich ein triumphierendes Grinsen in Zehners Richtung nicht verkneifen. Provokativ hob sie eine Augenbraue, wandte sich ab und folgte Fatima den Plattenweg entlang ums Haus herum, wo deren Mutter bereits auf die Gruppe wartete. Rosalba erkannte Alessia Moser bereits von Weitem an ihrer roten Pudelfrisur, an der sie offenbar festgehalten hatte. Wie schon zuvor bevorzugte die ältere Dame weiße Kleidung und fließende Stoffe, die ihr das Aussehen einer Priesterin verliehen.

»Ja, hallo, was für ein freudiges Wiedersehen! Ich habe in den vergangenen Jahren so viel Gutes von Ihnen gehört, Frau Mandelli. *Die Kapelle* ist ein Gedicht!« Sie machte mit Daumen und Zeigefinger das Hervorragend-Zeichen. »Wir essen regelmäßig dort und vergessen vollkommen, dass wir eigentlich in einem Alpenkurort sind!« Mit galantem Hüftschwung kam Alessia Moser näher und begrüßte allen voran Rosalba. Dann wandte sie sich höflich, wenn auch nicht unbedingt herzlich, den Herren zu. Wie vor zweieinhalb Jahren setzte sie eine theatralische Miene auf, als es darum ging, den Auftrag zu erklären. Sie seufzte tief. »Meine Damen ... und Herren. Das ist der Park, der zur Villa gehört. Sie können sich nicht vorstellen, wie viele Nerven mich das Gelände bereits gekostet hat. Immer wieder habe ich den Gärtner gewechselt in der Hoffnung, endlich auf einen Visionär zu stoßen, der weiß, wovon ich spreche. Leider vergebens. Nun haben meine Tochter und ich uns dazu entschlossen, etwas vollkommen Neues aus diesem Garten zu machen. Etwas Spektakuläres, noch nie Dagewesenes, ein Märchen, eine Parallelwelt, mit Kunstbauten und ...« Erneut holte die Hausherrin bei ihrer Beschreibung sehr weit aus und füllte diese mit übermäßig vielen Adjektiven und Metaphern.

»Jedenfalls dachten wir, es macht Sinn, sowohl den Architekten und den Bauunternehmer für Großes und Grobes, als auch die Spezialistin, die wir in Ihnen sehen, Frau Mandelli, zu bestellen. Gemeinsam finden wir bestimmt eine wunderbare Lösung. Ich erinnere an unseren Veranstaltungsraum, der in unserem Bekanntenkreis bereits Berühmtheitsstatus erlangt hat.« Sie lachte und wackelte mit ihrem Pudelkopf.

Stille beantwortete ihre Wortkaskade. Holzer kniff die Augen zusammen, als dächte er angestrengt nach. Zehner räusperte sich und zupfte seinen Schnurrbart zurecht.

Schließlich klatschte Fatima in die Hände. »Also, Folgendes: Wir stellen uns hier auf diesem Gelände einen gigantischen Park vor. Platz hat es genug. Das Wäldchen im hinteren Teil soll nicht abgeholzt, sondern integriert werden. Wie bereits erwähnt, darf ruhig noch etwas Zusätzliches gebaut werden. Ein Gartenhäuschen, Mauern, ein Teich, was weiß ich, ich habe keine Ahnung.«

Rosalba fühlte, wie die Flut an Ideen sie überrollte. Still lauschte sie in sich hinein und versuchte, dem Durcheinander einen Sinn abzugewinnen, wie sie es von ihrer Mutter gelernt hatte. »Wie wäre es mit einem Ort nach dem Prinzip des ... *caos ordinato* – wie sagt man gleich?«, sie überlegte. »Geordnetes Chaos, *no*?«

Alessia und Fatima nickten begeistert.

Rosalbas Blick schweifte über das Gelände. Mit leuchtenden Augen fuhr sie fort: »Ein Heidegarten mit moosigen Trockensteinmauern und Blumen, Steinbänke, Plattenwege durch das Wäldchen ... Und alle Steine kommen hier aus diesem Tal.« Sie holte tief Luft und konzentrierte sich weiter auf ihre Vision. Erneut erschwerte ihr ein stechender Schmerz, der von ihrem Unterleib bis in die Beine und den Rücken ausstrahlte, das Denken. »Man könnte auch ein kleines *grotto* mitten im Wald bauen. Und aus dem alten Pool würde ich einen Schwimmteich machen, mit einer Blocksteinmauer als Umrandung. Dazu ein Steg – und vielleicht ein Brunnen aus dem Bruchstück eines antiken Aquädukts. Man könnte auch einen *tempietto,* einen kleinen Tempel, errichten und ... vielleicht sogar ein Amphitheater.« In Gedanken war Rosalba an einem ganz bestimmten Ort, einem Ort, den sie schmerzlich vermisste. Heimweh brannte in ihrem Herzen, als sie das Potenzial dieses Gartens erkannte. »Es wäre eine Stätte der ...« Rosalba suchte nach dem richtigen Wort. »*Di ritiro* ... der Einkehr! Und der Geselligkeit. Man kann hier wandern, lesen ... oder feiern, lachen, Musik machen. Zeit in der Stille der Natur verbringen, oder Veranstaltungen organisieren. Das Chaos darf regieren, aber geordnet.«

Alle starrten sie an. Die Damen fasziniert, die Herren entgeistert.

Marcel Zehner schnaubte. »Das klingt für mich nach diesem absurd philosophischen, weltfremden Esoterik-Schnickschnack. Ein Tempelchen hier, ein Amphitheater da ... vielleicht noch ein Altar für Blumenopfer?« Seine Schultern bebten, und er lachte höhnisch. »Besser wäre eine Erweiterung und Renovierung des bestehenden Pools, dazu ein anständiger gemauerter Kamin für Grilladen und ... was weiß ich ...« Zehner fuchtelte mit der Hand durch die Luft. »Ein moderner Betonkubus mit Glasfront, der als Partyraum direkt am Schwimmbecken genutzt werden kann. Den Wald würde ich trotzdem teilweise abholzen und dort einen Spielplatz für die Kleinen machen. Sie haben doch Kinder, oder?« Der Bauunternehmer stierte die beiden Hausherrinnen mit hochgezogener Augenbraue an.

Holzer kratzte sich verlegen an der Nase. Rosalba wandte sich ihrem ewigen Widersacher betont langsam zu und starrte ihn so lange herausfordernd an, bis er ihren Blick erwiderte. »Marcel, ich spreche hier von Rom. Von Bauwerken, die die Jahrhunderte überlebt haben und auch uns überleben werden. Ich denke an Kunst, an Kultur, an Denkmäler!«

»Wir haben keine Enkelkinder.« Frau Mosers kühle Stimme durchschnitt die Stille, die sich eingestellt hatte.

Dieses Mal durchzuckte Rosalba der brennende Schmerz länger als zuvor. Erschrocken hielt sie die Luft an, um sich nichts anmerken zu lassen. Ihr Herz klopfte schneller. Sie sollte sich nicht so sehr echauffieren wegen Zehner, diesem Hornochsen.

»Na dann streichen wir den Spielplatz einfach«, schlug Zehner ungerührt vor, als sei ihm der angespannte Ton seiner Kundin entgangen.

»Ich habe mich wohl nicht deutlich genug ausgedrückt, Herr Zehner«, wandte sich ihm Alessia nun zu. »Wie ich bereits anfangs erwähnte, sind Sie in erster Linie für das Grobe und Große zuständig, nicht für das Virtuose. Diese Gene fehlen Ihnen komplett!« Sie lachte. Dann wurde ihre Miene wieder weich. Mit leuchtenden Augen schaute sie Rosalba an. »Vielleicht täusche ich mich, aber ... haben Sie schon einmal so einen Ort gesehen? Einen, wie Sie ihn gerade beschrieben haben, Frau Mandelli?«

Rosalba lächelte wehmütig. »Einen sehr ähnlichen, ja.« Und weil die beiden Moser-Frauen sie weiterhin auffordernd ansahen, fügte sie noch hinzu: »Meine Mamma hat den schönsten und eindrücklichsten Heidegarten der gesamten Lombardei gebaut. Ich bin dort aufgewachsen.«

»Können Sie uns auch so etwas bauen? Natürlich angepasst an unsere Gegebenheiten?«, fragte Fatima aufgeregt.

Rosalba nickte und hielt kurz die Luft an, als eine erneute Schmerzwelle sie erfasste. »Und ob ich das kann.« Instinktiv fasste sie sich an das Amulett mit dem Senkblei.

»Gut!« Frau Moser Senior klatschte in die Hände und fuchtelte mit den Händen durch die Luft. »Planen Sie das zusammen mit Herrn Holzer und ...« Ihr Blick streifte Zehner. »Und Sie, Herr Zehner, werden genau das tun, was Frau Mandelli Ihnen sagt. Besorgen Sie ihr alles, was sie braucht: Material, Mitarbeiter, Maschinen. Aber *genau* so, wie *sie* es will, verstanden?«

Der Bauunternehmer presste die Lippen zusammen, Rosalba ebenso. Allerdings nicht aus demselben Grund.

»Fühlen Sie sich nicht wohl?« Fatima schaute sie besorgt an und legte ihr eine Hand auf den Unterarm.

»Ich ... mir ist etwas schwindlig, fürchte ich«, murmelte Rosalba und hielt erneut die Luft an, um den scharfen Schmerz auszuhalten.

»Möchten Sie etwas trinken?«, bot ihr die gleichaltrige Frau an.

»Vielleicht ist es jetzt besser, wenn ich meine Chefin nach Hause fahre«, schaltete sich Federico mit einem charmanten Lächeln ein und fasste Rosalba am Arm. »Vielen Dank trotzdem. Wir melden uns betreffend der Termine für die Planung.« Er verbeugte sich auf altmodische Art und Weise, genau wie Antonio es auch getan hätte. »Herzlichen Dank für den Auftrag, die Damen, wir sind überglücklich und werden Sie nicht enttäuschen!«

Dankbar, dass er so professionell das Zepter übernommen hatte, ließ sich Rosalba von Federico zum Pick-up begleiten.

Schweißgebadet und erschöpft sank sie auf den Mitfahrersitz.

In den frühen Morgenstunden des folgenden Tages durchschnitt ein aufgebrachter Schrei den Gebärsaal der Frauenklinik Fontana in Chur.

Dicht gefolgt von einem zweiten.

Vorsichtig öffnete Rosalba die Augen. Sonnenstrahlen kitzelten sie an der Nase. Es dauerte eine Weile, bis sie ihre Sicht scharf gestellt hatte und die Gestalten in ihrem Zimmer erkannte.

Remo stand mit vor der Brust verschränkten Armen am Fenster und beobachtete das Treiben auf dem Krankenhausparkplatz.

Neben ihrem Bett saß ihre Mamma. Ein liebevolles Lächeln umspielte ihre Mundwinkel. Sofort griff sie nach Rosalbas Hand und streichelte sie sanft.

»Wie lange habe ich geschlafen?«, krächzte diese.

Remo drehte sich um, kam auf sie zu und drückte ihr einen Kuss auf die Stirn. »Ein paar Stunden, Liebling. Aber du hattest es auch streng.«

Suchend wanderte Rosalbas Blick durch das Zimmer, das sie leer vorfand. Augenblicklich beschleunigte sich ihr Herzschlag, und Angst schnürte ihr die Kehle zu. Ihre Mutter strich ihr beruhigend eine Haarsträhne aus dem Gesicht. »Sie sind in Sicherheit. Im Babyzimmer. Es geht ihnen gut. Allen beiden.«

Erleichtert atmete Rosalba aus.

»Ich lasse euch mal kurz alleine«, erklärte Remo. »Ich brauche ohnehin einen Kaffee.« Er verließ das Zimmer und schloss leise die Tür hinter sich.

Rosalba schaute ihre Mamma schweigend an. In ihrem Kopf herrschte ein heilloses Durcheinander, und die Erschöpfung hatte sie nach wie vor fest im Griff. Schließlich gab sie sich einen Ruck.

»Wie ... bist du hierhergekommen?«

»Mit der Giulietta deines Vaters natürlich.« Mamma lächelte. »Remo hat mich angerufen. Ich bin so schnell wie möglich losgefahren. Zur Geburt reichte es nicht mehr. Aber nun bin ich hier.«

»Bei mir«, flüsterte Rosalba und erkannte in diesem Moment, wie unendlich viel ihr genau das bedeutete. Trotz allem, was zwischen ihnen vorgefallen war, trotz all der Verletzungen und unterschiedlichen Ansichten liebte und brauchte sie ihre Mutter.

»Bei dir ... und deinen Zwillingen«, ergänzte Mamma ihre Worte.

»Wo ist Papa?« Rosalba sah sich im Zimmer um und suchte nach Hinweisen für die Anwesenheit ihres Vaters. Meistens trug er einen Hut. Irgendwo wäre also bestimmt einer gelegen, wäre er hier.

»Er hat einen Gerichtstermin, weshalb er mich nicht begleiten konnte. Wir besuchen euch jedoch bald wieder. Dieses Mal zu sechst.« Sie lächelte. »Mit den frischgebackenen Urgroßeltern.«

»Das würde mich unheimlich freuen«, flüsterte Rosalba. »Wir sind doch *una ... famiglia*.« Ein Gefühl von Wärme breitete sich in ihr aus.

»Das sind wir, Liebes.« Mamma hauchte ihr einen Kuss auf die Stirn. Nach einer Weile des Schweigens beugte sie sich unvermittelt etwas weiter vor, und ihre Gesichtszüge hellten sich dabei auf. »Jetzt nenn mir aber endlich die

Namen meiner Enkelkinder! Remo wollte sie mir nicht verraten. Er meinte, das sei deine Aufgabe. Seither platze ich fast vor Neugierde. Also?« Ihre Mutter hob fragend eine Augenbraue und hing förmlich an Rosalbas Lippen.

»Ach so ...« Rosalba schmunzelte. »Das Mädchen heißt Eleonora, und der Junge Andrea.«

»Italienische Namen!« Mamma klatschte zufrieden in die Hände und hob sogleich den Zeigefinger. »Ich bin allerdings mit meiner Neugierde noch nicht am Ende.« Sie rollte die Augen und lachte. »Denn natürlich will ich alles über die Wehen und die Geburt erfahren. Dein werter Ehemann meinte auch da, dass du mir das bestimmt lieber selbst erzählen möchtest, zumal er nicht überall dabei war.«

Rosalba grinste und holte tief Luft. »Lass mich nachdenken ... ich war gerade in Klosters auf einer Baustelle, um einen neuen Auftrag in Empfang zu nehmen.« Sie setzte sich im Bett auf. »Marcel Zehner, mein Erzfeind unter den einheimischen Bauunternehmern und nebenberuflicher Chauvinist, war auch anwesend. Ich sage dir, ich habe mit allen Mitteln versucht, die einsetzenden Wehen zu verstecken. Doch wie damals bei dir, als ich zur Welt kam, fehlte nicht mehr viel, und die Geburt hätte auf der Baustelle stattgefunden. Nicht auszudenken, was Zehner wohl dazu gesagt hätte!« Sie lachten beide bei der Vorstellung. »Auch wenn er selbst Vater zweier Kinder ist, so wage ich zu behaupten, dass ihn diese spezielle Situation traumatisiert hätte.« Erneut erfüllte gelöstes Lachen den Raum.

Rosalba schwieg und sah in die fröhlich glitzernden Augen ihrer Mutter. »Sag mal«, fragte sie schließlich, »hatte ich eigentlich auch so einen dicken Kopf, als ich geboren wurde? Stell dir vor, Eleonora hätte mich beinahe umgebracht mit ihrem Dickschädel!«

Ihre Mutter lachte. »Das muss in der Familie liegen. Ich sage dir, als du geboren wurdest …«

Fröhlich und unbeschwert wie lange nicht mehr verging die Zeit. Schließlich, in einer Gesprächspause, schaute Mamma Rosalba an und sagte: »Weißt du, ich brenne schon die ganze Zeit darauf, von deinem neuen Auftrag zu hören.«

Rosalba erwiderte ihren Blick erfreut und holte tief Luft. »Mamma, ich glaube, ich habe es geschafft. Hier in der Schweiz. Als Bauunternehmerin.« Sie legte eine rhetorische Pause ein, um ihren Worten mehr Gewicht zu verleihen. »Du erinnerst dich doch an meinen letzten Auftrag an Antonios Seite?«

Ihre Mutter nickte. Rosalba hatte ihr davon erzählt.

»Diese Kundinnen haben sich an mich erinnert. Dieses Mal brauchen sie eine komplette Neugestaltung ihres Grundstücks rund um das Haus.« Bei dem Gedanken an das, was sie nun sagen würde, schossen ihr die Tränen in die Augen. »Mamma, ich habe ihnen vom schönsten Heidegarten der gesamten Lombardei erzählt. Von meinem Zuhause. Von deinem Werk. Das Amphitheater der Villa Domenica wird vermutlich eine Schwester in der Schweiz erhalten.«

Mamma schwieg. Ihr Mund bebte verdächtig, und ihre Augen schimmerten feucht.

»Dein Werk wird weiterleben, Mamma. Ich habe es dir versprochen: Ich trage den Samen meines Vermächtnisses in die Fremde und pflanze dort eine neue Blume. Das Erbe der Mandellis lebt weiter. Hier.«

Epilog

Sechs Jahre später

»Hallo?« Rosalba öffnete die Haustür und wartete. Mit einem Lächeln auf den Lippen lauschte sie, während sie sich die schmutzigen Baustellenschuhe von den Füßen zog. Es war kurz nach zwölf Uhr mittags. Wie jeden Tag dauerte es keine Minute, ehe sich das Poltern von Kinderfüßen näherte.

»Mamma!« Eleonora und Andrea stürmten in den Eingangsbereich.

Rosalba ging in die Hocke, schloss ihre beiden Lieblinge in die Arme und drückte ihnen einen geräuschvollen Kuss auf die Wangen. »*Ciao, mie due bellezze!*«

»Wir haben heute etwas gemalt im Kindergarten, willst du es sehen?«, fragte Andrea auf Italienisch und glühte dabei vor Aufregung, was seine helle Haut, die blonden Haare und die blauen Augen noch mehr hervorhob. Wäre sie nicht die Mutter dieser beiden Kinder gewesen, hätte Rosalba es niemals für möglich gehalten, dass sie Zwillinge waren. Im Gegensatz zu ihrem Bruder hatte Eleonora schokoladenfarbene Locken und dunkle Rehaugen. Die Gesichtszüge der Zwillinge unterschieden sich ebenfalls voneinander, wobei nicht auszumachen war, wer mehr von Remo hatte und wer mehr nach ihr kam. Rosalbas Schwiegereltern sahen in den Kindern natürlich die Ebenbilder ihres Sohnes und stritten jegliche Ähnlichkeit mit Rosalba ab. Besuchten sie jedoch Rosalbas Familie in Italien, war genau das Gegenteil der Fall.

»Essen ist fertig!« Doras Stimme hallte aus dem Esszimmer zu ihnen heraus.

»Also, Nonna Dora hat so wunderbar gekocht ... ich sehe mir eure Bilder gerne in Ruhe an, aber nach dem Mittagessen. Wir haben den ganzen Nachmittag Zeit. Sonst wird alles kalt, das wollen wir nicht, *va bene?*« Rosalba strich den Zwillingen über die Wuschelköpfe und schob sie Richtung Speisezimmer, wo Remo seiner Mutter gerade half, die dampfenden Schüsseln aufzutragen. Benjamin saß bereits am Tisch. Rosalba war ihrer Schwiegermutter trotz der Spannungen zwischen ihnen dankbar, dass sie sich unter der Woche um das Mittagessen für die Familie kümmerte. Vormittags, wenn die Zwillinge im Kindergarten waren, arbeiteten Rosalba und Remo. Zum Essen kamen dann alle für eine Stunde zusammen, bevor anschließend Remo, Rosalba oder die Großeltern abwechselnd die Nachmittagsbetreuung der Zwillinge übernahmen. Es war nicht immer einfach, mit den Schwiegereltern im selben Dorf zu leben, aber hinsichtlich der Kinderbetreuung brachte es viele Vorteile. Dora und Benjamin hatten vor einigen Jahren beschlossen, das Haus ihrem Sohn zu überlassen und in eine kleine Dreizimmerwohnung ganz in der Nähe zu ziehen. Natürlich hatten sie nicht damit gerechnet, dass ihr Sohn die Wiege seiner Kindheit in ein futuristisches Gebilde transformieren würde, das von der Architektur der Arche Noah inspiriert war, aber das war eine andere Geschichte ...

»Du hast wunderbar gekocht!«, lobte Rosalba den Fleischkuchen, den Dora oft an Werktagen auftischte.